# 飘逸香醇的

PIAOYI XIANGCHUN DE LEIYANG

欧阳正平◎著

哈尔滨出版社
HARBIN PUBLISHING HOUSE

**图书在版编目（CIP）数据**

飘逸香醇的耒阳 / 欧阳正平著 . — 哈尔滨 ： 哈尔
滨出版社 ,2021.3
ISBN 978-7-5484-5856-2

Ⅰ．①飘… Ⅱ．①欧… Ⅲ．①散文集－中国－当代
Ⅳ．① I267

中国版本图书馆 CIP 数据核字（2021）第 019510 号

书　　名：**飘 逸 香 醇 的 耒 阳**
PIAOYI XIANGCHUN DE LEIYANG

------------------------------------------------

作　　者：欧阳正平　著
责任编辑：韩金华
责任审校：李　战
封面设计：树上微出版

------------------------------------------------

出版发行：哈尔滨出版社（Harbin Publishing House）
社　　址：哈尔滨市香坊区泰山路 82-9 号　　邮编：150090
经　　销：全国新华书店
印　　刷：武汉市卓源印务有限公司
网　　址：www.hrbcbs.com　　www.mifengniao.com
E-mail：hrbcbs@yeah.net
编辑版权热线：（0451）87900271　87900272
销售热线：（0451）87900202　87900203

------------------------------------------------

开　　本：787mm×1092mm　　1/16　　印张：16.75　　字数：380 千字
版　　次：2021 年 3 月第 1 版
印　　次：2021 年 3 月第 1 次印刷
书　　号：ISBN 978-7-5484-5856-2
定　　价：78.00 元

------------------------------------------------

凡购本社图书发现印装错误，请与本社印制部联系调换。
服务热线：（0451）87900278

# 序

## 魅力耒阳

大约在 2013 年，我应邀到湖南耒阳讲课，见识了这座颇有魅力的古城，也认识了这座城市中一位资深媒体人欧阳正平先生。并通过欧阳正平先生，更多地了解了耒阳的人文历史以及作为千年古县所散发出来的古韵风采。他带我参观了蔡伦纪念园、张飞公园、杜陵书院等名人纪念园，也带我到了亚洲最大的竹海 —— 蔡伦竹海。虽然因时间的关系，我参观这些地方都是走马观花，但因为有欧阳正平先生的现场讲解，所以印象就更深一些。作为一个湖北人，虽然一直在湖南境内的大学工作，但对湖南范围内的一些城市，特别是县级城市，我的确知之甚少，这或许和自己的接触有关。而那次去耒阳，尽管时间只有两天，却对耒阳产生了浓厚兴趣。这不仅仅因为耒阳历史悠久，诞生了造纸术发明家蔡伦，更因为耒阳独特的地理位置，南北交通大动脉，铁路公路四通八达，几乎可以和郴州相媲美。再加上耒阳人热情好客，文化氛围浓厚。我应邀去他们城市讲课，不是学术讲课，也不是给成百上千听众现场讲课，而是为一个媒体开办的蔡伦文化大讲坛讲座。这个讲座仅仅是电视录播，据说要反复在电视上播放。一座县级城市，一个媒体可以邀请类似我这样的大学教授去电视上讲课，这不能不佩服他们创意是多么大胆。而邀请我去的人，就是欧阳正平先生。我这位"家门"以前和我并不熟悉，他是通过湖南广电台的一位同志找到我，邀请我去耒阳讲课，而且是类似中央台的百家讲坛之类节目。一个县级电视台敢邀请我这样一位大学教授去讲课，这在我认知中是没有先例的。他们敢邀，我也就敢去。结果就去耒阳讲了一次湖湘文化源远流长之美课题。去耒阳讲课，可以说不虚此行，不仅了解了这座湘南古城的魅力，还结识了一些文化人，这当中就包括资深媒体人欧阳正平先生。

这次欧阳正平出版散文集《飘逸香醇的耒阳》，嘱我作序，我欣然接受。从他的作品中可以看出，欧阳正平非常热爱耒阳，而且对家乡有一种炽热的爱。

他将自己对故乡的情怀融入笔端，以自己的眼光，深邃的思维，从一点一滴中，去发现故事，去描述事物。他文采飞扬，语言精美，而且融入了耒阳方言文化，可以说读起来妙趣横生，极为吸引人。据说，他的这些散文，都是近年来发表在新媒体的作品，点击量一般都在数千乃至数万，这对一个县级范围受众来说，是比较厉害的。他的作品之所以大受欢迎，除了接地气，贴近生活，关键还是地方色彩浓，

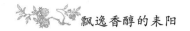

乡土气息浓。

不管是耒阳人还是外地人，如果有机会拜读一下欧阳正平先生这部散文作品集，一定会有颇多收获。

耒阳是一个充满魅力的地方，文化底蕴丰厚，我相信，通过更进一步的努力，耒阳一定会成为湖南乃至全国闻名遐迩的城市。是为序。

中南大学文学院院长、博士生导师 欧阳友权

# 目　录

# 一、大美耒阳

# 静候春暖花开时

雨淅淅沥沥下着，空气中虽有一些寒意，桃花却绽开了花蕾，路边的小草也急不可耐吐出了一丝新芽，田野上的油菜花不管三七二十一都伸直了花秆，准备洒脱开放，而塘边的鸭群嘎嘎叫声比任何时候都嘹亮起来。这个时候，我们知道，春天欢快的脚步终于来了。

喜欢春天，静候春暖花开时。春天就是屋檐下那跳跃的燕子，互相呢喃着，望着柳叶下的池水，心早飞向了虫鸣蝶舞的草丛中；春天就是牵在牛栏中的水牛，抖擞精神，睁开惺忪的眼睛，望着波光潋滟的耕田，准备着负重耕耘；春天就是老农嘴里的烟斗，烟雾缭绕，却飘飘忽忽，缠上了那躺在门背后的荷锄，它知道，一只老茧粗糙的手，即将拿起那些尚未生锈的农具，走进山野，走进菜园……

耒阳的春天，总是急不可待匆匆忙忙而来，寒梅尚未衰败，桃花就掀开了翅膀，也不管雨日晴天，一朵一朵，一片一片，悄悄忙忙就开放起来。村前村后，小溪的潺潺流水，伴着桃花，伴着渐渐苏醒的树枝，伴着葱葱的小草，早把春天的衣裳，披到了弯弯曲曲的古桥边，披到了一望无垠的村野小道上。

春节的年味还飘在乡村的禾场上，湾村里的龙灯狮子尚未收拢起来，老人们兴奋的团聚尚在笑意中，春天的脚步就如期而至，仿佛一瞬间，热热闹闹、喜气腾腾的村庄，一下又恬静起来。年前扛着大包小包回家过年的年轻人，连手都未曾挥一挥，就在老人的泪光中，在孩童的睡意中，背转身子，与春天相拥，与故乡相别。

天还是那片天，云还是那片云，只是朦朦胧胧的春雨，年复一年，春复一春，总是"好雨知时节，当春乃发生"。丝丝细雨，搅拌春天的气息，飘洒着美丽的风韵，装点着乡村春节后的氛围，似有些惆怅，但更多的是一份沉淀，一份耕耘，一份新春的起航。

我是一名记者，每到春天，都会去乡下采访，认识了很多农村人。如今的耒阳农村，打工潮势不可挡，这是时代发展，不可抗拒。年轻人几乎"倾巢出动"，留在家里的，都是些上了年纪的人，他们既要照顾孙子辈，又要承担土地的耕作，他们每年静候春暖花开，每年融入春天的脚步，挥洒汗水，播种春天，收获秋天。

有时候，我常常在想，假如没有农村那些留守老人的负重操劳，耒阳的耕田、旱土及其山林，该会荒芜多少？在马水镇坪田村，我认识了一位67岁的老人，他姓刘，不苟言笑。他告诉我，他每年要耕作十多亩稻谷，除了自家吃，还要卖给国家几千斤粮。类似老刘这种勤劳的人，马水镇还有不少。每到春天，马水镇的田野上，人头攒动，劳动氛围非常浓厚。

都说马水人"舍肯"，的确名不虚传，马水烤烟，马水水稻，都是耒阳种植面积最多的。这当中，马水那些留守老人功不可没，他们日晒雨淋，勤劳耕耘，用汗水，撑起了一片天，

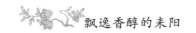

撑起了春的脚步。静候春暖花开，他们是真正的践行人，真正的幕后群体。

润物细无声，春天的到来，捎来了万物复苏，捎来了乡村人忙碌无比的身影。雨在下，风也有些冷，却无法阻挡那些准备下田劳作者的行动。准备种子，准备农具，准备耕牛，准备肥料，该准备的，都在静候春暖花开的日子里。望着雨，望着云，望着春，望着耕耘，望着秋天的收获。

春天静静而来，乡村静静迎接。留守老人们来不及卸下年的味道，就要准备春耕了。他们一方面不忘把田土耕耘好，一方面也在关注思考着农村的未来。

公平圩镇泉沙村罗家湾的罗育林，当过兵，当过村干部，如今也成为留守老人，他女儿和儿子都在广东打工。他和我认识了多年，他喜欢讨论农村的发展和前途。他告诉我，他们罗家湾，六十多户人家三百多口人，年轻人都在外地打工，为了让孩子有一个好的教育环境，家家户户基本都在城里买了房，连春节，大多数人也在城里过。他认为，表面上看这样很好，"泥腿子"都进城了。但往深层次想，乡下人都进城了，今后山谁管？田谁耕？任其荒芜，可行吗？

可喜的是，党和国家非常重视这个问题。罗育林说，今年过年时，习近平总书记到四川农村视察，对村民说要推进农村和城市共同发展，他看到新闻后非常高兴，觉得他成为湾里唯一没在城里买房的人没亏。他认为，现在精准扶贫工作涵盖了整个乡村，这本身就是党和政府对农村工作的重视，再加上总书记又提出城乡同步发展，相信今后的耒阳农村，一定会焕发活力，稳步前行，变得越来越好。

是呀，如同春风化雨，静候春暖花开，乡村的春天，生机盎然，耒阳乡村的未来，一定灿烂辉煌。

# 秋意烟雨耒河咏

　　淅淅沥沥的雨水一刻也没停歇，耒河上烟雨蒙蒙，如酥一般的雨水飘落在清澈平坦的河面上，波光粼粼，微风吹来，天女散花一般掀一层涟漪，远处青山如黛，烟雨朦胧，耒河上偶尔驶过的一艘机器船，划破寂静的山水，平添一份秋天的意境。那山那水那河那雨那雾那船那人，交错迭出，一幅画卷徐徐打开。秋天之美，耒河之美，耒阳之美，犹如纯静的烟雨一般，令人痴迷，令人遐想，令人神往。

　　我喜欢耒河，她是我们耒阳人的母亲之河；我关注耒水，她是我们耒阳人赖以生存的乳汁。曾几何时，当耒河水质遭到污染时，我的感受是切肤之痛。为了真实了解耒水的水质现状，十年前，我和几个耒阳记者，深入耒水上游发源地，进行实地采访，既看到了发源地清澈干净的源泉水，又看到郴州苏仙区无序兴办化工厂给耒河造成的污染。当我们耒阳电视台推出《走遍耒河》栏目时，收视率极高，关注度和影响力都非常之大。我们唤起了耒阳人对母亲河的关注，也展示了耒河亟待进行整治的状况。那一次的采访，我们断断续续花了三个多月时间，拍摄采访了很多珍贵资料，至今想起来仍记忆犹新。作为一个耒阳记者，能够用报道唤起大家对母亲河的关切之情，想想也是很自豪的一件事。其后耒阳人对耒河水质的关注度，一下紧迫起来，毕竟我们天天饮用的是耒河水呀！后来我始终关注着耒河，去年，我又一次深入耒河发源沿线采访，这次的采访没有了十年前的压抑，而是一种欣喜。"绿水青山，就是金山银山。"在这个伟大精神的指导下，耒河沿途如今治理得山更青，水更纯，污染水质的工厂，基本销声匿迹了。耒河，渐渐恢复了她原有的"风姿风韵"，变得"风情万种"，绚丽多姿了！

　　如今走近耒河，你会真真切切感受到，眼下的耒水，水质基本没有了任何污染，清清澈澈的水流下，早已鱼跃虾欢，这种原生态的自然水质，助推着耒阳山清水秀，更彰显着耒阳上上下下对耒河环境整治的力度和决心。

　　最喜一年秋高处，烟雨翩翩耒水咏。焕然一新的耒河，一年四季都是很绚丽的，但我却喜欢在秋意缠绵的雨雾中去感觉她，领略她与众不同的风韵。我沿着淝江口段的耒河，溯流而上，在秋雨相伴下，耒河如一位沐浴一新的少女，娇艳中含一番清纯，添一种自然。静寂的河面上，露着浅浅的沙滩，正在褪去翠绿的柳叶，远处的山峦之间，雨水裹着雾气，腾腾升起，烟云齐聚，飘飘摇摇，变幻莫测。或低垂似吻耒水，或高耸触摸山岭，或游离河面之中，或缠绵山腰之间，或离离迷迷，或朦朦胧胧，或深不可测，或淡淡定定，或如仙女乘风，或似玉兔追月，或飘逸，或粗犷，或娇媚，或清纯，或浓墨重彩，或挥毫描眉，或如风随行，或贴雨洒脱，总之是千姿百态，风姿绰绰，令人目不暇接，心旷神怡。

　　秋雨融入耒河，似乎触手可及，却又若即若离，河面上溅起的水花，和伞中滑落的雨水，交相辉映。匆匆而过的车辆和摩托，如一池水中搅出的波涛，将两岸翠竹下的小路，延伸在一起，又连成一片。于是，耒水，河岸，村庄，山林，稻穗，船只，雨滴，云雾，秋意，融为一体，更让人体会耒河两岸时代的变迁，也勾勒远古风韵与现代气息的自然融合。而此时此刻的溮江口与耒河之间，犹如唐代诗人刘禹锡《秋词》诗中所云："山明水净夜来霜，数树深红出浅黄。"耒河升腾的烟雨，恰似夜来霜花，点缀着大地的色彩，而河岸边垂柳枫叶，早已露出了浅浅的黄叶。秋意是在不经意下变成诗行的。古人诗下的意境，不是每个地方都可以配置融合的，而在我们耒河，在溮江口，却随便可以拾起一首古诗，配上如画的意境。如站在溮江口的拱桥旁，我就可以吟上大诗人李白的诗句："两水夹明镜，双桥落彩虹。"只是我眼前的溮江口现在是秋雨云雾下，如果是雨后的傍晚，一轮彩虹完全可以融合诗仙笔下的彩虹双桥。

烟雨下的耒河，静静地，站在岸上，你可以感受雨滴落入河水的声音，滴滴答答，似天籁之声，雨水下的河岸，一把把雨伞时不时从村落中显露出来，或是出行的农民，或是下河搓衣的村妇，又或是下地摘菜的老人，偶尔还有打着花伞走路的村姑，雨雾下的一把把雨伞，将耒水流域村野的秋天意境，如画一般写意出来。如今的村庄，早没有古韵下的遮雨工具蓑衣斗笠，也没有古旧的油纸伞了，只有一把把花花绿绿的现代雨伞，无论是出行还是下地摘东西，伞成了唯一的挡雨工具。伞的风景，在秋雨下的耒河，在溮江口，如同城市小车一般，靓丽多姿。花伞下的耒河两岸，雨滴飘飘，云雾渺渺，一栋栋现代化楼房，若隐若现，悠悠忽忽，在雨雾的洗礼下，显得别具风采。而溮江口上的雨伞，又是另一种风情，那粉刷了外墙的老村旧宅，衬着雨水，衬着河流，衬着竹林，当雨伞淡淡划过，伞和村落便形成了一幅水墨画，画中的村落、山林、雨水、花伞、小巷、马路、河流，交相相融，自然和谐，让人想起了戴望舒诗下的雨巷，想起撑一把油纸伞的姑娘，款款深情，呼之欲出。在这样诗情画意的耒河雨雾中，你无论心情有多糟，也无论你是不是诗人，都会豁然开朗，都会诗兴大发。这也是环境变好的力量，试想，如果秋意烟雨俱在，放眼耒河却污浊连连，你会胸襟开朗，醉意而起吗？

秋意缠缠，烟雨蒙蒙下的耒河，之所以能让人流连忘返，让人痴迷其中，让人赏心悦目，让人身心豁达，当然得益于耒水的环境改变，水质干净，水流清澈，湖面整洁，这些变化，在潜移默化中影响着所有耒阳人，尽管没有尽善尽美，但我们必须懂得感恩——没有自上而下大规模的环境整治，耒河不可能"返璞归真"，也不可能在秋雨绵绵的日子里，勾起你的诗情画意。

环境改善还得是全方位的，水质好了，水流净了，鱼虾多了，如果渔业管理跟不上也是一种徒劳。譬如炸鱼、电鱼现象，若不加以整治，杜绝后患，耒河一样会存在隐忧。可喜的是，耒阳在这方面做得也非常得力，换句话讲叫非常棒。在溮江口，一条条"乌篷船"横卧在耒水河中，船上没有任何电动捕鱼工具，只有最古老的渔网，一层一层，裹在一起。我问一个船工，现在打鱼只用网吗？船工说当然，这叫捕鱼，先下些诱饵，然后下网捕捞，现在谁也不敢电鱼了，上面管得很紧。

烟雨飘飘下的溮江口，停泊着不少体积很小的渔船，一字排开，有十多条。我站在渔船边，眺望远处云雾浓浓的山岭，还有平坦而宽敞的河面，突然唤起了儿时的回忆。

20世纪70年代，我就在灶市街看过很多捕鱼的小渔船，还有那一网又一网的鲜活鱼虾，其后这类场景渐渐淡出，更多的是一些轰鸣巨响的炸鱼船或横冲直撞的电鱼船。而今，捕鱼船再现淝江口，再现耒河，这恐怕是很多人做梦也没想到的事。

秋意翩翩，时代变迁。在这个烟雨蒙蒙的秋天时节，走近耒河，除了感受古韵般的风情回归，也会看到以前没有的风景。譬如钓鱼，钓鱼是近些年来城市人流行的一种休闲运动方式，但钓鱼大多都在水塘里，河里是鲜有人去钓的。因为以前环境污染，河里没鱼呀。可现如今，在耒河流域，垂钓者早已多不胜数。在烟雨缠缠的淝江口旁边，我就看到几起垂钓的人，问他们能钓到鱼吗？回答是当然可以。

古老的耒河，在历史的风风雨雨中，总是那样不卑不亢，日夜不息奔流。她见证着历史的变迁，更见证着时代的繁荣。绚丽多彩的耒河，在秋意浓浓烟雨飘飘的时节，也更加婀娜多姿，更加妩媚灿烂。

耒河秋韵，耒河烟云，魅力无边。你愈发热爱耒阳，便会愈发热爱耒阳人的母亲之河 —— 耒河。让我们在这个美好季节，走近秋天，走近耒河，观赏秋色，欣赏耒河，呵护耒河，更加要祝福耒河！

（此文在人民网文化频道发表）

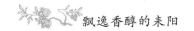

# 走进灿烂的耒阳之秋

走进秋天，走进耒阳之秋，满目金黄，遍地稻香，秋叶红了，山野烂漫，碧水蓝天，村落明亮，一片绚丽风光，一派秋天的收获。

驱车去小水镇的小圩，站在山巅，俯瞰那一片浅草依依、稻穗飘飘的田野，看远处山峦如黛，碧水潺潺，天高云低，不禁想起唐代杜牧的诗句：青山隐隐水迢迢，秋尽江南草未凋。只是小圩之秋，有些羞涩，没有太多的凋意。

稻谷正在禾坪晾晒，村民正在忙碌，湾门口的池塘，有几只鸭子，浮着水，划一层波光，不时鸣叫一声，给恬静的田垌，平添几分生气。不远处，画栋雕梁的古老房屋，在夕阳的照耀下，熠熠生辉。

小圩之古老，厚重而又沉淀，据说已有上千年历史，这不得不让人肃然起敬！我曾听人讲过，耒阳土著姓氏不多，而小圩附近的李姓、龙姓人家，就是扎根这片土地的古老族群。只是历史在前进，今天我们已经无法考证耒阳土著姓氏的真正来源，就像无法考证究竟是先有蛋还是先有鸡一样。

我总在思考耒阳远古以来的迁徙和变迁。没错，湖南曾号称南蛮之地，而作为湖南腹地的耒阳，又濒临更蛮荒的岭南，那么，耒阳的文明进程应该远远落后于中原地区。但是，按照史学界的论证，随着北方少数民族的侵袭，汉人被迫往南迁徙，真正纯正中原文化已在今天的福建、广东、赣南这些地方，那么，和这些地方相关联的耒阳，难道不是承袭承载了博大精深的中原文化了吗？

耒阳文化的内涵，既有包容性，又有独创性，既传承了中原文明，又助推了岭南文明，可以说如一个中轴，承袭了远古文明的精华，因此说，耒阳历史的厚重感，可媲美任何古老县治。

中国人崇尚历史，更崇尚推进文明进程的古代先人。耒阳人何尝不是如此？从神农创耒溯源，再到蔡伦、罗含等古代名人，如果没有历代耒阳先贤的呵护宣扬，后人又如何知晓这些名人的掌故和传说？

同理，在耒阳，一个地域，一个湾村，正因为有一代又一代人所尊崇的先贤，能够从传说，从族谱，从口头故事上流传下来，从斑斑建筑雕刻印痕中流传下来，就证明耒阳人对文化及其文明极为尊重，极为推陈出新，极为古为今用。

其实，漫步秋叶飘红的耒阳山野，拾一片落花，捡一块残砖断瓦，就能勾起你对历史的敬畏，对文明的崇尚。一条小溪，清冽流淌，如一线跳动的音符，连接山上山下，连接乡村田野，连接屋前屋后的村落。站在溪流旁，掬一口山泉，遥望远方衰落的古村落，看着一栋栋崭新的房屋，油然而生的，是对古老文化与现代文明交相辉映的赞叹。这种赞叹，在秋风瑟瑟、秋叶飘零的季节，特别惆怅，特别耐人寻味。

　　如今的乡村，早已褪去原始的风韵，一条条水泥路，一座座水泥桥，一栋栋钢筋水泥屋，早已把那些青石板路，那些弯弯石板，那些青砖瓦屋，挤到不显眼的角落，挤到亮堂的山岭背后了。

　　时代的步伐，匆匆而又匆匆，就像秋天山野的枫叶，不经意间，由绿而翠，由翠而红，由红而深红。就如同自然规律，春夏秋冬，季节更迭，四季分明。

　　眼下的乡村，新房遍布，旧房躲进了角落，一眼望去，四面八方都是一栋栋错落有致的新房，或典雅，或新潮，全然没了古老青砖瓦屋的翻版，以前的江南秋雨挂檐头，早变成了绵绵秋雨绕洋楼。

　　季节如期而至，乡村，却变得潇洒，变得令人陌生和兴奋。只是，对一些怀旧的人来说，惆怅如缕缕炊烟，挂在眼眸，挂在远去的记忆中。

　　古韵渐渐远去，却有些让人依依不舍。迎着深秋的阳光，我走进余庆办事处同仁村梓江湾村，这里山峦重叠，石岭连绵。禾坪上，76岁的李楚英老人，面对着自己那间有些破败的老屋，喃喃自语。整个梓江湾，原来有四个组，七百多号人，都住在沿袭了几百年的老房里。

　　而今，短短一二十年时间，老房飘摇欲坠，一栋栋新房早已取代老房，成了另一道风景，随着村民潮水般地涌进城，眼下湾里只有几十号人。人少了，新房稀稀落落住着一些老人，而那些延续几百年的老房，则极少有人居住。由于没有拆除，老房仍耸立湾的四周，形成一道极不协调的画面。

　　类似梓江湾这样如秋风般飘零的乡村旧房，耒阳还随处可见。新房耸立，旧房没有拆除，这种格局，相信还会延续一些年月。这种延续，实际上是一种割舍不尽的情愫，上升一层，则是文化进程的一种连接。古老湾村，给我们留下的，是先辈的辛酸和期望，是民风民俗的传承和印痕。假如乡村没有了画栋雕梁的旧楼，没有了一格格树木窗台，那么，我们耒阳方言中最贴近古韵的"箭眼"，今后怎么去描述和解释？

　　文化的传承，有时候是需要原始东西做辅助的，就如同现代化进程中，总要营造一些先进东西去引领一样。旧貌换新颜，那是一种时代的进步，然而，在飞速的时代变更中，我们是不是在某些方面要做些停滞，或者轻缓一下脚步。面对那些几百上千年的传承，如小圩那样的古老建筑，如梓园那样的旧房，可不可以发动有识之士，如装扮钢筋水泥楼宇一样，去加以修缮，旧中出新，那么，文化这种看不见摸不着的东西，就会如磁铁一样，屹立于耒阳大地，就会如秋天的清风一样，溢芳流彩，渗透到耒阳的东西南北，造福于后代。

　　时代越发展，历史越向前，文化传承显得越重要。扎根沃土的传统文化，其价值是无与伦比的，只有去其糟粕取其精华，才能让中华文明车轮滚滚向前。毫无疑问，对耒阳传统文化的延续，是需要多方努力的，不仅需要保护一些古建筑古村落，更要保护由古民居而繁衍的本土民风民俗、民间文艺、民间故事、民间工艺、民间俚语，等等。只有多管齐下，发挥政府主导民众自发参与的原则，才能将土著文化传承传袭，发扬光大。

　　深秋，是一年中最美的季节，枫叶飘红，山野烂漫，碧水潺潺，蓝天白云，收获的田野上，一派溢光流彩，把恬静的氛围，把古老村舍和现代建筑交相辉的乡村，装点得

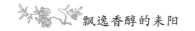

绚丽多姿，妖娆迷人。

宋代大文学家朱熹有诗云：未觉池塘春草梦，阶前梧叶已秋声。秋声伴着秋叶，方显秋的辽阔，满满收获的秋日，彰显无边的魅力。

日新月异的变迁，让城市和乡村变得更美更靓丽。走进秋天，走进耒阳之秋，在斑斓的色彩中，去领略大美耒阳，去参悟耒阳的文化底蕴，会有一种发自内心的自豪感，会产生一种为传统文化传承做一份努力的冲动。

（此文在多家网络平台发表）

# 关王塘、元明坳，烟雨蒙蒙似仙境

细雨纷飞的夏日，走进关王塘水库，走进耒阳最高峰元明坳，但觉雨雾蒙蒙，烟雨飘飘，云团簇簇，仿佛走进仙境，走进虚幻的空间，又似在画框里徘徊，在诗行中徜徉，真是别有一番韵味。

## 烟雨成云，人间仙境

站在关王塘水库大坝，任雨雾掠过，和风淡淡，云朵从山峦的顶峰，飘然而至。迷蒙的天际下，只有雾色，掺和着若即若离的雨滴，如香馨的花朵，一朵一朵洒落在你的眼幕前，清新自然，沁人心脾，舒爽至极。我们是带着雨伞的，却没一人撑开，只静静地站立在雨雾之间，任轻轻的雨云，洒落在山水之间，飘落在发肤之间。这是一种赏心悦目的意境，你只有用心去品赏，才会觉得烟雨蒙蒙的关王塘水库，早已成为人间仙境。

轻雾从水中升腾，贴着清澈的水面，如天女散花，白絮翻滚，雨彩缤纷，或往山谷飘游，或往天上起舞，或浓如迷团，或淡似轻烟，细细看去，不知是雨滴化作了烟云，还是云朵变成了烟雨？一任轻烟和云彩，一任雨水和云峦，渐入迷离，飘飘洒洒，将关王塘水库包裹起来，只有静静的细雨声，还有远处的鸟啼声。

置身其间，云彩早把你的烦恼抛到九霄云外，也把你从城市带来的喧嚣，落在了很远的山旮旯，更会把你所有梦中的故事，转换得愈发虚幻迷离。其实，大自然最大的魅力，就是让人类生活更加丰富多彩，而关王塘水库最大的魅力，就是让耒阳人拥有一片未加雕琢的环境，任负离子散发健康的气息，供你吸收，供你开心抒怀。

## 风光徒满目，云雾未披襟

在我看来，距离城区近百里的关王塘水库和元明坳，是耒阳最后一块"处女地"，也是耒阳环境质量最好的一片山水，没有之一。连绵起伏的山峦，翠绿葱葱，清澈的溪泉，没有任何污染，漫山遍野中，竹林悠悠，古木参天，野花盛开，小径通幽，一派原始风味。

在这里，你可以欣赏日落日出，可以感受花中漫步，可以泛舟水流静谧，可以领略瀑布之美，可以坐看云起，可以攀爬石径路，可以林中寻景，可以山中觅洞，可以听泉水潺潺，可以闻鸟啼声声。但最赏心悦目的，还是雨雾飘飘、云朵悠悠的烟雨风光，那真是诗中有画，画中有诗，意境深邃，别有风韵。

在夏天，细雨飘飘的关王塘水库，就像梳妆打扮后的村姑，于古朴中透一丝风韵，于秀美中透一些妖艳。四面青山如黛，一袭深绿，镶嵌在碧波浩渺的水面，偶尔飞起的白鹭，划一层波光，将平静的湖水搅出一些水声，如天籁之音，如琴如笛，悠扬悦耳。细细的雨丝，洒入湖面，如拨动一泓清泉，一滴滴地旋开着浅浅波纹，悄然散开，又悄然聚合，张弛有序，不紧不慢，让湖面上清澈的雨丝，轻轻融入山水之间，不露一丝矫作，不留一分痕迹。

雨中的雾气，划一道优美的曲线，贴着水面，慢慢升腾，又似乎在慢慢下降，雾拥雨粒，散作一片轻烟，如天空中变幻的云朵，一忽成形，一忽似絮，飘飘洒洒，浑然天成。在云雨之间，在若隐若现的山水之间，关王塘水库如沐浴出水的仙女，静静地悬在那里，淡雅、风韵、优美、自然，就像山水画中的意境，永远看不够，永远琢磨不透其内涵。只有静静地欣赏，真切地感受，感受这片山水的绚丽，领略这片山水的纯洁。

## 朝塘雾卷，曙岭烟沉

山与水总是相辅相成的，当关王塘水库烟雨依依、云遮雾盖的时候，此时的元明坳，更是楚楚动人、风姿绰绰。她如同锁在深闺的淑女，未经任何雕琢，也没有任何准备，只是迎合着变幻莫测的云雾，或露出笑意，或露出多姿的风采，和关王塘水库的烟云互动，融为一体，为这片风光秀美的山水，增添更加迷人更加秀丽的风采。

雨雾下，元明坳的山顶，清晰可见，云朵似乎就坐在山的顶峰，一动也不动，又似蹲在林梢之间，想拥入山谷。而在元明坳的半山腰，雨烟飘过一片竹林，静止地悬在那里，远远望去，分不清是在下雨，还是在起雾。据元明坳老人介绍，在夏天，元明坳的雨景颇为奇观，不仅有东边日出西边雨，还有山顶天晴、山腰下雨的奇观，更有云拥雾霭、雾拥雨滴，雨云相约、晴雨相依的自然景观。

在烟雨蒙蒙的氛围中，走进元明坳，在梯田下的山间，感受细雨云雾的山上风景，又是一番情趣。雾气卷着烟雨，翩翩起舞，掠过竹林，越过山峰，如轻歌曼舞的仙女，舒展长袖，沾一些云朵，挥手而去，招手而来，淡淡自然。融入烟雨之中，你会觉得有一股清新的力量，直接沁入你的肺腑，倍感舒爽，也倍感惬意。

远方的山峦，在烟雨的掩饰中，若隐若现，若即若离，雾气环绕下，分不清山与山的远近，也分不清青石路的走向，七弯八拐，还是上下云梯？似乎都有些迷蒙，但又清晰可见，脚踏云朵，手触烟雨，一半是水花，一半是空蒙，云朵翻滚着从身边而过，而雨滴却裹着雾气，吹湿了你的头发。烟雨相映相衬，云朵时分时合，梯田早已褪去羞涩，在雾中露出刚刚栽下的禾苗，一片青翠，紧贴着烟雨，似乎要一起飞翔。

## 烟雾氛氲水殿开

元明坳的烟雨，似雨非雨，似雾非雾。据当地老人介绍，每遇夏天，元明坳都会有那么几天烟雨特别清奇的时节，雨中有雾，雾中有雨，雨中有云，云中有雨，非常清晰，又非常别致。大抵这样的氛围不会很久，一般是早上而来，中午便渐渐散去。烟雨一收，便是太阳。元明坳的老人说，这样的烟雨气候，一般预示着过几天会有大雨或暴雨。果然，我们从关王塘水库和元明坳赏雾归来后不久，一场暴雨便如期而至。

随着环境治理的不断深入，耒阳乡村，正变得愈来愈山清水秀，这种潜移默化的变迁，也无形中助推了乡村旅游。而离城区最远的元明坳和关王塘水库，又是乡村旅游的理想之地，如果你能在这里领略烟雨蒙蒙的绚丽风景，一定会更加喜欢这里。

（此文在新湖南网络平台发表）

# 耒水河畔：开启晨曦的灿烂

开车往河边赶的时候，天上还挂着星辰，略微发亮的晨曦将山水染一片迷茫。远处朦胧，近处暗淡，山与水、城与河都在一层层薄雾中渐渐苏醒。

我到耒水河畔耒阳自来水水源河段时，时间还只是五点多钟。站到电厂铁路桥上，河水一片弥漫，远山衔一团云彩若即若离，河与山之间隔着一条京广澳高速公路桥梁，飞奔的车辆带一幅流动画，点缀着河岸村庄和微微一笑的满天星光。

晨曦，从河面上泛亮的波光中慢慢开启。倒映在耒水岸边的山峦，伴着满天彩霞，从晨风中寻觅寂静下的山与水的韵律。

一条小船从河岸边缓缓漂出来，一个捕鱼人撒着渔网。"噼啪"，轻微的撒网声划破寂静的晨曦，惊醒河上的波涛，给清晨的耒水添一份原汁原味。捕鱼人似乎把小船抛锚在河中一动不动。霞光映衬，河水与小船；小船与捕鱼人；星星点点；闪闪烁烁，如同动感的音乐，又似静止的一幅水彩画，漂浮在耒水之中形成河面灿烂。

东面，霞光越过山峦正变得越来越靓丽。一片云海从远方冉冉升腾，蓝天白云之间彩霞溢出。先是色泽淡淡，淡得没红晕，只是一种静静的变幻。变幻中的霞光，迎光晨曦熹微的光彩，将山水抹一层金黄。刚才还很遥远的朝霞，渐渐逼近了河水，河两岸的房屋和铁路、马路也渐渐清晰起来。

河上波光如潮涌至，一眼望去河阔潮水平，泛着金黄的河面上晨曦初露，升腾起细微的雾霭。晨风荡漾，碧波潋滟，水天一色。岸上房屋，在绿色空间之中，在晨曦映衬之中，慢慢变得亮堂。河两岸上一栋栋崭新的楼宇，披上霞光，映射出一片金黄，将河面和蓝天点缀成晨曦下耒水河畔的辉煌与灿烂。

五月的灿烂如期而至。耒水河畔的波光齐聚一堂，和着阳光、和着清风、和着远方的云海在灿若繁星的晨曦中，装点扮亮着耒水河畔的风光。多姿多彩，如轻歌曼舞，似云霞飞扬。

一条机船迎着晨曦打破寂静的河面，从耒河下游行驶过来。船与霞光交相辉映，与高速公路上行驶的车流相辅相成。繁华的耒水从晨曦中开启；从撒网的小船中开启；从机船的轰鸣声中开启。

三三两两的早起人踏着晨曦，沿着河岸的台阶，下到耒水边搓衣洗菜。清澈的河水如一池泉水，任人自由遨游。"保护水资源，呵护母亲河"早成为共识。"绿水青山，就是金山银山。"在这个伟大号召感召之下，耒阳人的母亲河耒水，变得愈来愈灿烂。因为水力发电的需要，耒水河面上修筑的堰坝，将古老的耒水截流成了多节水段。而耒阳自来水水源这节河段也是堰坝形成的。堰坝上游便成湖泊。湖泊之水，水流平缓，风光旖旎。湖泊浩渺，一望无垠。晨曦之中更加婀娜多姿。平坦的河面上，在阳光的照耀下，在朝霞的映衬下，何等绚丽？大气磅礴，风姿绰约，一切好词好句都可以堆砌。视觉之美，在晨曦之中，在耒水这片河面上，充分得到印证。

六点左右，朝霞变得愈加鲜亮和火红，红霞满天，太阳露出来了。此时此刻，晨曦下的耒水两岸，云彩和朝霞，太阳和湖泊，交织成一片灿烂风景。漫天皆是彩霞，河面上也是霞光一片，两岸房阁，轮廓分明，如火如荼，万般风姿，绚丽无比。

耒水两岸每一道风景，在晨曦之中都令人浮想联翩。作为耒阳人的母亲河，耒水的不断变迁，耒水水质的清洁，都令人感叹万分。晨曦下，当我在河岸上看到"耒阳饮用水源"几个字更有一种油然而生的责任感。这个责任感就是不能往河水丢一个垃圾，哪怕是一片纸屑。要像呵护自己的眼睛一样去呵护这片水源。我相信很多人都会和我一样，环境的不断变化，水质的日益清净带来的不仅仅是耒阳生活水源的安全，还给居住在城市和沿河两岸的民众带来舒适的生活空间。只有这种优质的空间才会变成一道靓丽的风景。风景靓丽的耒河才会出现生活水源河段上，那晨曦中波光粼粼，朝霞艳艳，云淡风轻，碧水蓝天的灿烂景观！

这怎不是一片乡村旅游风景？晨曦之中，走进这里，领略一下耒水河畔所呈现的灿烂风光，恬静而浩渺的耒河，踏着晨光，吹拂晨风，带一片云彩，带一片朝霞，带一片河上日出，灿烂而绚丽，多姿而多彩。在这灿烂风景的晨曦下，让每一个耒阳人，更加热爱自己的家乡，更加呵护自己的母亲河！

# 谭湖桥溪流，碧水共蓝天一色

　　难得一个冬日的晴朗日子，阳光照耀，蓝天白云，山野一派金黄，田园一袭空旷，风吹落叶，耒阳乡村呈现绚丽多彩的一抹水彩画卷。

　　我们沿着乡道，走进长坪乡的谭湖桥村。

　　远山如黛，一望无垠，高低起伏的山岭，连绵不断，一脉相承，衬托朵朵白云，飘飘忽忽，悠悠然然，把乡村装扮得清洁爽净，如一笔诗行，展现在人的眼前。

　　近处，田园在暖阳的映射下，发出耀眼光泽，空落落的水田，三三两两的鸭子，寻觅着食物，不时嘎嘎地鸣叫几声，给恬静的乡野，平添一番生气。

　　渐渐消失的雾霭，若即若离，悬挂在一栋栋屋顶上，亮丽的新房，错落有致，包围着一间间露出青砖碧瓦的古屋，现代化氛围和远古风韵交相辉映，让这片乡村，别具一格，风韵无边。

　　耒阳西乡，没有褪去的古韵古香，在初冬时节，显得那么妩媚，显得那么娇艳。特别在谭湖桥村，犹如文人笔下的江南一隅，别致、典型，于秀美中吐一丝清纯，于古韵中添一份羞涩。

　　我记忆中曾几次到过这里，但都是在炎夏时节，冬天还是第一次来。身处冬的气息，嗅着冷风中夹杂而来的田野馨香，还有扑鼻而来的阵阵野菊花香，真是别有一番风味。我对谭湖桥，越发痴迷起来。

　　谭湖桥，那就得有桥。桥自然是一座古桥，一座石拱桥。西乡漫山遍岭都是石头，石桥、石路、石村随处可见，石桥更是一道风景，架在山涧溪水边，架在村前村后屋檐边，或长或短，或窄或宽，反正能过人便行，当然，如今还要过得车辆。

　　谭湖桥可以行走拖拉机和小车，桥两边连着一条水泥马路，桥面上铺着一层青石，桥沿也用青石垒砌，日晒雨淋，青苔环绕。桥下，是一条流淌着潺潺流水的小溪，当地人喊这弯水为门前冈下，冈江同音，这是耒阳人的叫法。谭湖桥人亦是如此。

　　这条溪流，发源地就在谭湖桥上游，那是一泓山泉，随着季节变换，有大有小，自上而下，顺着一条石沟，在荆棘丛生的山间峡谷中，漂流而下，形成西乡独有的沟圳溪流。

　　这个冬季，雨水偏多，溪水比往年更丰盛，但水流清澈，潺潺汩汩。谭湖桥边，有一个自然形成的堰塞，水在这里分开，一边流向一侧水沟，一边沿溪继续往下流。往下流的这股溪水，形成瀑布。这种瀑布，水流缓缓，不急不躁，坦坦然然，就如一把小提琴，弹奏轻快舒缓的音符，把乡村恬静、悠然，融入其中。

　　而分到一侧水沟的清流，则成为妇女和老人洗菜搓衣的地方。嬉闹声、搓衣声、洗菜声，还有小孩的喊叫声，将这片溪水，渲染得颇有生气。

　　溪水长流，点缀了乡村。人和自然的融合，又让冬季的谭湖桥，更加生机盎然。而耸立在桥头溪水上的几株古树，更让谭湖桥富含诗情画意。古树枝繁叶茂，遮住了太阳，阳光透过叶片，洒下一片斑驳的清影，折射在洗衣妇女的头上，折射到清亮的溪水中。

站到这个富有诗情画意的地方，看流水碧碧，看古树飘飘，看石桥悠悠，的确令人赏心悦目，感叹耒阳西乡这片土地的绚丽，感受西乡古色古香的风韵，更领略日新月异的变迁，给西乡民众带来的安逸生活。

随着时代的发展，环境对水的影响越来越大。尤其对耒阳西乡来说，地理位置偏高，水始终是民众最渴望的一个东西。青山秀水，这正是老百姓最向往的。谭湖桥之溪流，细水长流，流的是水，润入老百姓心田的是甘霖。这也是环境不断改善所带来的结果。

走进谭湖桥，领略耒阳西乡的水韵，就像领略西乡的古韵一样，格外让人心潮起伏，感慨万千。漫天云彩，湛蓝天空，溪流长长，碧波翩翩，山水相偎，水天一色，令人心旷神怡。田野之间，穿流而过的溪水，伴着一条条青石板小路，一条条弯弯曲曲的田沿小道，在冬天灿烂的阳光中，如起舞的大雁，徐徐展开，融入天际，融入水色。天地之间，碧水共蓝天一色，村落共碧水于一体。环境之美，乡村之美，耒阳西乡，从远古走来，正用崭新的姿态，迎接未来，迎来更美好的明天。

（此文在今日头条等多家平台发表）

# 暮春，云蒸霞蔚鹿岐峰

4月8日，暮春时节，久雨后的耒阳大地，山河壮丽，风光旖旎。在鹿岐峰，奇妙无比的云海仙踪，再次重现。云雾缭绕，云蒸霞蔚，云彩翩翩，云海深深，云碧飘飘，一片无与伦比的自然风光。在这个暮春之际，特别让人感叹，特别让人痴迷，特别令人惬意，也更加令人心旷神怡。

在鹿岐峰观望云海的，是几个穿校服的学生。他们一跑奔跑上山，面对绚丽多彩的云海风光，发出一片惊叹声。拍照，合影，发朋友圈，学生们尽情享受着大自然的风光。我与他们攀谈，他们说，马上要开学了，他们都很高兴，今天一大早相约来鹿岐峰爬山，没想到遇上了难得一见的云海风景。从谈话中得知，他们都是初中生，稚气仍在，他们出生在耒阳城，生活在耒阳城，而今在城市不远的鹿岐峰公园，不仅可以远离喧嚣，而且能近距离感受堪比书画电视中的山水风景，他们能不激动吗？他们说："耒阳真美，鹿岐峰真美，耒阳环境真是太棒了！"

的确，不断变化的耒阳，环境和空气质量愈来愈好，类似鹿岐峰上的云海秀色，也愈来愈多起来。我劝久住耒阳城又热爱旅游、崇拜山水的朋友，何不在久雨初晴后的清晨，起个大早，来鹿岐峰看看日出，特别是看云蒸霞蔚的自然美景，一定会惊叹和惬意，一定会说好风景就在咱身边，好风景就在咱耒阳。

一个人，只有热爱自己的家乡，只有对生活充满憧憬，才会热衷于欣赏自己身边的风光。山水之间，云彩深处，只有用一种喜悦的心态，才可以细细品味出风景的瑰丽。就如同饮一杯酒，不同人有不同的味道，或醇香，或甘甜，或苦涩，或酸楚。欣赏风景何尝不是如此，不同人眼里便有不同的认知，或美或奇，或诗或画，总之不会是一样的感受。但对家乡风景的赞美，大体上所有人都会是一致的。譬如鹿岐峰，耒阳人都会一致推崇的，都会经常光顾的。而赞美鹿岐峰的诗文，也比比皆是。我就写过描述鹿岐峰云海的拙作，但今天面对暮春时节的鹿岐峰云海，禁不住又要赞美一番。这也许是一个人挥之不去的家乡情结，喋喋不休，永无止境。

还是来看鹿岐峰云蒸霞蔚的现场。先告诉大家，最美的观望时间，是日出之际。而这个节点，大概在清晨六点，或早或晚，都达不到最佳效果。当然，春夏秋冬，也会有一定时间的变化，但大体差不了多少，这也和去南岳等名山大川观望日出是差不多的。清晨，晨曦微露，站在鹿岐峰山巅，一眼望去，云雾连连，环环相连，山岭高高低低，无边无际。云雾在不断变幻中，由最初的淡淡相偎，变成浓浓相依，由漫山碧透，到层林尽染，从高高低低，到远远近近。云雾轻飘飘浮在山岭与山岭之间，浮在耒水与高速公路之间。碧波浩渺，云彩翻滚，如3D电影一般，全方位从远方压倒而来，又缓缓地停滞下来，变幻成白絮般的风韵，若即若离，若隐若现。又似天空中飘过来的一片白云，聚散聚集，分分合合，或如仙女下凡，或如天宫盛况，云彩之中，分不清山岭，分不清耒河，分不清天与山之间的距离，仿佛近在咫尺，伸手可摘云朵。而近处的鹿岐峰铁塔，高耸入云，云雾绕在铁塔下边，如紧紧搂抱一般，迟迟不肯绕开。云来雾拥，雾来云立，互相缠绕，互相滚动，如腾云驾雾一般，莅临鹿岐峰，将山水连通，将远方的山岭分开，呈现出绚丽无比的云海风景。

云海仙踪，在聚合中形成。海市蜃楼，在缓慢中发生。云就是海，海就是云。山岭与云海，云海与山岭，就如同相拥在一起的大海与岛屿，海水翻滚，那是飘飞中的云雾，波涛汹涌，那是云雾中移动的彩带。只有山顶，没有山腰，只有明朗的云，没有迷蒙缠绕的雾气，只有如海一般的远景，一望无垠，没有边际。"海上生明月，天涯共此时。"渐渐地，太阳露出了霞光，将光芒洒在云海里，给云海镶了一层金边，灿烂辉煌。

而此时此刻，在鹿岐峰的另一边，耒阳城沐浴着早霞，在云雾的缭绕下，又是另一番风景。高楼大厦隐隐约约，耒河漂移着漫江碧波，大唐电厂的烟囱，被云雾裹着，露出一半的身姿，在晨曦中，分外妖娆。

鹿岐峰云海，愈来愈多，也变得愈来愈美。在这个暮春时节，鹿岐峰云海装扮着耒阳城，让耒阳变得越来越靓。绿水青山，就是金山银山。呼吸清新空气，感受云蒸霞蔚，耒阳鹿岐峰，必将成为更多人的观光盛地，也必将会成为耒阳旅游业最靓丽的一道风景。

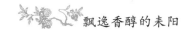

# 暮春，在古城耒阳看"海市蜃楼"

暮春时节，清晨，古城耒阳，久雨初歇，晨曦、朝霞、太阳、雾气、春色、楼宇，交错叠彩，形成绚丽无比的"海市蜃楼"风光，让人目瞪口呆，惊叹万分！这印证着近年来耒阳自然环境的华丽转身，也彰显耒阳城蝶变起舞的灿烂篇章。

4月17日一大早，我站在耒阳城一栋楼宇的高处，目睹着久已难觅的暮春晨雾，迷迷离离，滚滚而来，带着清新的韵味，带着美轮美奂的动感，将古城耒阳，渲染成画一般的美妙境界。若隐若现的鹿岐峰，如天边飘来的一朵云团，张开翅膀，笼罩着整个耒阳城区。鳞次栉比的高大楼宇，裹着千姿百态的雾霭，飘飘洒洒，轻轻淡淡，变幻莫测，忽东忽西，忽左忽右，忽浓忽淡，忽亮忽暗，在渐渐升腾的朝霞之中，在喷薄而起的阳光之下，如画家手中的彩笔，点缀成绚丽缤纷，如梦如痴的"海市蜃楼"景观，璀璨多彩，艳丽绝伦，将古城变幻成现代化与远古意境相交织的灿烂风光。

早上五点多钟，晨曦刚刚睁开睡眼，朝霞挂在鹿岐峰山巅，耒阳城市的高楼大厦之间，就涌动着白茫茫的雾霭，似腾云驾雾一般，游走在耒河岸边和一条条马路之上，时而升腾，时而低垂，在晨风的吹拂下，淡淡地旋转飘移着。天地之间，城市之间，雾气由淡变浓，由浅浓变成深浓，由迷离变成迷蒙，由淡淡忽忽变成浓墨重彩。刚刚清晰可现的楼宇，忽然间变幻万分，先是楼底不见，接着是楼身不见，再接着是楼宇变成海洋，如远边飘动的一幅图画，欲即欲离，若隐若现，突然间就形成了"海市蜃楼"，让人大饱眼福。

我站立的高处，对面是樟隍岭公园地段，一栋33层的高楼，在各种高矮不一的楼宇衬托下，显得分外耀眼。当雾气自东游离而至，这栋楼和樟隍岭上的绿色树木，仍清晰可见。但渐渐地，随着雾气由淡变浓，由少变多，更随着鹿岐峰朝霞升腾，太阳冉冉攀升，七色光芒喷薄而出，将雾气渲染成一片绚丽彩色，也将这栋高大的楼宇，装扮得如诗如画。首先，雾气是环绕着，低垂缠绵着楼宇。接着，雾气是包裹着、紧紧依贴着楼宇，再接着，雾气如一双巨手，托起了这栋楼宇。于是，楼宇慢慢升腾起来，一下和各类低矮楼宇拉开距离，又忽然间和蓝天白云相接触起来。这时候，楼宇只能看见装饰得古色古香的楼顶，像一个古村落一样，画栋雕梁，而其他地方都已成为一团云雾，不见踪影。而这种造型只维持了不足一分钟，楼宇又开始变幻起来，在艳丽阳光的照耀下，突然间似乎和我站立的地方拉开了很远距离，似乎一下和天空触手可及，此时此刻的楼宇，就成了一片金黄，璀璨无比，形成了真正意义上的"海市蜃楼"，让人目不暇接，如在梦中一般。这种"海市蜃楼"风光，只持续了不足一分钟，突然间雾气笼罩，风景不再。

壮丽的"海市蜃楼"风光光顾耒阳，这是很多年难得一见的吉祥风采，这也极好地证明了古城耒阳自然环境正在发生质的改变。只有空气清新，绿水青山了，才会有自然形成的雾气，只有清新自然的雾气，加上古城耒阳地理位置和交相辉映的鹿岐峰朝霞和耒水的灵气，才会形成绚丽多彩的"海市蜃楼"风光。

# 长坪坳上，云深深几许

坳上，是耒阳人对居住在偏远山岭的俗称。如今，随着交通的发展，坳早已不算高地，如履平地，大抵如此。但对农村人来讲，坳上坳下，仍是一种习惯上的地理认同，如同城市和乡村一样，总有一些差距感。坳下人总有些瞧不起坳上人，这从婚嫁上可以领略一二。坳上人家女儿总想嫁到坳下人家，而坳下人家女儿断不会考虑嫁给坳上人家。这种存在了好多年的地域偏见，本身就是一种陈词滥调，但对上了年岁的老年人来讲，至今仍根深蒂固于心中，很难改变。当然，对年轻一代，这种藩篱早已打破，坳上坳下的概念渐渐淡薄，或者根本没有了。

长坪乡，曾经是最典型的坳上村落。又因为长坪曾经是耒阳最僻壤最贫穷的地方之一，所以长坪坳这个称呼，一直沿袭至当代，挥之不去，让人印象非常深刻。如今，随着扶贫工作的持续开展，这个沿袭了久远的称呼，终于迎来了"脱胎换骨"。最关键的是，昔日贫困落后的地方，旧貌换新颜，条条水泥路纵横交错、栋栋新房拔地而起，一株株珍贵的红豆杉飘移摇曳，一台台风力发电机高耸入云……呈现出一派绚丽无比的风光。而随着耒阳乡村旅游的蓬勃发展，长坪坳上人家，早成了一方热土，成了人人向往的乡村休闲旅游目的地。扶贫带动产业，带来乡村变迁，带来"返璞归真"，乡村旅游业也必将为扶贫攻坚，带来源源不断的发展后劲和新动力。

暮春时节，一个雨间相晴的下午，我辗转来到正在修路的长坪乡。清新脱俗的村落，山水相连，绿色浓浓，云彩深深，令人心旷神怡。

站在山岭上远眺，云深深几许，隐隐约约的云朵，或碧如波涛，或如白絮般翻腾。远方层层叠叠的山岭，在云彩的伴随下，一半是太阳，一半是白云，互相映衬，分外妖娆。

近处，绿色环绕中的一座小型水库，水质清洁，倒映着蓝天白云。一方山水，一方翠色，一方云彩，一方山路，交相辉映，珠联璧合，如诗如画。

山的那边，是一个小山冲，小山冲被山岭环绕在中间，背靠山岭，前方是一片开阔地，耒阳话又叫冲里。冲里深处，是渐渐鼎沸的鸡鸣犬吠，给山冲平添一份生机。这个山村叫神岭村，是一个偏远僻壤的小山村，曾经也是贫困的代名词。如今，随着扶贫工作的持续开展，这个小山村旧貌换新颜，村路、村庄、村民生活都得到极大改善。村民老李说，扶贫工作开展以来，他们为了发展生产，将以前荒山野岭都开垦了，种上黄花菜和生姜等农产品。昔日光秃秃的山岭披上绿装，也让小山村风景优美起来，加上高山气温偏低，云彩丰富，如今吸引着很多城里人来这里休闲观光。

长坪乡的小山村都很美。这是位于乡政府不远处的一个小山村，夕阳西下，小山村沐浴一片光泽，山岭、村落披上金色，在蓝天白云的映衬下，分外妖娆。村前，一口水塘泛着碧波，鸭群游荡，村中央，一片绿色柳叶，飘飘洒洒，几个挥锄劳作的村民，正在田野上忙碌。村的背后，是一片连绵不断的山岭，云海环绕，一望无垠。在灿烂的阳光下，眺望这座村庄，就是一幅静寂的图画，山水、村落、翠色、云海，有机相连，融合一体，非常妥帖。增一分而无余韵，减一分又无诗情。云深深几许，小村风光映画卷。秀美风光，一览无余。

如果说小山冲、云彩是长坪乡古老的风光，那么，镶嵌在长坪坳上的风力发电机，就是最具现代风采的靓丽风景。风力发电机点缀长坪山水，风力发电机让长坪坳风光插上腾飞翅膀。

在长坪坳上的山头，到处是耸立于山水云彩之间的风力发电机，或高或低，或远或近，一台连着一台，一山连着一山。风力发电机在风力的助推下，旋转着叶片，筹力发电，将电力输送到国家电网，造福社会。而耸立于长坪坳上的风力发电机，无形中又点缀了古老的山岭，让古韵掺杂一份现代化的成分，也让长坪坳变得更靓更有旅游色彩。来到长坪乡，你不仅可以看到这里珍稀的红豆杉，还可以观赏高高站在山巅上的风力发电机。蓝天与白云，山岭与风力发电机，浑然天成，隐隐约约，装点着长坪这片神奇的土地。

长坪坳上的风力发电机，一般都耸立在山巅，而这些山巅，又连着较低一些山岭，远远望去，层次分明，颇有立体感。山巅之下，风力发电机旁边，是茅草丛生的平台地貌，一袭的草丛，夹一些荆棘，一眼看去，就是一片南方草原，虽面积不是非常广阔，但足以构成观光草原，一片一片，一岭接着一岭，即使是春天，也露出那种草原黄色茅草的荒凉，让人有一种苍茫感觉。风吹草低见牛羊，而这里却是见高高飞翔的风力发电机。一张一弛，突显着长坪坳与众不同的自然风光。

坳上人家长坪乡，随着不断发展的步伐，随着扶贫攻坚的深入，随着日新月异的变迁，古老的土地，焕发出迷人的魅力和风采。而随着红豆杉、风力发电机等旅游景观的形成，这方曾经贫瘠的山水，必将成为振兴耒阳乡村的一枚棋子，这枚棋子又将是发展耒阳乡村旅游产业的生力军。

# 罗渡瀑布：三叠飞瀑天上来

　　罗渡党田瀑布位于仁义镇至欧阳海灌区中间地段罗渡乡党田村境内，濒临春陵江边。一边是陡峭的山岭；一边是滔滔奔流的河水。欧阳海灌区东支干渠从这里穿越而过，一条乡村水泥公路纵贯南北。山岭、河流、水渠、公路、瀑布错落有致，有机地融为一体。远远望去就是一幅绚丽山水图画，清新而又自然，多姿而又多彩。那山、那水、那瀑布，如同天边悬挂了一抹彩虹，在蓝天白云的映衬下婀娜多姿，呈现一派美妙的乡村山水风光，令人心旷神怡，痴迷向往。

　　特别在春天，绿水青山、秀色可餐时节，去一趟仁义镇，在春陵江畔的罗渡乡党田村，去看这个三叠飞瀑的瀑布群，一定会惊愕不已，流连忘返，会感叹耒阳山水的魅力，会赞美西乡风姿绰约的自然风光。当然，和那些名山大川的瀑布比起来，或许这里根本不会让人入眼。但对耒阳人来说，这个瀑布堪比最靓丽的一道风景线。

　　站在公路旁就可以观赏瀑布。只见三叠瀑布如高天流水，飞泻而下，溅起一线波涛，发出巨大的响声。这个瀑布整体落差在一百米左右，属于耒阳流量最大、落差最大的瀑布。瀑布分三叠，一叠从山顶流入半山腰；一叠从半山腰泻入山下；一叠从山下流入春陵江。三叠瀑布层次分明，一叠一个落差；一叠一个飞瀑；一叠一个画面。一眼望去融为一体、和谐自然，把瀑布的立体感显示出来，让人惊叹。三叠瀑布三个落差，一字排开，距离相差不远，每叠落差长度都在二三十米，极好地勾勒出层次感和画面感。若换一个角度从远处看，三叠瀑布更加壮观，飞流直下的水流，自上而下，如流动的一串珠玉连贯在一起，闪闪烁烁，金光灿烂。阳光下，瀑布流光溢彩，变幻成无数光环，直醉人的眼幕，让人惬意万分。再如果用最现代化的航拍拍摄，则三叠瀑布更加雄壮，就如同天上飞来的一袭水浪，浪花飞溅，一串连一串，一水连一水，环环相扣，分不清哪一叠是水，哪一叠是浪？

　　罗渡党田三叠瀑布，在春天雨水季节流量特别大，而到了枯水季节，却变成一线流量甚至断流，这是较为遗憾的地方。当地村民介绍，每遇涨大水后，瀑布就如同天上人间，倾泻而下，极为美妙。而整个春天，由于雨水连绵不断，三叠瀑布因此也不会断流，这让路经这里的人不得不驻足观望。毕竟耒阳瀑布群并不多。我就多次观赏过这个瀑布，且从不同方位观看。只有从不同方位观看，才能领略这个三叠瀑布的靓丽，才可分辨流水与山岭形成的壮观瀑布。每一次观看都可以根据水流流量的大小，水质的清纯度，感受这条瀑布的风光旖旎。

　　这一次，久雨初晴的一天，我和几个年轻同事又一次来到三叠瀑布观赏，顺便拍了一个视频。为了寻找观看瀑布的最佳落差点，我决定爬上山岭，近距离去感受三叠瀑布的壮美。爬山之前，从当地村民口中得知，最顶上那一叠瀑布，可以从山谷中间近距离看到，但是是一条羊肠小路不好走。我说只要有人走过我就敢走。于是嘱咐几个年轻同事继续在山底拍摄，我便轻装上阵，带一台单反，开始爬山。从党田小学围墙外开始上山，路虽窄，但也没想象中窄，至少可以走人。一路跋涉，经过欧阳海灌区东干渠水渠，从一座水泥桥上走过，便正式进入羊肠小道。这条路比较崎岖，路窄、荆棘又多，还有小毛竹，一层一层裹着，要用手扒开才可小心翼翼通过。到了山腰，小毛竹围堵起来的山路，形成一个个矮篱笆，要弯腰匍匐才能通行。饶是如此，各种茅草针刺仍然非常多，不一会我的双手就刺破点点，流出了血，当然也是小痛小痒，并不妨碍我继续前行。大概在这种靠手脚并用才能通行的山路上挣扎了十多分钟，就听到山谷水流的巨响。我循声走去，柳暗花明，豁然开朗。只见巨大的瀑布落水，飞溅出一片片水花，如一池中滚动的浪花，翻腾飞滚，形成非常壮观的潭水。我站到潭上，往上望去，瀑布水似乎从银河上流泻下来，一片片水珠仿佛没有连在一起，似倾盆大雨直灌潭下，形成非常宽大的瀑布。这是三叠瀑布中的第一瀑，整个瀑布落差在三十米以上，瀑布宽度在十米左右。这才叫真正的垂直瀑布，从天而落的流水，中间没有任何障碍物，直接落下，笔挺泻下潭中，水花灿烂，水声潺潺。置身这里，才真切切感受到耒阳瀑布的壮观。站在这个瀑布前，诗情画意，秀丽风光自由奔放，令人心旷神怡。"不入虎穴，焉得虎子"，如果不爬上这片山谷，就无法看到如此漂亮的瀑布，就无法了解三叠瀑布的绚烂风光。其实，山路并不好遥望，观望点并不险峻，如果稍加修复，用一条西乡常见的青石板路牵引，那么罗渡党田瀑布，就会掀开遮掩的面纱成为一道靓丽的风景。

耒阳是一个山水资源非常丰富的地方，旅游发展前景广阔。如罗渡党田三叠瀑布，稍做一些人工打造，就可以开发出一道很靓丽的风光。这个三叠瀑布，完全可以成为连接欧阳海大坝风光的一个景点，吸引游客，助推耒阳乡村旅游，带动耒阳旅游产业发展。

# 耒阳：云海看日出

一个地方有一个地方的风景，一片山水有一片山水的魅力。譬如日出，大多数人是选择去名山大川看，但其实好风景就在咱身边！耒阳日出，一样有其独特的风采。其中，城市日出、鹿岐峰日出、元明坳日出便各具特色。今天我要向大家介绍一个云海看日出的美丽景点。这个地方距城区很近，只有十几公里。这个地方叫作小水镇金山村，它与余庆街道办事处紫元村相连。在一片不算高的山岭上，极目远眺，耒阳城高楼大厦尽收眼底。而令人神往的云海日出，也可以从这里一饱眼福。

当然，云海日出不是随便可以看得到，而是在特定的气候下、特定的时间里才可以领略一二。今年的春天，我就在金山村和紫元村交界的一片石山岭上，几次目睹了壮观的耒阳云海日出。既为云海，首先得有云雾，而日出，则是从云海中喷薄欲出，那种绚丽无比的感觉不是亲身经历很难描述。所谓的"只可意会，不可言传"大致如此。所以，这种壮丽的云海日出，写起来真有些差强人意。但写还得写，因为只有让更多人知道，才有可能吸引更多人观赏，也才能够让更多的耒阳人来感受家乡山水的深深情怀。

4月13日清晨，久雨初晴，我五点钟就起床了，然后驱车出城。从花石拐入一条运送石料的水泥路，再从水泥路驰入一条狭窄的乡村小路。此时，晨曦微亮，山野一片沉寂，天色朦胧，大地披上一层薄雾，飘飘洒洒，裹着村庄、山林和石块。我停车后步行，越过一片荆棘丛生的茅草地，来到一片光秃秃的山上，居高临下，眼前一片开阔。岭的北面是隐隐约约的耒阳城，此时还有灯光余晖；岭的南边是茫茫雾气的小水镇村落，这时则是万籁俱寂。而在正前方是浩渺的东方，云海日出，就是这个方位。

我拿手机看了下时间，还没到六点，四面云雾缭绕，白色的轻纱飘飘忽忽，游荡在山谷和山岭之中，徘徊在田野与村落之间。层层叠叠的云雾拥挤一片，时而聚集；时而分开；渐渐地，绚丽的云海景观形成了。而在正东方，那山岭依偎的远方，就是耒阳人的母亲河——耒水。耒水奔流，升腾起雾霭，和远方的山岭有机相融。一眼望去，分不清哪是山，哪是河，哪是云，哪是雾。云海由远而近；又由近而远，欲隐欲现，若即若离，一片云遮雾遮，一片灿若星辰。微微泛着红晕的天空和云雾紧紧相贴，让人分不清哪里是天空，哪里是云海。云海映衬天空，天空映衬云海，形成绚丽多彩的云海景观。

这个时候，我看到那云海中的碧波，正由淡变浓；由浓变微红；由微红变红晕；由红晕而泛出金色。突然之间，一半彤红的霞光喷薄欲出，半个太阳从云海中拨开一片碧云，坦然而出。而裹着的云海也一齐飞腾起来，色泽变成彩虹，彩虹变成橘红，最后是霞光飘飘，云海翻腾。骤然之间，那半个太阳露出了大半个身子，硕大无比，灿烂辉煌。再看那些云海早变成的霞光，霞光万丈，光芒四射。而碧波荡漾的云海并没消散，倒变得更加靓丽，更加碧波浩渺，就如同天上人间，仙境茫茫。再突然之间，太阳终于露出

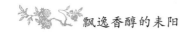

整个身姿，一下便圆如彩球，在云海中自由飞翔。此刻，云海更加灿烂起来，灿烂得如同太阳的光泽，将整个东方渲染成一片绚丽无比的"海市蜃楼"。

　　整个云海日出，从形成到消失不足一刻。再后来，山野上的雾气渐渐多起来，云海也变得淡薄，大地和天空也分隔开来。令人窒息的云海日出就此结束。没有任何雕刻，也没有任何的拖泥带水，顺其自然，自然天成。云海日出，这个大自然的奇观，在耒阳这片土地上，只要选择较好的观赏点就可以一饱眼福。而小水镇金山村这片山岭，虽然不高，但因为距城区不远，加上距耒河也不远，因此，这里也算别具特色的观赏之地。有兴趣的朋友不妨起个早，选择一个好时机，来这里看看日出，感受耒阳城乡接合部云海日出的盛景！

　　需要特别提示的是，云海日出并不是很容易看到。必须天时、地利、人和，没有大环境的改善，雾气就会变为雾霾，没有好的保护，长期污染下的山水，也不可能有如此纯净的天空，缺一不可。可喜的是，近年来，自上而下环境保护意识正在形成，而随着环境的不断改善和变好，一些多年不见的自然风光正在被重现。例如耒阳云海日出，这种需要多方因素才出现的景观，慢慢变得多了起来，这不能不说是耒阳环境大大改善而带来的变化。可以相信，随着环境保护意识不断深入人心，云海日出这种自然景观一定会变得越来越多！

# 太平水库：水光潋滟如梦乡

水乡是江南人的诗篇。梦里水乡是江南人的向往。划一条小船，在波光粼粼的水流中徜徉，折一枝垂柳，在碧波荡漾的浪花中彷徨。这是水乡人的意境，只有身临其境，才可意会。

耒阳多水乡，河里、江里；溪中、水中；田野、坡上；岭上岭下、洞里洞外。有水的地方，就是一湾水乡。更兼那些人工修筑的山塘、水库，阡陌之间，水乡弥漫，那水那溪，那山那河，那霞光下的水库，何止是婀娜多姿？又何止是梦中水乡？

太平水库，位于太平圩乡。这里是耒阳三大水库之一，也是耒阳地域最高的水库之一。耒阳南乡人都喊太平水库为坳上水库。坳在耒阳人心目中就是很高很远的地方。水库修在山坳上，修在崇山峻岭的峡谷深处，那是何等令人神往？

在春天一个风和日丽的下午，我来到太平水库。夕阳西下，彩霞满天，静静的水库四周，一派春意盎然。水映蓝天，衬托远方，那葱葱郁郁下的山岭，一片连着一片，那碧波涟漪的水流，一泓连着一泓，浩渺的太平水库，就是梦里水乡，渲染着山与水的静寂，勾勒着耒阳乡村日新月异的时代变迁。

站在太平水库东边的一片山岭上，一眼望去，长长的堤坝，就如同围墙，盛满着一壶泉水，清清澈澈，干干净净。平坦的水面，一望无垠，阳光照耀，熠熠生辉。那一弯连着一弯的水波，如同笔挺的高速公路，纵贯东西南北。浩渺的水流，回旋在山冲与山谷之间，盈盈碧波，自然升华，在春天的季节中，便是浩浩荡荡的一座湖。

坳上湖泊，湖泊坳上。湖泊是浩渺的同义词，湖泊也是绚丽的音符。太平水库，完全可以配得上人工湖泊这个称呼，就如同耒水上游的东江湖，配上湖，才显示其气势。太平水平，只有用湖泊，才可以描述她的壮丽，也只有用湖泊，才可配得上她江南水乡、梦里水乡的意境。

在水源丰富的季节，太平水库的面积，可以纵横十余华里。深不可测的湖水，弯弯曲曲，曲径通幽，一派自然风光。那湖那水，那山那景，那浩渺的湖泊，在山坳深处，在蓝天白云之中，如梦里水乡的画卷，徐徐打开，令人窒息，让人流连忘返。

水光潋滟的太平水库，是很多人向往的梦里水乡。或旅游者，或垂钓者，或昔日建设者，或投资人，或慕名者，或有心人，或寻一方童年之梦，或追一缕记忆中的云烟，或为了远离城市喧嚣，或为了痴迷山水，或干脆利索就来看风景。那些垂钓者最悠逸，尽情享受着湖泊风光，偶尔又钓一尾鲫鱼。那走在山间小路上的人最惬意，他们敞开胸襟，自由拥抱梦里水乡。还有那些过往者，他们匆匆从太平水库经过，再绚丽的风光，他们也只是瞟一眼。他们还有很多事情要做，太平水库只是他们的梦乡，当然更是他们的家乡。他们呵护着这方潋滟山水，他们护佑这个灌溉农田的中型水库。

据悉，太平水库目前的灌溉面积数十万亩，是太平、公平、小水等乡镇农田的主要灌溉水源。尤其今年粮食种植成为重中之重，太平水库将发挥极大的灌溉作用，造福耒阳农业。

太平水库兴建于 20 世纪 70 年代末期，是和观王塘水库、凉水冲水库并列的耒阳三大水库之一。站在太平水库大坝前，望着浩渺的水流，我的思绪似乎回到了当初那火热的建设现场。那时候，我还是一个莽撞少年，很荣幸参与了这个水库建设，跟随大人们为水库大坝挑过土。由于条件所限，当时修建水库几乎都是依靠人工，从打夯筑坝，到防堤护坡，都是用双手浇灌出来的，没有任何机械。这对今天的人来讲，简直不敢想象。但太平水库就是在这样的条件下兴建起来的，整个修建时间也就一年多。至今，太平水库的主坝，还是当初那个一肩一担挑出来的工程。

太平水库，平时是梦里水乡，夏秋则是灌溉之源。梦里水乡，衍生无限风光。所以，尽快开发利用这里，打造旅游休闲湖泊，成为振兴耒阳乡村的旅游目的地，亦是相关部门和有识之士之共识。出生于太平圩乡的正源学校校长罗湘云先生，就深谙这方梦里水乡的开发价值和意义，他准备投资建设一个集旅游观光、休闲文化于一体的大型山庄。倘若这个计划实施，梦里水乡太平水库，将提升一个档次。届时，江南水乡那种诗情画意，耒阳大地一道靓丽风光，必将在太平水库出现。

# 灶市泗门洲，陌上花开时，春风醉十里

当"乡村旅游"这个热词常挂人们心头之时，择一个晴日，开车去乡下游便成为时下耒阳城里不少人最惬意的家庭或朋友之间的一次行动。放飞心情，融入大自然，欣赏美丽乡村，更加热爱自己可爱的家乡——耒阳。

四月，一个连绵细雨后的晴朗日子，我们一行人驱车来到灶市办事处的泗门洲，看桃花飞舞，看油菜花香，看杨柳飘飘，徜徉在春日暖风中，感受耒阳美丽乡村建设的别样风情……

十里桃花香，是泗门洲最亮丽的一道乡村风景线。沿着耒河西岸的一条水泥大道，踏入这片绚丽多姿的桃花园，嗅着淡淡馨香，望着起起伏伏的桃花林，在春日温暖的阳光中，格外心旷神怡。桃花园里早已是人声鼎沸，穿着五颜六色的年轻人，或嬉闹，或拍照，或驻足，或奔跑，尽情享受着这乡村游给他们带来的韵味。娇艳的桃花，在春风吹拂下，肆意绽放，一朵一朵，一团一团，一簇一簇，一片一片，点缀着山野，点缀着和风煦煦的乡间小路。天上云彩飞扬，远山绿意翩翩起舞，桃花园相隔不远的耒河，泛着耀眼光泽，将春天最美的风采，尽情展示出来，让人无限遐想，令人浮想翩翩。站在桃花园的最高处，放眼望去，桃花艳丽，芬芳绵绵，桃叶枝头，有的傲然含苞，等待绽放，有的倾心簇拥，展示风姿。桃花在春天里，最光彩夺目的，是那盛开的时候。由于阴雨天气，今年泗门洲桃花园的桃花，没有像往年那样早早盛开，但透过密密麻麻的桃林，仍可欣赏到那些开得茂盛而热烈的桃花。或点点红红，或淡淡艳艳，或绽放花蕾，或招蜂引蝶。

桃花岛上桃花飞，游人如织踏春来。在耒河之中，漫江碧透，水天一色，泗门洲桃花岛如一枚跳动的棋子，在春日阳光下，熠熠生辉。这是一个不足一公里长度的小岛，岛上春意盎然，桃花盛开，游人从四面八方而来，徜徉在这个充满迷人风光的小岛，尽情享受着自然风光，呼吸着新鲜空气，领略耒阳乡村游带来的乐趣。桃花岛在河水的映衬下，在蓝天白云之间，又似一片轻轻飘动的彩云，于河水之间，于乡野之间，于层层山岭之间，形成一个对峙。风也轻，云也轻，水也轻，花也轻，人也轻飘飘，置身这片绚丽多彩的山水中央，仿佛时光变幻成了梦境，色彩斑斓，静谧如画，恰似梦里水乡，世外桃源。桃花岛的桃花也别具风韵，尽管我们到来时，花已渐渐凋零，但仍掩饰不了热烈气氛。花朵朵，朵朵花，一串一串，一株一株，错落有致，开得火热，开得茂盛。花是大红色的，让人眼花缭乱，所谓桃红柳绿，大抵如此。而桃花岛盛开的红色桃花，却更加鲜艳夺目，更大亮丽如画，更加风采翩翩，如春日里涌动的花海，让人大饱眼福，让人留流忘返。

陌上花开时，春风醉十里。在盛满春色的山岭之间、耒水之间，别忘了还有田沿上

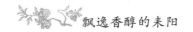

花开万朵、楚楚动人的油菜花。阡陌一片，片片阡陌，一袭连着一色，阡陌田野，阡陌山野，阡陌上的油菜花，如春日里飘动的旗帜，迎风招展，在高处格外醒目。而站在泗门洲一片层层叠叠的山野之上，阡陌上的油菜风光，更加婀娜多姿，更加与众不同。浓烈的油菜花香泛起，在桃花芳香的衬托下，如蜂蜜一般地灌入游人的心肺之中，让人爽快而又惬意。

置身于春的灶市泗门洲，乡村旅游这一词语如花一般，显得分外靓丽，也恰如其分。尽管今年的雨水格外多，但只要天气一晴，不管是双休日还是节假日，城里人都会蜂拥而来，携三五好友，携家人，开着车，拥进这片美丽的山水花香之间，走进阡陌田野，在乡村旅游的大氛围中，做一个赏花人，做一个踏春者，做一个诗意与画意入梦的快乐人。

耒阳的乡村旅游，带动着方方面面的火爆，乡村餐饮业、乡村旅游综合收入，正在呈现井喷，一年比一年攀升。随着湖南乡村旅游文化节在耒阳的成功举办，类似泗门洲这种阡陌上的花香，正越来越受到游人的热捧，而这热捧的背后，也印证我市发展乡村旅游的前瞻性和广阔前景。只要多些泗门洲这样的阡陌花景，只要耒阳全域旅游真正落到实处，耒阳乡村游就会真正"春雨润无声"，带动耒阳经济绿色发展。

# 长坪陆虎坳：跨越四县的岭上风光

　　一边是山连着山岭连着岭；一边是河拥着水水拥着河。极目远眺，山岭尽收眼底，河水踩到脚下。那数不清的湾村，那弯弯曲曲的公路，那半山腰的水塘，还有那高耸的风力发电机，穿越那一望无垠的山山岭岭，直入云霄，似古诗中的意境，一览众山小。四面风光，瑰丽纷呈，如一片飘飘洒洒的云彩，弥漫在四县交界的崇山峻岭中。

　　我们沿着一条碎石小路，一路开车来到长坪乡的陆虎坳上。这里山势陡峭，山顶险峻。站在最高处鸟瞰山下，无限风光壮丽无比。据当地的老百姓介绍，这里一脚踩三县：分别是耒阳、永兴、桂阳，还间接连着隔河的另一个县常宁。鸡鸣四县，大抵如此！

　　陆虎坳是长坪乡地势最高的山峰，往南是长坪乡和平村，往北是长坪乡破塘村。耒阳除了这两个村，山上山下都是永兴、桂阳的村庄了。我们为这片神奇的山水所震撼，没想到在长坪这片山坳上还有如此绚丽的风光。

　　先说地貌，是典型的丘陵山地，山岭铺一层茅草，远远望去如同草甸一般，绿茵茵一片。环顾四方，那些裸露的山头层次分明、环环相连。这种山岭都是独立的有大有小，但样式却大同小异，都是岭底大岭峰渐小，就如同一根雪糕一般。当地老百姓称这种山岭为斗笠岭，斗笠是旧时遮雨用具，戴于头上，头顶上方是尖尖的。而陆虎坳周围的山岭，也有许多斗笠般的山岭，这种山岭衬托着那一台台白色的风力发电机，愈发显得古色古香，极好地将现代文明氛围和远古韵味连接在了一起，让人豁然开朗，心旷神怡。

　　斗笠岭一般都在陆虎坳的东面，而在西面是一段狭长的山谷，谷底下到处是村庄和公路还有田野。站在陆虎坳上，峡谷如同收缩的一卷画卷无法打开。你想去打开这画卷却又无法企及。我们问了当地的村民，尽管在陆虎坳上看到的地方好像近在咫尺，但如果沿山底下的道路试图走近却要花费几个小时。跨越峡谷则是山那面的人家，绿色翩翩的村庄，望上去有些模糊或曰没那么清晰，但会让人有种似曾相识的感觉，其实那山、那水、那人、那景、那村庄都已是永兴、桂阳县境。

　　在陆虎坳的北面又是另一番风景。层层叠叠的山岭托起一台台风力发电机，高耸云霄、直插蓝天。山顶之中有一片碧波荡漾的水塘镶嵌着一个古老的村庄。

　　远远看着，这个村庄就如同挂在山顶上一般，一阵风吹起仿佛一种摇摇欲坠的感觉。这个村属长坪乡破塘村四组。80岁的王增会老人说，破塘四组也叫"破塘"，破塘村是以破塘命名的。说起破塘村的僻壤，王增会老人颇为感慨，他说不通公路前，这里几乎与世隔绝，特别在旧中国更是穷乡僻壤，1944年日军侵犯湖南时，由于破塘太过偏僻，日军几次上山寻找都没找到破塘村。而今，随着交通的不断发展，破塘早已不再落后。王增会老人说，现在年轻人骑摩托车十几分钟就可去罗渡口，即使去耒阳城里坐车也就一个多小时。

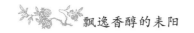

　　高处风光，万般雄壮。山岭上风力发电机绕过山岗，一台挨着一台，远远望去就像一团白絮，飘飘忽忽，一点一线、一招一式仿佛都是静止的。回眸一望，高大坚挺的风力发电机却高耸入云，一片叶片足足有几十米，要几人才可合围的塔躯仰望起来特别巨大。

　　一台台排列于山岭的风力发电机点缀着这片四县相望的山岭，平添了一份山野生气。山与岭，岭与村，村庄与风电有序排列，一眼望去除了雄壮还有无限的风景。这种风景丝丝入景、环环相扣、浩浩荡荡，如玉树临风又似高山流水直灌你的心灵深处，从内心发出感慨。感慨耒阳山水的绚丽，感慨养在深闺的长坪风光！

　　俯瞰山下又是一番别有洞天。遥远的山水、遥远的房屋、遥远的田园、遥远的河流仿佛就在眼前，实际上距离在十几公里甚至几十公里之间。星星点点的山下风光就如同一幅画，靓丽无比。

　　春陵江泛着波光闪闪烁烁，沿着山底从欧阳海灌区流淌下来，七弯八拐，曲曲折折流向远方。河两岸的村庄，一栋栋崭新的房屋错落有致，装扮着这片四县交界的山水，婀娜多姿，动感十足。那山、那岭、那村、那景、那河、那水环绕而又延绵，湾如玉带飘飘洒洒、悠悠扬扬，令人目不暇接，心旷神怡。

　　岭上风光在陆虎坳一览无余。晴朗的日子在陆虎坳可以望得很远，四县相连的村庄都可以凭肉眼望见，如耒阳长坪乡、永兴油麻圩、青兰乡镇，再加上对面河上的常宁白沙镇等地，四县风光在这里一览无余。山岭的险峻，村庄的古老，河水的波涛，半山腰上的公路，山顶上的村庄，还有那一台连着一台的风力发电机都各显妩媚，绽放风采，让人一饱眼福。

　　作为一个耒阳人，去外面欣赏名山大川的时候，一定不要忘记好风景就在身边。你可以花少量时间轻松来到长坪乡陆虎坳，来这里领略四县交界处的壮观山岭风光。相信一定不会让你失望的。晴天，好山好水好风景任思绪浮想；雨天，绵绵细雨翻滚无数云雾任遐思悠长……

　　"无限风光在险峰。"陆虎坳上看风景，惊奇、险峻、辽阔、雄壮，所有在名山大川中能够用上的观赏词句都可以在这里得到印证。譬如惊奇，山岭上的斗笠造型，峡谷中的古村落，山顶上的村庄都是诠释。又如险峻，陡峭的山岭，羊肠小道，山巅之中耸立的风力发电机都是见证。至于辽阔，那一望无垠的山山岭岭，那秀丽壮观的草甸，还有那流动的春陵江，在高处眺望就如同玉带一般延绵飘漂流向远方，这何止是辽阔？还有雄壮，高处不胜寒，一览众山小，这种无与伦比的意境在陆虎坳可以说是体现得淋漓尽致，毫无疲惫感。

　　四县交界的陆虎坳，凭着开阔视野，凭着高高的山岭，凭着修建到山巅上的一条简易公路，更凭着一台台风力发电机映衬，一下将一个偏远的山角落勾勒出了一道靓丽风景。沿着陆虎坳，我们驾车继续往山下驰去。在一片片光秃秃的山腰上，一条条盘山公路七弯八拐，盘旋在山岭山谷之间。我们停下车，站在半山腰看渐渐远去的山岭，看弯弯的盘山公路，看对河那一片高高的山岭，又是另一种感觉。这种感觉和山顶远眺的感觉又有一些不同，但大抵有异曲同工之妙，都彰显了这片鸡鸣四县风光的壮丽。一草一木，一山一水，一村一景，一片风光真是万般灿烂，令人流连忘返。

随着乡村振兴战略的实施，随着乡村旅游产业的发展，特别是随着扶贫攻坚的持续开展，作为贫困乡镇的长坪乡拥有着类似陆虎坳这种四县交界的自然风光，假以时日只要刻意去打造，一定会成为长坪经济的增长点。而作为耒阳人，大家在走遍耒阳山山水水的同时，不妨来长坪陆虎坳看看，相信这里壮观的绚丽风光一定不会让你失望。

风光无限，无限风光，长坪陆虎坳跨越四县的岭上风光。五一假期去一趟长坪陆虎坳，无限风光在险峰！约起来吧！

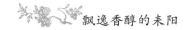

# 耒阳，瑞雪兆丰年

一场瑞雪，在即将迎来 2018 年立春之际，飘然而至。

虽然姗姗来迟，却魅力无限，令人欣喜。

瑞雪兆丰年，瑞雪总是吉祥的，这也寓意新的一年，耒阳将迎来新的发展、新的收获。

季节变换，四季分明，冬天是寒冷时节，也是落雪结冰的日子。一场大雪，银妆素裹，飘飘洒洒，让大地变得靓丽，让乡村变得恬静，让城市变得干净，让孩童们的天真，变得更灿烂！

清晨，站在城市的楼顶，放眼望去，白茫茫的冰雪，覆盖着楼面上，一望无垠，漫天皆白，朔风吹来，倍感寒意。冰封的楼宇，露着长长的冰凌，一串一串，晶莹透亮。公园里、小巷中、耒河边，雪跃眼帘，素雅洁净，一派炫目风光。

整个城市，一夜之间，全部披上了白絮，这对近年来极少见到冰雪的耒阳人来说，是一种雀跃，一种心境豁达的感受。飘飘洒洒的雪花，如一位散花仙子，点缀了城市的上空，清洁了空气，让城市变得更美，更加多姿多彩。

在乡村，雪花纷纷然然，从从容容，洒落在空荡荡的田野之间，莅临到小河边和溪流旁，飘落古色古香的屋檐上，坠落青石板小径上、弯弯曲曲的山路上……

冬闲的田野，在雪花的陪伴下，变得风采翩翩。一片白，就是一首诗行，写满素丽，写满乡村的变迁。恬静的山村，被悄然而至的雪花包围，禾坪上细碎的冰花，就是一片深情，延伸到那些为老人们担水的好心人脚下。

热气沸腾的井水，消融了雪花，却无法消融捣衣妇女的灿烂笑容。小河边，不怕寒冷的鸭群，在冰凌的视觉里，成为雪中的另一道风景。那水、那雪、那冰、那鸭，还有那偶尔路过的村民，构成雪花裹裹中的一袭暖意。

低矮的树林中，雪粒落在树的脚下，一片一片，一串一串，密密相连，覆盖了冬茅草，却无法阻止树叶上的生机，还有对春天的渴望。山间小路上，一层薄薄的雪，远远够不上滑雪的要求，却有孩童们在试着用木撬滑雪，还有堆雪人，打雪仗，久违的冰雪，让童趣变得更好奇，更具时代风韵。

瑞雪飘临，犹如瑞气临门，这是老百姓都企盼的。一场雪，带来吉祥，带来丰收的希冀。对乡村人来说，冰雪是害虫的天敌，亦是吉祥的代名词。

老辈人讲，不落雪谈不上年成，只有一场雪，才能称为好年成。年，岁月，成，功成，丰收。随着气候的总体变暖，南方的雪变得越来越稀罕。物以稀为贵，雪少了，人们更巴望雪，就如同久雨盼晴一样，那是一种渴望的心态。当冰雪如约而至时，欣喜之情，痴迷之情更会写到每个人的脸上。

事物都是两面性的，雪，带来绚丽，却也会造成一定危害，特别是冰雪天气，路面冰封，自然会影响人们的出行、车辆的行驶、蔬菜的生长。但是，瑞雪下的耒阳，在方方面面的共同努力下，极力营造一种与雪共舞的氛围，战天斗地，风雪无阻，呈现和谐安全和吉祥。

交警部门，面对冰雪，全员动动，在交通要道，疏通车辆，在省道国道，日夜护航，确保不堵车、车辆畅通。寒风细雪中，冰封道路上，一个个敏捷的身影，一道道黄色风景，为每一位出行的司机，带来安全，带来保险。

公路部门，在冰雪皑皑的山区小路，在溜滑连连的桥梁上，他们开着工具车，撒盐、铲雪、摆设提示标牌。记者沿马水、长坪、仁义、坛下等几条乡村公路看到，所有冰雪难以消融又打滑的地方，所有的桥梁上，都摆着耒阳公路局制作的温馨提示牌。

一句提示，如沐春风，让寒风冰雪中的行人，倍感暖意，倍感温馨。

市委、市政府领导及相关部门负责人，各乡镇村干部，面对持续寒冷的天气，心系百姓，心系贫困户。风雪飘飘的边远山村，寒风凛冽的民居小巷，送温暖、访贫活动连绵不断，到处是干部们关心群众的身影，到处是温暖的问候。

不让一个困难户挨饿，不让任何困难户挨冻，这是最基本的工作准则，也是耒阳市各级干部潜心的工作践行。

一场冰雪，让耒阳大地银装素裹，分外妖娆，秀美的山川，因为雪花，变得更加婀娜多姿，变得更加风姿绰绰。

而一场冰雪来临，更检验了耒阳的应变能力，水电、道路、交通、群众生活，如同一块试金石，从各个方面，验证耒阳上上下下的处置能力。而这一次，我们真的做得很好，如果和2008年那场措手不及的冰雪灾害时的应对能力去相比，已是天壤之别，这一点，我们每个人都感同身受。

瑞雪兆丰年，雪后的耒阳，即将迎来温暖花开的春天，也必将迎来灿烂辉煌的收获！

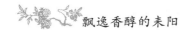
# 新市大兴龙村，春光溢彩乡村美

　　细雨纷飞，遮不住春的美丽。阳春三月，走进新市镇大兴龙村，到处是油菜芬芳，到处是春光弥漫。油菜花、青砖瓦屋、山塘、小路，构成一幅新农村建设绚丽的图画。

　　大兴龙村位于新市镇南部1公里，距耒阳市区22公里，耕地面积2425亩，旱土750亩，林地面积2200亩。全村共有15个村民小组，总户数615户，人口2684人，党员91人，全村共有劳动力1200余人，外出务工人员700余人。主要产品为水稻、油菜、蔬菜、水果等农作物，猪、鸡、鸭等家畜。

　　近年来，在新农村建设的布局中，大兴龙村变得愈发朝气蓬勃，生机盎然。走进这里，整洁的村庄，粉饰一新的房屋，干净的水塘，无不让人眼前一亮。

　　从远处看，大兴龙村，油菜花飘飘洒洒，摇摇摆摆，肆意绽放，点缀着村舍的楼阁，也调和着村庄的风姿。一池清水，一片花卉，一袭瓦屋，一抹春光，如诗，似画，不需雕琢，从任何角度欣赏，都是一首诗，一幅画。而且，诗画之间，更加彰显乡村的春天是如此美丽。从近处看，大兴龙村，一片片树林，一条条村道，一座座房屋，错落有致，整齐划一，极好地显示了今天新农村建设的丰硕成果。乡村变得更美了，文明之花更艳了。在大兴龙村禾场前的水塘里，妇女们正在洗衣，笑声、捣衣声，将这里渲染得和谐无比。

　　一位老人推着一辆古老的独轮车走来，一脸灿烂微笑，把当今村民们的幸福生活真实而又平凡地显现出来。记者问这位老人，为什么还要用这种工具运东西？老人说，生活在改变，小车到处都是了，但他还想保留一些原始的东西，让年轻人回味一下过去的日子，未尝不是一件好事！细细思量老人的话，的确颇有道理。如今乡村变得更美了，但农民纯朴的生活方式，还是应该保留下来！

# 耒阳杜鹃花，开在远山映彩霞

　　暮春时节，是一年中最美的日子。山清水秀、翠绿万顷，到处是生机盎然的嫩芽初叶，到处是英姿飒爽的花蕊绽放。一袭清纯、一抹秀色，点缀群山峻岭，装点村野小径。让时间的脚步，再匆匆，也要留下绚丽多姿的印痕，一如诗意、一如画笔，留下浓墨重彩，让人赏心悦目。

　　耒阳的四月天，正是暮春与初夏更迭的季节，春色满园关不住，如清香般的季风，溢香流彩，令人心旷神怡。这个时候，走进边远山乡，走进人迹罕见的远方，一定会收获意想不到的风景，还有"目不暇接"的百花异香。譬如：杜鹃花，那红色绽放的盛景，在耒阳最偏远的元明坳，就肆意张开笑脸，迎着朝霞，开满山间，摇曳飘飘，并不亚于其他地方。

　　杜鹃花，又名映山红。这种花开在南方的高山峡谷，漫山红遍，火一般艳丽。耒阳周边，远一点的，有莽山杜鹃，近一点的，有常宁塔山杜鹃。这些地方的杜鹃，早成为景点，供游人欣赏。在许多耒阳人眼里，赏杜鹃只能去风景名胜之地，全然不知在耒阳的元明坳，有一岭的杜鹃，如火如荼开放着，香气缭绕，花色灿烂，极为迷人。

　　元明坳是耒阳海拔最高的地方，六百多米，而这种高度，恰好是杜鹃花生存的空间。据当地人介绍，以前的元明坳，一遇暮春，遍处杜鹃开放，一山转一山，连绵不断。可惜这一盛景如今已不复存在。当地村民为了保护楠竹，将山野多余的荆棘破掉，这当中就有杜鹃树。杜鹃树少了，杜鹃花也就少了。但是，再少，元明坳也是今下耒阳唯一拥有杜鹃花的地方，唯一在春天布满杜鹃花红的山野。

　　不要以为来到元明坳就能看到杜鹃花，其实杜鹃花开在山岭顶端，还要走很远的山路才能到达。十几天前，我们一行三人，沿着竹林小道，爬了一个多小时的山，才来到元明坳山顶，不料想此时的杜鹃花还是含苞待放，没有到花开的时期，我们只能扫兴而归。

　　当地村民告诉我们，杜鹃花花开时期很短，大抵在四月中下旬开始绽放，开花周期也就十来天，从花开到凋零，十来天时间，而要赏花，又要选择晴朗时间，这的确有些特别。

　　于是乎，这一次只有我一个人再次来到元明坳山顶。其实几年前我就观赏过这里的杜鹃花，这次执意再来，只因想为刚刚创办的耒阳手机台写篇专稿，向广大读者介绍这片杜鹃花，让更多的耒阳人知晓这里的杜鹃花，当然，也为耒阳手机台攒点人气。

　　这次我选择了一条青石小路上山，路虽然陡峭，却抄了近路，比上次快了一倍，半个多小时就爬上了元明坳山顶。正是一个晴空万里的好天气，春风拂拂，树叶飘曳，站在山顶，眺望东面，层层叠叠的山峦，衬着云彩，一望无垠，东边，已是安仁县界，隐隐约约中，似乎可以看到安仁县城。西面，极目相望，是碧波浩渺的观王塘水库，还有

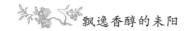 

断断续续的村落，错落有致，非常壮观。

一到山顶，就可领略遍山遍岭正开得兴盛的杜鹃花，仿佛就是团团火焰，镶在青山翠竹中，又似一面面彩旗，挥舞在天地云彩之间。

走近这里的杜鹃花，又是另一种风韵。一垄一垄、一树一树、一丛一丛、一朵一朵，在春风的吹拂下，淡淡地摇摆，浅浅地微笑。在我看来，没有任何地方的杜鹃花比元明坳的更亮，更红，这种亮，这种红，是一种自然之色，没有雕琢，没有装扮，只有淡雅和天然。

阳光从云端照射，元明坳上的杜鹃花，肆意绽放着，仰头望去，花朵和云彩似乎在握手，又似在相互微笑。云彩在飘、杜鹃花在摇，风声和着鸟啼，奏着和谐之韵。山野之间、天地之间，红色的花，如同张开翅膀的彩云，一层又一层，绚丽无比。

拥在杜鹃花开放的空间，一抹红色，是如此娇艳，是如此风姿绰约，蜜蜂围在花朵中，早变成了红点，飞来飞去，把红色的花粉，洒落在荆棘丛中，飘落于山坡草地。

元明坳上的杜鹃花，大约有数百株，有的连成一片，花团锦簇，有的隐在草丛中，独立风中，有的长在树枝旁，伸出红韵，有的伏在草地上，张望天空，有的就立在峭壁上，傲视远方……

杜鹃花，是红色象征，更是大气的代名词。只要你来到元明坳，看元明坳的杜鹃，更会感受红彤彤的彩云，红通通的气质。

从尘噪的城市中走进元明坳，观赏这里的映山红，一定会赏心悦目，快意无比，一定会心旷神怡，烦恼全无。

作为耒阳唯一杜鹃花盛开的地方，元明坳应该加以保护，让更多的人来这里游山赏花。如果有识之士能够将元明坳打造成我市最大的杜鹃花养殖基地，更加会有积极意义。当然，要想打造大的杜鹃花赏花点，除了保护现有的几百株杜鹃树，还应该人工再栽种一些，那样的话，一定会吸引更多的游人。

# 赏花何须去远方，新市古镇菜花香

阳春三月，春风拂拂，万物复苏，百花争艳。当人们远赴安仁、衡南、衡阳参加油菜花节时，可曾想到，我们耒阳大地上的油菜花、桃花，并不比任何地方逊色。不信就随耒阳手机台记者去千年古镇新市镇去看一看吧，保证让你赏心悦目，心旷神怡。

新市镇位于耒阳北部，临近耒水，这里一马平川，非常适合观赏漫山遍野的油菜花。

当天，阳光普照，我们一行人来到新市水西村，只见遍地油菜花绽放，蜂蝶飞舞，鸟雀争鸣，一派春天气息。不远处，一片桃花展开粉红笑脸，肆意绽放，将田野点缀成花一样的海洋。站在山丘上，眺望田野，油菜花卷着波浪，在春风的吹拂下，摇曳飘移，如诗如画。

这片油菜花，面积有上千亩，并不比安仁稻田公园的油菜花面积小，长势甚至超出了安仁。安仁稻田公园那片油菜花，由于没有轮作，年年种植一样的油菜，造成油菜秆瘦小，根本无法和新市这片油菜花相比。

走进油菜花海，花香扑鼻，盛开的油菜花蕊，爬满了蜜蜂，发出嗡嗡声；更有数不清的蝴蝶，翩翩起舞。整片油菜花地，变成了蜂蝶的天堂。

夕阳已经西坠，此时的新市油菜花海，更加生机一片。阳光、花海、人流，构成一道自然、靓丽的风景。站在田埂上，背后是一栋栋农村新房，房子掩映着花海，花海点缀着村庄，一半是图画，一半是诗行。只有身临其境，才能感受到新市油菜花的美丽，感受乡村人与自然的和谐，感受耒阳春天的多姿多彩。

新市古镇的油菜花，最大的特色，就是一垄连着一垄，一片挨着一片，似乎没有尽头。置身其中，四面都是油菜花海，处处花香扑鼻，让人目不暇接。无论站在马路上，还是站在土坎上，抑或是走入乡间小路，你都无法脱离油菜花范围，就像行驶在海洋上，无边无际都是波涛，没错，这里是一片无边无际花的海洋。

其实，在春天这个季节，欣赏耒阳油菜花，欣赏新市油菜花，只要插上想象力的翅膀，它们就是一首诗，一幅画，一张照片，一行诗意。

从大市开始，一直往北，新市，马水，亮源；再回过头，肥田，遥田，永济，看不够的花海，赏不尽的春光。在这个季节，走进耒阳乡村，你一定会被花海包围，会被花香迷醉，会被春光环绕，会为大自然亢奋。赏花何须到远方，耒阳花海遍地香。只有热爱自己的家乡，才会感觉到耒阳的油菜花，才是最靓最香最迷人的！没有之一，只有最好！

耒阳手机台记者有感于耒阳新市油菜花的艳丽，希望大家多到自己的家乡赏花春游，耒阳值得你骄傲和赞美！

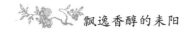

# 荷花香飘满乡村

这个夏天，耒阳的荷花，淡妆浓抹总相宜，热情绽放，香飘田野，令人赏心悦目，流连忘返，痴迷陶醉。

我总觉得，耒阳人是很时尚和前卫的，喜欢追逐新潮事物。譬如休闲农业，当一些大都市才初具规模时，耒阳人早已捷足先登，农庄遍处都是。变着法吸引人的项目更是如雨后春笋般出现，例如花海，例如荷塘。

荷塘、荷花、荷叶，构成乡村特有的氛围，吸引城里人争先恐后去观赏。有的举家出动，有的邀三五好友作伴，迎着朝阳，撑一把花伞，在一袭深深浅浅的荷塘里，尽情徜徉。把荷花的诗情，把荷叶的画意，淡然收入囊中。

湖南号称芙蓉国，芙蓉便是荷花的别称。毛主席一句"芙蓉国里尽朝晖"，把荷花上升为湖南的省花，让其他花卉相形见绌，黯然失色。关于荷花的诗词，我们早已耳濡目染，古人把荷花奉若神明，极尽渲染，特别是理学家周敦颐的"出淤泥而不染"，把荷花的崇高品质，推上了无以复加的地步。

地处湘南腹地的耒阳，和其他地方一样，自古以来就有栽种荷花的习惯。其中西湖荷花，蔡池荷香，更是连绵千年，写尽时代变迁，演绎岁月沧桑。

这里有必要交代一下荷花的沿革。荷花，又名莲花、水芙蓉，亦称水草、玉环，属睡莲科，为多年水生草本花卉。据史书记载，我国荷花栽植始于周朝，已有数千年历史，真可谓源远流长，厚德载物。正因为历史悠远，所以荷花在人们的心目中，属于一种圣洁、一种理想、一种情爱、一种品格、一种无与伦比的绚美。正所谓清水出芙蓉，美若天仙乃荷花。

自古以来，热爱生活、勤劳智慧的耒阳人就养成一种习俗，喜欢在屋前房后的水池里，种些荷花，美化环境。而在水塘里栽种荷花，更是一种必然，想必是为了水塘的生气或者为了点缀水塘的靓丽。稍一些上了年纪的人大概记忆犹新，二十世纪七八十年代，耒阳乡下的水塘，处处充盈着荷花荷香，一片连一片，一池连一池，一村连一村，那叫自然坦荡，未加雕琢。炎炎夏日，蝉鸣垂柳，蛙叫荷塘，更有光裸着身子的娃童，头举荷叶，缓缓移动，游到塘边的黄瓜架下，学着青蛙浪叫，悄无声把大人种的黄瓜偷吃了，不露任何声色。

我在琢磨，耒阳人之所以喜欢栽种荷花，应该和荷叶的广泛用途有很大关系。荷花全身皆是宝，藕和莲子可食用，五花肉炒莲藕那可是耒阳名菜；莲子、藕节、荷叶、荷花，包括种子的胚芽，均可入药，可治多种疾病。由于荷花用途的广泛，加之又是美化环境和可供观赏的花卉，所以荷花才得以一枝独秀，在耒阳乡村生根发芽，长盛不衰。

然而，随着时代的发展，特别是乡村打工潮的兴起，乡村人员锐减。一些山塘水池由于缺少打点，渐渐开始荒芜，荷花也枯萎不振，最后消失在乡村。曾经随处可见的荷花盛景，变成了难觅踪影，几乎销声匿迹。

没有了荷花的装点，乡村的夏天，变得单调了许多。只有水没有荷花的山塘，也显得分外单一，没有了生机盎然。令人欣慰的是，随着休闲农业的兴起，再加上国家对荒芜田地的集中管理，把一些不适合种植水稻的水田种上荷花，让原本稀缺的荷花，再次大面积涌现在耒阳乡村，出现了十里荷花一片香，蛙声跳跃荷叶上的诗意盛景。

对城里大多数人来讲，大家可能只从媒体中了解到永济的大众村有荷花，三架附近也有荷花，却不知在马水、新市、东湖、夏塘等地，亦散落不少荷塘荷花。这些荷花，大多种在水田里，碧绿一片，繁花似锦，让人大饱眼福，倍感荷花的丰姿妖娆。

我不喜欢随大溜蜂拥而动，所以没有去永济观赏荷花，也没去近在咫尺的三架看荷塘，而是来到马水的坪田村，欣赏这里的荷塘花色，拍摄这里的荷花靓景。在我看来，荷花之美，美在清纯、美在素雅、美在心灵。荷花没有故作的姿态，只有坦然的风韵。这种风韵，就似不加粉饰的青春少女，那红里透白的脸庞，远胜粉黛厚颜的明星。

站在荷塘边，看着一朵朵绽放的荷花，花香扑鼻，格外爽心。荷花的清香，洒落在广袤的田野上，点点滴滴，淡淡雅雅，勾起无限遐想。夏天，走进耒阳乡村，看四起的荷花，看层层铺开的荷叶，真是一种享受，一种心情的绽放。

其实，耒阳遍处飘香的荷花，完全可以做一篇文章。安仁和衡阳都有油菜花节，耒阳如果步人后尘，显然没有意义。假如耒阳办一个荷花节，那绝对是别出心裁，独树一帜。届时必游人纷至。当然，要办荷花节，必须要有好的布局，应该将乡村散散落落的荷花成片连接起来，形成数万亩甚至数十万亩荷花群，那该是多么令人神往的盛景。最关键是，这种荷花连片种植成本并没有很高，极易被老百姓接受。

赏荷花，赞荷花，但愿耒阳人能在荷花上描一幅绚美图画，给荷花插上翅膀，把飘香的乡村氛围，送给更远的游人。

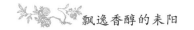

# 云想衣裳云亦情

五月在匆忙中即将过去，五月鲜花灿烂，五月满目葱绿，五月山清水秀，五月云彩飞扬。这个五月，这个初夏，耒阳城市的上空，变幻如图，诗意盎然。雨后初歇，白云朵朵；飘如白絮，洁如纸巾，动如描画，变如魔术；或溢彩，或造型，或停滞，或飘移，或淡淡，或浓浓；或伸手可摘，或触摸可及；或盘旋楼顶，或升移烟窗；或鸟瞰全貌，或仰望远方。

清新洁净的环境，给耒阳城市的天际，带来了久已不见的云朵，一朵一朵，一团一团，簇簇相拥，如李白诗中的意境：云想衣裳花想容。

这些年，我们早已习惯了雾霾，早已适应了那种灰蒙蒙的天空，但那是一种压抑，一种无奈的生活环境。我们每个人，生活在一座城市，一个地方，总希望空气清新，环境舒适，总期望蓝天白云，期望四季分明，期望如画的风景。

耒阳地理位置优越，自然环境得天独厚。丘陵原野，带来负氧离子，源远流长的耒水，带来干干净净的饮用水源。我们的居住环境本来非常完美，丝毫不逊色于其他山区城市。但是，由于对资源无序的开采，加上一些污染企业的无良生产，再加上汽车尾气排放，还有民众对环境保护意识的削弱，带来了每况愈下的生存环境。

今年以来，严厉的环保督办令和随之而来的环境整治，由城市到乡村，让我们看到了环境彻底改善的惊喜。当然，冰冻三日，非一日之寒，环境保护已是国家的一项基本国策，环境整治将会持久下去，人民期盼的山清水秀、环境舒适将会一步步得以实现。

仿佛一夕之间，耒阳今年的自然环境绚美起来。当然这功劳不能全部归结于对环境污染的整治，但肯定与之有关，更与全国大规模的环境整治息息相关。

其实，变化是潜移默化，不经意间，我们今年多次看到了耒阳近年来少见的蓝天白云，碧透靓丽的彩云，还有青山绿水，还有水质清澈。这得益于对环境的整治，当然和今年以来雨晴相间，雨量大又短暂相关，这种气候，营造了非常壮观又秀丽的云彩风景，包括城市上空的诗意云图。

这是中午时间耒阳城市上空的白云。悠悠白云，盘旋在城市和远山之间，天低云飘絮，蓝天衬彩云。忽然之间，云朵骤然而至，没有一丝风，云团静如图画，慢慢舒展，似仙女下凡，轻轻踏着云浪，飘逸而洒脱。

渐渐地，云朵由远至近，由高到低，近乎驾临耒阳城，高层建筑上，云团已经触手可及，有的低至楼顶，和远近云团相互牵手，把整个城市压成云彩飞扬，漂亮至极。

这是西湖游园一带的风景，高楼林立，朵朵白云如不速之客，飞过蓝天，飘移至此，然后静静地盘旋，如张开翅膀的仙鹤，点缀这片绚丽之地。

这是偏东五一路这边，远远望去，云彩集聚而至，由高到低，由远到近，几乎和楼阁融为一体，和谐而优雅。

片片云彩，朵朵白云，在阳光的照耀下，熠熠生辉，或飘飘洒洒，或淡淡雅雅，或婀娜多姿，或浓妆盛彩，或不慌不忙，或肆意舒缓，仿佛要把城市上空，渲染成一片海洋，一袭碧波世界。

白浪翻滚的云彩，不断变幻着彩姿，有的恰似大鹏展翅，有的类似高山峡谷，有的如同洁白羽毛，有的形如雪一般的圣洁，有的似闭月羞花，有的似沉鱼落雁……总之集美之大韵，将耒阳城市上空，描绘成云中盛宴，让风停止了吹拂，让太阳披上了云中光环。

对于云彩，很多人赞美西藏上空的云，也有很多人喜欢海南飘移的云朵，其实，耒阳今年涌现的云中风景，并不逊色于其他一些著名地方。这可能是我的一厢情愿，但绝不是凭空臆造。我希望耒阳的山山水水，出淤泥而不染，清纯自然，多些风中彩图，多些云中绚丽，让耒阳空气质量，变得愈来愈好，让耒阳居住环境，越来越美。这也是所有耒阳人的心愿！只要持之以恒坚持以人为本，只要下定决心坚持环保治理这一基本国策，耒阳，这片古老而又美丽土地，一定会令人心驰神往！

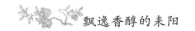

# 灶市零洲河：水流潺潺垂钓处

　　一个地方水质环境的改变是最令人称赞的，例如灶市零洲村。作为耒水耒阳境内四大支流之一的小水江零洲河段，也算注入耒水的尾端，其水质问题历来是人们关注的热点。

　　初夏时节，我来到这条小江水系旁，感受环境整治后的零洲河段，了解这片水流的真实现状。湛蓝天空，白云飘飘，阳光下的零洲河，水质清澈，水流潺潺。碧水之中，倒映着两岸高高低低的房屋，衬托远方的高楼大厦，愈发显得这片城乡接合部水质环境清洁的重要意义。从这里注入的水流，渗透到了耒河，一点一滴，哪怕是一片落叶，都影响着耒河水质。条条小江小溪，汇聚一起，便是河流。耒水也是如此，小水江作为重要支流，又是由各种小溪小江聚集而成的。而每条小溪小江水质的好坏，都直接影响着整条河流。从零洲河清清澈澈的水质中，就可以看出，通过乡村环境整治和河长制的成功推出，耒阳乡村水质环境的改善，已提升到了一个新阶段。

　　回想十多年前，同样是这条河段，由于没有整治，垃圾污水遍地流，原始的河床，高低不平，杂草丛生，水质堪忧。当时的小水江流域，也大抵如此。一些地方甚至臭气熏天，垃圾堆积。不仅给老百姓日常生活带来不便，而且影响了整个耒河水质。

　　变化在潜移默化中一步一个脚印。近年来，耒阳通过方方面面的不懈努力，特别是农村环境综合整治力度的加强，乡村环境卫生也得到了根本性改变，曾经水质差的小江小溪，也渐渐变好变靓。江面宽了，水流缓了，多年不见的水草依依、溪流潺潺的景致，再次重现。

　　在零洲河段，修缮一新的河岸由水泥堆砌，河面宽广，水流干净。七弯八拐的河流，穿过一片片菜地，或平坦，或弯曲，带着一片浪花，带着远方的泥香，直通耒水。河面上，鱼草漂浮，水缪缠绕，清澈见底，倒映着天际，倒映着两岸绿色树枝。一片片盛开着花卉的野草，衬托两岸风光，蝴蝶飞舞，鸟声啾鸣，一片浓烈的乡土氛围。

　　站在零洲桥上，极目远眺，一边是零零散散的菜地，青苗一片；一边是城市楼宇的轮廓，高耸入云。河水从桥头流入桥下，形成瀑布，飞流直下。河面上波光粼粼，水天一色。河岸上几块村规民约和河长制招牌，在阳光的照耀下，熠熠生辉。零洲河段水质的改善，不仅和环境整治相关，也和普通老百姓的保护意识相关。正在菜地劳作的一位零洲村尹姓村民说，以前，大家只知道去河道挑水浇地，也不管干不干净，随便上下河，随便倒东西，现在不会了，除了有村规民约约束，关键大家都明白一个道理，环境卫生不是哪一个人的，而是大家的。爱护环境卫生，就是爱护自己的家园。从尹姓村民的话语中，可以看出，如今老百姓对环境卫生的保护意识，已经上升为自觉意识。这也是零洲河段包括耒水流域其他河段水质日益改善的根本原因。

　　环境的改善，水质的变好，让很多来自城里的垂钓者走进零洲河段。在河中岩石上，垂柳飘逸，水流潺潺，两位年轻的垂钓者，正拉动着钓竿，认真垂钓。这是一处即将注入耒水的河段，回旋的水流，显得特别干净。我询问垂钓者，这样的地方也可以钓上鱼吗？他们回答说，只要是清洁的水质，没有污染，小鱼小虾就会光顾。据说，这种水流他们依然可以钓上鲤鱼、鲫鱼，还有各类小鱼小虾，一般不会空手而归。我仔细看了一下，尽管不是双休日，零洲河段仍有三五起垂钓者，他们在桥头流水处，在静静的河边，还有沙滩上，拉竿放钓，享受着悠然的钓鱼时间。

　　耒水支流小水江，从远方流来，而零洲河段，从近处注入耒河。一水一河段，一河一流水，流不尽的潺潺流水，如涓涓细流，绵绵不断，让耒河永远充满朝气。随着时代的发展，随着城市不断变迁，如今的城乡接合部，已经很难寻觅那种古老的村舍，但潺潺汩汩的零洲河段，却分明有一种久远的古韵色彩。这是环境保护下的一种原始氛围，值得让垂钓者光顾，更值得让更多的人去呵护。

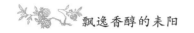

# 坐看云起时，大义看山水

久雨后的一个晴朗天气，驱车去耒阳东南方向的大义镇，领略这里的山山水水，感受这里的乡村旅游氛围。年轻的李镇长热情带路，他说，去看铁路冲水库吧，那里才是大义山水的精华，才是大义美丽山水的缩影。

铁路冲，没有铁路，是一处湘南山区处处可见的狭长山冲。冲，耒阳人眼里的深谷，和山岭相连，和白云相偎，和烟雾相衬。在大义人眼里，铁路冲就是他们锁在深闺中的一方风水宝地，而铁路冲水库，便是镶嵌在这方风水宝地的一颗明珠。铁路冲和铁路冲水库，相得益彰，叠彩溢芳，构建大义乡村旅游的基本框架，即以山水和古民居为支撑点，铺就大义乡村旅游的广阔前景。

沿着蜿蜒的乡村小道，爬上一片山坡，波光粼粼，绿色葱葱的铁路冲水库就在我们眼前。放眼望去，水天一色，清澈的水流，在阳光的照耀下，熠熠生辉，令人心旷神怡。站在这里，忽然间就想起了宋代词人王观的一首《卜算子·送鲍浩然之浙东》："水是眼波横，山是眉峰聚。欲问行人去那边？眉眼盈盈处。"铁路冲水库的意境，不似王观送友人时发出的感慨，恰似如今城里人蜂拥而至踏入乡村，旅游相聚的一种心灵写照。于山于水于情于景，于自然环境的美妙融合，在诗意和画意之间，洗去城市的喧嚣，置身乡村恬静的氛围，达到一种游人出游中所需要的心境。

我们到达铁路冲水库时，已是中午，久雨后的天空，一碧如洗，蓝色的天空中，云朵渐渐聚齐起来，一朵一朵，一团一团，轻飘飘的，从远方而来，挂在山峦深处，似乎唾手可得。此时的铁路冲水库，如横卧在天空中的一片彩云。没有风，静静的山水轻轻盈盈，仿佛就是一幅水墨画卷，尚没有打开，或者只打开了一半，让人无限遐想，美梦连连。

坐看云起时，大义看山水。在这绚丽的春天，来到大义铁路冲水库，阳光和山水，风景和画卷，人与自然，自然与人，点滴相融，那的确是一种享受，一种对耒阳山水的热爱之情。

在铁路冲水库，可以从多个角度去欣赏这里的风光。在大坝上，水库是一条直线，远山如黛，近处油茶树倒映水中，一眼望去，水库就像一面镜子，晶莹透亮；在一片拐弯处，水库又似一弯月亮，轻轻盈盈，飘飘洒洒，没有一丝污渍，只有无限的遐想。而站到最上端的罗含庙观看，水库就成了一枚跳动的棋子，最让人赏心悦目。站在这里，一览众山小，远方，是星星点点的村舍，有的画栋雕梁，有的古色古香，一条条乡村公路，纵横交错，点缀着山山水水，阡陌田野，春光明媚，盈盈春水，盛满田沿，一望无垠，近处，铁路冲水库碧波浩渺，山连着水水连着山，山水之间，是闪闪烁烁的七色阳光，白云仿佛就要贴近水库，水和云交相辉映，形成绚丽无比的壮丽景观。

　　据随行的李镇长介绍，铁路冲水库拥有四百亩水面，春天的丰水期尤其漂亮，水质清澈，四面花朵飘香，绿色苍苍，水面不时飞翔着白鹭、黄鹂等鸟群，置身这里，真切感受到大自然的风采，是城市人理想的乡村旅游目的地。而到了秋天，漫山遍岭的油茶果和浅白相间的油茶花，在秋叶的衬托下，将铁路冲水库渲染得更加绚丽多姿，又可以让游人感受耒阳油茶和山水相辅相成的另一种风光。

　　在铁路冲水库不远处，还有大义古民居最具代表性的雕龙冲古湾，这个保存完好的古民居，不仅人文厚重，而且是一方风水宝地，有许多值得游人欣赏的景观。领略完铁路冲水库的山水风光，马上又可以参观雕龙冲古民居风采，这是大义镇与众不同的乡村旅游风采，也是大义人最值得自豪的地方。如今，更具传奇色彩的罗含寺庙正由耒阳正源学校重建，这个位于铁路冲水库山顶上的古寺庙，将和大义山水、大义古民居一起，构成大义镇乡村旅游的核心景点，为当地带来广阔的旅游前景。

　　在我看来，大义镇乡村旅游最广阔的空间，还有无与伦比的地理位置。蔡伦竹海、周家大屋这些早已成型的风景点，就位于大义镇周边，如果游客在欣赏完蔡伦竹海后顺便再踏入大义镇旅游，那么，大义的秀美山水和古民居，一定会让人流连忘返、大饱眼福的！

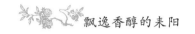
# 五月，龙归山野草莓飘香

  龙归山，距城区只有几公里距离，却充满着迷人的古韵色彩。这里有青石板土路，有茂密的花花草草，有小桥流水人家，有荆棘丛生的山林。置身这里，远离了城市的喧嚣，嗅着淡淡花香，感受大自然神奇魅力。

  五月，来到龙归山，正是暮春和初夏交迭的时节，满山绿意浓浓，鸟语花香，蓝天白云下，窄窄的青石板路边，到处是色泽鲜艳的野草莓。野草莓，耒阳人俗称"泡粒"是一种香甜可口的可食用植物。在乡村每个人的童年，都会伴随野草莓，那是一种欢乐愉快而又无忧无虑的孩童记忆。而对今天的幼童们来讲，野草莓只能停留在课本之中，停留在大人们从大棚中购买来的人工草莓鲜嫩的色彩之中。实话实说，大棚中培植出来的草莓，即使不含激素，其口感也无法和乡下那些长在山岭上野草莓相比。不信？可以带上你的小孩，去龙归山感受一下，采摘那些香气浓浓的野草莓品尝，让纯天然的绿色食品醉在心间。

  龙归山的野草莓，长在坡岭上、长在田野间、长在小溪边、长在小路旁。一簇簇、一丛丛、一团团、一朵朵、一溜溜，或匍匐于地；或贴近在树荫底下；或伸缩于乱石林中；或挂在草丛边角。一眼望去，青涩的各类植物当中，唯有野草莓露出红红的脸庞肆意张扬，等待着采摘的人群。野草莓长得很随意，随意得两三岁的幼童都可以伸手采摘。但野草莓又是羞涩的，羞涩得藏在荆棘深处很难让人发现。而藏得深的越不易被发现的野草莓，就越红艳，非常好吃。

  野草莓的芳香是独特的，和牡丹味有些异曲同工之妙，和杜鹃花香可以相提并论。南方的杜鹃花，在四五月绽放得娇艳无比，而野草莓，也在这个时节最色彩鲜嫩。龙归山没有漫山遍野的杜鹃花香，但乱石林中也会偶尔露出几株开得红火的杜鹃花，她和露出粉红的野草莓一样，点缀着这片隐藏于城市边角的山水之间。古韵和近在咫尺的楼宇交相辉映，于喧嚣之间留一片静谧和神秘。龙归山的神奇，就在这片片野草莓长出的甜汁中间。或许，你可以置身于一片花前树下，不被花香所迷，但你置身于野草莓之中，却无法抗拒芬芳馥郁，更多的是大自然赏赐的甜甜美味。

  龙归山的野草莓个大饱满，像一颗颗珠宝，锃光瓦亮，鲜嫩夺目，这和我小时候见过的野草莓有些差异。龙归山的野草莓特多，漫山遍野，多得到处都是。这也与我想象中的野草莓有些差异。但或许这就是龙归山野草莓的独特之处。我那天去龙归山的时候，正巧遇上附近村庄的一些小孩和年轻女孩在采摘野草莓。他们都拿着脸盆，有的还带了竹篮子。在静静的山野当中，在明媚的太阳之下，他们肆意奔跑着，摘着摘不完的野草莓，但他们有时候也在哄抢，因为野草莓也分个大个小的，野草莓也有已成熟与尚未成熟之分。所以他们都在嬉闹之中，将野草莓摘入脸盆里。不一会儿，就是满满一脸盆。

我给他们拍照，他们都很乐意，也选择很多个头大的野草莓让我品尝。据他们介绍，这片野草莓场是龙归山附近离城区最近的一个大型野草莓场，大大小小的野草莓有好几百株，每年的立夏前后，村里的孩子就会来采摘。我问他们采摘野草莓是不是准备去卖的，孩子们都直摇头，一个个头稍高的小孩告诉我，他们采摘野草莓都是玩，谁愿吃都可吃，不可能去卖钱。孩子们还高兴地告诉我，野草莓可好吃呢！我拿了几颗大的，也含在嘴里，真的好香好甜！和大棚中的草莓不是一个味儿。吃着这甜甜酸酸的野草莓，真的感觉到了原野的芬芳，感受到了大自然未遭破坏的美味食品。

据说，野草莓含着丰富的微量元素，对人的身体有诸多益处，但城市人是很难觅到这种原生态绿色食品的。这实际上也无形中为人们提供了一个商机，一则可以让耒阳乡村游增加去龙归山等地方采摘野草莓的活动，丰富乡村旅游文化；二则也可以有目的地保护一些类似龙归山一样的野草莓基地，让一些乡村贫困户去采摘后拿到城里来卖。这既可以让城市人享受自然美味，也可以为扶贫工作开辟一条渠道。

五月，去龙归山采野草莓吃，感受不一样的乡村旅游。品味草莓，品尝不一样的野草莓。

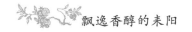

# 遥田镇红桥村，雾漫耒河

　　山水之间，寻一方美景；耒河之中，找一幅图画。炎夏的一个清晨，在耒水下游的遥田镇，我站在红桥村的一条防洪堤上极目远望，朝霞微艳，水映碧云，雾气轻盈，飘飘洒洒，如仙女舞动的袖衫，淡淡浓浓、静静谧谧，掠过平坦的耒河，升腾于水流之上，似轻歌曼舞、似云彩飞扬，于这片耒河中央，描上一层"海市蜃楼"般的梦幻之图，美不胜收，惊叹万分。

　　雾漫耒河，让古老的耒阳，让源远流长的耒水，再添绚丽风光。以前是没有这个风景的，至少在我印象中，耒河还没有东江湖那种雾漫山水的河上风光。雾漫小东江是让东江湖成为五星级旅游景区的重要自然景观。当游客们早早来到东江湖，第一个欣赏的就是雾漫小东江的自然奇观，那笼罩着迷雾的山水风光，让多少游客为之陶醉和神往。我就是这游客中的一员，几乎每年都要来到东江湖，欣赏雾漫小东江的绚丽奇景，于迷雾中感受大自然的神奇魅力，感受耒水上游这片诗画般的盛景。

　　耒水是耒阳人的母亲河，耒水的一点一滴，一举一动，都牵动着每个耒阳人的心。同饮一河水，同是耒河人。耒河的变迁，耒河水质的不断变好，耒河两岸经治理后的不断环境优化，都让耒阳人感受到耒河正在回归原始，耒河正在重振远去的自然风光。

　　从蔡伦竹海到泗门洲的桃花岛，从城区的东洲岛到永济桐子山的候鸟，耒河正伸开双臂，展示其美丽的身姿，让耒阳人从中受益。毫无疑问，只有环境越来越好了，大自然盛景才会慢慢显现于耒河两岸，才会升腾于耒河之间。譬如遥田镇红桥村耒河上之上的雾霭美景，我是在不经意间看到的，当然肯定也有很多人看到了，但大家可能也习以为常，或者对身边风景没有足够的重视，再或者此类景色在一年中并不多见。

　　这片耒水河很宽敞，一眼看去耒阳城仿佛就在眼前。水面也很平坦，流水静静，河东河西，一袭的乡村新屋，还有连绵不断的山岭。由于遥田水电站拦河大坝，耒河水在这里早变成一泓偌大的湖水，波光粼粼，水天一色，极尽绚丽。

　　晨曦初露，此刻大约早上五点，东方天际上，挤一线霞光，伴着云朵，翩翩起舞，重重叠叠的山峦，忽隐忽现，在霞光的衬映下，壮观美丽。朝霞由淡变浓，由一片变成一大片，由远方变为触手可及。云彩悬挂着耒河边上那一栋栋崭新的房屋上，游移不动，静如水彩，山水相偎，水天一色，此时此刻被渲染得朝气勃勃，如一幅静止的画卷，羞涩般从云彩中裹一片霞光，将寂静的山水，挥洒出动态和风姿绰约，让人赏心悦目。

　　而此时的耒河，轻纱般的雾霭，贴着水面，飘飘洒洒，从两岸聚集开来，先是一团团翻滚，让人看不清河面，随后渐渐升腾，又慢慢展开。水雾映着天上云朵，水雾映着东方的早晨，水雾映着两岸的新房，水雾映着远方的耒阳城，还有高高的楼宇……雾气由淡变浓，由浓变得轻飘，顺着耒河水，似腾云驾雾一般，从河的一边移动到中间，又由中间飘散到两边。水雾变幻莫测，或形成一条缎带，或变成一片云彩，或贴近河面上的涟漪，或飞入河岸上的树梢。雾气又似天空中的云朵，变幻成五颜六色的图案，由远而近，由近而远，衬着天上的霞光，衬着两岸的村舍和树木，一眼望去就似电影中的仙境，腾云驾雾，不知雾气究竟会飘落到何方？而河中碧波荡漾的水面，如冬天温泉中散发出来的雾气，迷迷离离，淡淡糊糊，分不清哪里是河水，哪里是雾气。河中飘动的一些荷叶，在云彩和雾气的伴随下，变幻成一条条船，在水中游动，将静静的早晨，渲染出更具风韵的绚丽风光。

站在这里，雾漫耒河虽然没像雾漫东江那样浓雾萦绕，但耒河雾气更加轻盈也更具动感。特别是雾漫面积远远大于小东江，整个遥田镇红桥村，至少有几公里，都弥漫着这种雾气。而且，耒河这片雾霭，水面宽敞，大于水江东，水流平缓，和小东江有异曲同工之妙。

雾漫耒河，让两岸风光也更加绚丽，山岭、村舍、新房、树木、田野，构成赏心悦目的一幅山水画，加上朝霞、云朵、碧空，还有远方的城市，让耒河雾霭，更加风姿绰约，更加婀娜多姿，更加让人心旷神怡。雾漫耒河，让水天一色，云遮雾盖的自然风光。莅临耒阳，只要稍加打造，这一堪比东江湖的雾漫景观，一定会吸引更多游人，到时形成了观赏规模，就可以更进一步打造，成为耒阳又一道旅游风景线。

近年来，耒阳随着乡村振兴战略的不断推进，不仅农村经济呈现出发展态势，而且耒阳乡村环境也是变得越来越好，美丽乡村建设正助推耒阳成为一座充满活力的旅游城市。而类似桐子山鸟岛，遥田耒水雾漫江景等自然景观，也将为耒阳带来更加广阔的旅游发展前景。

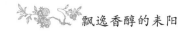

# 淝江河，烟波淼淼映古韵

　　小码头连着河流，一座座古桥簇拥着河流，天上彩云，河水泛波，碧波如镜，仿佛就是一幅静谧的江南山水画卷，又如徐志摩笔下的江南水乡，典雅别致，风情万种。

　　清晨，站在夏塘镇夏岭村古桥上，眺望耒水支流淝江河，碧水潋滟，烟波淼淼，水天一色。远方的山峦衬着白云，一派悠然，近处的油菜花簇拥着田野，一片春光明媚。淝江河，从远古走来，见证历史，见证变迁，更见证风雨沧桑。

　　淝江河是东乡人的骄傲，这条纵贯多个乡镇的古老河流，是耒阳境内四条耒水支流唯一称作河流的水道。马水，是以水为称呼，小水江和浔江，则是以江为称呼。唯独淝江用上了一个河字。其实这正是耒阳文化底蕴丰厚的印证，一个称呼，包含着古人对细节描述的重视。江，在北方人及普通话中大过河，但耒阳人喊江却是冈，冈，小水系也。水、湘水、耒水，是对水流的一种泛称，马水虽小，却称为水，这中间肯定是有些历史典故的。耒阳人对水系的称呼，反映了一个亘古不变的真理，那就是地域文化是随着历史的演变而不断变化的。

　　据《水经注》记载，淝江河又名"汉水"，发源于永兴县茶斗冲，逶迤奔流，经耒阳上架、三都、石准、夏塘、盐沙、南阳等乡镇后，于淝江口注入耒河，全长50多公里，是耒水在耒阳境内流量最大的支流。

　　为什么叫汉水？这的确让人有些费解，耒阳文史资料上并无详细诠释，记者在采访时，听盐沙一位许姓老人讲，应该和汉朝张良有些关联。据说，张良沿耒水避祸，想隐逸于山野之间，后不经意间进入淝江河，但细观之河流太小，又是穷乡僻壤之处，似难以安生，便乘小船退回耒水，船夫问其去哪，他似答非答曰："汉水淼淼，耒水滔滔，何以安身，惟找岩道。"后隐身于直钓岩，而他把淝江河称为汉水，也经船夫慢慢传开。

　　其实，淝江河以前一直是通航的，最远可以直抵夏塘圩。一艘艘帆船，沿淝江口溯流而上，两岸青山依依，湾村隐隐，山峦叠叠，水碧苍苍，一派江南诗情画意。

　　旧时，商人一般选择水路出行。东乡人去外面闯荡，大抵都会从淝江河乘小船经灶市码头，换乘商船再走往远方。对于那些只买卖土产山货的，则是从淝江直接到灶市，赶圩入城，交易完货物后，又乘船返回淝江河两岸。所以说，淝江河曾经是东乡连接城区的主要交通通途。

　　住在淝江口的一位罗姓老人告诉记者，淝江河上的彩船，一直是一道最靓丽的风景。何为彩船？实则便是婚礼船。在封建时代，有钱人娶亲嫁女，讲究派头的，都会用彩船招摇，接亲送客，敲锣打鼓，唢呐齐鸣，鞭炮隆隆，一派热闹盛景。彩船在河中徜徉，迎亲队伍在两岸欢呼，酒香飘飘，菜香扑鼻，船上船下融为一体，颇为壮观。而淝江河的彩船更是别具一格，船体通通扎着大红绸布，新娘坐在船舱前端，头上罩着红布，迎亲队伍用大红轿连接船尾，十多个穿红戴彩的船手，在唢呐声里，喊着号子，一齐划着桨，和端午划龙船一般热闹而又庄重。

随着时代的发展，这种古式彩船早已退出历史舞台。而随着水量减少及河道的淤塞，淝江河上的航船也渐渐减少，最后只剩下坐一两个人的捕鱼船。昔日风帆悠悠的船只，只能刻在历史中，刻在老一辈人的记忆中。

今天的淝江河，已看不到任何远古时代的航船印迹，河还是那条河，水还是那河水，只是时间更迭，风雨洗礼，淝江河褪去了原始风味，变得厚重而又具有现代化气息了。

记者走进这里，仍能感受古韵所散发的魅力。两岸古色古香的房屋，虽然被一栋栋现代房屋挤对得只剩一些边缘地带，但衬托碧波淼淼的淝江河，仍显得那样婀娜多姿，动感十足。那山、那屋、那水、那景，那两岸的风光，一如画中的美景，令人惬意，令人赏心悦目。

熏着四月的春风，嗅着淝江河淡淡的馨香，近距离领略淝江河。小码头连着河流，一座座古桥簇拥着河流，天上彩云，河水泛波，碧波如镜。清清的水流，轻缓流淌，河里丝草翩翩，鱼虾浅底，卵石锃亮，鸭群飞扬，仿佛就是一幅静谧的江南山水画卷，又如徐志摩笔下的江南水乡，典雅别致，风情万种。

淝江河变得如此风情万种，重现古韵，这得益于近年来我市对环境保护的高度重视，河长制和方方面面的综合治理，更让曾经污染的河流重新唤发生机。住在夏岭段淝江河的谢老告诉记者，早些年，每遇枯水季，淝江河就飘着浓浓一股臭味，令人难以忍受。而今，再也没有这种现象了，水常年清清冽冽，可以洗衣洗菜，可以洗澡打"泡跳"，总之和他小时候见过的河水一样，非常清澈。

近年来，淝江河在沿途乡镇的齐抓共管和共同治理下，越来越风光无限，魅力无边。一座连着一座的古桥，通过更新改造，如今也可以通车通行，古韵和现代化氛围交相辉映，让淝江河沐浴着清新自然的山水风情，芬芳、悠然。

行走在淝江河，记者感触最多的，还有沿河两岸村民对河流的呵护。不往河里倒垃圾，不扔废弃玻璃、塑料袋，不把脏臭物品倒入河流，这已经成了沿河村民的共识。相互监督，相互提醒，也成了一种常态。

夏岭村一位村民对记者说，淝江河自古以来本身就是供人洗衣洗菜挑水吃喝的地方，后来变脏了，就是人为的，现在党和政府开始大力治理，他们应该支持，从自身做起，这样才能保证治理有效。

千姿百态的淝江河，从远古走来，烟波淼淼，映着古韵，映着发展的脚步，在日新月异的时代潮流中，一如耒水一般，永远是那样奔腾不息，永远是那么靓丽多彩！

二、古韵悠长

# 仰望伟大的造纸术发明家蔡伦

对一些历史巨人，我们不可平视，只能仰望。就如同在皎洁的月夜，我们眺望天空，注视着那一颗颗璀璨的星星。除了遐想，就是仰慕。

蔡伦——人类造纸术发明家，中国四大发明家之一。我站在他的雕像旁，看着他手握纸张，目光深邃，就有一种深深的敬意。一种油然而生的赞叹！正如美国学者麦克·哈特所言：很难想象如果没有纸，今天的世界是个什么样子？毫无疑问，蔡伦推进了人类文明进程，没有他，可能就没有纸张，人类世界就有可能还处在信息传播速度极不便捷的社会；很多的精神文明，都可能只沉睡在古人豪华的墓穴里，无法留下任何记忆。

正因为如此，外国人对蔡伦的尊崇已经无以复加。德国造纸工厂的厂标就是蔡伦，日本人对蔡伦顶礼膜拜，阿拉伯人将蔡伦供奉在神龛上，视为上帝。连美国的造纸企业都悬挂着蔡伦画像。由于蔡伦在中国没有标准的画像，美国人在 20 世纪 60 年代专门请人为蔡伦臆绘了标准的东汉宦官像，虽然没有确切的考证，但这幅蔡伦画像居然成为全世界流行的蔡伦标准像。连蔡伦故里湖南耒阳，也采用了这幅画像。我总觉得美国人最崇拜历史创新人物，他们的世界观就是赏识科学巨匠，而非政治人物。正因为这样，麦克·哈特这位学者，在撰写人类历史 100 位名人时，将蔡伦排为第七位，和牛顿这样的大科学家平起平坐。当然，从历史发展进程来看，蔡伦的排位也毫不夸张。他应该得到世界所有民族的尊敬！

中国是一个信奉政治军事人物的国度。对蔡伦这样的科学家，历来厚此薄彼，并未上升到崇拜有加的程度。《后汉书·蔡伦传》除了开头的一句伦有才学外，几百字的传记，只纪录蔡伦在宫廷的经历，对发明造纸术这段历史只是粗略带过，这就为后人特别是现在一些人"考证"蔡伦并非造纸术发明家，只是纸的改进者提供了注脚。

20 世纪 80 年代，陕西出土了一些类似于纸张的东西，一些人就此推断，中国发明造纸术早于东汉，蔡伦只是纸的改进者。幸亏《后汉书》还记录了蔡伦是纸的发明者，要不一些人可能就会彻底忘却蔡伦。一时间，蔡伦不是造纸术发明家的考证文章满天飞。但谁也没有拿出确凿的史料推翻这件事，最关键是找不出一个比蔡伦更有名的人，只是含含糊糊说普通劳动者在日常生活中发明了纤维纸云云。有意思的是，外国人并不认同中国史学界的观点，特别是同为儒家文化圈的日本和韩国，就认蔡伦。加上美国造纸界也根本不买账，仍把蔡伦列为造纸鼻祖。如此一来，一些中国学者讨了个没趣。其观点自然而然便收敛了些。但自从开始，质疑声就从未停歇过。好端端的造纸术发明家蔡伦，被披上了一件纸张改进者的外衣。如同一辆外国小车，明明是人家的知识产权，你却说是本国自主开发，这只能让人喷饭、博茶余饭后一笑而已。

真正的蔡伦，印在老百姓心中，印在历史的轨迹上，印在山水之间，印在造纸作坊里。

我曾经走进蔡伦故里最古老最原始的黄市凉亭坳一家土法造纸作坊了解造纸工匠的生产流程。他们在每天开工之前，都要恭恭敬敬跪在蔡伦泥塑像前，烧香纳拜，念着"祖师蔡公在上，弟子不成敬意"之类的话，才能走进作坊做事。我还了解到纵使是土法造纸，也有秘方，这个秘方叫纸滑。类似于酿酒的酒引子。纸滑作为最后一道用料，放至造纸原料中间，捣碎。它的成分我也问了，有竹屑、野草、泥灰等十几种东西。这种纸滑属祖传秘方，传男不传女。父亲一般要洗手上岸也就是不再劳作了，才暗中将秘方传给儿子。造纸工匠一致告诉我，纸滑来自祖公爷爷蔡伦，一代一代相传，至今仍很神秘。

不仅在蔡伦的故乡，在中国所有盛产楠竹土法造纸的地方：如浙江、重庆、陕西、广西、贵州等地，工匠们都十分虔诚信奉蔡伦。尊其为造纸祖师爷。贵州省印江县合水镇是中国最后一片土法造纸集散地，镇里有新旧结合的上百家造纸作坊，生产佛教用纸。走进这里，你就能感受他们对蔡伦的尊敬，家家户户有一个神台，摆着蔡伦雕像，有的还挂着蔡伦画像。早晚时分，大家都要朝蔡伦拜几拜，说些吉利话语。我问一位叫伍继云的造纸师傅他们为什么要拜蔡伦。伍继云回答，蔡伦是他们造纸界的祖师爷。没有他，就没有他们谋生的手艺。看来蔡伦在造纸工匠的心中，是至高无上的。从这些也可以看出，沿袭了一千多年的造纸工艺，是生生不息、长盛不衰的。也可以说，没有蔡伦，就没有纸。没有纸，就没有今天的文明高度。纸的发明，是一项划时代意义的伟大成就。纸改变了历史、记录了历史、传承了文明、创造了文明，也拉近了人类的时空距离。

一个宫廷宦官，用他的聪明才智，书写了宏编巨制、书写了亘古传奇。关于蔡伦，作为后人，我们所推崇的，除了他的创新，还应该记住他的执着。没有执着，不会有发明，没有执着，他也发明不了纸张。在他的家乡 —— 湖南耒阳。至今传诵着他幼时上山砍柴萌发造纸的故事。有一天，九岁的小蔡伦上山砍柴，在一条溪流里，他看到一根根沤放在水里的竹子，飘出丝线，他突发奇想，能不能把竹丝演变成像竹简一样的写字工具呢？从此，他执着地苦思默想钻研这一问题。他历尽千辛万苦，左试验右实践，一遍又一遍，反反复复，终于凭着执着，向朝廷献上了用麻布、竹子演绎而成的人类第一张纤维纸。世界从此翻开了文明新纪元。

我们一想到蔡伦发明的纸张，就会想到春秋战国时期诸子百家的书简，就会想到儒家四大著作，就会想到三国的金戈铁马，就会想到浩渺的唐诗宋词，就会想到先天下之忧而忧，后天下之乐而乐的名言，就会想到《四库全书》、天文地理、人文风流的良好传承记录，哪一项能够离开蔡伦？能够离开纸张？当我们展开绚美的宣纸，还有用宣纸题写的书法，当我们入迷地看着八大山人价值连城的山水画，我们是否想到，这是蔡伦带给我们的享受。

蔡伦发明造纸术，让世界文明得以完整记录，也让世界工业化和现代文明得以迅速演绎。对于中国来讲，我们应继承和发扬蔡伦的创新精神，尽快立足于世界经济大潮中，创造自己知识产权、自己的创新产品。用蔡伦精神，去开创属于中国人的大发明、大创造。

我觉得，随着时代的发展，我们如果沉浸纠结在蔡伦是造纸术发明家还是纸张改进者这一问题上，会显得毫无意义。关键要让人仰慕蔡伦这样的科学家，仰慕他的创新精神、仰慕他的敢为人先的意识。一个民族，它的强盛，必须建立在科技发展上，必须建立在不断创新意识上。对于蔡伦这样的科学家，我们宣传得太少，还没有给他应有的地位。孔子雕像已经矗立到天安门，什么时候蔡伦的雕像也能够和孔子雕像平起平坐，我们国家对科技的认识度就会上升到一个全新高度。蔡伦在中国的知名度还没有达到应有的地位，宣传力度明显缺乏，至今还没有关于他的长篇电视连续剧，更没有他的纪念活动，在他的故乡湖南耒阳，虽然设有蔡伦纪念馆，但布局简陋，还远远达不到一位科学巨匠的纪念效应。

的确，面对蔡伦，我们可以说除了敬仰，还是敬仰。在这位科学巨人面前，我们所要做的，就是大力宣传他，弘扬他的精神，让科学创新精神，扎根中国土壤，真正成为强国立国的资本。

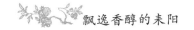

# 耒阳西湖：弥漫千年的浓浓书香

没有人会怀疑耒阳历史的悠远，就如同绵绵千年的西湖，几度沉寂、几度修缮，至今仍弥漫着古韵色彩，飘逸着浓浓书香。西湖荷花映日红，这是一种意境，更是西湖伴随一座古城从历史尘埃中走过来的印证！由西湖而衍生的西湖亭，又加入了一个伟大的历史名人——罗含。"相公祠"即西湖文化传承的一个载体，历久弥新。一城一水；一水一湖；一湖一文化；一湖一文人，这是多少历史名城所梦寐以求的文化传承！在耒阳却是浓墨重彩，如蓝天白云悠悠长长，飘逸而来延绵千年。这是耒阳人莫大的自豪！

耒阳西湖作为全国三十六个命名为西湖的城市湖水之一，从历史渊源和文化底蕴方面来看，并不逊色于任何地方。就拿杭州西湖和惠州西湖来说，这两个地方都因为一代文豪苏轼的词赋而闻名天下，杭州西湖还有一个白娘子的传说。至于历史，杭州西湖成名于唐代，惠州西湖则闻名于北宋。而耒阳西湖，至少在唐代初期就已形成规模，再加上东晋才子罗含的故事，西湖和西湖旁的西湖亭暨相公祠又应运而生。耒阳西湖在历史风雨中，一直属于知名度较高的"名湖"，这从历代文人骚客的诗文中可见一斑。按照罗含文化研究会秘书长罗小川先生考证，耒阳西湖就是罗含出生地，后人披在罗含身上的光环，如中国三大梦之一的"罗含吞鸟"，还有"罗含宅里香"等传说就起源于耒阳西湖。

毫无疑问，耒阳西湖因为罗含而变得闻名遐迩，更因为罗含也让耒阳西湖的文化氛围显得别具一格。今天，当我们漫步在新修缮的西湖游园，看到一首首雕刻在游园石碑上的诗词，就会想到文化传承的魅力和影响力。传统文化因为注入了一片湖；注入了一个历史名人就会愈加博大精深，令后人高山仰止。遗憾的是新修缮的西湖游园没有一尊罗含雕像，如果有一尊罗含雕像，耒阳西湖的文化传承还有旅游价值，我觉得可以更上一层。

很多生活在城里的人，都会看到西湖的起起伏伏。即使我们这些20世纪80年代进城的耒阳人也经历了西湖的几次变迁。从简陋原貌的"荷塘月色"到长满蒿草乡野般的水塘景致；从湖中矗立的石块到湖边建起的餐饮楼；从水田般的阡陌湖泊到破破烂烂的原始风貌，"几度夕阳红，几度风雨飘"，西湖就是在这样的环境中生存和传承，直到前些年的重修重建旧貌换新颜，古老的西湖重现绚丽风光，重现浓浓的书香。

由此而溯源，我们从一些老辈人口中，从一些关注西湖变迁的有识之士笔下，会了解到西湖的历史沿革和厚重文化。西湖究竟有多迷人？西湖究竟有多么美？古人早已将西湖列入"耒阳八景"之一，而构成八景最重要的元素，除了自然风光还有灿烂的文化。没有文化的风景就如同画龙点睛中的"睛"，没有睛当然生动不起来，也就无法腾飞了。

古时，西湖便是水天一色人文荟萃的地方。湖面上碧波荡漾，一条条小船载着游人，或嬉戏一片或歌声嘹亮。桨声依依、诗意浓浓，大抵有钱人家或读书人，都会聚集到西湖游玩，吟诗作画、击鼓唱戏，把湖泊渲染得一派热闹。逢年过节，西湖更是人流汇集的地方，泛舟回旋、摇桨逍遥，湖上湖下飘逸的各式服装，将西湖点缀成一幅绚丽动人画卷。据说耒阳西湖最鼎盛时期是在北宋，当时商品经济已趋繁荣，文化传承也到了一个新阶段，填词作诗、吟诵词作是很多文人雅士的必修课。他们相邀泛舟西湖，现场作词、现场吟诵，博一片笑声赢一阵掌声。而一些莅临耒阳的大文人、大诗人，也会慕名来到西湖作诗填词、题字作画，满足达官贵人的文化需求。

耒阳西湖应该和辛弃疾、欧阳修、秦观等大文豪有一定关联。辛弃疾的《阮郎归·耒阳道中为张处父推官赋》中的"潇湘逢故人"一句，据说指的就是西湖亭，而欧阳修的《蝶恋花·庭院深深深几许》中的"庭院深深深几许"这一千古名句，据说也是有感于耒阳西湖垂柳重重，层层叠叠的意境所创作而出。当然这只是后人的臆测，但也可以从一个侧面了解西湖的厚重历史和文化底蕴。

耒阳西湖的风景是别致的。相比于杭州、扬州、颍州、惠州这"四大西湖"，耒阳西湖有点小家碧玉、小巧玲珑的意味，这也许就是文人墨客最惬意的方面。当然旧时耒阳的西湖面积六百多亩，其实并不小，但和浩渺的杭州西湖比还是相形见绌。

六百多亩面积的耒阳西湖镶嵌在耒阳城的中心位置，一面是山岭，一面是房屋，还有纵横的两条街道，这又让西湖显得壮丽。壮丽的西湖，一年四季风景秀丽，春天垂柳依依，夏天荷花灿烂，秋天枫叶飘洒，冬天冰雪弥漫。特别是夏天的荷花，肆意绽放，满湖醇香。西湖包裹着一朵朵荷花，一望无垠，绚丽多姿。赏荷花是旧时西湖最美的一道风景，也成为"耒阳八景"之一，流芳千古。"映日荷花别样红"是古人歌颂杭州的诗句，而耒阳人歌唱耒阳西湖的诗，则叫"西湖荷花映日红"。湖水、荷花、日出、朝霞如一幅美丽的画卷定格在古老的西湖之中，让游人流连忘返、惬意万分。

文化是每一道风景的载体，耒阳西湖因为拥有东晋文化名人罗含，更让这里的文化氛围显得厚重又大气。据说，依西湖而建的西湖亭几经周折，一直是耒阳文人雅士最向往的地方。品一杯茶，挥一柄扇，来自四面八方的读书人在亭阁中央赋诗作画，这难道不是一种雅致？因此西湖亭虽然早已不复存在，但西湖亭的名字却至今仍在使用。这就是文化的魅力，也是文化名人罗含源源不断的影响力在支撑。西湖和西湖亭不仅仅因为风景激滟，还因为一个享誉历史的文化名人罗含才显得文化底蕴深厚，才能够让耒阳西湖和西湖文化延绵千年书香浓浓。

今天的西湖通过修缮，占地面积虽然远远不及古代，但仍保留着文化底蕴，刻在西湖园中的诗行，仍让人感到了文化的传承。而西湖游园中翩翩起舞的舞姿，还有那响彻不断的歌声，仍传承着西湖文化的浓厚氛围。只是这种氛围难以和那种传统文化相提并论，更无法复制东晋才子罗含传承下来的文化"图腾"。

其实，一座城市吸引外地游人的除了自然风光，还有人文风景。人文就是文化脉搏，历久而弥新。作为全国三十六个西湖之一，耒阳西湖与众不同之处，那就是这里产生过晋代全国知名的山水散文家、哲学家罗含。由于多种原因，罗含在今天的知名度早已比不上古代，其实"江左之秀"的名号可不是浪得虚名，而是和陶渊明并列而立的历史名人巨匠。这样一个声名显赫的耒阳文化名人，本身就是一个文化符号，再加上至今保留下来的西湖，应该说是非常具有品牌价值的！

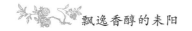

# 龙归山，娇媚古香任梳妆

一条青石板路，绕着山谷，一袭原始石林，装点山岭。站到山巅，鸟瞰远方，云雾飘飘，村庄若隐若现，城市轮廓历历在目。耒阳的西乡入口，竟是这般娇媚，竟是这般古色古香。

龙归山，这个离耒阳城区只有十几公里的风水宝地，似乎如一位掩着面纱的村姑，神秘而又典雅，娇美而又朴实。难怪实业家罗湘云先生，这位将正源打造成三湘名校又赴美办学的耒阳西乡人，对这片土地那么入迷，以至于几个月夜不能寐，苦心酝酿着如何保护和开发这片风水宝地。

我极为欣赏艾青的诗句：为什么我的眼里常含泪水，因为我对这土地爱得深沉！作为一个耒阳人，作为一个土生土长的耒阳西乡人，我深知罗湘云先生对西乡土地的眷恋之情，也深知他希望把耒阳西乡开发打造出来造福社会的拳拳之心。

海阔凭鱼跃，天高任鸟飞。只要有想法，只要有蓝图，我相信罗校长的愿望一定会实现，诚如他所言，哪怕十年二十年甚至五十年。但是，当下的当务之急，还是如何保护这片土地，不能随意破坏，更不能工业开采，我很赞同罗校长的构想，建立龙归山自然保护区。只有先保护下来，才有可能开发，才有可能精雕细琢，才有可能造福耒阳，造福耒阳西乡人。

那么，就让我带着大家走进龙归山，走进这片神秘而又瑰丽的土地吧！龙归山北起余庆办事处打鼓洲村，西连长坪，南接小水。如果从小范畴划分，也就十几平方公里，如从大范围划分，则覆盖整个耒阳西乡。我觉得还是先从小范围的自然保护区入手，划定红线，对这片土地先期进行保护，然后再推广至整个西乡区域。

那天，我们从龙归山入口处出发，沿着一条长长而又窄小的青石坂路，向核心区前进。这条青石板路，是一袭的条块青石，有大有小，铺垫错落有致。路两边也垒着青石壁，长满青苔，这是防止泥石流冲垮路面的。古人是非常聪明勤劳的，他们建这样的青石板路，不仅讲究行走方便，还想到如何历经风吹雨打，让道路历久而弥新。从这个角度讲，古人是不会建豆腐渣工程的，这颇值得今天的人学习。譬如龙归山这条青石板路，至少风吹雨打了几百甚至上千年，但我们今天踩上去，仍显得平坦舒适，没有碍手碍脚的东西，也不必担心哪块石板会塌落，摔跤绊倒。

青石板路弯弯曲曲，或入山沟，或上山岭。我们足足走了一个半小时，才把这段青石路走完。我颇为感叹在耒阳的城边，还有这么一条数公里长又没遭到破坏的青石板路。走在这样的青石板路，绝对比欣赏任何一部穿越剧更赏心悦目。

这条青石板路，断断续续还要经过几个凉亭。凉亭大多立在石板路中央，这是古人休息歇脚的地方。凉亭大多斑驳，布满灰尘，用于歇坐的树桩也早已破败，但仍能感受古人乘凉休息的余韵。我们可以想象，一些走亲戚——耒阳俗称行人家的先人，携儿带女，挎着大包小包，行走在这样的山间小路，遇上了凉亭，一定会歇一会儿。

想到一些挑萝挑担的先人，汗流如雨，行走在这样的青石板路上，气喘如牛在凉亭歇脚的场景，便想到古人生活的艰辛，交通不便的影响。也想到今天四通八达的交通给人们带来的便利和福祉。走完一段青石板路，就来到龙归山随处可见的一片石林。

石林，是耒阳西乡的特有产物，到处都是，石头山、石头岭、石岩洞、石壁缝、石泉水……而在龙归山，石林更是一大自然奇观。站在远处，眺望石林，或似狮身鱼头，或如卧龙雄虎，或像猴子捞月，或如跃马扬鞭，总之可以凭你的想象力，去品赏石林的英姿，去写意石林的绚丽。

来到近处，静观石头，各种造型更是栩栩如生，这个像头羊，羊角羊尾俱存；这个像水牛，盘身而卧，惟妙惟肖；这个像神龟，坐望石林，如临沧海；这个似海豚，昂首扬头，静如海神……

在龙归山，千姿百态的石林，让人眼花缭乱，只要稍做修饰，更会流光溢彩，韵味无边。穿越一片石林，便到了龙归山的核山区域龙归坪，这是一个小村，四面群山环绕，山上峭石耸立，山底则是一片开阔地，泉水涌动，当地人把泉水流出的地方唤作龙归池，据说不管涨多大的洪水，龙归池都会在一夜之间消失，也不知洪水流向何方。其实在龙归山有很多类似云贵高原天坑的穴坑，这种穴坑四季溢着泉水，深不可测，估计和地下溶洞有关。

在龙归坪小村，我们发现在一个牛栏门框上，架着两扇刻满文字的碑刻，从依稀可辨的字迹中，我们获悉这是清道光年间的遗物，碑刻是一篇禁令，大概属乡规民约的东西。从碑文中，我们可以领略龙归山的文明传承，也可以感受龙归山的古老。

岩洞是龙归山的又一道风景。这些岩洞有大有小，有的深不可测，有的流水潺潺，从当地老百姓已发现的岩洞中可以看出，这是典型的石岩溶洞，洞中有洞，洞洞相通。我们可以揣摩，龙归山下的岩洞，应该是一个体系，蕴藏无限风光，只是现在还没探测出来，或许还有更大的溶洞群至今没有被发现。

龙归山除了奇山、奇水、奇石、奇洞，还有奇树。譬如拥有千年树龄的古银杏林，拥有千年历史的红豆杉，还有数百年历史的枞树、香樟树等。这真是森林瑰宝，价值连城，保护价值和意义都非常重大。

我还在臆想，《本草纲目》中记载的耒阳龙虎山石斛，是不是就在龙归山。这种石斛当时享誉全国，是和灵芝相媲美且价值连城的药材，而且是耒阳独有，大药师李时珍写着耒阳龙虎山奇产。

一个奇字，让很多人对耒阳石斛倾慕不已，直到现在，还有人在苦苦寻找。据权威人士分析，龙虎山石斛应是今耒阳小水一带，但小水没有龙虎山之地，而龙归山也属小水范畴。一旦在龙归山发现石斛，那么这片神奇土地将更具魅力，也为罗湘云校长保护开发龙归山的宏伟蓝图，提供更强大的支持力度。

娇媚无比的龙归山，开发潜力巨大。按照罗湘云校长的构想，将在龙归山核心区建罗含纪念馆，建学校和耒阳西乡古韵旅游一条街，打造万幅景点楹联门巷，建全国南方特色旅游景点。构思很美，但真正要打造出来，非一朝一夕可以实现。说一千道一万，当前的首要工作，还是要设立龙归山自然风景保护区，将自然资源保护起来，只有将原始资源保护起来，才能慢慢开发出来。最终造福西乡，造福耒阳，造福社会！

# 西乡，凉亭加青石板路的韵律

对西乡人来说，山与岭是相辅相成的，山即是岭岭即是山。到岭上砍柴到山上割草，有时又喊成到山里砍草到后背岭上割草。当然，也有不同之处，虽然岭上、山上是一个意思，但没有岭顶之称却有山顶之说。西乡人喊山和普通话同音，喊岭却喊成"俩"，和普通话相差十万八千里，似乎像北方"梁"字的演变，但又有极大差异。

我常常想，西乡人之所以将岭与山分分又合合，自有它的道理。山还是泛指高的地方，而岭则可以视作高低不同的地方。

山和岭对西乡人来讲，是一种出门处处相望、走路时时相见的东西。一出门，西乡人就要爬山越岭，田作在岭上、庄稼种在山上，特别是长坪乡、太平乡，种红薯沿袭久远，很多地方没有田只有土，只种旱粮不做水产。因此，山与岭就是他们赖以生存的土壤，天天和山岭打交道，已成为习惯。

要上山爬岭，就要修路。路，长长的小路，弯弯曲曲、崎崎岖岖，大抵都要辅一些青石板块。石头是西乡的特色，到处都是，用青石板铺垫而成的道路，也就成了西乡的独特风景。

有路就要有桥，从水沟经过需要架一座桥，从岭与岭之间穿过有时也需要架一座桥。桥也是青石板桥，长方体的石块，从一头架到另一头。有的还砌成弯月桥，两边相连，人踩上去，低头看着桥下的流水，颇有一番诗情画意。

除了桥，西乡人每隔一段路程，就要建一座凉亭。不用说了，凉亭也是以石头为主砌成的。这种凉亭，西乡人喊亭子，常常上圩赶集或下地劳作时累了，就会喊：到亭子里歇会儿。

建凉亭，属于公益事。一般是有钱的出钱，有力的出力。也有富人捐建的，还有好心人资助的，总之建凉亭是为了方便行人，方便四面八方的乡亲。凉亭大多两面墙，两面通风，中间放张石桌，搬些板凳，供人休息歇脚。

早些年，没有交通工具，走村串户、到亲戚家或上圩赶集，都是以走路为主。大家背着或挑着东西，沿着青石板路，迈过一座座小桥，翻过一座座山岭，看到凉亭了，就进去坐坐。有时候在田里干活，遇上突然下雨，他们也会争先恐后进到凉亭里，互相开着玩笑，自娱自乐。

再早的时候，去韶关挑盐的人，也是从这样的山路走出去，再挑些油盐酱醋回来。长长的青石板上，洒下了多少人的汗水，也验证了西乡人的艰辛和勤劳。

随着时间的推移，今天的西乡，乡村公路早已四通八达，外出办事不是坐车就是骑摩托，连单车都鲜有人骑了。那些落在山岭上的青石板路、斑驳的石桥、破败的凉亭，已极少有人光顾了。只有一些怀旧的老乡，偶尔从山岭经过，碰上大太阳的天气，才钻

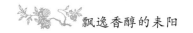

进凉亭躲躲阴。

西乡，昔日的主要道路 —— 青石板路，如今很难再有一条完整的了。而以前随处可见的凉亭，也风雨飘摇，难以见到几个保存完好的了。

青石板和凉亭的韵律，在现代化的气息中，已经慢慢退出历史舞台。但是，青石板路、青石桥还有凉亭，在西乡，仍然没有遭到大的破坏，如同西乡的环境一样，仍然充满古色古香，这是十分难能可贵的。

如今，休闲农庄在我市随处可见，喜欢游山玩水甚至登山的人不在少数，加上自驾游的外地人，谁不想寻找一方充满原始野性又有地方特色的场所。假如把西乡那些长长的青石板路利用起来，再把古朴的凉亭修缮起来，供游人游玩和休闲，不是一篇大文章吗？

# 新市：飘逸古香的河街

　　耒阳新市镇，河边古街就如同一卷发黄的典籍，尚未打开便古香弥漫。漫步古街，磨得老掉牙的麻石板小街延绵铺开，层次分明，一种远古气息夹杂着河面上的晨风扑面而来，令人猝不及防。街上那些陈旧的楼房，那些斑驳脱漆的门板，那些若隐若现的招牌，那些褪去余韵的店铺，在阳光的照耀下依然分外显眼。新市河边街，从历史的步履中一路走来，至今依然飘逸着古香，在日新月异的时代变迁中，保留着那一份纯真和余韵。

　　曾经在新市段波涛汹涌的耒河，如今变得温柔可人，河水潺潺汩汩，如同一条溪流，泛着波涛，荡漾碧水，流向远方。河水漫漫，古道悠长，如同一位老者的脸庞，写满了新市曾经的繁华和沧桑。街，在耒阳老一辈人心中就等同城，上街，就是上城。街与圩场是有差距的。譬如耒水耒阳境内，称街的地名也就三个：黄泥街、灶市街、新市街。而黄泥街又称黄泥冈，这和灶市街、新市街又有一些区别。所以说，旧时在耒阳，真正称得上商贾云集，人口众多的河埠街道，只有灶市街和新市街。新市能称街，就如同今天的县称市，或乡称镇。新市曾经又叫新城县，是曾经耒阳县衙驻地，称其为街，名正言顺，恰如其分。

　　76 岁的陈俊礼，一直住在新市河边街，他是"老三届生"，对新市历史如数家珍，娓娓道来。

　　他告诉我："新市街有几个辉煌时期。就近的是 20 世纪 50 年代，那时候新中国刚刚成立，交通还是以水运为主。新市街作为耒阳连接湘江的水运枢纽，非常繁荣，船只不分昼夜，往来频繁，大船小船、商船客船，川流不息。那时候，新市河边街就衍生了夜宵摊点，各类汽灯、煤油灯交相辉映，将河边街照得一片灿烂。船工和商人，外地人和本地人，齐聚河边街夜宵摊点前，吃新市米粉、吃嗦田螺、吃河鱼，吃香干，把河边街渲染得热闹非凡，常常通宵达旦。

　　闻名遐迩的新市米粉，就是在这种氛围中延绵而来。新市米粉是伴随着新市街历史的演变，伴随着新市街曾经的繁华和热闹而传承下来的。一碗香喷喷的米粉，就是一段新市街厚重文化的传承和发扬。据说，以前新市街米粉，都是用木制工具压榨出来的，俗称榨粉，一根根圆圆的榨粉，有筷子般粗，倒入锅中经烹煮，便成为味道鲜美的新市米粉。看来，榨粉这个词，非现在机械化压榨才形成的名词，而是伴随新市米粉中的主要成分 —— 木榨圆粉所传承下来的名字。

　　愈久远的名词，愈含着厚重文化。和新市米粉相依相偎的，还有新市香干子、新市谷酒等。63 岁的刘国平，住在新市河边街上街，他家祖传酿酒，从爷爷开始，就以酿制新市谷酒为业。

　　老刘为人憨厚，说话轻言细语，他带我看了他家的酒坊，酿制全过程。从酒饼下料到烤酒灶烧火，从稻谷发酵到酒蒸气产生，乃至出酒藏酒，他都毫无保留一一展示。这种令人眼花缭乱的手工酿酒，才叫真正的意义的新市谷酒。老刘拿出一壶让我品尝，我略抿一点入口，便有种烧喉咙的感觉，酒劲很冲。老刘说，他酿的新市谷酒，酒精度都在六十度以上，这才叫正宗新市谷酒，上口劲大，味道却是纯正的。

新市河边街，从南往北，一字排开，两边是街铺，每间街铺又连接在一起，大的数十米长，小的也有几米长。街道店铺五花八门，几乎应有尽有。

93 岁的杨乾金老人，在新市河边街生活了八十多年，她老家是永济的，老人几岁就来到新市街当童养媳，靠做苦力生存。她见证着新市河边街的往事，也感受着新旧社会新市街的变迁。老人思维已经颠三倒四，但几十年前的旧事却记忆犹新，还有就是念念不忘新社会好、共产党好！

杨乾金老人向我描述新市河边街的旧貌，在她儿子的补述下，旧貌就如一幅尘封的画，慢慢打开，慢慢回味。

新市为什么是河边街最热闹，主要是旧时泊船都在河边街附近，从船上靠岸的人，首先选择就是逛河边街。有的去住伙铺，有的去吃东西，有的去购物，有的去交易货物。

新市河边街，最多的店铺是铁匠铺，铁匠铺打的东西，又送往当时名气广且技术含量高的船只铸造厂。说是船厂，却是以维修船只为主，旧时很多过往耒河的帆船，都要在新市补充一些铁制器械，如船头罩层铁皮，用铁索扎牢桅杆，将铁锚加重，用铁片补垫船舱漏眼等等，总之，维修船只是全方位的，类似今天的 4S 汽车维修点，什么船只都可以修。所以，铁匠铺便成为船厂原材料的供货商，有利可图。除了铁匠铺，新市河街还有很多陶瓷铺，如浔江产的砂锅，导子产的铁锅，大市产的陶瓷，都会在这里交易。

据说，耒阳旧时陶瓷，并不亚于其他县。这从后来大市出土的古陶瓷窑可窥一斑，20 世纪 90 年代末，耒阳文物部门曾在大市大陂界，挖掘出土了一批古瓷器，经专家鉴定，为汉代窑瓷，价值珍贵，当时我到现场采访，将此消息刊登在《人民日报》（海外版），引起轰动。新市河边街对瓷器的交易，也佐证了大市陶瓷名不虚传，可惜后来没有像新市古街一样保留下来。

据杨乾金老人介绍，新市河边街吃的东西五花八门，用的东西更是数不胜数。她至今记得，有一个在街面开铺煮新市米粉的老板，一天从早到晚，就没歇息过，岸上岸下的人，经常排队去等粉吃，船上的客人，还端着海碗来盛粉。杨乾金老人曾经在这个米粉店里当过几个月帮工，饶是再年轻，也累得直不起腰，后来辞了工。至于街面上卖的东西，杨乾金老人记得有汉口布匹、潭州绸缎、衡州大米、韶州粗盐，小食品方面有谷芽糖、麦糖、麻饼、水果糖等大城市有的东西。新市河边街的兴盛，不仅是货物琳琅满目，而且人流涌动，前脚跟后脚，一不小心就会被人踩到。这种景况，杨乾金老人记得很清楚，她小时候曾经因为到街上看耍猴子把戏的人，被挤得哭过几次。

当然，随着陆路交通的发展，新市河边街渐渐萎缩起来，盛景不再。但新市街繁华的过去，在老一辈人心中，仍是挥之不去的记忆。时代在发展，历史在前进，今天的新市，河边街仍在，古石板路仍在，老店铺轮廓仍在，甚至一些斑驳的墙壁仍在，不见的只是那些风味难寻的摊点，那些穿着打扮简陋的远去背影的熙攘人群。

在春天一个阳光灿烂的日子，我们一行来到新市河边街，重访这片新市老一辈人梦中的古街。街面依稀是旧的原貌，三三两两的过往人，匆匆从街面走过。静静的河边街，河风拂拂，新市米粉溢满的香味，依旧弥漫着这条老街道。

一些年岁偏大的老人，摆一张凳子，坐在麻石街面上闲聊，偶尔会看到一些老人，在旧门板后面的老屋里，吸着烟，或啃着饼干什么的。

街还是那面街，却无法复制从前那种人头攒动的街景。不过，我走进这片古街，却有一种似曾相识的感觉，或许，我眼前晃动着望城靓港那片重新装扮的古街，又或许，我看到了浙江乌镇那种书香弥漫的场景。其实都不是，这只是尚存古韵的耒阳新市河边街。那街那景，可以和任何外地古镇相提并论，只是这里更原始，没有雕琢，却又缺少雕琢，没有人气，却期盼着会有人气。但回眸一笑，似乎这条古街缺乏的，是一种文化氛围，一种对历史文化的传承，一卷没有讲清楚故事的典籍，感叹之下，又发现了那种原汁原味的缺失，忽然之间，却发现，这实际上是迟迟没有打开，一张没有创意的旅游图片。

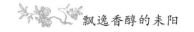
# 西乡丛苞山水，耒阳小"九寨沟"

这是耒阳最绚丽的一片山水。瀑布、石桥、碧水、小径、村落、古树、梯田，一袭原始风韵。青山绿水、花草依依、蓝天白云、远远望去，就像一幅图画，一个耒阳的"九寨沟"，一个养在深闺人不识的小"九寨沟"。

丛苞，位于崇山峻岭的耒阳西乡，原属磨形乡，现隶属余庆街道办事处水口村，距城区约 50 里。这里山峦重叠，怪石林立，水流潺潺，一派原始风貌。奇山异水、风光无限的丛苞，就像一块未经雕琢的"璞玉"，镶嵌在耒阳西部山区，散发出浓浓的诗情画意。令人痴迷，令人向往。

五月一个阳光灿烂的日子，我和摄影师李振波驱车来到这里。李振波极其热爱耒阳山水，东西南北，只要有风景、风物的地方，他都要细细品味一番，留下摄影作品。

丛苞是他发现最晚的耒阳风光，却是他最赏识的山水。他说这就是一片小"九寨沟"，太漂亮了。他盛情邀请我去看，说只有身临其境，才会感受这片土地的美妙。作为一个长期从事新闻采访的记者，我对耒阳这片山水也爱得深沉。尤其喜欢宣传耒阳的风土人情、自然风光，也几乎走遍了耒阳的山山水水，唯独没有去过丛苞，唯独不晓得耒阳西乡还有这样一个地方。

沿着一条狭窄的山乡公路，我们首先来到丛苞核心区域——高滩瀑布。对瀑布，我是十二万分的喜欢，早在十年前，我就去过亮源的龙潭瀑布探险，发现耒阳瀑布太少，大概只有亮源这一处算个瀑布。没想到丛苞也有瀑布，这让我喜出望外，爽心之情溢于言表。

高滩，并不高，只是当地一个略高的山谷而已。走进这里，顿觉清凉异常。远处白云悠悠，衬着一片翠绿，点缀这个山谷，风景如画，格外靓丽。

一股巨大清亮的水流，一泻而下，分成四瓢，形成瀑布，溅起波光粼粼，分外耀眼。这是一个典型的南方山水瀑布，轻缓、舒延，没有打造痕迹，只有自然流淌。瀑布宽约二十米，落差约十米，水量一线穿流，注入一片滩涂，形成深潭。瀑布和潭是相辅相成的，水瀑飞流，潭藏余韵。

据当地人介绍，高滩瀑布，水量充足，一年四季都不断流。春季雨后，瀑布格外雄壮，巨浪翻滚，蔚为壮观；夏秋之季，水量变得平缓，但清清澈澈，透出光亮，非常漂亮。

正是初夏，高滩瀑布之水不多不少，从上游飞流直下，在阳光的折射下，五彩缤纷，分外妖娆。我站在瀑布前，看着一线线飘落的水花，看着潭中溅起的碧浪，看着波光闪耀，看着自然和谐的氛围，再听着飞瀑倾注的声音，还有四周鸟啼的协奏，仿佛置身人间仙境，真是心旷神怡，清爽异常。

高滩瀑布最神奇的地方是潭中蕴藏着一个深不可测的洞穴。据当地村民介绍，曾有人跃入潭中，潜水而入，居然看到一个巨大的洞穴。洞内有石桌石凳，有大块岩石，还有供人歇脚的地方。洞内鱼虾成群，更有如今稀缺的团鱼、鲶鱼，据说还有蟒蛇、千年乌龟。

当地还有着一个广为流传的神奇故事，一个穷苦有孝心的后生，为了筹钱救治重病的母亲，只身跃入这个潭中，站在一块裸露的岩石上，捕了几百斤鱼。当他转身离开时，却发现岩石在移动，最后沉入水底，原来是一只巨鳖浮着他在捕鱼。后来这个后生外出经商成为富人，当地人都说他是因孝而得到神仙相助。

这片瀑布水潭中是不是真如传说中的那么神秘，恐怕只能留给探险者一探究竟了。但当地有不少上了年纪的人的确潜入过水中，这又为高滩瀑布潭中的传奇验证了真实性。

形成高滩瀑布的这条小河叫丛苞江。江，耒阳话读"冈"，西乡腔"冈"字尾音更重，当地人喊这条江就叫门前江。这条江从远古走来，历经风雨沧桑，至今仍是一条常年流淌不干涸的小河。

丛苞江发源于长坪乡，和太平水库水流相连，所以又是一条农田灌溉之河。流经几个乡镇，最后从南京镇注入舂陵江。丛苞江蜿蜒流淌，九曲十八弯。或从山野走来；或从平地经过；或过山谷；或入峭壁；两岸风光无限。山水相连、水质清澈、花草遍野、瀑布丛生、水潭透亮，所以将这里比作小九寨沟，是一种最恰当、最妥帖、最形象的比喻。

除了高滩瀑布，自上而下，丛苞江还有不少或大或小的瀑布群。由于荆棘丛生，乱石林立，很多瀑布只能隐隐相见。饶是如此，仍可看到瀑布飞流直下，波光闪闪，水声阵阵，将这片土地，渲染得格外宁谧，格外有世外桃源之感。

有水就有桥，丛苞江上的桥，非常有特色，大抵都是石桥，青石板桥。这种桥连接两岸，由岸延伸进村，桥两边道路全是青石板铺垫，高低相衬，错落有致。

这座桥叫钟家石桥，始建于明嘉靖年间，距今已有五百多年历史，在耒阳亦属于年代最古老的石桥之一。这座桥用一袭青石垒砌而成，桥墩坚实，靠水面是三角形。这是古人智慧，利于挡避洪水。桥面由几米到十几米的青石板架设，这种青石板是西乡特产，由工匠稍加雕刻，架在桥上又平又稳，下雨天也不滑，非常适合行走。

73岁的钟元发老人一直生活在这座桥边。老人经常挑担过桥，如履平地，健步如飞。他说，这桥没修建桥梁，主要是桥太宽，考虑防洪功能，从结果看，是正确的，至今没有任何损毁。这种依靠青石和青石板搭建的石桥，拥有二十多米的宽度，且保存完好多年。这是非常罕见的，也为丛苞这片古老土地，平添了古韵色彩。

建于丛苞江上阳家湾边的石桥，则是一座石拱桥，风格和钟家石桥截然不同。这座桥还有一个故事，说的是没建桥之前，阳家湾村人顶多能活七八十岁，后来桥一兴建，八九十岁乃至百岁老人都层出不穷，一下让这里成了长寿村。

在这座桥边，还有一座至今保存完好的古老石狮，据说也有几百年历史。村民欧阳监征告诉我们，原来是一对石狮，矗立在阳家湾屋门口，后来上游钟家以破坏了他们的风水为由，派人砸掉了一只，阳家湾人不服气，也将钟家湾一条石龙砸了。这都成了历史，证明丛苞江两岸历史的久远和厚重。

丛苞江两岸历史的厚重，还体现在建筑风格上，至今保留完好的钟家祠堂，仍可见到土砖建筑风格。还有古色古香的雕花石墩，彰显当地建筑文化的厚重。最具特色的，则属于这座类似的湘西吊脚楼风格的房屋，这座房依土坎而建，下面是空的，上面建一个木楼，站在楼上可观望外面，这种房屋，在耒阳属于独有，可见西乡丛苞村历史的久远和别有风味。

处处翠绿一片的丛苞江两岸，山上山下古树参天，葱郁醉眼。这棵连当地村民都不知叫什么名字的古树，据说已有几百年历史。树干青苔围绕，叶芽飘飘，一派古朴气息。

住在这棵树下的村民说，这棵树有驱蚊功能，西乡土话喊蚊子树。我霍然一惊，难道这是近年来才发现的驱蚊树吗？驱蚊树属芸香科，落叶乔木，叶片能散发一种香茅醛，具有驱蚊功能。真是驱蚊树，那就更神奇了，也为丛苞江这个小"九寨沟"，披上了一层更神秘面纱。当然，这只是我的臆测，真正是什么树，还有待专家考证。但是，这里的古树可不只一棵两棵，一种两种，而是数量繁多、品种繁多。有古木参天的樟树；有四季青葱的柏树；有片片叶红的枫树；有坚韧无比的梓树。至于杉树、松树、楠竹，更是随处可见，满目苍翠，青绿一片。

丛苞江位于西乡褶皱里，这里漫山遍野都是石头，怪石林立，处处峭壁。我曾经在一篇文章中说过，在耒阳东乡，丰富的煤炭资源给当地老百姓带来财富。

丛苞江两岸人会是最早的受益者。这里石山以青石为主，可以是建筑材料，更是打造旅游景点的天然景观。在这里，你可以看到各种各样耸立在山中、江边的石头。有的形似狮子、有的像老鹰；有的远远看去就是一条鱼、一张凳、一条椅。总之只要发挥想象，就可海阔天空，尽情赏阅。

这里还有建在高岸上的梯田、潺潺泉水还有四季溢香的花草，芬香扑鼻，沁人心脾。这样一片神奇的山水，就如同一片小"九寨沟"，绚丽无比，只是养在深闺人不识而已。

举仙寺，位于丛苞村境内，仙气缭绕，香火旺盛。佛教文化和中华传统文化在这里一脉相传，为这片山水，增添了浓厚的文化氛围。

近年来，当地有识之士也看到了这片山水的优势，正在有条不紊地开发。如高滩瀑布之处，就建了一个丛苞公园，打造旅游项目。我们去的时候，就看到十几个游客在观看瀑布，李振波是个摄影大师，立即为他们摆造型，抓拍了不少画面。

同时，更有人捷足先登，成立了能玉溪风景保护区。这都是好事。但我认为，这片尚未开发的秀丽山水，一定要从保护角度出发，不能乱开发，更不能滥开发。要维护原貌，要保证古色古香，要细小呵护，不能急于开发。应该高屋建瓴规划，学习九寨沟开发经验，落脚点就是打造生态旅游区。如果和正源学校罗校长构想的龙归山旅游保护区挂钩，估计更有发展潜力和保护意义。

当然，无论是能玉溪风景区还是丛苞公园旅游区，我觉得都没有小"九寨沟"这样响亮这样吸引人。如果打出耒阳小"九寨沟"这个牌子，要不了多久，一定会游人如织。当然，凭着丛苞江两岸的山水风光，这个目的一定会达到。

# 小水江：远古和现代氛围交相辉映

江，耒阳话读冈，泛指屋门口流淌的溪泉，又叫冈里。大抵山野开阔地带，都会有一条或大或小的江，流着潺潺、汩汩的水流，清澈见底，可见鱼潜水底，虾米乱窜，一派乡间趣味。

耒阳人为何喊小溪小河为江，这是值得考究的。

在其他地域，一般将水流自小而大排列，山泉、溪流、河水、江水、大海，譬如舂陵河、湘江、长江。

而耒阳话中没有溪流之说，先喊泉水，然后喊江，再喊河，河以上似乎就是大海了。所以耒阳人把湘江也称为湘江河。这种对江的特殊称谓，又衍生了耒阳人对江姓的称呼，称江为冈，区别于张姓，这难道不是耒阳话独特的风韵吗？

江，蜿蜒而来，流经大洞小洞，山涧峡谷，平野低洼，从高处往低处，汇聚而来，坦坦然然，自然流淌，最后注入耒河。

这条江叫小水江，是耒水四大支流之一，也是耒阳流经地域较长的小河之一。

她延绵上百里，从公平圩镇的云山村岩门口发源，流经公平、龙形、小水、灶市，最后注入耒河。

小水江，如她的名称一样，小江。

的确江面不宽，水流不大。和耒河另几条支流淝江、马水、敖河相比，是最小的。

这从历史沿革可以领略。譬如淝江，以前可以通航运，甚至可驶商船，而马水、敖河也有通航的历史，唯独小水江没有。就是一条极小的支流，千年沿袭，只流水，不通航。

虽然不通航，但号称耒阳境内耒水的四大支流之一，小水江绝对对得住这个称谓。厚重的历史，独特的水流，从远古走来，带着沧桑和文化脉搏，乡土风情，传说故事，演绎着耒阳西南乡深厚的底蕴和无限风光。

一江之水，源远流长。作为一个自小喝着这条江水长大的南乡人，我脑海中回萦着很多上世纪七八十年代的江流景况。清澈的水质，可以随时饮用。

夏天，跳入冰凉的江中戏水；冬天，拿着竹竿从江里凿冰块；春天，看大人在江水中下网捕鱼。几多快意，都印在美好的记忆中。

这条江从遥远的古代走来，带着浓烈的湘南土著风貌。没有雕琢，自然形成的河道，该拐弯拐弯，该平坦平坦，或急流奔泻，或舒缓停滞，或深不见底，或浅至露岩。一种自然，是古人生存的基本遵循。

江水，首先是供流域两岸民众生产生活的源泉。江边，砌几块石板，可供妇女们捣衣、洗菜、淘米，可让男人们挑几担水种菜、浇秧。偶尔，聪明的古人，会筑些堰坝，拦住滔滔水流，引水入田，灌溉农田。

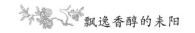

由于条件所限，旧时水利条件极差，多数水田靠天吃饭，一遇天旱，只能眼巴巴看着禾苗枯死。而小水江，由于水流长年不衰，每逢干旱，河两岸民众就会抬出车水风车，一头架到江里，一头架到田坎，将清冽冽的水车上来，浇灌农田，保住禾苗。那是一种盛况，朗朗夏夜，清风徐徐，月光如水，一群勤劳的农民，用一溜排开的车水风车，在江两岸狠劲车着水，那真是蔚为壮观，真实反映了古代耒阳南乡人的勤劳和生活气息。

小水江不仅是抗旱的江流，也是防洪的主要河道。春夏之季，常常雷鸣电闪，大雨如注，山洪暴发。此时的小水江，由一位温情少女变成了锐不可当的魔怪，肆意冲击着田野村庄。但是，因为有了这条江，排洪相对集中一些，洪水再泛滥，损失也可少一些。

自然之河，给两岸民众，带来喜怒哀乐，带来酸甜苦辣。有河就要有桥，小水江沿河两岸，架着无数大大小小的桥。有石板桥，有独木桥，有石拱桥，还有竹桥。架桥是为了方便两岸民众往来，更是为了供孩子们念书。有了桥，孩子们上学就不用蹚水过河，这是小水江两岸民最突出的特点，这更加证明南乡民众对文化的推崇。

历史总是在不断前进，千年沿袭的小水江，后来经历了一次特殊的河道改变，这就是20世纪70年代农业学大寨运动中的河道改直工程。所谓改直，就是将废除以前弯弯曲曲自然形成的河道，改为人口挖掘的直行河道。这项工程几乎遍及小水江各个流域村庄，仿佛一夜之间，一条笔挺的河道便代替了原来蜿蜒的河道。

实话说，当时的决策者改直河道，是为了将原来的江道填出不多的良田。但事与愿违，由于违背了自然规律，加上新河道修筑得并不牢固，因此无论是从防洪抗旱还是从生态环境，都是一种得不偿失。

但是，有些破坏是无法弥补的，弯道改直道的不少江段，现在都成为一种缺陷，留待修复。譬如公平圩镇桐树村至群丰村那段改直了的江，如今每逢洪水，几乎没有抵御能力，一泻而下，水田被淹，造成巨大损失。要想改变这种状况，必须再进行修缮改造。

如今的小水江，远古河道和现代河道均不同程度存在着。江还是那条江，水还是那股水，只是水质已经不可直接饮用。当然，并不是说水质被污染太严重了，而是现在乡村人讲究生活质量，一般打井取水，很少去江面取水饮用了。这大概是时代变迁的脚步，将远古那种原始古朴的生活习性改变了。

河就是一段历史，一条河就是一脉文化。同饮一江水的南乡公平人和小水人，如同小水江一样，从远古走来，历经风霜雨雪，在现代氛围中，走上灿烂，走向辉煌。

如今小水江两岸的民众，对小水江的依恋已经非常淡化，随着一栋栋新房的崛起，曾经古老的村落，也变成现代化气息。生活的改变，时代的变迁，对今天的人来讲，肯定更加向往城市生活，但我们每个人都不要忘记，伴随着美好童年生活的乡野山水，值得惦记。

一方山水养一方人，我们要时刻记住乡愁，记住一碧流淌的江水，更应该对保护原生态环境出一份力，让山更美，天更蓝，水更碧！

# 云山岩门口——别有洞天洞中天

云山岩门口，位于公平圩镇大露村，这里山峦重叠，山岭相连，是一个典型的湘南丘陵山地岩洞。

三月的耒阳，油菜花盛开，尽管细雨霏霏，寒气袭人，但仍挡不住正源学校校长罗湘云先生寻觅探险西南乡溶洞的脚步。在当地老乡的引领下，我们一行穿越一片乱竹丛林，来到岩门口前。从洞口看，很普普通通，洞口不宽，也不显高耸。我突然有一种似曾相识的感觉，这种感觉，实际上也是我对云山岩门口洞久已的向往和仰慕之情！

我的老家离这里只有几公里路程，小时候，我就听大人讲过这个洞的奇异和神秘，曾多次想进洞来看一看究竟，但总是没有成行。如今几十年过去了，终于有了一睹这个溶洞的机会，我能不激动吗？

向导李佐柏是我的战友，他简单地向我们介绍了岩门口洞的基本情况：从洞中往里走，大概有二三百米距离，洞的这边尽头是一条暗河一潭水，越过这潭水的尽头则是一个大溶洞，很大，据说可容纳几千人。一般人走到这边尽头，看到暗河就不能走了，要走到另一边尽头，则要乘木筏越过暗河。李佐柏向我们介绍，暗河有几百米宽度，漆黑一片，一般人不敢贸然进去。显然，我们今天的行程，只能走到进洞这边的尽头，看到暗河就不能再走了。

罗校长准备了手电筒，还有绳索等探险工具。我原以为二三百米距离，会很轻松走过去。没想到只走几十米，就发现这个溶洞的险奇超乎想象。和洞口的平坦相反，一进洞里，仰头一看，洞顶高耸宽敞，各种石头造型非常之美，有的形似卧佛，有的形似怪兽，有的如刀削一般，有的像人工雕琢。仅用微弱的手电筒光亮，我们就发现这里别有洞天，真是一方天然旅游目的地，其开发价值非常广阔。

最关键是岩门口洞的险。如果用险象环生这个词一点也不为过。进洞之后，一路往下，洞中有洞，洞洞相连，一洞比一洞惊险，以至于很多路，必须靠绳索支撑才能前进。与其说走，不如说攀。手脚并用，手脚用力，仍险象环生，一不小心，就会摔跤。而这种跤是千万不能摔的，一摔可能就会碰上脑壳，造成伤害。我们互相鼓励，互相喊小心。幸亏向导知道这里的险象，时时提醒。越往里攀爬，越狭小和陡峭，自然也就更加危险。我费了很大的劲，几乎是提心吊胆，才下到洞中地段。一问向导，离尽头差得远呢！说实话，我的腿肚早在打战，手有些也发胀，从内心讲，真不想走了。但是，仰慕久已的山洞，如果不走到尽头，看个究竟，留下的肯定是遗憾。同行的探险摄影师李先生非常执着，在前面开路，一定要看到暗河和潭水才肯罢休。于是，我们继续往下攀，一步一挪，一步三退，一步一小心，就这样慢慢地往纵深前进。

这种往下攀的洞，在我的印象中，还没有一个像云山岩门口洞这样惊险异常。譬如，有一段距离，我们站在上面，往下瞧，乱石林立，水滴涌动，青苔一片，还有无数蝙蝠挂在峭壁，平添一份神秘。更让人望而止步，甚至不敢再上前一步。但是，要往下，必须逾越这个恐怖的地段。看一眼都怕，况乎往下攀？在这里，的确让很多人望而却步。大多数人已停下了脚步。最后还是向导的鼓劲起了作用，他说，表面看很陡峭，真往下攀，只要脚步踩稳，完全可以跃下来。他用了个"跃"字，证明还是要用一定的方式方法才能攀下去。我们试着按向导的指点，手脚并用，特别是手的利用，既要抓住石缝，又要不时挪动。手抓稳了，脚才能慢慢试探往下踩，这种踩必须一步一踩，稍有不慎就会踩空。如果踩空，后果不堪设想。我们按照向导的指点，在诚惶诚恐的攀爬中，终于征服了这个危险地域。

再往下，又是一个洞穴，人只能伏在石块上，才能将头伸出去往下看。洞穴下一样是石堆一片，借着微弱灯光，我们隐隐听到了潺潺的流水声。向导说到了，暗河到了。又是一番手脚并用，我们终于来到了岩门口洞的这边尽头。站在一块巨大的岩石上，我们往下看，深蓝的暗河泛着光泽，绕着石岩，静静地流淌。

据向导介绍，暗河深不可测，有人曾经用绳索绑住一块石头往下放，放了几十米还没沉底。多年前，当地有村民用汽车轮胎扎成皮划艇，冒险从我们站立的这边往另一方划，划了半个多小时，就到了另一边的彼岸。彼岸是一个大洞穴，足有一个足球场大小，整体干涸，溶洞间距也有二三十米，场面非常浩大。再加上从溶洞顶端，涌出一眼瀑布，飞流直下，注入暗河，蔚为壮观。向导告诉我们，这股水经暗河回旋后，最后从两个方向流出来，一方流向永兴，一方流向耒阳。

整个岩门口洞，从已经发现的范围来看，长度一千米以上，其中入洞口约三百米，暗河五百米，彼岸三百米。至于未发现的范围，应该还有。譬如当地村民说从暗河还可穿越洞穴去永兴，若真如此，这个洞穴的范围将难以想象。其实，从已经发现的空间和范围，云山岩门口洞就已经让人震惊。

首先是险，入洞环环相扣，一步一险、一洞一险、一段一险，而且全部是往下钻，这种险，标志着与众不同的风格。一个是奇，奇形怪状、奇石异常、洞穴高耸、空间空荡，奇得令人目不暇接。一个是水，暗河、潭水、瀑布，这都是非常适合开发的自然资源。耒阳不差溶洞，但缺少有水的溶洞，只有水洞相连，才更具开发价值。

云山岩门口洞，的确是一个非常值得开发的溶洞。这个溶洞与郴州万花岩有异曲同工之妙，又别具一格。我认为，这个溶洞的开发，应该充分利用该洞的险和水来做文章，只要精心打造，完全可以成为四星级旅游景点开发。加上该洞位于107国道边沿，京珠高速入口处不远，只要精雕细琢打造，绝对不缺游人。

按罗湘云校长的设想，下一步他将组成探险队探险相关溶洞。我估计，云山岩门口应该是他首先考虑的探险点，一旦探险成功，这个溶洞定将成为耒阳又一旅游胜地！

# 悠悠古韵春陵江

一个地方的古老，和境内地理地貌、山川水系是密不可分的。古人讲究风水，更注重择河而居。一座古城，依山傍水，漫江碧透，才会源远流长，繁衍文明。

具有二千多年悠久历史的耒阳，因耒水而得名，一条耒水，已经让耒阳风生水起，而境内另一条河流春陵江，又将耒阳西部，装扮得风光绚丽，风姿绰绰。

春陵江，耒阳境内第二河流，从远古走来，蜿蜒流淌，她没有耒水的宽度，却波涛汹涌，峡谷风烟，被称作滩险浪急，船行逆流，帆涌深潭，是一条古老而又非常难行的河流。

今天的春陵江，由于修建了欧阳海灌区，加上上游水流减少，很难再见到昔日凶险场景。但是，走近春陵江，走近被大坝淹没的那一条条高山峡谷，看那些风化的岩块，尖利的鹰嘴石，仍能感受到春陵江昔日的险峻，仍能领略远古岁月落下的残存风景。

我曾经拜读过著名作家叶蔚林的小说《在没有航标的河流上》，对小说中描述的潇水之险极为震撼。没想到，我们耒阳境内的春陵江，以前一样波涛湍急，并不亚于潇水。春陵江狭小，两岸山高林密，峭石耸立，河水从上游倾泻而下，有的落差达到数十米，形成旋涡巨潭，更有滩头瀑布，拥挤着浪花，翻滚如雷，蔚为壮观。

今天我们已经无法看到这种凶险的河段，只能从一些老人的记忆中去寻觅春陵江曾经的壮观。2009 年，我们耒阳电视台《走遍春陵江》采访组，曾经在桂阳县，采访过一个老船工，他对春陵江历史如数家珍，我至今记得他讲述的纤夫在峡谷河段一步一印一滴汗的艰难场景。当时的船帆，如逆流而上，必须靠岸上的纤夫，用肩拉着绳索，一步一步往上挪。据这位老船工回忆，春陵江最凶险的峡谷就在耒阳和桂阳交界的大岭山，这里河道窄小，水流湍急，又有巨大的岩石，加上深不可测的水潭，形成一道鬼门关，稍不小心，就会船毁人亡，非常恐怖，当时流传一句俗语，叫"行船莫到春陵河，拉纤莫过上岭山"。可见其凶滩险峻。

那一年我也是采访记者之一，对老人的讲述并无太多留意，总觉得那是遥远的记忆，不一定可信。但是，今年的金秋十月，我随正源学校的罗校长一行去枯水时候的欧阳海灌区采风，突然之间，对那位老船工的讲述深信不疑。

那天，我们去欧阳海灌区，正巧遇上灌区放水检修，这是十年一遇，罗校长笑着说，一般人是丰水季节游灌区，我们是枯水时候来考察，恐怕收获会更大。起初我没把他这句话放在心上，直至乘船到了上游，才觉得罗校长的话说得非常精妙。此时的欧阳海灌区湖泊，水退去了约有十米，比枯水时节更枯水，平时深藏水中的河中风物，裸露出来，让我们近距离领略，细细品尝，叹为观止。

虽然因大坝的修建，河床早荡然无存，但从裸露的两岸山水依依可以看到，当时的河道非常狭小，河两边宽度，有的应该只有几十米。河两岸，巨石耸立，有的如鹰，有的如龟，有的笔挺，有的飘然欲坠，可以想见，当时的峡谷下，春陵江是何其险峻，又是何其寸步难行。更可以想象，古人沿春陵江乘船而上，是多么艰难，有时一个几里远的航程，甚至就要走上一天。

而古人当时最喜欢的道路，就是水路。水路是主要通商通途，像春陵江这种河道，古人二千年前就开始利用。所以说，古老的春陵江，和耒水一样，见证了耒阳历史的变迁，见证了千年古县的风雨沧桑，见证了从贫瘠到繁华的整个进程。

古老的春陵江河流，随着时代的发展，更由于欧阳海灌区的修筑，曾经的狭窄河段，波涛凶险，已无法寻觅踪迹，这一点我们有些失望，但更多的是对水利设施改善的由衷赞叹。

欧阳海灌区的修筑，让汹涌澎湃的春陵江，一下变得温顺起来，作为湖南省最大的水库之一，欧阳海灌区蓄水成湖，成为造福耒阳、常宁、衡南三县市的甘霖，其灌溉超过一百万亩水田，每年带来的粮食收入，更是巨大数目。

春陵江发源于蓝山县，跨越耒阳境内六十多公里，经衡南境内注入湘江，汇入大海。

历史总在前进，今天的春陵江，在环境整治的大氛围下，变得更加绚丽多彩，两岸青山如黛，河水潺潺，碧波浩渺，站在雄伟的欧阳海灌区大坝上，一串串飞瀑溅起浪花，一泻而下，如诗如画。爬上春陵江西岸的山峦，眺望春陵江，弯弯曲曲的河水，缓缓流淌，如玉带一般，在阳光的照耀下，熠熠生辉，令人陶醉。

关于春陵江的人文历史，典籍故事，和耒阳厚重历史一样，生动形象，非常丰富。其中最著名的就有开国领袖毛主席和春陵江的传说。据说，1922 年，毛泽东曾经溯春陵江而上，在罗渡口下船，徒步到他亲自介绍的入党人耒阳太平人贺恕家走访。又据说，中华人民共和国成立后，湖南省一位负责人向毛主席介绍春陵江的水系情况，该负责人称春陵江为春陵江，毛主席当场纠正他，说春陵江叫舂陵江而非春陵江，舂是舂米的舂。可见一代伟人毛泽东对春陵江的熟悉。

千年古县耒阳，正是因为拥有耒水、春陵江这样的美丽河流，才变得更加厚重，变得丰腴富饶，变得风采依依，变得山水相近、文脉相通，从而促使耒阳人才辈出，文化源远流长，影响中国，影响世界。

# 小水镇岩前湾，湾风与家训的传承

位于耒阳西南角的岩前村（小水镇四都村境内），是一座具有几百年历史的古湾。走进这里，古韵余风尚存，只是古屋早已飘飘摇摇，残砖断垣下，青砖秀瓦、楼台亭阁仍历历在目。湾前边，村里人正在修缮正厅屋、牌楼，秉着修旧如旧的原则，新改造的正厅屋，也是仿明清建筑风味，彰显湘南古民居特色。

## 正在修缮中的建筑

岩前村有两个村民小组，都是龙姓人家，据说他们的迁徙历史并不久远，大约在明末年间，而村中残留的建筑痕迹，也清晰显示着村中房屋的建造年轮。譬如在老湾厅屋前，就显示"同治八年，世代兴隆"这几个字。63岁的龙中桂告诉我们，他听爷爷讲过，当时龙姓族人为了把整个湾村布局搞好，也为了湾风家训传承，特意在清同治年间修建了一块石碑，刻下了自古流传下来的一些湾风家训内容，可惜后来由于风霜雨雪，这块石碑毁于一旦。

## "勤勤恳恳，清清白白"

和耒阳许多古湾村一样，岩前村的厚重历史也蕴含着不少独具风采的地域文化。例如"神话故事""湾风家训传奇"，等等。其中犹以"湾风家训"传承最具风采，也增添了千年古县耒阳的文化内涵。80岁的龙熙汉老人告诉我们，岩前村历朝历代，男女老少，秉承的就是"诚诚恳恳做事，老老实实做人"，他们湾村自开村以来至今，从未出过违法犯罪的人，包括今天，无论是在外打工经商人还是在湾里生活的人，都没一人犯过法，吸违禁品的人也没有。"清清白白做人，不能触犯国法湾规"，据说这是岩前村的湾风家训的核心内容。

我们问湾里老人："为什么你们村的人都能够遵纪守法？你们村古代留下的湾风家训究竟有哪些内容？"大多数老人都摇头不知，只是说打小就听长辈告诫晚辈，要学会老实做人，不能搞乱的。"不准搞乱的"实则就是岩前村湾风家训中的一句警示语，不能逾越。

实际上，虽然岩前村人今天并没多少人知道古代时的湾风家训，但潜移默化中的演绎和传承，是从血脉中，从小时候大人们的言传身教中所感染的，换句话说，是从一个环境氛围、文化熏陶中不断浸淫而形成的一种美好传承。这种传承，因为赋予了时代特色，所以更加出彩、更加弥新。

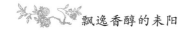

### 记者采访村中老人

79 岁的龙熙祥老人是岩前湾年纪较大，又有些文化素养的长辈，他告诉我们，岩前村之所以人人守法，人人老老实实，和湾里祖传家教是密不可分的。他说，他父亲虽然过世早，但他从小就耳濡目染湾里的一些良好风气。例如，湾里长辈挂在口上最多的一句话乃是："年轻奶崽，你不要做对乡亲、对国家有危害的事。"这句话可谓震耳欲聋，时时警醒着年轻人。龙熙祥老人说，后来他参加工作，到灶市钢铁厂上班，就时刻铭记着这句湾风家训，总是做对单位、对社会有益的事，后来国家动员年轻工人回乡参加农村劳动，他又义无反顾报了名，回到湾里当生产队长、做农活，从无怨言。如今，他总是告诫儿女和孙子，要谨遵湾风家训，到外面做事，首先要守法守规，做合法的事，拿合法的钱，所以他的儿女、孙子虽然赚钱不多，但在社会上口碑好，也经得起风风雨雨。

### 湾风的奥秘

我们问龙熙祥老人："岩前村这么好的湾风家训，这么好的风气，其奥秘究竟在哪里？"龙熙祥老人说，他曾经听上辈人讲过，湾里立过一些湾风家训，但具体是什么内容谁也不知，不过，正因为立过湾风家训，所以家家户户就养成了一个习惯，听老人的话，听长辈的话，始终铭记"老老实实做人"这一基本的做人原则。龙熙祥老人说，在他看来，岩前村就是一个老实村，人人低调做人，视国法为神圣，绝不敢践踏法律，所以历史上从没出过犯罪的人，这表面来看就非常不简单，实际上更是从一点一滴，细微处养成的，要说奥秘，就是湾风家训深入人心，持久坚守，不怠慢而形成的。

岩前村的湾风与家训，从广义上讲，和村里的地域文化也有很大关联。岩前村，顾名思义，就是岩洞前的村，岩前村正是如此。在这个湾的村旁，就有一个充满传奇色彩的岩洞，洞里常年流淌着一股清冽冽的泉水。泉水四季不干涸，至今仍可灌溉几百亩水田。

据 70 岁的龙玉成老人介绍，岩前湾和岩洞的传奇颇为久远，他小时候就听人讲过。当初，龙姓先人选择在这里建湾，看中的就是岩洞里这股泉水，而自始至终，湾里的老人都会像传承湾风家训一样，告诉年轻人，要保护好岩洞里的这股泉水，要像爱护自己的眼睛一样，把这股泉水呵护起来，不能人为破坏。

### 龙玉成给记者讲述传说

关于岩前村岩洞水，老人们还绘声绘色讲述了这样一个故事：有一年，一个来自外地的打铁匠，据说他懂法术，擅自将打铁工具搬到岩洞里去打，说是凉快，好干活。村里有人阻止他，要他不要破坏风水，他不听，仗着自己有法术，肆意在洞里敲打。结果有一天，洞里一声巨响，一只脚盆大的鳖伸出长长的舌头，一口风就把打铁匠的工具吹到了洞外，吓得打铁匠哆哆嗦嗦，丢下工具逃离了岩前村。

这只传说的神鳌，护卫着洞中的泉水，让它永不干涸，所以岩前村人都相信洞里有这么只神鳌，他们从不进洞喧闹，总是像呵护泉水一样呵护着这只传说中的神鳌。

据说，后来这个打铁匠不甘心被神鳌吓跑，喊来了他的师父，想再和神鳌斗法。师父来到岩洞口，念念有词，口中吐出神火，妄图烧死神鳌。岩前湾的百姓不干了，就来驱赶这个师父，这个师父不听劝告，继续作法，没想到神鳌大发神威，从洞中涌出一股巨浪，将火压灭，师徒两人狼狈不堪，只能逃之夭夭。

又据说，后来神鳌变成一位慈祥老人，在湾中当私塾先生，教育小孩从小要讲老实话、做老实人。私塾先生还写了不少教人做人做事的道理，后来龙姓族人根据私塾的主体意思，制定了湾风家训。这只是个传说，但也印证了岩前村湾风家训是有故事有源头的。

湾风家训和神话神鳌，让岩前村的文化内涵颇为深厚，也让该村成为与众不同的古村落。这种别具一格的地域文化氛围，把千年古县耒阳的历史厚度和博大精深的文化，推上了更多元更具魅力的境界。

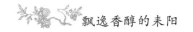

# 马水镇洲陂村杨家屋，"商"飘海内外

耒阳历史悠久，人才辈出，文武兼备，但在经商方面，历朝历代似乎并无名人，"霸蛮"的耒阳人，难道真的就欠缺这方面的能人吗？答案是否定的。

## 与众不同的杨家屋

近日，我来到马水镇洲陂村杨家屋，就了解到这个老湾村，曾经就出过非常有名的商人，按今天的讲法叫"大咖"，他们曾经名震湖广，生意做到了海外。其代表性人物杨振球，民国时期曾任衡阳商会会长，和美国人做过大买卖。其生意场上的故事，至今仍是杨家屋老人们啧啧称赞的话题。

走进杨家湾，保存完好的古湾村历历在目，青砖秀瓦，画栋雕梁。正厅屋里，悬挂着一块颇有气势的匾额，上书：修翁宗先生八旬开一荣寿，广东广州府正堂拜题。年代为清道光年间。据说，题匾者乃杨家屋在广州经商的大盐商，而受拜者则为湾中八旬老人。

从匾额看，这种悬挂在厅屋中的寿匾，质地高贵、大气，彰显了送匾人和题匾人的身份地位，也印证了当时的杨家屋，的确富有和与众不同。

80岁的杨启湘老人告诉我们，杨家屋虽说是个拥有几百年历史的古湾，却有一个"杨家新屋"的喊法，因湾村在外经商的有钱人太多，老湾几度翻新，最后一次是民国初年，当时在外经商的杨家屋人，出资将全湾老房全部拆除，按照明代建筑风格，重新兴建了108间大屋，3间厅屋，还有天井、附楼，等等，总之是非常气派，架势超过了马水任何古湾。当时翻新后的杨家屋，便叫"杨家新屋"，今天我们所看到的杨家屋，大体外貌及建筑物和当时差别不大，仍充满古色古香，建工精良，外观漂亮。当然，随着岁月的更迭，风雨的飘摇，再加上住户渐渐稀少，杨家新屋也成了旧屋，但相对于其他古村，仍显得别具风韵，保存较好。

## 背井离乡闯商界

我琢磨，马水范畴在以前，是比较僻壤的，主要是交通相对闭塞，没有陆路官道，马水江也不通航，按理生活在这个区域的耒阳人，与外界接触较少，但为什么杨家屋却能破壳而出，涌现名气响亮的生意人和大商人？其实从历史沿革分析，这并不奇怪。马水坪田可以出一品建威将军，洲陂一样可以出享誉湖广的大商人。这也证明，马水这块土地是书香门第，马水人眼界宽广，走山沟看世界，大概就是这个道理。

那么，杨家屋人是什么时候开始出外经商，后来又出了哪些有名望的大商贩、大生意人呢？

按照 68 岁老人杨务生的说法，他们杨家新屋的大商人，主要是出在清末和民国年间。在这中间，杨家屋也出了个黄埔军校毕业的国军旅长杨老满，按说旅长也是个不大不小的官了，但和经商在外的杨振球相比，其名声不知要小多少倍了。这也从一个侧面，验证杨家屋的生意人，是何等气派。

先说杨振球的曾祖父，大约在清中期，这位马水人便背井离乡，开始到外面闯荡，后来在衡州府盘下一家染布厂，开始涉足商界，到了杨振球祖父这一辈，手里有了盘缠，开始在衡州、宝庆这些地方买门面，并广开财路，从事粮食、布匹等行业，生意逐渐做大，异军突起，成为湘南赫赫有名的商人。杨振球祖父是衡州第一个和洋人做生意的人，当时广州口岸有洋人贩卖洋布，杨振球祖父以湖南茶叶为货物，和洋人兑换洋布，据说后来有洋人冒险赶到衡州，点名要和杨振球祖父做军火生意，当时曾国藩正在衡州练兵，闻讯让杨振球祖父接单。据说，后来曾国藩发迹了，特意让杨振球祖父去江浙做生意，成为商界奇才胡雪岩的坐上宾。

## 首当其冲护家园

通过杨振球祖父的拼搏，到了杨振球手里，他的祖业已达一千多间门面，生意涉及了煤炭、洋货、粮食、布匹等十几个行业，成为衡阳第一大商人，并当选为衡阳商会会长。

杨振球生意究竟有多大？杨启湘老人介绍说，他听老辈人讲过，当时杨振球有个规矩，凡马水人去衡阳，他一律包吃包住，不问长短，不问来历，不问贵贱，管饱管足，从不驱逐，据说最多时有几百人在他那里吃喝拉撒，比旅馆还热闹。

后来，日军来了，著名的衡阳保卫战暴发，作为衡阳最大的粮商，杨振球首当其冲。为了不让粮食落入日本人手中，杨振球除了向国民党守军移交粮食，还把剩余的粮食用船装，运往家乡耒阳，并低价卖给粮食分销商。耒阳沦陷后，杨振球在马水发粮，将剩余的粮食全部发给乡亲们吃，不让一粒粮食落在日军手中。

据说，由于当时马水不通公路，杨振球每次回家乡，都是坐轿子，并随身携带十多名荷枪实弹的家丁，威风凛凛。

## 商名远扬飘海外

抗日战争期间，杨振球还冒险和美国人做生意，作为同盟国的美国人，要将汽油等军需品运往中国，中间也有商人在做民间的煤油生意，当时煤油也叫洋油，用于照明。杨振球敢于冒险，将美国人贩运来的煤油买下，运到乡下储备，再销往一些有钱人家。据说和美国人做生意杨振球赚了不少钱。

杨振球究竟生意有多大，手上有多少钱，谁也搞不清。但当时的湖南，只有他一个人的生意覆盖了永州、宝庆这些地区，而且，也是第一个敢于和美国人做生意的人。杨启湘老人介绍，杨振球当时是湖南最有名的粮商，控制着湘南片的粮食，也是衡阳最大

的煤炭经销商，耒阳大大小小煤窿出的炭，几乎由他包销。鼎盛时期，杨振球家里有十几台卡车、几百艘商船，其气势响彻湖广地区。

敢做生意会做生意是杨振球的最大风格，据说，美国商人对杨振球也是赞赏有加，指名要和他做生意，所以，杨振球不仅在中国有名在美国亦有名，"商"飘海内外，杨振球实实在在做到了。

杨家屋，这个马水偏远山区的小村，因为杨振球家族的从商之路，为耒阳的历史留下了浓墨重彩的商业氛围，也让人看到，耒阳人不仅会读书打仗，也会经商做生意。这便是多元的耒阳，厚重博大的耒阳！

# 余庆南桥村，盛满醇香的古韵

　　作为一个千年古县，耒阳厚重的历史风华，如醇香的陈酒，芳香中透一丝余韵，让人久久回味。譬如南桥村，当我暮春时节踏入这方土地，就有一种敬畏和痴迷的感觉，更有那种莫道古色难寻觅，耒阳无处不历史的深深感叹。这也许是一个耒阳人热爱这方山水的感情流露，但更多的是回味无边的风景风物和厚重文化，让每个人身临其境的人都有一种自豪感！

　　就像角落里的春色，盛满着鲜花，却无人驻足，又似山岭深处的风景，养在深闺亦无人识。余庆街道办事处南桥村，一个称谓颇有诗意的村庄，虽然距耒阳城区只有十几公里，却鲜有人来这里领略古色古香，感受现代乡村气息与原始古韵交相辉映的一片天地。

　　南桥村只是耒阳西部山区一个不起眼的小村，也是典型的古湘南建筑风味湾村。置身这里，古宅、古墙、古桥、古树、古道，还有池塘、小溪、田野、潺潺流水，无不显示这里的古老历史，深深的文化底蕴，丰富的多彩的乡村生活。当然，随着时代的变迁，南桥村也和耒阳其他地方一样，漂亮的新房随处可见，崭新的村庄一览无余。但是，与之相映衬的，却是那些无法抹去的古老风物，譬如夹在村中的旧宅，高高垒砌的石墙，厚厚的青石板路，修筑坚固的旧池塘，书写着浓墨重彩的正厅屋，还有飘摇着绿叶的古樟树，耸立于田野边缘的古桥……

　　在南桥村13组，一袭的现代化建筑早已将村庄包裹，但与之相并立的，则是一栋几百年历史的正厅屋。在正厅屋的南边，是一口据说和村庄一样历史久远的池塘。春天时节，池塘盛满着清清泉水，站在池塘岸边，一眼望去，左面是青石块垒砌的围墙，一边是水，一边是禾场，三三两两的村民，围坐在禾场边上，背靠池塘，面朝正厅屋，正在休闲打牌；一边是青石块铺垫的小路，光光秃秃，沿池塘通往田野。而在池塘与田野交汇处，是一棵颇有些年头的大樟树，树冠如伞，高高耸立，嫩芽初露，树叶摇曳，如一位卫士，护卫着这口池塘。

　　池塘静静，水倒映着古树，古树映衬着池塘，塘水如镜，将那古树、古宅、古道，有机地连接一起，如一幅天然水墨画，风月无边，韵味十足。

　　这个被池塘映衬的南桥村13组，姓钟，据说已有六百多年历史。村民钟社成向我介绍，他们村是明朝初年从西乡板桥钟家迁徙而来，历经风雨沧桑几百年，目前拥有几百号人丁，是耒阳钟姓大湾。钟社成介绍，他们村在明朝时，就出过朝廷命官，名叫钟亨，任过吏部侍郎，相当于现在的组织部副部长，并说族谱有记载。

　　与钟家对面的村庄，姓李，属大姓人家，一样历史久远。在这个村庄，仍保留着几栋较完好的古宅。建筑风格均是明清朝特色，有大门、木柱、古墙，还有粉刷装饰的门楣、

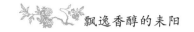

墙面。据一位姓李的村民介绍，他们这里还有几栋古宅，都是大户人家留下来的，如今虽然没人居住了，但总体保护得还算可以。在这里，不仅保留了古宅，而且村民至今仍在使用一口古井。整个村庄虽然建设了很多新房，但古老的东西仍留下了不少。老李说，有了这些东西，就可以吸引城里人来自驾游。他说，偶尔还是有人来，不过不多，一般是年纪较大的人。

在南桥村，保存最完好、最具古代特色，最有诗情画意的古韵遗风，是洞中间那一弯曲曲折折的青石板小路。青石板古路，是西乡一大特色，也是一道尚未消失的古韵风景，至今仍随处可见。而南桥村这条洞中青石板路，是最具特色，最有旅游开发价值的远古风景。

先来看一下这条青石板路。站在一片山岭上，放眼望着，一条七弯八拐的青石小径，如蚯蚓一般，从洞的那一边，一直延伸到洞的这一边。整个距离至少五百米，弯弯曲曲，曲曲弯弯。这条青石板路路面宽敞，都是从田埂上垒砌而成，牢固而又平坦。平时，村民出门干活，去山岭对面做事，来来往往都是走这条青石板路。他们扛着锄头，沿着青石板路，渐渐由远而近，直至分辨得清男女。望着这些往来行人，在高处观望，路和人，洞和田，山和云，湾和树，有机融合于一体，真是让人如看电影一般，立体而又真实，尽显古韵色彩，又把现代氛围浓缩一起。

据当地村民介绍，南桥村这条保存完好的田洞小路，已有数百年历史。村民说，有村就有路，有路就是这条青石板路。这条路最大的价值，就是原始原味，没有任何雕琢成分，也没有任何现代氛围。我臆想，这条青石板路只要稍做打点，就可成为游人光顾的地点。体验乡土风光，走原始青石古路，这是多么具有诗情画意的乡村旅游？

# 河埠清水铺，写一半耒阳南乡繁华历史

一湾河道，一弯山水，一弯古街，一湾往事，"清水铺"，曾经耒水流域最繁华的古商业码头之一，一直萦绕在我脑海之中总想为它写点什么的地方。或许，是因为我的故乡距这里不远，小时候就从大人口里了解了很多清水铺故事；又或许，我的欧阳先祖从江西迁徙来耒阳，最早就是从清水铺上岸的。当然，最关键还是我对耒阳厚重历史的崇拜，特别是对一些充满传奇色彩又具古韵风采地方的推崇。譬如清水铺，这个耒河古道中的商业码头，历经风雨沧桑一千多年，各种往事，人文风华，可以说就是一部沉甸甸的书卷，每翻开一页都会让人仰视，更令人敬畏。

早上的清水铺在阳光的照射下，静谧一片。街上人流稀少，河上往来渡船的也没有那种熙攘人群。四月的一天，我来这个曾经繁华的古河埠之地，拜访了清水铺几个上了年岁的老人，了解清水铺历史，追寻那些久远的往事，从点点滴滴的故事中，寻觅这个耒阳文化符号中落下来的风土人情、旧时风月，以及风雨沧桑和时代更迭。也许，往事只是一种过眼云烟，但千年古县耒阳的厚重历史，在河埠清水铺可以说"窥一斑而知全豹，处一隅而观全局"，极好地将耒阳文化底蕴勾勒出来。让今天这一代人了解和传承耒阳灿烂文化，在自豪中增强责任感和保护意识。

其实，河埠清水铺就可以写一半耒阳南乡的历史。清水铺以前当然不叫清水铺。"开埠"之前这里就是一湾河道，耒水岸边的一个山谷平地，也没有原始居民，有的只是连绵不断的山岭和滔滔奔流不息的耒水。据说，最早一个在清水铺落脚的是一个外地采药师，他从湘江溯耒河而上，最后在清水铺搭一间茅屋歇脚。不久又有几个行船的船老大，将这里视为临时船只停泊的地方，也建了几间休息用的茅草屋。再后来，茅草屋变为抖墙屋、土墙屋，临时居住的人变为携老扶幼，举家搬迁这里的"常客"。常客渐渐又变成永久居民，和当地人结婚生子，繁衍后代。

关于清水铺名称的起源是这样：由于本没有名，后来居住的人多了，就依据门口耒水河水质清澈这个因素，将这里叫作清水铺。铺；古时指商贾云集之地，和码头、商街、圩场这些地方类似，都是较为繁华的地方。清水由不毛之地变为河埠商铺，这是历经了很多年才形成的。几度风雨，几度乱世，清水铺从远古走来，充满着沧桑和传奇。到了宋代，随着商品经济发展和封建资本主义启蒙，清水铺"脱胎换骨"，土墙屋被青砖瓦屋取代，小街、小巷被宽大的青石板街道取代，河边码头也出现鼎盛。货物繁华期间，清水河段码头泊船数量多达千只，大大小小各类船只拥挤在一起，将半边耒河堵塞，形成非常壮观的河埠繁荣盛景。

年届八旬的陈老，祖上居住清水铺已数百年，他小时候听爷爷讲过，始宋起至明清，清水铺码头一直是耒河流域泊船停靠最多的地方，没有之一，比城区灶市码头还繁荣。

究其原因不外乎三点：一是清水铺河段上接永兴下连耒阳；二是清水铺商贸业极为繁华，几乎涵盖了方方面面；三是清水铺历来是盛产木材和煤炭的地方，可以说在整个湖广地区都鼎鼎有名。这三点，特别是最后一点让清水铺名声远扬，不仅湖广地区的商人、船家频频光顾，就连江西、福建等地的生意人也慕名而来。陈老说，古时候耒阳南乡有句俗语，"上圩要去公平圩，买货要去清水铺"。从俗语中可以看出清水铺在南乡人心中的地位，反过来也彰显清水铺物资的丰富多彩。

清水铺背后的山岭，自古以来就是耒阳乃至湘南地区的煤窿集结地。耒阳盛产煤炭始于清水铺、上堡地区。73 岁的清水铺老居民曹子章先生说，清水铺这块地方产煤，应该在宋代中叶，当时清水铺背后的山岭上，包括后来的新生煤矿区域，到处是大大小小的煤窿。所谓煤窿，今年的年轻人几乎视作一个陌生名词，但古代却是响当当的名号。煤窿，就是古代南方人特有的煤炭开采方式，一般打一口煤井，往下挖数十米，用木材垒一条巷，出煤的地方就叫窿。煤窿又低又矮又危险，古代都是人工挖煤，又不敢点灯，黑不溜秋在井底下挖，挖了些煤后就用筐往外面运，挖煤工往肩上套一根绳索，使尽平生力气才可将煤窿里的炭拖出来。如此反复，煤工成为最危险的行当，俗称"脑袋别在裤腰带上"，又称"赚阴家的钱"。但因为需求量大，产地又少，煤炭又是一种紧俏货，因此坐等买煤的有钱人多的是，常常停泊在清水码头的外地运煤船要排队才能买到。由于煤炭是紧俏品又属于暴利行业，古代清水铺一带开煤窿的都是有权有势称霸一方的人物，开煤窿而暴富的大有人在。

买煤人和开煤窿人的都是有钱人，他们齐聚到清水铺，当然便将这里繁衍成耒水流域最具人气、最为繁华的商贾云集地之一。清水铺究竟有多繁华？陈老和曹先生他们都说从老辈口中得知，旧时不是一般的繁盛，可能比想象中热闹兴旺。先说码头，旧时清水铺码头有四个台阶，分别停泊不同类型的船只，运货船是第一大码头，几十吨重的桅杆船，可以停靠在这个码头装煤，这种船的桅杆，两人才可合抱，是杉木做的，一般一艘船上有两根这样的桅杆，高的达二三十米，系着一块长长的帆布，这种大船装满一船煤炭后，就顺水而下，运往谭州、汉口等地，待煤炭运到后，这些船又从这些地方运送一些布匹、粮食等紧俏产品过来，再倒腾给清水铺那些商贩；第二大码头，是商船停靠的地方，大抵耒阳南乡盛产的土特产，诸如红薯、红薯粉丝、茶油、茶叶、黄花菜等，都是由这些船运走，这种产品当然有专人收购和专人买卖，所以有专用码头；第三大码头，是送木材、楠竹的专用码头，自然有专人专船运送，木材、楠竹都是耒阳南乡特产，也是南乡人主要经济来源；第四个码头，是客船和渔船码头，由于清水铺人流往来较多，客船也是必不可少的，据说，清末民初，每天往返永兴、耒阳、衡州的客船多达十几趟。码头上的船每天川流不息，加上停泊在清水铺河弯上的船，让这里人声鼎沸，热闹非凡。

河埠热闹，岸上当然更热闹。从宋代开始，清水铺街道几经扩建修缮越来越宽，两边商铺也从低矮的平房变成粉刷一新的双层楼房。曹先生介绍，旧时清水铺有三条正街，六条横街，绵延一里多路，颇为显赫。其中沿客船码头延伸这条正街街最宽最长，都是一袭的麻石和大理石铺垫，街面整洁。可以跑马车，也可以走三乘大轿，还能搭戏台，总之是阔气十足。正街两边的商铺都是大户，甚至有钱庄和茶馆，光临这里的人非富即贵，穷人是挨不上边的。另两条正街道虽没有主正街气派，但也富丽堂皇，人气旺发。譬如东正街，以布匹店为主，各种绸缎应有尽有，苏绣、湘绣竞相争艳，吸引很多永兴城和耒阳城的贵妇小姐前来光顾，据说胭脂水粉吹得满街都是香的。另一条西大街则是另外一种盛景，俗称"花街"，有多间花屋和多个麻将馆。所谓花屋，实则就是烟花院，麻将馆则为赌馆场所。清水铺拥有这种娱乐场所，在当时的耒阳只有灶市街能与之相比，这也从一个侧面，证实清水铺鼎盛时期的繁华。至于另六条横街，也是每条街有每条街特色，例如清水铺豆腐、南乡炒粉皮、南乡煎油粑等美食，就是在这些横街上衍生并形成规模的。其中清水铺豆腐至今仍是闻名耒阳的特色美食，历久而弥新！

至于清水铺的旅馆业、中药店、书画馆、说书楼等行当设施，也是耒水流域各地最气派最好的地方之一。曹先生介绍，他先祖是江西樟树人，樟树是中国传统药都。但他的先祖仍被清水铺热闹的场景所吸引，举家从江西迁徙到清水铺，专门在此开设中药店，悬壶济世，造福社会。旅馆业当时又叫开伙铺，专门接待来自各地的船客和商人，最鼎盛时清水铺开伙铺达到几十家，每到夜里各开伙铺的招牌灯光星星点点，颇为壮观。书画馆、说书楼这种罕见的文化设施，据说在清水铺也曾辉煌过，至于后面渐渐衰败了则是战乱等多种因素造成的。

名声远扬的清水铺，不仅吸引着各省各地生意人和船家，同样也吸引着各省各地的姓氏家族慕名而来。耒阳欧阳姓氏先祖，即来自江西省吉安府上。其开基先祖欧阳景渊公，于宋末明初从江西迁徙到耒阳，落脚点即为清水铺，后经繁衍，后代先后迁徙至公平、太平、长坪等地，至今族群人士已有二三万人。另有耒阳南乡曾姓族，据说也是经清水铺迁徙公平，最后繁衍开来的。清水埠不仅开创了耒阳南乡的商贸盛景，同时也开创了耒阳两个姓氏的辉煌，这不能不说是一个奇迹！

风风雨雨鼎盛数百年的清水铺，当然也接纳善待了不少名人雅士。自宋至清，途经耒河的历史名人，大多在清水铺歇脚或在此上岸走陆路。旅行家徐霞客，据说因水土不服，曾病倒在清水铺，后经清水铺一郎中精心调理基本痊愈。临别清水铺时，据说徐霞客曾为该郎中留下一副对联墨宝，内容没有传承下来，但也成为一段佳话。宋朝一代才子秦观，则在郴江沿永兴便江溯流而下，到清水铺时，突然弃船上岸，据说在清水铺歇息了几天，还拜访过当时清水铺最大的煤窑财主，煤窑财主不知秦观身份爱答不理竟怠慢了这位大才子。据说后来秦观随手把那首"郴江幸自绕郴山，为谁流下潇湘去"的诗句题在旅馆墙上，才让那位煤窑财主追悔莫及。到了清朝，一代大儒曾国藩从清水铺上岸，准备去公平石湾找曾姓族人募集办团练的资金。清水铺一曾姓人家得知这一消息，设家宴尽情款待，并募资五百银两，曾国藩大为感动，破例在清水铺住了两晚。据说后来曾国藩在耒阳题写的匾额就是在清水铺完成的，此匾额至今仍在。

河埠清水铺，以其厚重的故事，写了一半耒阳南乡历史。至今，清水铺繁华的往事，仍是上了年岁的清水铺人和南乡人念念不忘的记忆。随着时代的发展，今天的清水铺，已经没有了过去那种人流熙攘的盛景，但仍保留下来了不少古老的建筑物，包括青石板街道、斑驳的招牌字、旧门框门槛、水井、古墙面，等等；只要稍加打造仍是一个古色古香的古镇。历史不可倒流，但历史却是一个地方古老文化不可缺少的一部分，必须倍加珍惜和传承。作为千年古县的耒阳，类似清水铺这样的古街古河埠还有一些，但厚重文化底蕴下的耒阳，对清水铺这样曾经繁华的商贾之地，仍有传承和保护其价值的必要，而且非常具有文化民俗意义。而对清水铺人来说，与其花费资金去另外挖掘一些历史景点，还不如将绵延千年而又名声远播的古街、古巷、古河埠进行打造。只要还原历史，只要突出本地河埠商贾文化，那么吸引游客便可顺理成章。耒阳历史厚重，也需要打造类似江浙一带古韵色彩浓厚的古镇文化旅游，而清水铺作为耒阳保持较好的历史古河埠之一，应该和新市古镇一样受到热捧。历史是一部书，古镇是历史画卷中的一角，清水铺掀开古韵面纱，稍加打造一定可以成为继蔡伦竹海的又一个景点胜地！

# 罗渡口古韵

秋天，耒阳大地满目金黄，稻穗飘香。这个时间来到仁义镇的罗渡口寻找古韵，更加具有迷人色彩。

天气很好，悠悠白云，春陵江在阳光的照耀下，一派流光溢彩。两岸秋意浓浓，于翠绿中吐一丝叶黄，于茂盛中透一线余韵。到处是崭新的房屋，偶尔露一两栋青砖旧屋，显得古韵犹存。高高的山岭之间，放眼望去，是高耸的风力发电装置，淡淡悠悠地旋转叶片，衬着蓝天和云朵，仿佛迎面而来的秋风，清爽至极。

罗渡口静静的，一往平素一般。一艘渡船划过波涛，轰鸣的机器，来来往往运送着两岸的民众，他们中间有走亲戚的，有做生意的，更多的是奔赴两岸赶圩买卖东西的。这些人中有耒阳的，也有常宁的，甚至还有桂阳、永兴的。从过往行人中可以看出，罗渡口历来是一个交通枢纽，特别是交通闭塞时期。据当地老人介绍，旧时，春陵江畔十大渡口，罗渡口人流量排列第一，每天过往商船和行人几乎络绎不绝，非常壮观。

站在罗渡口边沿，春陵江穿流而过，清澈的水流泛着波光，缓缓流淌。如今的春陵江早已不能全程通航，主要原因是上游欧阳海灌区大坝拦截了下游船只，加上水流相对减少，因此，曾经和耒河并驾齐驱的耒阳两大河流之一的春陵江，如今只能分段通航，而且船只锐减，可以说除了挖沙船和渡船，其他船只廖廖无几。宽敞亮丽的河流，眼下变得沉稳和寂静，全然没有了往昔穿梭不息的风帆船只。

当然，春陵江沿途的古渡口还是在岁月的飘摇中得以保留。譬如罗渡口，渡船仍来来往往，人流仍熙熙攘攘，只是日月如梭，岁月如歌，变化在潜移默化中升腾，曾经的商埠口岸，早已变得平平常常，变成了只有人流而没有商业氛围的口岸。

住在罗渡口侧面的谢朝圣先生告诉我，原来罗渡口是非常繁华的，上游桂阳、嘉禾都有船只从这里直航衡州、潭州等地，下游则有来自汉口、岳州的船只，载着货物，运往耒阳、桂阳、常宁、永兴这些四县交界的地方。除了货船，亦有商船，商船坐着各县去外地经商人员或赶考的学子，还有走亲访友的山民，总之是往来频繁，热闹非凡。据说，最多时期，罗渡口泊船达到上百艘，人流数百人，真是蔚为壮观。

从罗渡口过河就是常宁四大古镇之一的白沙镇，白沙如今的繁华和古迹保留数量远超罗渡口，而且它们仍是一个建制镇，而我们耒阳的罗渡口则降为仁义镇一个村。这似乎是时代发展的必然，但对于罗渡口来讲，却有些惆怅，毕竟曾经的热闹和繁华难以重现。诚如一首词中所言，"大江东去，浪淘尽，千古风流人物。"千年古渡罗渡口，褪去了昔日光环，变得平常，但其悠悠古韵，仍让人赞叹和神往。

关于罗渡口的繁华历史，住在罗渡口岸的谢先生至今仍很自豪地说，以前罗渡口的通商人士和船只停泊数量，是远远超过常宁白沙的，古人讲究风水，日出东方，日落西山，白沙位于西面，罗渡位于东边，东边的罗渡便自然而然成为众多往来客商的落脚和休息处。据说，宋朝时期，罗渡街纵横长宽均有三五里，街边有各式特色店铺，如绸缎铺、染铺、铁铺、山货铺、汉口杂货铺，等等，更有数十家耒阳风味餐馆和客栈。据说耒阳的红薯粉丝最早也来源于罗渡口，因为这里方圆几十里都是种植红薯的地盘，所以加工红薯粉丝也成为西乡人的特长，而耒阳红薯粉丝成为罗渡口的招牌菜肴，应该说得过去，至于其他方面，如烟花铺、赌场，等等，罗渡口也是应有尽有，这种全方位的通商口岸，在旧时的春陵江，也只有罗渡口最齐备。

为了印证罗渡口曾经的繁华，在谢先生的带领下，我们沿着罗渡口的商埠街道，一条青石板路，慢慢寻觅着远古落下的痕迹和古韵。

几块石刻引起了我的注意，这些石刻历经风雨沧桑，早已字迹模糊，但仔细辨认，仍能够揣摩其一些基本内容。如一块清乾隆时期的碑刻，清晰留下"皇图巩固"四个大字，并有大清乾隆四十年吉月吉日的落款，这块石刻应该是当时立于某个标志性建筑物或桥梁之间的碑文，彰显康乾盛世的强盛和繁荣。另有一块碑刻，仍能分清"唐""吉"等几个大字，我臆测这应是盛唐时期罗渡口留下的一块石刻，至于具体内容，因字体模糊，已无法分辨。但透过这两个碑刻，可以想象罗渡口曾经的历史是多么辉煌和繁华，也印证春陵江第一古渡罗渡口并非浪得虚名。

最让人惊奇的是，在这两块碑刻的一堵墙上，我还发现了一块清代禁毒标语，这是我市至今发现保存最完整的清代标语，也是湖南省保留最好的清代禁毒标语，具有非常大的考古价值。

整块标语大约有一块中等黑板大小，由石灰粉刷而成。罗渡口居民谢朝圣认为，这种石灰粉坚固耐用，应该有一二百年历史了，至少标语内容，由于没人注意，所以一直湮没在尘埃中。据说很多摄影爱好者都光顾过这里，但没人发现这里还有一块内容丰富的禁毒标语。由于风雨飘摇，加上时间久远，这块标语已模糊，但核心内容仍历历在目。

这块禁鸦片标语的内容，口气似像官府戒令，不像民间乡规乡约。我发现，整个禁鸦片内容是十三条禁令，由于标语已残缺不全，所以只能从中完整选择几条标语进行考证。譬如中间一条：凡提供烟具供人吸食鸦片者，坐牢。又譬如最后一条：凡提供鸦片种子者，坐牢。所有禁令似乎非常严厉。在标语中间，还有一条清晰可认，内容严厉：凡初戒后再吸食鸦片者，入刑，这里不是坐牢而是入刑，证明整个内容都是禁令，而且是重罪。

我仔细观察，发现这块禁毒标语大体刻在清朝末期，应是林则徐虎门销烟以后。由于罗渡口是当时繁华的通商口岸，人流较多，估计当时吸食鸦片现象比较严重，所以当地官府和民间对禁毒非常重视，在主要热闹处，张贴和刻印了一些禁毒标语。

罗渡口的石刻和禁毒标语，都印证着罗渡口曾经的繁华，历史总是在不断变化中前行，今天的罗渡口，早已变成现代的村庄，平常如其他村庄一样，但古韵悠悠的罗渡口，以其独特的魅力，为耒阳厚重历史，增添无限风采，这是不容争辩的事实。

罗渡口的悠久历史，还可以从迁徙中得到验证，65岁的宁爱秀老人，是外地迁徙到耒阳而出生于罗渡口附近的第五代人，她的曾祖父就来自衡山，而且宁姓氏在耒阳也非常鲜见。她对我说，她听父辈讲过，以前罗渡口住户五花八门，来自全国各地，主要姓氏为罗姓，所以才有罗渡口之称呼。只是后来罗姓家族大举西迁，据说去了永州、广西那边，而后罗姓人氏便在罗渡口销声匿迹。最后谢姓先人迁徙到了这里，罗渡口更成为谢氏家族生息与共的地方。

历史的风烟，让罗渡口拥有着曾经的繁华，今天我们回味这段历史，也是为了更好地挖掘耒阳文化和风土人情，让后人记住古韵悠悠的春陵江，记住商埠重地罗渡口。

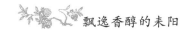
# 耒阳金南昆壁湾，堪比山西乔家大院

　　具有悠久历史的耒阳，文化底蕴厚重，人文荟萃，其独特的古韵风采，令人叹为观止。近日，省文物管理局相关专家，在我市城区金南昆壁湾考察后，对市文体广新局副局长徐拥政说，耒阳真是了不起了，古村落保存得如此完好，一个昆壁湾，堪比山西乔家大院，他严肃认真地说，他的这个评价是不会轻易说的，是要负责任的！

　　一个文物专家，把金南昆壁湾比作乔家大院，这让我非常震惊，也倍感自豪，抱着好奇而又敬畏的心情，在这个炎炎夏日，我走进了金南居委会第四村民小组，也就是昆壁湾，近距离领略，仔细观察，采访当地居民，对这座古湾进行了全方位的了解。

## "别墅般"的古代豪宅

　　站在禾坪上，古色古香的昆壁湾，如一幅画卷，徐徐打开，一边是别具特色建筑风格，一边是充满传奇色彩的人文故事。

　　居住在昆壁湾的伍老先生告诉我，昆壁湾大约建于明朝中后期，距今四百多年历史，但根据伍氏族谱记载，昆壁湾的初始开村历史，应该在元末明初，后来几经扩建或修缮，才变成后来名震湖广的昆壁湾。

　　昆壁湾名气响亮，和该村地理位置，商贾繁华有很大关系，由于该湾地处耒水河边，交通便捷，加上该村又出了许多做生意的"大商人"，所以号称耒阳的古"商业"中心，和古南正街、古灶市码头并驾齐驱，成为外界了解耒阳的"招牌"地点，据说鼎盛时期，昆壁湾商人掌控整个衡郴地域的盐业和粮贸，可以说吆喝一声都要响彻百里，连汉口、广州，都有昆壁湾商人开办的多家店铺，生意几乎涵盖了整个湖广地区。

　　昆壁湾人"牛逼"，所以他们的湾也建得别具一格，按今天的话讲，类似于"高档别墅小区"，和耒阳其他湾村大相径庭，以此来区别"城乡"，彰显昆壁湾的富有。

　　我考察过耒阳西乡、东乡、南乡乃至北乡马水的古民居，发现这些乡村的明清建筑，其用材用料，和昆壁湾相比大为不同，一般耒阳乡村的古建筑，都是以木料为建造主体，譬如上架下庄的108根柱子，就是用粗大的杉木构建而成的，而昆壁湾除了木料，更多的是用了石料，包括麻石、大理石，这种建筑风格，突显了昆壁湾的与众不同，更彰显了该湾的豪华和古韵。这种建筑风格，也为研究耒阳建筑多元化，提供了丰富样板，更给耒阳民俗文化，增添了丰厚内涵。

　　从外表看，昆壁湾房屋和古湘南民居差异不大，都是徽派建筑样式，屋檐微翘，呈上升样式，整个湾村坐西朝东，外墙则以石灰粉刷为主，配以青瓦和墙画。据该湾居民伍晓林介绍，昆壁湾面积大约有100亩，湾前原来是一方水塘，栽着几棵风水树，塘里荷叶盛开，水质清澈，有一口泉水，供村人饮用，村后是一片山林，修竹茂盛，古木参天。

随着时代的演变，昆壁湾前的池塘和湾后的山岭已不复存在，但从其布局来讲，昆壁湾的先人仍秉承了中国传统风水至上的建村风格，更沿袭了耒阳民俗文化中姓氏为湾的先训，全湾均为伍姓人家。

整个昆壁湾村都是封闭的，独立成村，夜里，前后门一关，外人只有通过允许才能从大门口入湾。而且，村里不设围墙，只是以水和建筑相阻隔，即使曾有土匪来抢劫，也无法逾越，轻易进不了村。所以这种建筑特色，显示了耒阳古人的聪明才智。

### 罕见的汉白玉古湾

昆壁湾有前门、后门和中门、侧门，湾前是五扇大前门，湾后是四扇后门，另南北方向分别有一扇侧面，这些门墙构成了湾村的整个屏障，也沟通了村中的途径，可以说既方便而又连成了一体，在安全上做到了万无一失。

### 伍永龙介绍大门门槛由汉白玉构成

五扇大门，耸立于湾的前面。中间大门最雄伟，左右两扇大门略矮。中正大门用长条麻石做门框，有两米多高，上方亦是一根麻石做横梁，大门门槛（耒阳人叫地棚）则是汉白玉，即大理石，两个墩子也是用上好的大理石组成。这种由麻石、大理石构成的大门，在整个中国古建筑风格上，均不可多见。特别是汉白玉，不仅是身份的象征，更是需要雄厚的资金做后盾的。当时耒阳境里尚无大理石开采能力，昆壁湾先人是用船从江西九江购买来的，整个昆壁湾大小门和室内装饰均有大理石成分，这是需要非常大的人力和财力才能办到的。据湖南省文物专家考证，耒阳金南昆壁湾对汉白玉的使用情况，在湖南省排第一，在全中国亦不多见，其建筑风格和文物价值，今天已无法用金钱衡量，耒阳拥有昆壁湾，民俗文化在湖南更加出彩，更加独领风骚。

那么，昆壁湾的大门门框为何不用大理石呢？这其实是封建皇权制度决定的，谁也不敢违背，当时只有京都皇帝居住的大门才能全面使用大理石，深谙中国传统文化的昆壁湾先人当然不敢越雷池一步。

大门不用，内门则不受限制，走进昆壁湾正厅屋，令人眼前一亮。八根屋柱耸立于中间，两边是天井，天井边是耳门，所有的内门和耳门，都是一袭的由大理石构成，包括门框、门梁、门槛、墩子，只有门页是厚厚的杉树。除了门，正厅屋的走廊上、天井边，也镶着大理石，由大理石铺垫的湾村，气势上如同镶金镶玉。古人所说的金碧辉煌，大抵也不过如此了。

### 大理石构成的耳门

除了与众不同的大理石构造，昆壁湾在装饰布局上也非常大气，融合汉文化的特点。

譬如湾中大大小小的柱子，每个柱子底下的石墩，均极为讲究。这些石墩周围，雕刻着许许多多栩栩如生的画像，有的是花草虫鱼，有的是虎、龙、麒麟等吉祥动物，这种雕刻，不仅仅是美观，也是吉祥，更是昆壁湾人"荣华"的象征。至于窗户、走廊、楼宇上的雕刻，更是不胜枚举。

我在细节上，也观看出了昆壁湾的豪华。例如排水设施，他们就用上了雕刻艺术，而且出水口和进水口，都采取了上下两个口子，一大一小，一前一后，布置合理，排水科学。这种排水设计和布局，耒阳乡村古湾从未发现过。另外还有天井，四面排水，环环相扣，既美观豪气，又方便实用。

## 别具一格的仿秦砖建筑

中国的建筑历史，讲究秦砖汉瓦，而后来的考古，也是说秦砖汉瓦最值钱。秦砖汉瓦当然不可穿越，但可以复制，复制秦砖汉瓦去建筑房屋，乃是古代有钱人家的做法，也是一种炫耀。富有的昆壁湾先人岂能放过这种建筑风格。他们所垒砌的砖块，均为仿秦砖，耒阳人称为"鞋板砖"。这种砖如鞋板大小，轻便，但做工讲究，烧制本钱是其他砖块的十几倍以上。据说，烧制这种秦砖，要用上等糯米、石灰等原料，再配以泥土，经特制砖窑烧烤，再洒水冷却，整个工序费时费力，成本肯定非常之高。今天我们走进昆壁湾，仍随处可看到这种由仿秦砖垒建的房屋、墙面，它不仅耐用，而且美观大方。这种用仿秦砖建造的湾村，在耒阳古民居中亦不多见。耒阳乡村古民居大多是用"三六九"式的青砖垒砌而成，仿秦砖的"鞋板砖"几乎很难看到。所以说金南昆壁湾是耒阳古代的超豪华"别墅村"，并非言过其实。

## 皇帝御赐的"瑞进士"

一个具有独特民俗风格的古湾，其文化一样是厚重的，这一点昆壁湾当然也不例外。昆壁湾这种耗资巨大，又充分使用了最先进最豪华建筑材料的古村，其先人不仅要非常富有，而且要有博大的文化内涵，只有这样才能承前启后，别具一格。对于这一点，居住在昆壁湾的伍永龙感同身受，这位54岁的中年人，从已故父亲伍南元口中，得到了许多昆壁湾的掌故和历史沿革故事。他说，昆壁湾历史的厚重，文物的价值，已经不是一两句话可以说清的，而是一本书、一部画卷，值得后人细心去品读去传承。

按照伍永龙介绍，昆壁湾伍姓先人，当时都是依托耒水行船做生意的人，他们不仅生意做得好，而且急公好义，乐于助人。明嘉靖年间，昆壁湾伍姓先人伍秋元公，带着一船货物，从耒水沿湘江赶往汉口，途中遇一赴京赶考的书生，贫困潦倒，所带盘缠又被江中盗匪所劫，正要投江，被路过的伍秋元公发现，伍秋元公连忙将船靠岸，不仅救下该书生，还鼓励他继续进京赶考，伍秋元公除了让这穷书生乘他的船去汉口，还拿了一笔盘缠资助他进京。后来该书生高中会元，嘉靖皇帝在恩赐他时，书生跪求皇帝赏赐解救他的那个好商人，嘉靖皇帝听完原委后龙颜大悦，当场赐伍秋元公"瑞进士"身份，并颁发匾额。此匾额后悬挂于昆壁湾正厅屋里，据说直到日军侵占湖南时才被毁，伍永龙的父亲伍南元就曾见过此匾额。而关于这个传奇故事，昆壁湾伍姓人家几乎家家都知道，伍氏老族谱亦有记载，只是这个老族谱也在风雨漂泊的岁月中不知下落，实在可惜。

## 名震湖广的商埠之地

当时，昆壁湾的伍姓先人，大多在经商做生意，当时耒阳城有这种讲法，"伍姓人的生意街，街过灶市街，南正街里是尾街"。此街实际就是夸赞昆壁湾。昆壁湾有多繁华？当时是这样形容的：冬卖汉口饼，秋吃岳州鱼，夏吸广州烟，春赏衡州花。这就是昆壁湾盛景，生意做得风生水起，涵盖方方面面，从布匹、粮食，到山货、特产，从官盐、烟草，到竹木、茶叶茶油，只要外界有的，昆壁湾人便敢涉及。

源源不断的生意往来，让昆壁湾名声扬远，从汉口到南京，从韶关到广州，都有人曾来昆壁湾交易，而昆壁湾的交易大多是以商船为载体，也有通过陆路的。货物一般不会卸于昆壁湾，而是卸于南正街码头和灶市码头，而掌握这些买卖的昆壁湾人，有时也会带些东西给家人用，或藏于家中，所以便形成另一种"风景"，昆壁湾也成了热闹的商埠交易之地。

会经商敢经商的昆壁湾人，从开基始祖伍时玉公开始，便是以生意为主要营生，他们不兴置办田产，而是在全国各地购置街铺门店。据说，南正街有一半的门面属于伍姓，而汉口、广州这些商业重镇，都有昆壁湾人购置的门店。昆壁湾人在外购置门店主要是为了中转货物，并不移居到这些城市，所以他们赚了钱也是荣归故里，把昆壁湾建设得更好。如此一来，昆壁湾鹤立鸡群，建筑设施一流，也就不足为奇了。

可以这样认为，鼎盛时期的昆壁湾，在当时的湖广地区，可以说是一枝独秀，即使在全国范围，也是翘楚。应该说，湖南省文物管理局专家称昆壁湾堪比山西乔家大院，并非言过其实，而是非常妥切。

昆壁湾人的生意究竟做得有多大？又究竟有多少钱？已经无法说清，但从伍姓后人的代代沿袭中，仍可见一斑。伍金文，皇帝御赐伍秋元公后裔，此人在清末民初，开办太平洋贸易公司，生意做到马来西亚、印度和美国，全中国太平洋商行均由他买断名称，他在上海有小车队，有专用货运码头，他在老家昆壁湾，有护兵一百多人，长短枪上百支，威风凛凛。

伍金文热衷办教育，在昆壁湾开办了当时在耒阳非常有名的私塾，吸引优秀伍姓子弟入学。赫赫有名的红军军长伍中豪，曾任中共中央军委秘书长的伍云甫，都在该私塾读过书。可以说，从昆壁湾中，走出了影响中国革命历史的伟人，这是十分了不起的。

## 堪比乔家大院的昆壁湾该如何保护和打造

就今天来讲，虽然昆壁湾倒塌了一些房屋，但从其保留下来的房屋来看，仍然气势恢宏，具有文物价值、观赏价值和开放潜力。而且，昆壁湾最大的与众不同，就是"贵重"，这里的一文一物，都具有保护价值。早在十几年前，有人出价 20 万元购买昆壁湾厅屋的几个石墩，被湾中人断然拒绝，但后来这几个石墩却被人盗走，实在可惜。

不言而喻，昆壁湾的保护和开发价值都是巨大的。我在想，耒阳真是一方福地，人文资源如此厚重。就拿昆壁湾说，位于城区，保存基本完好，只要加以修缮，同时进行合理打造，一定会成一个新的旅游景点。如果再辅以南方的"乔家大院"去营造，那么一定会游人如织，助推耒阳的全域旅游向纵深发展。

耒阳金南的昆壁湾，一个媲美山西乔家大院的古商业村，相信只要称为旅游景点，便能成为耒阳的经济增长动力。

对于昆壁湾，当务之急是严加保护，并争取上级文物部门支持。在开发上，应精心规划，摸准时代人的"观赏"心理，用南方乔家大院的理念去打造。在打造上，既要争取政府专项资金，又要动员吸纳有识之士和民营企业家、伍姓族人去共同出资，用高标准去修缮去打造，要一炮打响，一炮走红，即使不收门票，也必定吸引外地游客，对耒阳第三产业将是一个大促进。总之，打造昆壁湾，对耒阳旅游产业极为有利。这种独树一帜的人文景观，一定会如山西乔家大院一般，走向全国，享誉世界。

# 浔江，奏一曲高山流水

从远古走来，从高山走来，浔江——耒水四大支流之一，用她甘甜的乳汁，哺育两岸民众。犹如一首古曲之名：高山流水，源远流长！

我愈来愈痴迷耒阳话的深厚文化和独特魅力。譬如对江的读音，西乡人包括其他乡镇人，大多读"冈"，包括江姓也读成"冈"。如黄泥江、泿江、小水江，等等，均读成"冈"。有的甚至写成"冈"，如黄市黄泥江就写成黄泥冈。令人不可思议的是，浔江，浔江和东乡人始终喊作江，和普通话同音，这背后的玄机，恐怕很少有人能破译。

在我看来，这中间就是耒阳人文化的博大精深。我臆测，浔江之所以不称浔冈而称浔江，和江的水流大小没有关系，而应该是和古代文学巨著《水浒传》中的浔阳江有一定的关联。浔江，浔阳江，一字之差。这证明耒阳人对文化的推崇，持久坚持的语音都可以改掉。当然，更印证耒阳人对文化的兼容和扬长避短。从这个意义上讲，耒阳话在保留古韵的基础上，各个时期的一些话音亦在悄悄改变。可喜的是，聪明的耒阳人历来取其精华去其糟粕。因此，今天的耒阳话仍独树一帜，既有古韵风味，又包含各个历史时期以及现代的元素，这的确了不起呀！

浔江的发源地在五峰仙山脉，属于耒阳境内的高山范畴。据《耒阳市志》记载，浔江整个流域的顶上游为芷江，然后是下大陂河，再是董溪河、九良洲河，最后是芭蕉河和泉水河。泉水河应属敖山庙一带，由此河注入耒河。

东乡和西乡的河流，本质上有一定区别。东乡河沿山谷缓缓流淌，两岸的水田和山地相拥，而西乡河则沿垌中开阔地漂流而下，两岸峭壁林立，乱石穿越。众所周知，东乡地下蕴藏着煤炭资源，所以在土质地貌方面，耒阳东乡和西乡截然不同，正所谓一方山水养一方人。

我虽是西南乡人，但对于东乡，却别有一番情愫。我当记者第一次采访就在东北部的亮源乡，第一次上《人民日报》的稿件写的也是东乡沙明，所以我非常喜欢到这些地方采访。耒阳煤炭开采鼎盛时期——20世纪90年代，浔江、导子、三都更是我经常光顾的乡镇。那时候下乡除了坐班车就是煤车，常常满身煤灰，记忆铭心。恕我直言，那时的浔江，除了涨洪水，平时流的水都是乌黑一片，甭说喝，就是洗衣，也是不行的。

时过境迁，今非昔比。今天的浔江，在农村环境整治的大气候下，水质变得清澈起来。蓝天白云，青山秀水重现这条古老的河流。

说浔江古老，首先表现在架设河流上的石桥。这些石桥，就像古华笔下的湘南农村，青藤、青石、青苔、青烟，一袭原始风味。这是位于浔江流域芭蕉河附近的一座小桥，古色古香，充满岁月的沧桑。在我的印象中，类似这类原始风韵的古桥，在耒阳已不多见。

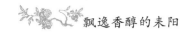

我几乎是贴着她的脸庞在欣赏，就如同在博物馆观赏文物一般。如果说耒阳还有可列入文物价值的桥，我觉得这座桥完全可以跻身之列。

这是一座用巨石垒砌而成的小桥，桥两边是不加雕琢的石块，参差不齐，远远望去摇摇欲坠，仿佛是一位饱经沧桑的老者，已不堪重负，随时可能崩塌。但她却是非常坚固的，历经风霜、雨雪、日晒、雨淋，耸立在此已经几百年。

而连接这座石桥的石块是一面天然巨石，宽不足一米，长五米左右，这种桥自然牢固，不怕任何洪水侵袭，说是坚不可摧，一点也不过分。桥头上，爬满翠绿的青藤，如一位老人手背突兀的青筋，坚韧傲立。桥的北面，长满冬茅草和蒿草，一丛一丛，连绵不断，和远处的禾苗融为一体，古朴而自然。

这座桥至今仍是当地村民出门行走的主要通道，尽管桥面光滑一片，但行人踩上去并不滑，当然也就不会摔跤。桥下，蓼草如丝，丝丝见底，虾米穿窜，鱼跃波光，一派生机盎然。水，碧波透亮，倒映蓝天白云，如一幅静止的水墨画，绚丽无比。

我想，如若再放一个老者，淡淡垂钓，那将是诗中的画，画中的诗，恐怕黄永玉先生笔下的凤凰秋水，也不过如此呀！

我站在这座桥下，如同一个痴情的人，脑中总在浮想联翩，想拼出几句诗意来，却迟迟没有词语。倒是涌出马致远那首脍炙人口的词句：枯藤老树昏鸦，小桥流水人家，古道西风瘦马。夕阳西下，断肠人在天涯。

当然没有昏鸦，没有瘦马，也没有断肠人，但此情、此景、此桥，会令多情者驻足良久，把岁月、风景、古香、烦恼、惆怅、感慨随意串联起来，随意联想，就是一首诗，一曲词。

再说浔江河。涓涓河水，潺潺汩汩，奔流不止。这条河流经之处，湾村、水田、堰坝、山谷。清冽冽的河水泛着金光，在阳光的照耀下，格外流光溢彩，把静静流淌的小河，营造出一片生机，一片秀丽风光。

浔江曾经是两岸民众赖以生存的饮用水源，随着煤炭的大规模开采，水质变浊、变黑，早已无法饮用。但是，浔江河仍然是河两岸数万水田的主要灌溉水源，从沿河修筑的堰坝中便可领略一二。

这种堰坝亦由石块垒砌而成，高的有十几米，矮的也有数米。堰头筑一闸门，平素不关，一旦需要用水，只要闸门一关，河水就会被阻断，再通过引水渠，将水引入水田，浇灌禾苗。一段一段修筑的堰坝，形成了浔江河独特的瀑布风景。虽没有气势恢宏的瀑布，但所有堰坝兴起的数万亩瀑布群，仍壮观无比，令人赏心悦目，心旷神怡。

我站在堰坝前，只见飞瀑直流，水溅一池，清脆隆隆的水声，仿佛一线清泉，沁人心脾，爽朗一片。这条堰坝横跨河两岸，平时水流从河中飘过，遇上天旱，只要一关闸门，完全可以断流，流水会从闸门边的渠道引进稻田，成为甘霖。当然，老百姓是讲究公德的，总会让一些水流向下游，这也是浔江四季永不干涸的缘由之一。

浔江河到了下游，变得更加宽敞，据说以前可以通小舟、小船，主要用于轻便运输和渔民撒网打鱼。这种景况，今天已不可见，但坐小船垂钓或扯草的仍大有人在。

古老的浔江，踏着历史的脚步，繁衍两岸历久弥新的厚重文化，助推时代的发展。譬如流域的敖山庙会，就颇具地域文化。这种沿袭千年的传统民风民俗，不仅影响浔江河两岸的文化传承，而且影响整个耒阳乃至湘南地区的文化。如今，敖山庙会早已列入国家非物质文化遗产，这是对浔江河文化的一种肯定，更是对耒河流域文化的一种大力推广。

耒阳地大物博，风光无限，在当今开发休闲旅游的大潮中，其实类似浔江这种乡土文化，完全可以纳入开发范围。如建造浔江流域堰坝瀑布群观赏点、古桥流水观赏点，再加上敖山庙会游船表演，假以时日，这条乡土旅游线一定会游人如织，甚至可以打造出耒阳上星级的旅游景点。到那时，放一曲古乐《高山流水》，吟一首元曲宋词，广阔的浔江河流域，一定会声名鹊起，引凤筑巢，引四方游人流连忘返！

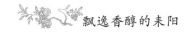

# 耒水第一渡口陶洲渡口：往事如烟

　　耒水从永兴县经大河滩后，拐一个大弯就到了素有"耒阳第一渡口"的陶洲渡口。陶洲渡口其实并不是河床宽敞的地方，而是显得有些狭窄的河谷。据说，旧时两岸古木参天，山岭对峙，从河东到河西只有不足一里路程，乘渡船过河也就半袋烟的工夫。渡口虽不宽却是耒阳境内人气最旺、货运最繁忙的码头之一，其时间从古代一直持续到上世纪五六十年代，可谓长盛不衰。当然，这种渡口的兴盛是建立在一代又一代人辛酸泪上形成的，特别是掺杂着外来人口的居住和生活，更让陶洲渡口充满着传奇色彩。97岁的周月英老人作为这里的见证人，她心中"储存"着很多记忆深刻的往事，从这些往事中间接反映着陶洲渡口的历史和变迁。

　　陶洲渡口从哪个朝代、哪个年月开始兴建的？已经无从考证了。但不会晚于唐代。据说，鼎盛时期陶洲渡口停泊的船只要排好几里路，大船小船扬着风帆都往陶洲码头靠，卸货的、运货的络绎不绝，几乎不分白天黑夜，也不分春夏秋冬。只见人来人往，只闻船工号子，只听挑夫呻吟。所以旧时耒阳有民谣："要知苦不苦，船上当纤夫。要比苦还苦，请去问挑夫。"这个民谣就是从陶洲渡口传诵开来的。纤夫，是指拉船的苦工，这个很多人可以从电视剧中看到。而挑夫，却很难让今天的人去想象，其苦不堪言的故事能让周月英这样的老人讲出来，都会发出感叹，都会落下泪来。老人说，还是新中国好，还是现在社会好，过去陶洲渡口那种苦日子，年轻人已经不敢想象了，连她回忆起来都像在梦里。但这种记忆太深刻了，在周月英老人心中永远也抹不去。面对我的提问，她思维清晰、如数家珍、娓娓道来。

　　大约在周月英老人八、九岁那两年，陶洲渡口迎来了外来人口的井喷期。掐指算来，当时大约是上世纪三十年代初期，当时军阀混战民不聊生。很多遭受战乱的北方人，从湘江溯流而上来到陶洲渡口谋生。说是谋生实际上就是当挑夫，当地人也称"脚夫"。这些脚夫担负的任务也就两项：一项是从陶洲附近的煤窿中挑煤，翻山越岭挑到陶洲渡口码头来；另一项是将码头堆积的煤挑到运煤船舱去。两项都是靠卖脚力和肩膀，挑起来异常辛苦。去煤窿挑煤的一天挑两次，早晚各一次，而挑煤上船的则不分白天和黑夜，反正有泊船等待运煤就要装货。

　　这种卖命的挑夫耒阳本地人都少，大多是外地人，主要是北方人，操着外地口音奔波在陶洲街头，船上岸后挑箩担筐，一长串人，一袭的又脏又黑的人。他们靠做挑夫去换一点饭吃，不要说有积蓄，能填饱肚子都难。每天昏天黑地挑煤，每天往船上卸货几乎是满负荷运转，饶是如此，这些挑夫仍生活在水深火热中，要受到来自各个方面的盘剥，甚至还要遭到恶霸地主的殴打。周月英老人记得，那时候陶洲街上黑压压都是人，多的时候有两三千人，几乎是人挤人，到处是箩筐、扁担，到处是想歇息打瞌睡的人。由于外来挑夫的涌入，让陶洲渡口泷生了很多行业。有开伙铺的，把自己街上的房子腾出来，随便买点床上用品就成为那些外来挑夫下榻的地方，往往一张床要挤两三个人，即使如此很多挑夫还得睡地板或露宿街头。遇上害病的或因害病而死的人，雇主或挑夫的同伴只能草草用石块埋起来，甚至丢于荒山野岭，那惨景周月英老人回想起来仍心有余悸，连说"造孽"。

除了伙铺就是吃的摊点，有卖米粑的、有煮米粉卖的、有熬粥供应的，另有少量饭馆。挑夫每天能吃上一顿米粉就算好生活了，一般的只是买几个米粑用河水拌着吃。周月英老人回忆那时候的陶洲街上，卖吃的都是有钱有势的人，一般还有荷枪实弹的护兵，看着摊点和饭馆，要不哄抢的、吃白食的、饿得打劫的人多的是。当然，外来挑夫的到来，也助推了陶洲附近煤窑的发展。据说当时的大义，从事煤窑开采的已达上百家。煤炭火爆加上挑夫火爆，让陶洲渡口整天人头涌动，船上岸上一片忙碌。

外来挑夫在陶洲一直持续到中华人民共和国成立。后来虽然人渐渐少了，但由于陶洲渡口地处偏僻，又有煤炭需要装运，所以这个行业一直没有衰败，一直存在于陶洲码头。周月英老人介绍，由于陶洲渡口的特殊位置，不仅吸引了很多外地人前来谋生，并且成为共产党湘南游击队经常光顾的地方。游击队在陶洲圩杀过恶霸，也抢占过国民党税警队的碉堡，还在陶洲渡口上贴过宣传单。那时候周月英就知道游击队是好人，专杀坏人。后来游击队时不时派人来陶洲街撒传单，袭击国民党挨户团的人，遇上游击队的人危险需要脱身时，陶洲街很多老百姓都会暗里掩护主动帮助。所以陶洲渡口的人对共产党游击队一直是支持的。这也让陶洲圩成为红色区域——湘南游击队的指挥中心，始终位于陶洲渡口附近的紫霞寺和天门山一带。所以说陶洲渡口也有光荣的革命历史。

陶洲渡口之所以称为"耒阳第一渡口"，除了是永兴入经耒阳后最大的一个渡口外，还因为这里是耒水流域货运往南方的最后一个码头，再往上就是永兴，便极少有货运码头了。当然最关键的是因为这里曾经是湘南乃至湖南最大的煤炭开采集结地，也是旧时耒水沿途最大的煤运码头，比清水铺、黄泥冈都要大。再加上外来挑夫、船夫等人口的大量涌入，让陶洲渡口人满为患，船只难泊，其繁华热闹和乱糟糟的情况冠以耒阳第一货运码头，并非言过其实。

据居住在陶洲圩上64岁的周飞介绍，他小时候听爷爷讲过，旧时陶洲街有十三杆大秤，专门用来称煤炭上船的，且过秤笭担一直川流不息，昼夜不停歇。每天即使不逢圩陶洲街肉摊案板都有五副摊位，摆的猪肉一大早就会销售一空，还有卖菜的摊位都会摆到运货船上去销售。人多船多，往返渡口码头的人流货物更是天天火爆，这让陶洲渡口自然而然成为耒水流域第一渡口。

中华人民共和国成立后，外来陶洲人口几乎销声匿迹，但挑夫和船夫仍在承载着对煤炭的装卸和运输。当然，这种挑夫非过去脚夫，而是翻身农民参加国家建设的一种担当，当时由于交通并不发达，加上车辆运输的滞后，据周月英老人回忆，直到二十世纪六十年代初期，挑夫才彻底告别陶洲渡口。没有挑夫，陶洲渡口的煤运船也渐渐减少，后来的煤运不仅通过汽车运送，还通过火车运输。交通的便利，机械化的操作，让原来那种肩挑脚运的历史一去不复返。陶洲渡口也慢慢变得和耒水第一渡口有些不相符。但陶洲渡口在社会主义建设中，依然发挥着水运交通的重大作用，往返船只依旧南来北往较为热闹。后来，人民政府还在陶洲渡口设立人民公社、乡政府，直到二十世纪九十年代中期的撤区并乡，陶洲才和大义合为一个乡镇。

今天在陶洲渡口仍依稀可见原来陶洲乡政府的办公楼还有一些标语。当然，随着时代的变迁，随着机器船对帆船的全面取代，陶洲渡口的纤夫也早成为遥远的记忆。如今的陶洲街仍保留着一些渡口的痕迹，但痕迹的背后是现代化氛围的兴盛，那变宽的街道、新建的房屋，让这个河谷上的渡口旧貌换新颜，成为一个平常而又普通的地方。这是时代的必然，也是发展中的真正变迁！

# 古湾，另一种乡愁

对上了年岁的人来讲，一旦回到生养的湾村，首先就会去寻觅那些记忆中的残砖断瓦，去看那些尚未彻底倒塌的古湾，或寻找一沟一水，一树一草，在他们心中，远去的往事随风飘逸，记忆悠长。然而，对年轻一辈来讲，进到湾村后，他们考虑最多的，就是看谁家又建了新房，或寻思着要把自己的房屋再整修一下，装饰得漂漂亮亮。两代人，早已成为两种概念，代沟愈来愈明显起来。

这些年，我刻意留意着耒阳乡村变迁中的一些文化传承方面：譬如对古湾村的保护情况。好多古湾，随着人口的迁徙，无人居住，更随着湾村新建房屋的拔地而起，让古湾湮灭在历史的尘埃中。这也许是一种时代更迭的必然现象，但就文化传承而言，似乎又有些遗憾，特别对那些浸淫了儒家文化思想的老一辈人来说，仿佛无法接受。却也是徒劳，历史的车轮滚滚向前，留下来的伤感，只能在这一代人力所能及的责任担当中，去做一些弥补。

耒阳历史悠久，古湾多，老旧房子多。明清建筑，乃至宋明建筑，都随处可见。我上世纪九十年代下乡采访的时候，曾经在亮源良坡见过一个唐代建筑，非常精致的一个秦砖汉瓦小村落，门前画栋雕梁，传说中的守门神仍栩栩如生，可惜后来不久这个古湾村就拆除了，极为可惜。闻名遐迩的上架下庄 108 柱、公平石湾大湾里、盐沙壕塘武术之乡、哲桥火田资家豪宅，这些古色古香的古湾，上世纪八九十年代都完好保存着，如今大多数成为残垣断墙，留在了老一辈人的记忆中。虽然耒阳至今仍保留着一些诸如太平寿洲、小水小圩等一些纳入国家保护范围内的古湾村，但真正气势恢宏又有文化价值的古湾，仍极为罕见，或者行将倒塌，连抢救恐怕都来不及了。例如公平万金头的古明清建筑群，只剩一些摇摇欲坠的墙面，根本难以修复。最关键的是，有的古湾在修建正厅屋时，并不是修旧如旧，而是新旧建筑风格结合，甚至土洋结合，把原本一些悠久历史的古湾建筑群，修建得不伦不类，令人大跌眼镜。

古湾，留下的不仅仅是乡愁，也是一种民风民俗的连接，再上升一点来讲，更是一个地方传统文化的传承。

走进耒阳许多散散落落的古湾，虽墙砖飘摇，或杂草丛生，但仍掩饰不住千年文化底蕴所散发的魅力。譬如建筑风格、建筑装饰，还有建筑结构，等等，可以说每一个古湾，每一栋老房子，都有其独特的地方。无论是屋檐下的雕花，还是窗户上的框架，甚至于正厅屋中的木柱子，两边宽敞的天井，进门中门槛的高低，大门小门的砖料布局等，都非常之讲究。例如大理石，耒阳湾村正厅屋是鲜有门框敢竖大理石的，但侧面却竖了不少。据传，这是因为大理石是皇家园林建筑用料，而耒阳自古又是盛产大理石的地方。因此大理石不能用于正厅屋建筑，大概就起源于这种不能攀比之禁忌，大抵任何富庶的湾村，

也不敢去和"皇家"相比,这从另一种角度,也显示耒阳人的正统儒家思想。

至于古湾中镶嵌的对联、字画,则更反映着一个地方文化的博大精深。几乎每个古湾,大门口的对联都是深思熟虑的佳作,代表一方的历史和文化。我在西乡长坪一个古湾中,曾见过这样一副对联,曰:溪水透澈育圣贤,竹筏坚硬雕龙凤。此联极好地将地理地貌风水人文融为一体,至今亦不过时。古湾对耒阳的风水习俗,也是浸淫其中,非常之深奥。例如宅址的选择,依山傍水,朝向方向,前山后岭的间距,水道,桥梁设置,等等,都有一套严格方式,这种传统习俗,几乎不可改变。另外,一些大的古湾,在进村的禾坪上,设置桅杆、石枙等,也是极为讲究的。大抵谁中了举人进士,或谁当了七品以上官员,其族人都会在禾坪上树桅杆,其桅杆高低、大小,都是有讲究的,桅杆反映身份象征,也是一个湾村出人才的集中展示。

岁月是一把"剃头刀",可以抹去很多历史痕迹,却无法抹去一代人悠长的乡愁之情。乡愁是古湾中一片青石小径,乡愁是古湾里一滴清冽的甘泉,乡愁更是古湾门槛边落下的尘土。也许,在不经意间,乡愁就是丢在古湾"箭眼"栅栏中一张飘逸的旧纸张,一壶忘记喝完的老糊酒,一件依然挂在破烂楼顶上的蓑衣。

在耒阳旅游景点的周家大屋,保存完好的明清建筑,依然透着古韵气息。而古湾中居住的一些人,全部是老人和妇女,偶尔有打工的人回家,也是张罗着如何去建新房,古湾对他们来说,只是一种曾经的居住地。我站在这片历史名人周敦颐后裔的古湾村前,浮想联翩。或许,类似这种保存完好的古湾,会渐渐越来越少,但如何让这种渐渐稀少的古湾长久保留下来,依然是一道非常之难的难题。即使政府拨款修缮,变为旅游目的地,但缺少原始居民的居住,缺少人气,恐怕也很能持久保存下去。这是一道逾越不过的难题,如何妥切化解,也是今后耒阳乡村振兴和旅游发展绕不开的话题。永兴板梁古村之所以成为旅游热点,和这个古湾仍然居住着数百人颇有关联,人气不仅可以传承一些文化内涵,更是维持古湾长久保存的力量所在。

其实,办法总是有的,对于古湾,我们不仅可以留下一泓乡愁,同样也可以对一些古湾加以长久保护。例如在人员居住上,可不可以将一些湾村缺少房屋的老人集中起来,让他们居住到保存完好的一些古湾中去?或相对统一居住,由相关部门提供必要的生活物资?与其让老人们散落居住在一些零零星星很难保存的古湾中,还不如集中到一个保存完好或较好的古湾去住,这样既可以解决农村老人的集中养老问题,又可以保护好一些乡村古湾建筑,应该可以加以尝试。个人负担一些,社会捐助一些,政府补贴一些的原则,今后对乡村振兴战略和旅游开发,应该有一定的参考价值。当然,这种建议只是一种臆想,落实起来恐怕也不是那样简单。但耒阳对古湾建筑及其文化的传承,却是只争朝夕、耽搁不得的事情。留下乡愁,留下千年文化底蕴,任重而道远。

古湾,繁衍着太多的风土人情,古湾,传承着千年古县耒阳的文化底蕴。对古湾的保护,已迫在眉睫。期待更多的有识之士,像爱护自己的家园一样,把那些尚可修缮的古湾,妥切保护下来,至少不能人为地破坏。古湾是一种永远的乡愁,乡愁是对古湾最好的一种挂念。这种挂念,也是对传统文化的最好传承。

# 马铃声声，耒阳最高峰元明坳的这条古道沿袭了千年

耒阳和安仁县交界区域，曾经有一条依靠骡子、马匹、驴等牲畜驮运物资的通道，类似于云贵高原的茶马古道。这条"茶马古道"曾经连接赣湘粤三省，是湘东山区独特的交通运输通途，沿袭上千年历史，古老而厚重。

对于这条"茶马古道"，耒阳人知之甚少，以至于我几番去沙明、元明坳这些地方去寻问上了岁数的老者，回答均含糊不清。譬如有位姓朱的老人，指着元明坳一条山路告诉我，他听祖辈说过，这条路曾经是安仁商客赶马驮货的地方，但至于商路通往何处，老人却非常茫然。

还有一些当地民众，则说以前听说过买卖山货的商贩，但不知有没有马匹、骡子驮运，倒是上世纪八九十年代，元明坳和沙明坳均有购买、喂养马匹从事山货运输的专业户。

从运输角度出发，古人贩运山里货物，长途跋涉，用肩挑背驮的并不多见。我们耒阳人只听说古人上韶关挑盐，这个挑应该是纯粹的肩挑，不会有辅助工具。

至于山区运输渠道，单靠人工挑驮，似乎不合常理。古时到处山高林密，交通闭塞，聪明的先辈发明了许多运送货物的工具，例如三国的木牛流马，云贵川高原的骡马运输，都是非常牛的山区运输方法。

由此而推断，古代湘东山区的运输，绝对不单单是先辈的手提肩挑，应该还借助了马、骡、驴乃至水牛。而连接这些牲畜运输的山路的，一定是货物丰厚又僻壤之处。只有这些山区，才有成为商贩光顾的区域。

一条道路，连接东西南北，迎送过往行人商贩，就必须有驿站、客栈、酒店茶坊，于是自然而然就产生了一些称谓，如云贵的茶马古道、湖广的官道、江浙的商道，等等。

耒阳发达的南北乡，不仅水陆交通发达，随处可见水埠，更有衡郴官道和乡村石板路。但是，东乡相对而言，则交通要闭塞许多，主要是森林密布，山高路陡，没有形成发达的水陆通途。但东乡人一样要生存，一样要做生意，一样要了解外界，于是就借此山路，和东部相连，形成了独树一帜的"茶马古道"。

关于耒安茶马古道，《耒阳市志》没有记载，但安仁、茶陵县志却有记载。这条茶马古道起源于江西赣州和广东交界的梅岭，沿西延伸，经广东、江西入湖南，再从湖南的桂东、炎陵、茶陵、安仁、耒阳至衡州府，也就是今天的衡阳。这条茶马古道并没统一的线路，一般都是断断续续，甚至一遇河流就要绕道，所以每个县乃至每个山脉都有不同道径。当然，这条茶马古道的总体路线是相连的。例如途经耒安交界境内，就是一条绕岭山道，一环扣一环，有土路、有竹道，也有青石板路。

耒安茶马古道的方位大致是这样的，从安仁县的灵官至华王乡，沿罗霄山脉的尾端，抵至耒阳的沙明坳，再往西北，绕元明坳而入坪田，再进入衡南丘陵地段，整个路段在

耒阳境内有六七十里，其中沙明坳、元明坳最为陡峭，也是最僻壤的地域。

由于这一路段山高林密，溪流遍地，加上又是原始森林，野兽成群，人烟稀少，所以历来是商客最禁忌的地方，但又是必经之处，无法绕道。据说，古时这一山脉虎豹成群，夜晚虎啸阵阵，狼嚎不断，极为恐怖。一般路经此地，必结伴前行，胆小的甚至十几人结队通行。当然还有剪径的土匪、出入深山的野猪，更是让这里充满神秘色彩。

当时利用马匹、骡子、驴等牲畜驮运货物的商贩，大都是三五人合伙出行的，也有单打独斗的。他们赶着牲口，运着物资，日赶慢赶，在路上一待就是一个月甚至几个月，所以他们每天的路径和里程都是算好的，包括在什么地方打尖歇息，在什么地方喝茶吃饭，都是轻易不会改变的。而途经耒安地段，由于人迹罕见，路径险峻，这些商贩都是选择白天通行，但白天通行一样要吃饭休息，所以耒安茶马古道的客栈和茶馆酒肆更应运而生。

耒安茶马古老的客栈、酒店、茶饮，并不多见。按安仁县民俗学者侯玉林先生的考证，整个耒安茶马古道一百多里路，这类店铺大约有五六家，也就是二三十里一个，这在当时也算少的了。因为商贩赶路，一天也就四五十里，二三十里才有一个店，对他们来说已不方便。要知道，除了这些店铺，他们所行走的就是人迹罕见的山野，不要说吃饭，就是撞上一户人家都困难。侯先生告诉我，耒安茶马古道店铺偏少也是有原因的，主要是山区小径，极少有平整的大片开阔地，所以耒安茶马古道又有一个与众不同之处，那就是客栈店铺都开在有凉亭的地方，几乎和凉亭融为了一体。

凉亭，在南方山区较为普遍，大抵是为了让行人避雨或歇息之处。而耒安茶马古道的凉亭，又兼有了歇息和吃饭喝茶的功能。

按照安仁侯先生的指点，我到沙明坳、元明坳进行了寻访，想找出古代这段耒安茶马古道的凉亭踪迹，但无功而返，问了当地人，大都说老凉亭有，但如今均风雨飘摇，不能遮风避雨了，至于凉亭边上的店铺，更无人能够说出一点印痕。

侯先生向我介绍，耒安茶马古道的店铺，都不是很大，一般可容纳二三十人过夜休息，有床铺六七张，非常拥挤，一个铺至少睡二人，多的睡四人。茶馆也小，除了泡茶间，喝茶是要依靠酒店桌子或凉亭空隙的。但古人喝茶很重视，常常一杆烟枪，一碗土茶，吞云吐雾，海阔天空，享受歇息的快乐！

虽然找不到古凉亭，但在沙明坳、元明坳的山野田间，仍寻觅到古竹道、青石板路的踪影，而且这种山路非常古朴和原始，未加任何雕琢，完全是原生态，充满悠悠古韵，充满远古气味，充满独特的耒安高原气息。

特别是这条青石板路，从元明坳的山谷底下，一直往上，层层叠叠，一望无际，穿越山岭，跨过溪沟，沿着荆棘丛生的山间，舒展延伸。可以想象，当时这条耒安茶马古道，承载着多少过往商贩的脚印，又载着多少马匹、骡子等牲口的印迹，一步一步，一挪一挪，把古人的辛劳，全部写在这至今仍韵味十足的古道上，留下数不清的往事和古人自强不息的经商故事。

时间挥去了远古的印痕，但挥不去古人在这条茶马古道上的艰辛和汗滴。今天，随着乡村公路的大力改善，耒安茶马古道的交通运输今非昔比，人们的出行和货物运输，早已是"换了人间"！

非常巧合的是，我在寻找耒安茶马古道时，了解到上世纪八九十年代，元明坳曾经有几户人家，从贵州买来马匹，在这一带从事山区运输。他们以马驮运，从元明坳将一些竹片、冬笋等产品，运到马水等地。按照当地村民的说法，不知古代有没有马匹运送货物，但看到现代有人用马匹驮运山货赚钱的，因此以前肯定有。

我特意找到了住在元明村山顶上的这户人家，他们说马匹早卖了，但还有养马的工具和圈栏。按他们的说法，上世纪八九十年代，这片山区还有不少人养马，从事山货运输。马匹不仅驮货重，而且能爬各种山路，如履平地，非常适合山路运输。

看来，马匹在元明坳的运输贯穿古今，很好地得到了印证。

实话说来，今天来寻找耒安茶马古道，已无多大现实价值。但是，透过耒安茶马古道这段历史，让我们更进一步领略了耒阳的厚重历史和挖之不尽的地域文化，这对已授予千年古县的耒阳是很融合的。从这一点上讲，挖掘耒阳任何历史文化及其痕迹，都是有意义的，特别对旅游产业的布局极有帮助。

这一点，安仁人比我们更执着，他们打造的稻作文化和中草药文化，已经尝到了甜头。假如耒阳能够携手和他们打造耒安茶马古道，他们一定会非常乐意的！

# 三、风土民俗

# 远去的榨油声

香飘飘的油茶，古悠悠的水轮，油腻腻的榨房，熏黑黑的蒸籽桶，滑溜溜的油槌，一声脆响，清韵如鼓，延绵数里，回旋悠远。

油茶榨油坊，耒阳特有的风味，从远古走来，如一位布满沧桑的老者，喘一口粗气，写满酸楚和甜蜜，记录传奇和风采。

走一条山路，穿一片小巷，转一片田野，步一弯古桥，随处可见的，就是一袭低矮的榨油坊，飘着沁人心脾的浓浓香味，醇醇扑鼻，直灌入口，久久余香，迟迟难以消散，即使走得远了，也留下回味，令人痴迷。

上世纪七八十年代，正是耒阳油茶茂盛期，榨油坊也是日渐兴旺，榨油的队伍络绎不绝，甚至要等些日子排队才能如愿以偿。一个榨油坊，大抵能承载一千至二千人口的榨油任务，常常从入冬开始，要忙碌到春节临近的日子才能歇息。那时候，耒阳的榨油坊，都是古式装备，从碾茶籽，上甑蒸烤，到踩枯上铁环，再到油榨，都是原始工具。

我儿时的记忆中，对于榨油坊，特别铭心，因为我读书的小学，就在榨油坊旁边。每每我们朗朗读书时，便会夹杂榨油坊传出来的油槌声，非常沉闷，间隔传来拉槌者呼呼的叫声，格外清脆。

下课后，我们就想进到榨油屋里去耍，大人们当然不准，一声吆喝，严厉得很，谁也不敢进去。当然有时候我们也会偷偷爬窗户进去。其实我们小屁孩进去也不是看什么榨油，而是到辗茶籽的磨坊里去坐轮子旋转耍，类似今天坐过山车，极度刺激又非常好玩。

磨坊平素是无人看管的，大人们将茶籽倾倒在碾压槽里，就另做其他事去了，那磨车由水轮推动自动旋转，自动作业，一气呵成。大人们一般每隔一段时间就会进来，把水轮槽板移开，磨具就自动停下，然后用铁铲从碾槽里将碾碎的茶籽粉铲进特制的木桶里，这道工序就算完成了。

## 碾茶籽车

写到这里，有必要描述一下古式油茶磨坊。榨油茶的第二道工序，其实就是辗茶籽，茶籽是大人们用箩筐一担担挑来的，都在太阳下晒了些日子，然后进焙屋烘烤，待烘干后，就拿到磨坊里去碾碎。今天我们所看到的是碾压机器，碾得快速，但和古式碾压工具相比，细碎程度难以相提并论，就是说古式工具碾茶籽更科学，更绿色，更原汁原味。

古式碾压茶籽的工具，又叫磨车，大小有一丈多宽，圆圆的，装着几个钢式轮子，轮子上面是木制碾具，由一根大轴杆连接着，延伸到屋外面。屋外面是一个旋转的水轮，水轮上面，一股巨大的流水，飞泻而下，推动着水轮，水轮再带动大轴杆，助推碾磨工

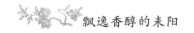

具旋轮，然后由那几只钢轮使劲碾压茶籽，形成细碎的茶籽粉，茶籽粉贼细，腻滑，几乎要流出油来。整个流程环环相扣，步步相连。

我们进到磨坊里，趁着大人们没在的空隙，跃上飞速行驶的碾具上，像爬车一样，双手紧握着木制碾具，一双脚高高翘起，顺着旋转的工具，快意享受着"过山车般"的惊险感受。

### 木甑蒸茶粉

茶籽碾磨好后，就是倒进木甑里去蒸烤。木甑热腾腾的，甑下是一口大铁锅，锅下是柴火灶，一把把干枯的柴火，红红燃烧着，将大铁锅的水烧得沸扬，将甑里的茶籽蒸得湿透，香溢四起。

### 踩枯

接下来，就是踩枯。耒阳话叫"呼"，专指油茶籽压成的大饼，由稻草、茶籽饼等组成。茶枯的用途是很广泛的，例如洗衣洗头发，例如醉鱼。关于耒阳茶枯醉鱼，那可能是世界上最原始、最聪明、最独特的方法，彰显了耒阳人的文明，有关醉鱼的故事，我将另写专文叙述。

踩枯是很讲究的。踩枯者要打赤脚，而刚刚从甑上倒出来的茶籽粉，烫得非常厉害，一般人连手都不敢摸，一摸就会烫伤手。但踩枯者却赤手赤脚，把滚烫的茶籽粉用稻草裹着，再将铁环摆到地上，然后一脚一脚地踩，直到踩成一个枯，踩枯者除了手脚麻利，还有一定技巧，做到既不伤脚，又能保证枯的热度，热度亦是最后能榨出多少油的保证。铁环呈圆形，一般有十八个，要一个一个分开踩，每一榨大体能容纳十五至十八匹枯。

### 上榨

最后一道工序，就是上榨榨油。榨，耒阳人亦称木榨，木榨有一丈多长，四五尺高，一般以凿树、樟树为原木料。树必须是百年以上大树，由人工从中间挖一个圆洞，长约六尺，直径为十二尺左右，能容纳下十八匹左右的枯。

当踩枯者把十多匹枯都置入木榨圆洞中间后，榨油便正式开始。榨油工匠先往枯中央插一个木尖，然后操一杆木槌，亦称油锤，油锤长约一丈，靠榨的一头包上了铁块，锤尾稍小，两边安了软绳。

榨油时，由工匠师傅操锤尾，两边各站两个彪形大汉拉绳，工匠师傅一声喊，众人用力，油锤"呼"的一声，不偏不倚，便打正了那个插在枯中间的木尖，木尖往里一挤，一股热乎乎的茶油便从木榨底部流出来，流进早已摆好的油桶里。

整个榨油工序，大体如此。最后的榨油工匠师傅，是重中之重，他掌握着榨油量的多少，也操控着榨油坊的各种技术，乡下人也喊火候。换句话说，一个榨油坊，掌锤师傅就是实际上的"榨坊长"。

"榨坊长"一般都是上了岁数的人，在榨油坊摸爬滚打了多年，技术熟巧，又有责任心，在榨油坊吃住，一待就是一个冬天。

我小时候见过的那个"榨坊长"，姓陈，已经 70 多岁，身材瘦小，平时走路好像都走不稳。但他操起油锤来，却像换了一个人，喊声洪亮，每一锤都能准确无误击中榨中的木尖。有时候，陈师傅操控油锤榨油时，还能腾出一只手来，呼呼吸着一杆旱烟，潇洒至极。

榨油坊，托着乡间很多人的梦想，一年的收入，他们都依靠茶油来支撑。卖油换钱，上圩买年货，过上一个热热闹闹的春节。

处处榨油坊的历史，仍然历历在目。远去的榨油声，带走了古韵，却带不走油茶的醇香。近年来，耒阳正在大力发展油茶产业，无疑，古式榨油坊已被挤对得失去了它的存在价值。但是，面对绿色食品日渐兴起，面对全域旅游的方兴未艾，耒阳的有识之士应该考虑在一些特定地方和特定厂区，重建古老榨油坊，让更原始更健康的油茶产品重新焕发古韵风采，成为餐桌绿色的佳肴。至少，可以在开放的旅游中，让游客领略到千年古县耒阳榨油坊的远古风韵，这应该是一笔潜在的财富。

（此文在人民网、光明网等发表）

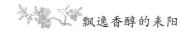

# 汤泉胡家湾，镶嵌唐风宋韵

镶嵌唐风宋韵的胡家湾，从历史深处走来，厚重而又极具传奇色彩。对于今天的人来讲，挖掘记录好这些历史，这些传奇，才是对本土文化的一种传承，一种最好的弘扬。

### 残砖断垣——仍含唐风宋韵

走进东湖圩乡汤泉胡家湾，古朴的气息扑面而来。古屋、古屋柱、古厅屋、古廊、古桅杆、古石墩、古青石板路、古天井……让人眼花缭乱，宛如打开一扇厚重的大门，把你带进尘封的历史，去领略远古耒阳的风采和文化内涵，去了解千年古县的民风民俗，去穿越时空，阅读古人耐人寻味的传奇故事。

站在这个气韵古拙的村湾面前，我仿佛握着一张迷离的画卷，徐徐打开，盈一袖浓浓的沁香，携一袭艳丽的绸缎，平坦而又自然的，把自己揉入唐风宋韵里，循着远古的足迹，去悠悠的亭台楼阁中，欣赏帘卷西风、小桥流水，去赞叹耒阳先贤博大精深的本土文化。

汤泉胡家湾，地处耒阳东乡和永兴县交界处，旧时，这里崇山峻岭、山峦叠叠、古木参天、水流潺潺，是典型的湘南风貌。而在胡家湾不远处，便是闻名遐迩的汤泉温泉。胡家湾鼎盛时期，有一千多号人，分四个连绵在一起的小村，现在有四个村民小组。

从外表上看，今天的胡家湾门前那栋屋，仍然保留着古香风韵，青砖青瓦，几十根木柱矗立门前，大门口石墩散发光泽，厅屋里画栋雕梁。由于整个村庄在原址上建了不少新房，只能断断续续在一些空隙地发现一些远古痕迹。透过这些残砖断垣，仍能感受这个古村远古时代的恢宏气势。

### "征东恩"——胡万培公义助薛仁贵？

东乡人好客，在胡家湾显得尤为突出。我走进湾里，只要遇上人，就会喊我进屋呷茶。77岁的胡瑞龙老人，除了煮一壶茶、摆一桌花生瓜子土产品给我吃，还张罗着要弄饭给我吃。我再三婉拒，连声谢谢，才拒绝老人的好意。而在胡瑞龙老人随后讲的一个故事里，更验证了胡家湾人自古以来就非常好客，而且乐善好施。

胡瑞龙老人和83岁的胡丙科老人共同为我讲述了一个胡家湾人收留施救唐代征东名将薛仁贵的故事。据说，胡家湾开基祖公胡万培公家财万贯且急公好义，有一年，一位身材高大穿着寒酸的北方人，因病落难住在胡家湾猪栏屋边，胡万培公得知后，天天派人送饭给他吃，还请草医为他治病。北方人病愈临走时，胡万培公还给了他一些银两做盘缠，北方人非常感激，向胡万培公连磕了三个头。后来，北方人发迹，成为一代名将，但仍不忘胡万培公施救之恩，从长安派人刻一块匾额，敲锣打鼓送到胡家湾来。这时胡万培公才知道他所救助的是唐太宗麾下的征东大将薛仁贵。薛仁贵所送的匾额，上面写着三个大字：征东恩，并落款题上了薛仁贵的名字。按照古代礼节，这块匾额悬挂在胡家湾正大门左上方，一直用绸缎布相衬，世代相传，直至20世纪70年代。

胡瑞龙有些悔意地说，这块匾一直悬挂在他家大门口，由于他父亲读书少，大概在20世纪70年代中期，因为当时木材缺乏，他家要建厕所，父亲居然砸了匾，锯成几块细木板当作厕所跳板使用了，真是可惜。但他和湾里很多老人至今都记得这个匾额的字，还有大小样式。按照胡瑞龙的描述，此匾长一米多，宽三四十厘米，字迹是烫金的，包括薛仁贵的落款和年代都有，具体内容不记得了，但"征东恩"三个字谁都背得出。

这个故事的真实性毋庸置疑，胡家湾很多人都记得滚瓜烂熟，但胡丙科老人告诉我，湾里的族谱却没记载，问其原因，他也不知。我没有查看胡家湾的族谱，不敢妄言。但根据故事推测，薛仁贵生于山西，其生前落难于几千里以外的耒阳，似乎有些不合常理。但有一点可以肯定，薛仁贵所送胡家湾匾额，绝对是真事。

我在了解这个传奇故事时，66岁的胡正生介绍说，其实薛仁贵当时是到胡家湾募捐物款去征东，胡万培公鼎力相助，所以后来凯旋时才送来匾额。按我臆测，薛仁贵征东前夕亲自赶往耒阳募集钱物，应该不太可能。

只有两种情况合乎情理：一是朝廷发动地方豪商富户募捐，胡万培公慷慨解囊，而且数目巨大，所以薛仁贵亲赠匾额，以示感谢；二是薛仁贵手下有将士是胡家湾或耒阳人，在征东前夕回乡募款，大财主胡万培公大手笔相助，薛仁贵征东胜利之后向胡家湾赠送匾额。具体真相如何，只能留待进一步考证。

从薛仁贵赠送匾额这件事中，我们可以看出，胡家湾祖辈胡万培公这个人，应该是相当显赫的一个人物，其不仅非常富有，还非常慷慨大方和乐善好施。这一点80岁的胡已富老人讲得最为详细，亦绘声绘色。

据说，胡万培公当时在耒阳东乡，是有名的大财主，当地人称之为大财胡。他家良田万顷，山林几十里，佃户多不胜数，家里长工丫鬟一大堆。他家鼎盛时期，可以一掷千金，开仓济贫，但也有疏忽小节的时候。有一次，一个盲的算命先生来到胡万培公家看八字测手相，管家将其安排在厢房，先吃饭，不经意间，管家将一份红米粗粮让算命先生吃了，先生是个盲人，不知也没在意，但旁边看热闹的小孩却拍手喊算命先生吃"狗粮"。原来，在富有的胡家，粗粮只是用来喂狗的。算命先生听后一惊，脸色突变，但未发一语，当胡万培公请他看八字时，他动了心机。

这位算命先生懂些八卦之类，有些本事，他居然说胡万培公眼下虽富贵，但后人再难以大福大贵，主要是一个丫鬟犯了大忌，算命先生清楚指出这个丫鬟身上长了三根长黄毛，要想胡家继续兴旺，必赶走包含此丫鬟在内的十八个丫鬟仆人。胡万培公派人一验证，果然那丫鬟身上长了三根黄毛，胡信以为真，立即将十八个丫鬟仆人赶走。没想到，那个丫鬟其实是一个有福之人，是她在护佑胡万培公家族。十八个丫鬟仆人一走，胡家立即衰败，后来难以为继，把山林、田土卖了一大半。而那十八个被赶到湘西湖北去的

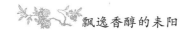

丫鬟仆人，却人丁兴旺。

暂且不说这个故事的真实性，但透过这个故事，可以印证当时的胡万培家族确实非常富有，一下便可赶走十八个丫鬟仆人，那么留下的还有多少？十个，还是几十个？甚至上百个都有可能。这也从另一个侧面验证胡万培公资助征东将军薛仁贵的可信程度。

## "扬名帝都"——祖上曾是皇帝宠臣？

胡万培公及胡家湾既然和传奇人物薛仁贵牵上了关联，那么可以肯定，汤泉胡家湾的开湾历史已逾千年，具体年代应是唐太宗时期。唐朝风韵，唐代文化，曾经在耒阳这个偏僻山村，熠熠生辉，传承文明，影响后代。试想一下，当时的胡家湾，炊烟袅袅，楼台亭阁，绣楼书屋，处处琅琅书声，处处吟诗作画，该是多么盛况空前？

66岁的胡贱南告诉我，他们胡家湾是从三都搬迁过来的，由于老族谱早毁于一旦，具体沿袭恐怕很难在今天修缮的族谱中记录清楚，但胡家湾历史，厚重而古远，这是明摆着的。他听上辈人讲过，胡家湾上品级的官员，不是一两个，而是多人，仅他们知晓和见过的，村里就有三个石桅杆，一个比一个高。按照封建礼仪，可树石桅杆的官员，不能低于正六品，县官是不能树的。胡贱南说，他听爷爷讲，最大的官是正三品，至于是什么官职，谁也说不清楚。

除了石桅杆，另有一个匾额也能显示胡家湾的地位和人物显赫。胡已富老人介绍，在他住的正厅屋里，曾经悬挂过一块"扬名帝都"匾额，据说是宋代一位皇帝赐给胡家湾一位先人的。20世纪60年代，著名作家萧也牧下放东湖，在看到这块匾额时，曾对人说，胡家湾古代出过大人物，至少是二三品以上的官员，而且立过功勋，深受皇帝厚爱。然而，这样一位大人物，《耒阳市志》并无记载，胡家湾人也不知其具体姓名，真是让人遗憾。

历史上胡姓名人并不多见，耒阳胡姓只出过一位胡文璧。根据年龄推算，胡文璧生于明代，当过员外郎中、按察使，官拜正三品，更是皇帝近臣，这块匾额是否是明代皇帝赏给胡文璧的？似乎更合乎历史逻辑。不过这只是我个人的猜测，也许另有其人。

镶嵌唐风宋韵的胡家湾，从历史深处走来，厚重而又极具传奇色彩。走进这里，的确有一种敬仰和敬畏感，既是对胡家湾历史，也是对耒阳历史。对于今天的人来讲，挖掘记录好这些历史、这些传奇，才是对本土文化的一种传承，一种最好的弘扬。

（此文在新湖南网络发表）

# 耒阳东乡，导子铁锅和浔江砂锅的传奇历史

    耒阳东乡是一片神奇的土地，如果把耒阳西乡喊作一片黄土地，那么耒阳东乡就是一片黑土地。西乡石头多，东乡煤炭多，一方山水养一方人，一方土地育一方传奇。譬如东乡，由于自古就盛产乌金，所以聪明智慧的东乡古人就充分利用煤炭烧制一些传统产品，如陶瓷、铁锅、砂锅，等等。作为一个耒阳记者，我极为热爱耒阳这片土地，也喜欢搜集一些传统东西加以宣传。大约在 20 世纪 90 年代初期，那时候我当记者不久，信奉着新闻前辈留下的名言，"脚板底下出新闻"，经常深入耒阳各个乡镇去采访。

    由于交通方便，我经常乘车去东乡各乡镇采访，而导子、浔江、沙明等地则是我光顾最多的地方。那时候乡村公路坑坑洼洼，又是泥巴路，尘土飞扬，但为了第一手资料，我全然不顾，到了乡镇就要走村入户采访。例如一到导子镇，我就喜欢到通林、中山坪村等有特色的村庄走走，接触一些新闻素材。在通林村，祖传秘铸铁锅的陈炳连师傅，就是一个很有故事的人物。陈师傅热情好客，又不厌其烦，所以我经常待在他的铸锅厂，架着摄像机拍纪实片，一拍就是几天，断断续续拍过几年。可惜那些珍贵的影像资料都丢弃了，没有保存下来，至今想起来仍有些遗憾。但影像资料没保存好，文字稿却留了下来，包括我发表在湖南人民广播电台的人物通讯，省台打印的播出稿，均保存了下来。还有我采访的浔江砂锅烧制技术，也是丢失了影像资料，保留了发表在报纸上的东西。几十年一晃而过，这些东西早已在这些地方消失，传统工艺难觅了踪迹。但其实耒阳很多传统产品，都可以重新开发起来，这些东西是有生命力的，也可造福社会，更可以拉动耒阳经济。

    现在来说说东乡的铸铁锅和沙罐烧制。铸铁锅是中国一项沿袭了两千多年历史的工匠技术，自从上古炼丹技术开始，到春秋战国的铁器制造，古人早在公元前即掌握了铸铁锅技术，而耒阳导子的铸铁锅历史，据说已经有二千一百多年，这不仅印证了耒阳文明历史的久远，也从侧面反映耒阳这块昔日楚国的所谓蛮荒之地，其实文明程度远远超出想象，铸铁锅技术的成熟运用，不仅告别了原始社会的生食食物，而且推动农业生产和饮食文化的发展，可以说具有划时代意义。神农创耒只是改善了农业耕作方式，只有铁器的广泛运用，才将人类生产生活提高到了一个更高层次的文明程度。在导子通林村，20 世纪八九十年代仍利用古老技术铸铁锅的陈炳连曾说，他家的铸铁锅技术是祖传的，传男不传女，其核心技术熔铁水铸铁锅虽表面看似简单，实际却有一套复杂的工序，包括熔铁时的火候、煤炭或木炭烧火时的使用量等，都有严格的分寸，多或少都无法达到铸铁锅所需力度。特别是最后从熔铁丹水中灌注铁锅，非常有讲究，一般是一勺一口锅，一气呵成，没有过硬技术，锅的质量就会下降，或易破损，或厚度不够。陈炳连还说，他祖上自开铸铁锅厂以来，一直讲究质量，生产出来的锅，薄厚有度，经久耐用，其产

品曾经是闻名岭南的走俏货，据说衡阳府一带的人上广东挑盐，一般都会从耒阳东乡导子陈炳连祖辈手中购一口或两口锅子，去韶关圩市卖掉，再换一担盐挑回来，所以导子陈氏铁锅一直名声在外，曾让很多人慕名来购买，但由于生产数量有限，外地人常常要提前半年甚至一年预订，才能够买到锅。

至于导子铁锅的好处究竟在哪里，当地一些上了年岁的老人曾经神秘地说，可以挡鸟铳沙粒，可以拒飞沙转石，可以背在身上防雨。据说，太平军路经耒阳时，特意派兵将导子铁锅厂洗劫，还掳走几个陈炳连祖辈，随起义军打铁铸锅。又据说，后来太平军盘踞金陵后，几家铁锅铸造厂均由耒阳导子人当掌勺师傅。掌勺就是往铸锅模子里倒熔化的丹水那个人，需要非常过硬的铸锅技术。陈炳连则说，他听爷爷讲过，他们祖上曾随太平军作战，曾铸"米筛"般大的铁锅用于行军做饭。据说这样的大锅不仅是做饭的好炊具，还是太平军攻打城门的遮挡工具。当时作战已无弓箭，想必是用于遮挡火器和鸟铳沙粒了，这也从侧面验证，导子铁锅的坚硬度是非常了不起的。

导子铁锅最大的与众不同处，就是经久耐用，这个功能，对于古代那些贫困人家来说，无异于宝贝，一口锅可以用十几年几十年甚至代代相传，这当然是求之不得的事。中华人民共和国成立后，随着人民生活水平的不断提高，锅子对于一个家庭来说，已是可以随便调换的炊具，但一口锅反反复复使用几年还是经常现象，所以以前那些补锅匠还是拥有一定市场的，据说导子陈氏家族铸的锅，最多可以翻补八次，这算罕见了。再后来，由于铝制品、锡制锅等炊具的不断涌现，铁锅渐渐走向衰退。我去采访陈氏家族铸铁锅时，他们每年的传统工艺生产已经很少，而陈炳连则是从灶市钢铁厂购买废弃钢铁铸造铁锅，我后来还为此写过这方面的新闻。

到了20世纪末，导子通林村的铸铁锅厂就基本消失了。至于陈炳连师傅，当时我采访他时近五十岁年纪，如果如今健在，也是八十多岁的老人了。一个沿袭了千年历史的祖传铸铁锅工艺，就这样退出了历史舞台。而如今随着人们对健康生活的追求，铁锅这种对身体只有益处没有任何害处的炊具，再次受到消费者热捧，假如导子通林村陈氏家族的铸铁锅厂能够重新开办起来，会不会再兴一股产品俏销潮呢？这也是留给正在转型中的耒阳人一个值得思考的问题。

下面我就来说说更加具有传奇色彩的浔江砂锅。砂锅的成分有煤炭灰，所以在东乡浔江这片土地上，20世纪80年代，在乡镇小煤窑开采最火爆时期，浔江到处是星罗棋布的煤矿，还有滚滚烟尘的运煤车辆，加上小河里流淌的黑色水质，和山坡上飘浮的炭渣，让这里成为真正的黑土地，而砂锅，一样是黑黝黝的色彩，让黑色这个主色调更加浓墨重彩。

但砂锅却有一种"出淤泥而不染"的成分在里边。砂锅，亦叫沙罐、陶罐。耒阳人不喜欢喊沙罐，主要是耒阳土话有句骂人的话叫"沙罐婆"，意指你这个人很傻，宝里宝气。所以真正意义区别于铁锅的沙罐，耒阳人却热衷喊作砂锅，但同类型的煎中药用的陶罐，却仍习惯称之为沙罐子，这也许是对沙罐用途的一种区别，因为沙罐还有更多其他的用途，譬如煮饭、熬汤、蒸鸡肉、熬粥，等等，做这种文雅的事又和饮食有关时所以叫砂锅，而煎药治病是祛邪气，所以只能叫沙罐子，管你宝不宝气。这也证明耒阳土著文化的深奥性，外人是一下看不出原因，一个称呼藏了这么多规矩或曰道理的物件。我记得鼎盛时期，浔江沿浔江河一片有很多烧制沙罐的窑厂，大都紧靠在山坡一块空坪处，四周垒着高大的陶窑，冒着热腾腾的烟雾。

我采访过的浔江砂锅厂，位于董溪煤矿往南一片竹林之间，老板姓王，四十多岁，他父亲已经七十多岁，据说老人十几岁开始烧窑，掌握了一套秘制烧陶技术。陶窑由青砖和石头垒砌而成，底下是一个窑炉，炉边有两个小孔，一般情况，先是往主炉添火，再将小边炉的火势时关时息，有时需要大火，有时则要文火，有时也要关密，总之要一套相当成熟的技术，当火势封密后，就叫作封窑大吉，大抵十天半月后，待窑炉冷却，便往窑顶浇些清泉水，工匠称作点花窑，又称续火，这种最后点缀，如同铁匠的熔铁浸水功，非常重要，祖传秘方大至在这里发挥得淋漓尽致。续火成功后，再冷却三天，便开窑出品，一只只大小不一的砂锅便应运而生。据当时的王老师傅介绍，每年秋风渐凉，是烧制砂锅的最好时候，一般可以赶上这个时间烧制三窑砂锅，不能再多，再多就是次品。所以浔江砂锅又叫秋罐、金罐。一窑砂锅大概可烧制出大大小小形状各异的砂锅三百只，除去次品和水货，能上市面销售的也就二百只左右。上世纪八九十年代，每只售价5毛到1块，最贵2元，一窑罐子可收入三百元左右，王老师傅一家一年收入可上千，当时一个城市职工的年收入也就几百元，因此在浔江开陶窑的老板，也许比不上乡镇企业煤矿矿长的收入，但比种田的收入，要高许多倍。最关键，烧窑师傅都是祖传技艺，当一只只砂锅被拖拉机拉走，成为千家万户的家庭炊具时，他们的成就感也突显出来。

浔江砂锅由白泥、黄泥、煤炭等原材料配制，手工做成模型，然后放于窑炉中烧制。这种砂锅表面光滑，呈淡黄色，有二十多个品种，有筒式、锅式、钵式，大的如小水桶，小的似饭碗。用这种砂锅炒菜，放少许油烹调熟后，其色彩格外鲜亮，味道香醇，用它熏腊肉，不管火势多旺，绝不会熏焦，用它蒸饭，吸水快，饭喷香，特别用它熬粥，不仅味美，而且大热天存放家中，一两天不会馊，颇具神奇功能。曾任浔江乡企业办主任的王平先生，曾讲过一个故事，他说听老辈人讲，浔江砂锅在明朝时期，曾被一位耒阳县令带至宫中，为皇上演示大热天存放东西不发馊的奇效。据说当时浙江也有一官员带闻名天下的台州陶罐去演示，结果浔江砂锅在闷热的夏天，熬制粥后存放三天，色彩味道均完好如此，而台州陶罐在存放三天后变味变馊。皇上龙颜大悦，批准浔江砂锅为贡品，但当时湖南在京官员稀少，而江浙一带达官贵人多如牛毛，后一江浙官员上奏，说浔江砂锅恐掺和了一些草药之类的成分在里面，用其烹饪和存放食品，恐怕对龙体有影响，加上宫中医官亦附和，皇帝就收回了成命。当时的明朝尚无夏天储存食品的最佳方式，只能用地窖，如果浔江砂锅被采用于储存功能，未必不是一件好事。虽未成宫中贡品，但耒阳浔江砂锅的神奇功能仍不胫而走，曾来购买浔江砂锅的商贩是络绎不绝。据说，鼎盛时期，浔江砂锅被广东商人装上船只，销往南洋一带。

随着销路的拓展，浔江砂锅在清朝得到最大发展，最多的时候，据说有窑罐厂二百多家，真是蔚为壮观。到了上世纪八九十年代，浔江乡仍有几十家几百农民从事砂锅烧造，每年虽投放市场十多万只，仍无法满足市场需要。只是如今，随着打工潮的兴起，随着其他产业的发展，浔江已难觅一家砂锅烧造厂了。曾经享誉四方的传统产品，就这样渐

渐衰落，直至难见踪迹。

近年来，耒阳经济在转型，出路当然很多，但各个乡镇如果能够将一些传统而又具有实用功能的古老产品重新开发起来，相信对耒阳的经济发展，会带来促进。导子铁锅、浔江砂锅，这两个曾经创造过奇迹和影响力的古老产品，又是真正意义的绿色无污染且有益于人体健康的产品，如果能够重新打造开发起来，相信一定会再次成为俏销产品，造福于耒阳。

# 三都镇文冲重阳湾下，北宋古风今犹存

　　走进这里，才会感受耒阳历史的厚重，翻开族谱，才会领略耒阳文化的风韵和传承。三都镇文冲村重阳湾村，一个并不起眼的古村，却蕴含着令人惊叹的历史故事，书写着千年古县耒阳的民风民俗，传承着耒阳远古文化的博大精深。

　　我是以敬畏的心走进这里，就像曾经走进永兴板梁古村一样。虽然文冲重阳湾古屋原貌和板梁古村原貌难以相提并论，但历史的厚重，文脉的沿袭，人物的风采，完全可以并驾齐驱。只要我们深层次了解，就会得出结论，千年古县耒阳，真是深厚得让人窒息，让人叹为观止。

　　板梁古村，建于七百多年前的宋末，该村不仅建筑风格古色古香，历代名人也是层出不穷，最大的官为五品，还出过不少举人、秀才。我在参观板梁古村时，当地人最啧啧称赞的就是一个村出了那么多名人如何了不起，似乎你们耒阳很难有类似古村。我心里是不服气的，但也不敢拿一个具体村庄去和人家相比。这次来到文冲，一了解这里的历史，我底气不仅十足起来，而且可以这样认为，耒阳这类具有厚重历史文化感的古村，应该不少，文冲重阳湾便是其中之一。

## 开山鼻祖陈延海

　　先说建村历史，据该湾陈氏房谱记载，为宋真宗年间，当时亦称北宋，远早于板梁古村的宋末。也就是说，这里已有九百多年历史，真是年代久远，古韵悠悠。重阳湾开山鼻祖叫陈延海，他老家在福建莆田，宋真宗年间，陈延海的父亲在郴州一带为官，剿"蛮夷"有功，获皇帝赏赐，将流塘、下石桥一带 7500 亩土地赐封给陈延海的父亲，陈父便将赏赐的田地转交给大儿子陈延海。于是，陈延海带着妻子儿女，来到流塘附近的文冲，择地建房，繁衍后代。文冲当时叫梅冲，想必是梅花盛开的地方。"梅""霉"同音，并不吉利，后来改名文冲，另有一番故事，这里暂且不表，留待后面述说。

　　古人建村是极为讲究风水的，当初陈延海来到文冲建村，看中的就是一片山谷，这片山谷中有一股清泉，有两株一公一母的重阳木，陈延海便将湾名唤作重阳树下湾，一直沿袭至今。令人称奇的是，这两株"夫妻树"至今生长茂盛，而那股泉水也没有断流，只是流量比以前更小了。

　　文冲重阳湾的建筑物，深受中原文化和闽南文化的影响，其房屋采取中轴对称办法，按照封建礼仪，分天井、正厅屋、梁柱等几个主体进行布局，外观亦有徽派风格，屋檐则有湘南土居成分。据该村陈紫春先生介绍，他们的祖屋，以框架木柱建筑为主，分梯形层次，由外到内，要依次上台阶，厅屋两边木柱隔开天井，再延伸湾中央。陈先生告

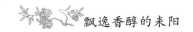

诉我，以前他们湾中的柱木正厅屋，和上架下庄并称为东乡"落雨天湾中走，半里不湿脚"的村庄，显赫一时。只是如今随着时代的变迁，古建筑早变成断垣残壁了。但是，整个村庄的骨架尚在，虽然和南乡一些大村无法相比，但在东乡，仍属于比较大的湾村。

## 人才辈出代代传

开村以后，这里就是一个注重教育、崇尚传统文化的地方。最早，他们湾中的私塾就有两家，后来发展到整个文冲的初级教育都集中到这里。浓厚的重教氛围，让这里人才辈出，其中五品以上的官员就有两个，这和板梁古村相比毫不逊色。至于大大小小的秀才举人，更是层出不穷。

陈希郁，字守山，文冲重阳湾下人，自幼聪明，能文能武，后投身军旅，转战南北。陈氏族谱记载其曾任广西桂林府守备，但宋朝并无守备官职，我臆测，由于陈氏族谱修撰于民国初年，恐将历代官职混为一起。守备是明代官职，类似军分区司令，而宋代一个州府的军事"司令"，则称刺史，正五品，和知府官衔同级。陈希郁官拜桂林刺史，任期长达15年，后卒于大宋天圣二年，也就是宋仁宗年间，后归葬于文冲，家眷及后代则留在桂林，其支系陈氏族谱亦有记载。

陈守朝，字象九，生于清顺治六年，卒于雍正四年初，曾官拜从三品的游击将军，在清绿营军中摸爬滚打多年，参加过对吴三桂的平叛，战功显赫，文冲陈氏族记载其为"征南将军"。我查了历史，清朝并没这个官职，游击将军以上为参将，如若陈守朝升职，应是参军以上官职。但也有这种因素，因陈守朝平叛有功，朝廷授予其"征南将军"荣誉军衔，这是极有可能的。文冲重阳湾下对陈守朝及为尊崇，不仅族谱记载清晰，而且至今保留着他的画像。我在79岁的陈靖球老人家里，就看到陈守朝的戎装照悬挂在墙壁上，一袭的清朝武官装饰，栩栩如生。

## "征南将军"陈守朝

关于陈守朝，在当地又引申出一个民风民俗故事。那是某年大年三十的早上，在外征战多年的陈守朝，好不容易回家过年，和父母团聚，但大年三十早上，母亲刚捞饭煮了一锅粥出来，就见朝廷派出飞马传令兵，持一封加急文函，让他火速率兵去广西边陲作战。军令如山，陈守朝匆匆忙忙只吃了一碗母亲煮的粥，就带到随他而来的几个亲兵，跃马扬鞭，奔赴军营，领兵作战。这年春节，在边陲作战的陈守朝以身殉国，战死沙场。噩耗传来，陈氏全族极为悲痛，为了纪念他，家族立下规则，村民早上只能呷粥，不能吃饭，后来延伸为除了吃粥，糕点、面条、米粉都不能吃。特别是大年三十，早上要以粥为供品，祭祀陈守朝这位先贤。

这个风俗，和马水地区祭祀清建威将军刘厚基有异曲同工之妙，这证明耒阳民风民俗的悠远历史，包含的传奇故事。更见证耒阳文化的自成一体，博大精深，令人高山仰止。

文冲陈氏家族自陈延海开基繁衍后，人丁旺盛，其主体始终在重木湾下生活，人口三四百人，其间，也有几次大的迁徙，耒阳本地不算，最大一支迁徙是湖广填四川时代，文冲陈氏家族一次性往四川阆中市迁徙一百多人。阆中陈姓后人一直在寻根问祖，没有间断。据我分析，当时文冲陈姓家族，至少有一半人迁徙到了四川。所以四川这支陈延海后人，繁衍人口已超过千人。

据陈靖球老人介绍，四川阆中陈姓族人，中间又经过了几支分衍人口，其中有一支迁徙到了四川乐至县。这支陈姓族人名人辈出，最有名望的便是大名鼎鼎的中华人民共和国十大元帅之一——陈毅。据说，陈毅的后人已基本认定耒阳文冲为其先祖居住地。真相如何，由于没有具体文字资料，我这里暂且列为"疑点"，待以后陈姓家族修谱确认后，再专文述写。

陈毅元帅能文能武，是大诗人和军事家、外交家，如其祖辈和耒阳文冲陈姓家族有渊源。那么，更加印证文冲这支陈姓家族文化底蕴丰厚，人丁兴旺，人才辈出。

## 地名渊源：从"梅冲"到"文冲"

出人才历来是文冲重阳湾下陈姓人引以为傲的事。话题回到文冲改名这件事来。陈延海当初在重阳湾下开村，文冲峒还不叫文冲叫梅冲，由于"梅"和"霉"同音，所以历来视为不吉利名称。但名称是古人命名的，轻易不能乱改，即使改也要压得住阵脚，被外界接受。

据陈紫春介绍，后来梅冲改名为文冲，得益于一次名震全耒阳的科举考试。有一年，文冲峒 12 名读书人，还有一名书童，一共 13 人，集体到衡州府参加科考，结果不仅 12 名读书人全部考取了功名，连那名被人瞧不起的书童，也考中秀才。这件事立即在四面八方引起轰动，当时文冲一些长者，趁机将悬挂在他们心头的"霉冲"改名文冲，寓意文人光耀文冲。此名一起，好评如潮，后来渐渐被外界认可，一直沿袭至今。

文冲重阳湾下，从北宋走来，风风雨雨，潮起潮落，文化从未间断，历久而弥新。如今，随着时代的发展，古村建筑早飘飘欲坠，一栋栋新房取而代之。但是，一座古村，就是一段历史，一座古村，就是一段文化。如何从残砖断垣中挖掘珍贵的文化，再加以整理并传承，是摆在当代人眼前最迫切的事情。

# 三合圩，自成一体的边缘贸易和边界文化

　　地域边界文化，一直是我关注的话题。位于耒阳西南部的三合圩，就是典型的县域边界文化。三合圩历朝历代以来就是"三不管"，由于这是耒阳、桂阳、永兴三县的接合部，加上历史形成的边缘贸易，所以三合圩便自成一体，聚合成包含三县风俗民情的独特文化。语言，其腔调也介于三县口语之间，独辟蹊径，成为一个圩场通用语言。这是我所接触的边界文化中，最值得记录的一件事。

　　三合圩，顾名思义，三个地方合建的圩。这个圩场始建于明朝末年，距今已有三百多年历史。关于三合圩的形成，71岁的李光荣向我介绍，他听老辈人说过，这个地方地势险要，旧时一条青石板路贯穿南北，又有几条小路在这里汇集，所以就成为交通"枢纽"，再加上周边三县湾村人口的分布，恰好可以从这里集中，就渐渐变成三县物资的交汇处，当时各种山货和外来货，如舂陵江罗渡口上岸的货物，都会在这里汇聚，然后再分散到各地。

　　物资汇聚久了，便形成一种规律性，最后由三县族群中有地位的长辈提议，约定每逢农历三八，为统一贸易交易时间，最后慢慢衍变，便成为三县交界处的一个集贸市场。因为融合三县文化，经耒阳一位读书先生倡义，取名三合圩。地名由此形成，边缘贸易由此开始，边界文化也在这种氛围中融合而成。

　　关于三合圩的地理位置，也值得交代一番。五月的一天，我们一行从罗渡口开车，沿欧阳海灌区东支干渠，爬过重重山岭，往南行驶半小时，便到了一片峡谷山地，往东，是陡峭山峦；往西，是悬崖山岭。在这片峡谷地之间，就是三合圩。如果不是开圩的日子，三合圩就是一个普通山村，只是村中央有条马路，马路两边有些房屋，房屋前面落下几条长板凳，显然长板凳是用于摆设摊点的工具，还有一条窄窄的理发巷，几位老人正围坐在一起理发。

　　街面上还有三三两两坐在一起闲聊的老人。面对我的提问，老人们都非常热情，侃侃而谈，娓娓向我介绍三合圩的历史沿革和风土人情。

　　三合圩历史沿革，就是耒阳、桂阳、永兴三县交界处的一个"三不管"的集贸市场。三合圩形成和占地方式，也可以说是非常独特的。靠北一片地，属于耒阳人所有，当初只是一二十号人，现在发展到一百多号人；而靠西一片地，则属于桂阳人拥有，他们也由最初的几十号人，发展到如今的二百多号人；永兴人占地靠东，历史以来就人口占比少，如今在三合圩，永兴人也只有几十号人。三县人共同建房，共同生存，共同贸易，形成共同的繁衍空间。

　　65岁的邓候友老人向我介绍，三合圩居住的三县人，姓氏为李黄陈贺邓，几百年前是这五大姓，现在也是这五个姓。姓氏又覆盖融入周边三县同类姓家族中，例如邓候友家族，就认同耒阳长坪邓姓家族，而永兴邓姓人家，则以永兴邓氏家族为宗亲。这种分县认祖归宗的方式，应该和圩场成立时各县姓氏宗族的传承有关。

邓候友向我介绍，由于三县人都不愿归附对方县管辖，三合圩的管辖范围，也颇有边界特点。耒阳这一百多号人，表面服从耒阳长坪乡破塘村管辖，大体在人大代表选举、党员组织生活方面，三合圩的耒阳人都要服从破塘村领导，其他事则和破塘村无关。而桂阳县那两百多号人，则归属桂阳县雷坪镇陈溪村管辖。永兴县那几十号人，则服从永兴油麻镇竹溪村管理。换句话说，在行政管理上，三合圩归属的是三个县。邓候友说，即使是在清朝和民国年间，官方性质的管理，也是划归三个县。各县都是互不干扰，互不买账。

至于三合圩开圩日子的贸易交易，按理，应该有个官方机构去管理，旧时叫收盐税，后来叫工商管理，但由于三县形成不了统一意见，加上各县人只服各县人管，所以历来争执不休，后来干脆谁也不管，成为真正的三不管。最关键的是，三合圩开圩交易，都是附近村民的日常用品和生活用品交易，充其量再加上土特产品交易，所以本身就形成不了多少"税"额，而且又极大地方便了三县边界村庄的众多民众，慢慢"三不管"便成了习惯。三合圩变成了没人管，没有任何官方色彩，真正自由的商贸交易。

据李光荣介绍，鼎盛时期，三合圩逢圩日子，街两边挤满了来自三县边界的上圩人，最多可达上千人，交易持续时间可以从早上到中饭后。后来随着交通的发展，加上外出打工的人增多，现在三合圩当圩日的交易时间，一般是早上六七点到八九点，而来赶圩的人锐减，平均每个圩日在三五百人。饶是如此，仍方便了那些年岁大、又不便于出远门的三县交界地的村民。大家习惯到三合圩上圩交易，或买点油盐酱醋茶之类，或买些日常用品，或理理发什么的，还有就是不少人把家里的山货土特产拿到圩场售卖，换点零用钱。而购买山货土特产的人，有慕名而来的城里人，也有做生意贩货的人。总之，三合圩交易从开圩的明清时代，一直持续到现在，都是一种自成一体的商贸交易，并且有其独特性和边缘贸易特点。

虽然"三不管"，但圩场经营秩序还是需要，至少不能互相抢摊位、抢地盘。李光荣告诉我，为了杜绝一些不必要的弊端，各县在三合圩居住的人，便各自选择一个"话事人"，旧时叫片长，现在叫组长，由各县组长牵头管理各县人，倡导公平买卖，童叟无欺。由于这些人都是各县有影响有脸面的人，又讲究公正，所以三合圩创建四百多年来，三县人都是和平相处，极少出现争执，更没有因为利益斗殴打架。所以三合圩又有"和平圩"之称。

三合圩人和平相处几百年，其慢慢融合起来的文化，又衍生了颇具地域特色的边界文化。例如，三合圩遇红白喜事，三县人都会主动参加，年轻人帮忙，老年人坐上席，全圩男女老少都像替自己家做事，热热闹闹把宴席办好。还有谁家出了读书人，不管是哪个县的人，都会蜂拥去道喜，遇上困难人家了，全圩人都会凑钱去救济。另外，每逢过春节或元宵节，各县而来的舞狮耍龙灯的队伍，不管姓氏，不管族群，不管县域，三合圩人都会放鞭炮主动接待。邓候友说，这就叫包容文化，只有包容，不排斥，并进行兼容，最后才能形成三合圩独特的地域边界文化。

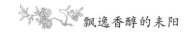

文化兼容并存，让三合圩很多古老的东西得以传承下来。如草药铺，没有草药，也没有铺，只有当病人来到三合圩时，草药铺师傅才会出面，现场采药现场捣制现场治病。这种风格，沿袭几百年，一直持续。现在三合圩最老的草药师傅叫郑朝信，已经 92 岁。又譬如剃头匠，不开店，只在三合圩巷子里摆摊，这种剃头匠，最拿手的活就是用刀子剃头，而不是理发，一把锋利的剃刀，在磨得发亮的剃刀石上擦几下，然后唰唰唰，就能刮干净胡子或剃一个头，这种剃头方式，在其他地方已不可多见。

又例如贴对联，三合圩过年或遇喜事，都会在门框上贴对联，且对联不能由外人写，要由三合圩懂文擅写的老先生撰写。老先生也乐此不疲，愿为各县各家去写，不取分文。

三合圩边界文化最与众不同的地方，就是一个只有三百多人的小圩场，居然能够自创一种"三合腔调"的语言，且只在本圩场流行。这种语言，融合了耒阳、永兴、桂阳话的精髓，通过几百年的演变，最后形成介于三县之间的一种独特语言。我在和三合圩人交流时，特意听了他们的语言发音，不像永兴话，也不像耒阳话，更不像桂阳话，但吐字腔调，又多多少少有三县话的味道，耒阳话融在一起的是长坪话，耒阳人俗称西乡腔，但在三合话中，只存留了一点尾腔。例如说岭上，耒阳西乡话是"俩"上，三合话是"梁"上；又如迈门槛，耒阳西乡话叫"恰地棚"，而三合话叫"斜地坪"。大体相同，但又变了味。三合圩上的话，不仅三合圩的人能听得懂，即使是外地人，也能听懂，这也许才是三合圩话的魅力所在。一个边界圩场，语言腔调上能自成一体，的确不简单。邓候友、李光荣老人都说，他们平时在圩场就是讲三合圩话，到了长坪，就是讲耒阳西乡话，桂阳、永兴人也一样，在圩上讲三合圩话，去桂阳、永兴则讲桂阳、永兴话。

作为一种历史的传承，三合圩记录了边缘贸易和边界文化。这种地域上的边界圩场，有其特殊性和保护价值。随着时代的发展，乡村振兴战略的推进，类似三合圩这种边缘贸易和边界文化，必将融入乡村旅游范围。越古老的东西，越悠久的文化，越有旅游开发价值，相信耒阳、桂阳、永兴三县市交界的三合圩，稍做打造，一定可以成为一方吸引游人的旅游好去处！

# 香醇油茶，几多芬芳记忆

近日，中国（耒阳）油茶博览园正式获批，这是全国第一个油茶博览园，它彰显着耒阳油茶在全国的地位。

走进耒阳市，中国油茶第一县招牌格外醒目，它和衡阳市的中国油茶第一市招牌遥相呼应，印证着耒阳在中国传统产品油茶产业的显要地位。20世纪，耒阳油茶种植面积曾经达到120多万亩，雄居全国第一。中央新闻电影纪录制片厂曾到耒阳拍摄油茶栽培盛景，让耒阳油茶声名远播。如今，通过更新改造和新品油茶树的大力种植，耒阳目前油茶种植面积仍达115万亩，比号称"全国油茶种植第一大县"常宁市的80万亩，多出整整四分之一，耒阳油茶全国第一县实至名归。

秋天，站在水东江竹市油茶基地，放眼望去，油茶林挂满果实，沉甸甸一派青涩，在朝阳的照耀下，一片溢光流彩。霜降节这一天，正是采摘油茶果的最佳时机，全市各个油茶基地都定在这一天开山采摘，记者随市林业局的相关负责人来到采摘现场，只见人山人海，到处是背着背篓提着篮子采摘的村民，他们忙碌的身影，快乐的微笑，和油茶果交相辉映，彰显着耒阳油茶收获的喜庆氛围。

随着时代的发展，农业机械化早已覆盖农村很多产业，如全部机械化耕作的水稻，半机械化的楠竹砍伐，唯独油茶籽收摘没有任何机械，只能依靠手工作业，一株一株树去采，一颗一颗油茶籽去摘。这种沿袭了上千年的油茶采摘方式，至今仍没有任何改变，可以说是古韵色彩最浓厚的收摘方式，没有之一。这不禁让记者想起了小时候见过的油茶采摘场景，芬芳记忆穿越时空，仿佛就在眼前，历久而弥新，回味无穷，充满时代印痕。

上世纪七八十年代，正是耒阳油茶种植最火热的年代，那时候的耒阳，从南乡到北乡，从东乡到西乡，从马水到东湖，从仁义到公平，到处是古老的油茶林，几百年上千年的油茶树随处可见。在记者老家公平，油茶树更是漫山遍野，处处皆是。大约在1978年秋，当时记者还在读书，听同学讲中央来了很多拍电影的人，在当时的公平公社大露和白露大队拍油茶收摘情况。我们都极为好奇，也不管老师同不同意，便结伴往白露方向走，为节省时间，我们十几个人顺铁路往南前行，很快来到公平圩和马田圩中间的枣子车站，果然发现几辆卡车，正在卸一些火车上的东西，我们于是跟着前行，在白露一片开阔油茶林里，看到好多大人，男男女女，都挑着箩筐，背着背篓，在收摘油茶籽。几台架在山坡上的电影拍摄机，忙碌着在拍摄，不时见一个挥着小红旗的大胡子，吆喝着在喊叫，旁边几个干部模样的人在用扬声器喊话，大抵是要摘采籽的人散开，一兜树站几个人之类的话。后来传来歌声，唱的是当时粉碎"四人帮"后刚刚解禁的《洪湖水浪打浪》。那场面非常震撼，至今仍记得挑着一担满满茶籽的大人，排着队从山上下来，一遍又一遍重复，让拍电影的人拍摄，也不怕辛苦什么的，更没有人埋怨，配合得井井有条。那次的电影拍摄，让耒阳油茶走上了屏幕。当时还极少有电视，电影是影响最广的宣传工具，上了中央新闻电影纪录片的耒阳油茶，瞬间走上全国，产生相当大的影响力，估计堪比今天在中央电视台《新闻联播》上了个头条，非常具有传播力，耒阳油茶从此走向全国，成为湖南品牌，更成为耒阳人永远的骄傲。

由于油茶是当时主要作物，也是主要收入，上上下下都非常重视，每逢霜降节，生产队都要集中劳动力上山，一片一片，一兜一兜去采摘。我们学校也会放假，一般是一个星期，除了随大人摘茶籽，就是去捡茶籽，每人要上交十斤茶籽给学校，用于学校的勤工俭学。所谓捡茶籽，就是在大人们已经采摘完的油茶山上捡掉到地上的茶籽，或树上没采干净的一些油茶果。那时候农村人节俭意识和集体意识都很强，一般采摘油茶籽是很认真的，除了初采，还要重查一次，发现有未采摘干净的，都要及时回收。我们因此只能捡一些落在油茶树下的"散茶籽"，但偶尔也会在一些树上寻到一些"隐藏"着的油茶果。这些油茶果，大多落在很高的油茶树上，要爬到树梢上才能摘到。当时的古老油茶树，高的有十几米，树枝树冠像伞一样张开，但树干都很结实，也有软性，一般是不会断的。在今天的耒阳，我们已很难发现一棵很高又很大的油茶树了，这也是油茶品种不断更新改造的结果。

油茶也是当时耒阳农村仅次于稻谷的第二大支柱收入。我们公平的生产队，人平均多的一年可以产油几十斤，少的也有好几斤，但茶油"出笼"后，首先得送国家，这叫先国后家，国家也会支付一定的收购费。交了国家后，剩下的就按工分多少去分配，往往劳力多工分又赚得多的家庭可以分上好几十斤，当然，对大多数人来说，他们是舍不得吃的，而是拿到圩场上去买，换些其他紧俏物资。

到了 20 世纪 80 年代，耒阳农村开始实行承包责任制，田土和油茶林都分产到了户。我们生产队油茶林并不多，每人约为一二亩面积，但我清清楚楚记得，每到秋天霜降节，母亲便会喊我和弟弟带着箩筐和背篓，去山里摘茶籽，大概需要两天时间，总共我家也可以摘上十来担茶籽，按每担茶籽榨六斤茶油计算，我们家一年可收入七八十斤茶油，满足家用是绰绰有余。我舅舅是公平鲁塘人，那里的茶油山较多，他们往往一年可以榨出茶油两三百斤，是一笔不少的收入。那时还没有打工潮，每到油茶收摘时节，到处是涌动的人潮，山间坡地，小径弯路上，到处是人，男男女女，老老少少，或挑箩，或挎篮，或背篓，齐刷刷来到油茶山上，在热热闹闹的氛围中，完成山上的收摘工作。然后是晒茶籽，再人工"择"茶籽，就是将晒干了的茶籽去壳，放到箩筐里，最后挑到榨油屋里去榨油。当时都是老式油榨房，榨油工序都是人工，费时费力，但榨出的茶油绿色无污染，香醇异常，满地芬芳。后来有了半机械化榨油机，出油率和榨油速度都比老式榨油机更高更快捷。随着时间的推移，时代的发展，今天的耒阳乡村，已难觅老式榨油机，这不免让人有些惆怅，但这是一种事物的更迭，时代发展的必然。

作为当时耒阳农民的主要经济收入，油茶树也受到了广大农民的格外呵护。每到秋冬农闲季节，家家户户都会荷锄上山，耕挖油茶林，除草松土，为来年油茶丰收做准备。我至今记得，霜降节以后，收摘后的油茶山，开满着淡雅素白的油茶花，一朵一朵，尽情绽开，远远望去，山峦如雪花一般清纯，在霜花的陪伴下，山上山下一片银装素裹，绚丽多姿。而上山耕挖油茶山的人群，挥舞着锄头，在阳光的照耀下，衬着遍山遍岭的油茶花开，分外亮堂。油茶花开得茂盛时，花蕾清香，散发迷人气味，招引无数蜜蜂和蝴蝶翩翩起舞。早晨，盛开的油茶花则盛满一叶浅浅的露水，非常香甜，上山挖山的大人小孩，时不时用草根对着花中露水，大口大口吸着，补充能量。油茶花露水甜中带蜜，既甜又香，堪比蜂蜜韵味。在那个物资馈乏年代，自然资源是人们取之不尽的源泉。譬如油茶树，除了花上的露水可吃，春天的叶片也可吃，耒阳人喊这种叶片叫"茶瓜"，和瓜相提并论，可见自古以来对油茶叶片的喜爱情结，特别是乡村孩童，把这些东西当成了零食，分外迷恋。至今，油茶树上的这两种东西仍可食用，但是，在物资如此丰厚，食品如此多样的今天，恐怕鲜有人去吃了，小孩子更不会品尝这种野味了。这就是时代的变迁和改变。

到了 20 世纪 80 年代末，随着打工潮的兴起，也随着整个经济发展形势的改变，耒阳农民对油茶的依赖度锐减，以至后来不闻不问不管不理，任油茶树荒芜。再加上油茶树的老化和退化，昔日处处可见的茶山茶岭，慢慢开始减少。当然，耒阳人对油茶树的情结，却没有因为油茶树的退化而丢弃。从 20 世纪末期开始，耒阳对油茶林的更新改造便没停歇过，从联合国贷款油茶基金项目开始，到大规模的油茶林更新改造，耒阳对油茶树方方面面的保护和支持，一刻也没停歇。耒阳人明白，油茶树是耒阳农村经济的潜力所在，总有一天会再次成为支柱产业。正因为有这种理念始终包含其中，所以耒阳的油茶产业一直方兴未艾，厚积薄发。

耒阳油茶重新焕发生机是进入新世纪特别是党的十八大以来。随着煤炭资源的枯竭，转型中的耒阳，对传统产业进行了重新审视，一批有识之士也走进了对传统耒阳产业的开发行列中来，油茶、红薯、水稻等一批农村产业成为经济增长的热点。新一届市委、市政府更是看到了油茶等传统产业在耒阳经型中的地位和作用，做出了一系列发展、支持、加快油茶产业的具体举措。古老的油茶林，再次焕发青春，从默默无闻，走上万众瞩目的视野。

如今，在耒阳市的乡村，一种全新的油茶产业种植形式正在形成，那就是公司加农户加扶贫这种模式。这种模式助推了一大批油茶企业的兴起，也带动了耒阳传统农产业的又一次走俏。随着自上而下的高度重视，耒阳油茶林的种植面积，有望再创新高，在近年内达到 130 万亩，让中国油茶第一县之招牌更加名副其实，更加响亮。我们也有理由相信，耒阳的油茶产品，必将跃上一个新高度，走向全国，走向世界。

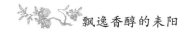

# 三都文冲惊现两棵罕见的"夫妻"古重阳树

重阳木属国家二级保护树木,在耒阳,一棵古重阳树已比较少见,何况是两棵,更何况是两棵拥有数百年历史的古"夫妻"重阳树。近日,记者来到三都镇文冲村重阳树下湾(原上架乡),就详细了解了这样两棵充满传奇色彩的"夫妻"重阳树。

文冲村重阳树下湾位于耒阳市与永兴县交界处,这里山峦重叠,田垌纵横,是典型的南方丘陵地貌。在这个湾村的后山背山谷槽里,耸立着两棵15米高,四个人才能合抱的古重阳树。据村中老人陈明坤介绍,这两棵古重阳树枝繁叶茂,一棵开花结果,一棵不开花亦不结果,所以村民称开花结果的一棵为母树,称另一棵为公树,两棵树盘根错节,紧紧相偎,风雨兼程,像极两个患难夫妻。因此,方圆几十里地,都晓得这里有两棵夫妻重阳木。历代以来,好多善男信女都喜欢来这里烧香祭拜,保佑永远平安,夫妻和睦。据说,来这里祭拜的夫妻,只要有诚心,原来争争吵吵,或者反目成仇的,后来都可以和好如初。这虽然具有迷信成分,但也从一个侧面反映了夫妻树的传奇色彩。

重阳树,属大戟科落叶乔木,为中国原产的乡土树种。这种树高大壮观,冠如伞盖,花叶同放,花色淡绿,极具观赏价值。住在这棵夫妻重阳树下的村民陈永生告诉记者,每当树枝开花时,花朵纷纷绽放,五彩缤纷,艳丽夺目,非常好看,如果站在山顶上瞭望,风吹摇摆树枝,落花飘飘,就像下细雨一般,淅淅沥沥,斑斓一片,非常漂亮。

市林业局相关专家告诉记者,重阳树的生长速度比较缓慢,寿命特长,有"长寿树"之称,在中国很多地区都有栽种,树龄高于百年,数百年及千年以上的古树也比较多见。古重阳树虽历经千年风霜雷电,仍然能生机勃勃挺立于大地,所以自古以来又有"千岁"树之称,并视为一种传奇的"风水树"。关于文冲重阳湾这两棵"夫妻"重阳树的树龄,相关专家估计为三百年左右,但住在该树下的陈永生,却认为至少有一千年历史。因为重阳湾建村时间已有八百多年,而无论是族谱还是上辈人传说,都清楚认为是先有树后有湾。

陈永生告诉记者:"我们村从那边搬来这里,当时就有这两棵树了,我听爷爷说是先有树再有村,可以说,我们村建在这里,这两棵树就已经有了。"

这两棵"夫妻"树从远古走来,充满沧桑,充满传奇。住在重阳树下的陈老对此应该最有发言权。他说,他在树下边上的房子里住了几十年,从来没见过雷电劈在树木身上,而是通过树枝反射,传到对面山岗上去了,这无形中还保护了村里人。陈老还介绍,这两棵"夫妻"树上,长期盘旋着一条头上长"王"字的大蛇,有二三十斤重,蛇从不伤人,只是偶尔盘缠在树枝上,遇上人来了也不躲避。据老辈人介绍,这条蛇早已成"精"了,也可能是夫妻树的保护神。虽然带有一定迷信成分,但也反映了当地村民对树木和大蛇的敬畏。

至于这两棵"夫妻"树为什么经历了那么多年的风风雨雨，没有被破坏，当地村民是这样说的，因为村民历来视这两棵重阳树为"风水"树，是保佑湾村平安的保护神，所以从古至今，谁也不敢动砍伐此树的念头，这真是万幸。

三都文冲这两棵"夫妻"重阳树，为我市增添了一道靓丽风景，也为环境的改善做出了贡献，期望我市有更多的古树得到保护，更期望我市的古树能够和文冲重阳树一样，从源头上加以呵护。

（此文在人民网发表）

# 充满传奇色彩的太平圩古银杏树

耒阳西乡的山水，总是充满一些令人神秘的地方。譬如山脉，自北向南，连绵不断，起起伏伏，或高耸、或低谷；或山川、或峡谷；或纵深、或突兀，总是彰显着山脉的与众不同。

古人讲究风水，耒阳西乡先人选择这片土地安居，讲究的是顺风顺水居高临下的风水，寓意人丁财旺。古人的风水除了讲究自然山脉外，还会刻意自己打造一些，例如在湾前屋后种些树木、栽些竹林等，老辈人讲这叫镇湾风水，总之是一种吉祥。

古人养成的这种习惯，几乎就是"前人种树，后人乘凉"这一俗语历久而弥新的沿袭。大抵每个湾村，都会留下几棵甚至几十棵前人种下的风水树木，有大有小，年头也是长短不一，有的百多年，有的几百年，甚至上千年。

我有时在琢磨，古代先人的智慧在某些方面，后人真的是难以望其项背的。就说种树吧，古人总会选一些能历经风霜雨雪的树木栽种，他们并不着眼一朝一夕，而是千秋万代。从这一点来讲，他们的胸怀、预见性和对自然的敬畏，都超过今天的人。试想一下，今天的人做事，会考虑几十年甚至几百年以后的延伸吗？

所以说，当我们今天看到远古留下来的那么多自然风光，还有形形色色、千姿百态的古树木时，应该感谢古代先人，对他们充满敬畏。同时，也要以一种敬畏的姿态，去保护未遭破坏的山水风光，还有那些几百年上千年的古树。

可喜的是，近年来，特别是党的十八大以来，我国对自然环境的保护力度，已经上升到前所未有的高度。各种保护措施也是应运而生，譬如对古树的保护，湖南省就评选出了一批"最美古树"，让所有人都知晓，这些最美古树就是重点保护树木，是"国宝"，必须加以呵护。

令人欣慰的是，在我市也有两棵古树被评为湖南省"最美古树"。而这两棵古树，恰恰都在西乡范畴，一棵是长坪乡的红豆杉，一棵是太平圩乡的古银杏树，这两棵古树的树龄，都已超过千年，其中古银杏树已有一千二百多年历史。

我是以一种向往而又敬畏的心情走进太平圩乡群建村，去领略坐落在该村境内，拥有一千二百多年历史的古银杏树。在我的想象中，这棵银杏树一定叶冠壮观，枝杈茂盛，但走近它，却感觉非常平素，除了具有浓厚的沧桑感，就是一片神秘，一段令人难以猜测的传奇故事。

64岁的匡广成告诉我，别看这树远远望去并不特别出彩，但只要一走近，你就会发现它的与众不同、魅力和壮观。

果然，来到树底下，便被一种神奇的力量所吸引。巨大的树躯，要几人拉手才能环抱，仰望树干，直插云霄，略显古朴的枝叶，如天女散花一般，簇拥着树的顶端。蓝天下，白云悠悠，衬着树梢，衬着村舍，自然而又优雅。树的底下，荫凉一片，落叶在春日萌芽中，早已变成腐尘，散发出阵阵木屑味，而长满新叶的树枝，在和风的吹拂下，摇曳不已，树干满满的青苔，在藤枝一层一层环绕下，如无穷无尽的小路，爬上树的另一方。

银杏树属落叶乔木，叶互生，在长枝上辐射状散生，有细长的叶柄，呈扇形，两面光泽，色彩绿色，是一种极具观赏性的树木。银杏树的果实俗称白果，因此银杏又名白果树。银杏树生长较慢，寿命极长，适合高寒山区栽植。中国目前记录年限最长的银杏为六千年，一千多年银杏在科学界看来尚处青壮期。据匡广成介绍，他们这棵银杏树，反正历朝历代就有，究竟多少年也没人能说清。他听爷爷讲过，大禹治水时来过这里，当时这片山谷洪水泛滥，危及百姓安危，大禹为了治水，亲手栽了八棵银杏树，叫作八方镇水，后来随着时代变迁，只留下这一棵，不仅用于镇水，还是村中的风水宝树，保佑村民平安吉祥。按照这个传说，这棵银杏树的树龄就是几千年了。

是古树总有传奇故事。匡广成介绍，这棵银杏从来没有被洪水淹过，不管多大的水，总是绕开大树走。每遇夏天，银杏树枝繁叶茂，如一把巨伞，形成浓荫，成为在田里劳作的村民们歇息的阴凉处，也成为孩童们嬉戏玩耍的最佳场所。匡广成说，他小时候就经常在大树底下玩耍，更喜欢攀爬到树顶上掏鸟窝、荡秋千。他记忆犹深是树顶上有一个固定的蛇窝，常年盘着一条金蛇，浑身金黄，只有镰刀柄大小，不咬人，也不游动，村民一直把这条金蛇视作"神蛇"，不准任何人动半分毫毛。匡广成说，这条金蛇实际是这棵银杏树的化身，什么时候有树了，什么时候就有了这条蛇。

匡广成听爷爷讲过，有一年，村中一对夫妻，丈夫在地里干活，妻子每天要替他准备一碗酒糟，放在大树底下给他喝，但不知何故，每次丈夫都没有动筷，碗里的酒糟就不见，只留下一个空碗。夫妻二人都觉奇怪，就偷偷躲在一个地方瞧，结果发现一个黄头发的老人不声不响在偷吃，吃完酒糟，黄头发老人一眨眼工夫便不见了，这时候才知道，是树上的金蛇偷吃了。

最具神奇魅力的是，匡广成肯定地告诉我，这条金蛇至今仍盘旋在树顶端上，谁也不能动，也不敢动。千年古银杏，配上千年金蛇，充满神奇，充满魅力。也让这棵千年古树，能够更加完好地得以保留，得到呵护。

一棵古树，实际上就是一段历史，延伸而成的，则是一方地域文化。群建村这棵古银杏树，从远古走来，历经风雨沧桑，其核心价值，还是当地村民用"文化"立起来的。而"神话"往往又是地域文化的一部分，这种文化，上升起来，就是别具一格的传统风俗文化。这种风俗文化，从内涵上讲，又起到了对古代风物的一种无形保护，如古树。

耒阳正在开展全域旅游活动，而乡村的古建筑古树木，更是必不可少的人文自然风光。我们只有加以充分利用，才会使全域旅游更加出彩。我们深信，太平圩乡群建村这棵湖南省最美的古银杏树，一定会为我市全域旅游增光添彩。

# 耒阳西南乡，厚重的酒文化

　　一个地方有一个地方的特点，一个地方有一个地方的文化。文化承载历史，历史记载文化，历史愈古远，文化愈悠久。耒阳是一方古老山水，文化源远流长，生生不息，长盛不衰。

　　譬如酒文化，耒阳便极具特色，包罗万象，内涵深奥，从三国张飞喝糊子酒开始，耒阳酒文化便星光闪烁，直至一代诗圣杜甫酒卒耒河，留下万般传奇，令后人倾慕和遐思！

　　酒文化所代表的是一个地方人的文化素养，一个地方的人脉风物，一个地方民众的性格。喝酒可辨一个人个性，可窥其素质，更可领略其地域特性。

　　譬如耒阳西南乡人，由于其地域多石山石岭，水也是从石头中流出来的，故西南乡人俗称是喝石浆水长大的。

　　石浆水本身清冽，甘甜可口，喝多了长寿，故西南乡人长寿，有耒阳长寿乡之称。大概在十年前，我在长坪乡采访，拍摄过两位均已年过百岁的老人，他们生活极为简单，常年用一口鼎锅煮红薯熬粥呷，且从不晓得烧开水喝，一年四季喝湾里那口泉水，春夏秋冬，都饮的是地道石浆水。这篇新闻后来上了湖南卫视。

　　喝石浆水长大有时还成为西南乡人自我介绍的名片，这句话其实也包含多层意思。地域，喝石浆水表示是石山石岭的西南乡人；个性，长期喝石浆水，造成性格急且直；霸蛮，西南乡人脾气就似石头；硬朗，天不怕地不怕，敢打架子；敢拼，霸蛮性格冠绝耒阳。有人说湖南人霸蛮，最霸蛮的是耒牯子，而耒阳最霸蛮的又数西南乡人。霸屙屎蛮？大家晓得是啥意思，就是形容耒阳西南乡人霸蛮霸气霸得硬朗的一种性格。还有一种解释我就不说了，大家可以从字意中去理会，我讲出来怕人骂我，毕竟我是土生土长西南乡人，丑话还是绕弯子过去算哒！

　　石浆水关键还是酿酒的最好原料，这为衍生特有的西南乡酒文化，打下了无与伦比、特别而又特殊的地域区别。

　　西南乡人自古就有酿酒习俗，一乡一地，一湾一村，一家一户，都要酿酒，人人都是酿酒好手，个个都是呷酒能人，连三岁的娃娃，都晓得从酒坛里捞一团糟水出来吃，也没人担心喝醉。

　　西南乡人酿造的酒，林林总总，不下数种。有谷酒、冬水酒、红薯酒、糯米酒、烧烤酒、药酒、糊子酒，等等。

　　西南乡石头山多，田少地瘠，村民多以种植红薯、高粱为主，特别盛产红薯。以前民众主食就是红薯等杂粮，大米成为稀有食品。红薯天天吃餐餐呷，肯定令人厌烦，于是就衍生了副食——红薯酒。

红薯酒酿造很简单，将红薯捣碎，浸入池中，然后用火蒸，待熟透后，倒出来冷却，冷到尚温程度，渗入特制的酒药，便可入缸烧酒了。这种酒缸是特制的，里面分两层，一层放红薯，另一层出酒。红薯酒讲究火功，大火小火，均匀有度，先要烧大火，待酒缸出酒后，改成小火也叫文火。

文火把红薯烧成蒸汽，渗透而出，便变成香气浓浓的红薯酒了。这种酒在20度以下，喝起来不上头，所以西南乡人喜欢用碗喝。

冬水酒相对红薯酒更有劲一些。所谓冬水酒，就是冬天糯米酒掺泉水沤制的一种酒，一般用特制的水缸，封密几个月后，到夏秋季节再喝，由于此时已是炎热天气，民众喝时大多掺冰冷的泉水，喝起来非常有劲，余味无穷。

谷酒，顾名思义，稻谷酿的，这种酒比红薯酒酒度更低。以前一般人舍不得酿，因为要用稻米，而以前西南乡稻谷是副产品，少而稀缺，所以耒阳东乡北乡人喜欢酿谷酒，而西南乡人极少酿谷酒。

糯米酒是一种男女皆宜的酒之佳品，西南乡人尽管田少，也要种糯谷，只有糯谷才能酿糯米酒。糯米酒是西南乡人必备食品。早晨，天刚发亮，村民就要下地干活，一般先用泉水掺一碗糯米酒，再就一个红薯，吃完了再下地，而这喝糯米酒至少管三个小时，村民早晨要忙到十点，才能收工回家吃早饭。

对西南乡人来说，酒是家家必备产品，走亲访友，逢年过节，各类喜宴，酒都是必不可少的。西南乡人热情，不管碰上谁，最客气的一句话就是，到我家呷酒去，或说进屋呷碗酒再走。不像东乡北乡人，一般喊进屋喝茶，西南乡没有喊喝茶的习惯，只有叫喝酒的风俗。这也许是耒阳东北乡人和西南乡人最大的区别。

喝酒少不了酒令。

西南乡的酒令，体现在宴席上，也体现在平时生活中。划拳猜令，背诗罚酒，这些半粗半雅的东西，一样大行其道。特别讲究的是婚宴，各种公祭佛事活动，一般要由主持人念一段雅文，再依次喝酒，按辈分喝酒和桌席喝酒。先敬天地，用手指拈一点酒，弹酒一下，表示尊天敬地，然后更可开席喝酒。

喝几轮酒也有讲究，大体有四轮六轮八轮之分，如小孩满月，喝四轮，叫事事如意，百依百顺，又如起屋圆探，喝六轮，叫六六大顺，六六圆圆，再如拜寿，喝八轮，叫八方来宾，八八发发，福如东海，寿比南山。

源远流长的西南乡酒文化，潜移默化，影响着民众的日食住行，也催生了民间对传统文化的延续。今天保留下来的许多辞令、雅语、故事，都和酒相辅相成，这种文化的传承，既是对中国文化的贡献，也是对社会文明进步的传承。

# 谁来保护耒阳方言文化

著名主持人汪涵出资五百万元，计划花五至十年时间，对湖南发起方言保护，并准备在湖南53个地方发起方言调查，全方位搜集地方方言进行研究，然后将成果整理好存放湖南博物馆。汪涵说，现在很多孩子，只会说普通话和英语，对方言几乎不懂，汪涵觉得非常可惜，因为每种方言都代表一种地域文化，所以他认为必须保护，并自掏腰包，来做这项公益活动。

作为一个耒阳人，作为一个对地方文化极为推崇的人，我对汪涵的举措极为欣赏，但不知他调查湖南53个地方包不包括耒阳？从我个人的猜测，应该不包含。因为我从网络看到有人列举了湖南最难懂的20种方言，有衡阳，而无耒阳。

关于耒阳方言的范畴，有人认为属客家语系，也有人认为属赣方言语系。在我看来，耒阳方言从远古走来，自成一体，具有鲜明的地方特色，其语言掺杂湘方言和古客家语系，特别是古代汉韵保存得非常完美，相别于其他任何语系。所以耒阳话就是耒阳人能听懂，周边地区虽然和耒阳话有些关联，但十里不同调，百里不同音，耒阳话就是耒阳话，文化底蕴极为丰厚，源远流长。所以说，如果汪涵保护湖南方言而不涉及耒阳方言，绝对是一大缺陷。

耒阳方言的独特性和古韵风采，是非常具有魅力的，其实说得通俗一些就是文化博大精深。我们试着用耒阳话来读一首唐诗，看其如何比普通话更押韵：远上寒山石径斜，白云生处有人家。停车坐爱枫林晚，霜叶红于二月花。读这首古诗，耒阳话朗朗上口，比普通话更押韵，这就是真正传承了古代汉语特点，体现了耒阳话的古韵。

一个地方的语系，千年传承，经久不改，这是需要文化支撑的。耒阳历史悠久，名人辈出，如造纸发明家蔡伦、交趾太守谷朗、江左之秀罗含、建威将军刘厚基，等等，这些人脉文化，潜移默化，根深蒂固于耒阳本土方言中，带到了全国各地，也吸引了历朝历代文人骚客光顾耒阳。如唐代诗人宰相张九龄、诗中圣人杜工部、宋代文坛领袖欧阳修，等等，都在耒阳留下墨迹。这更加证明耒阳文化的深厚底蕴，从侧面也印证耒阳方言的包容性。

语言文化还要有故事，只有故事，才能更好传承。如三国故事，把庞统张飞这样的人物用醉酒故事穿连起来，在耒阳话一代一代的传讲中，沿袭至今，人物故事仍栩栩如生。又如状元罗洪生在耒阳修道炼丹的故事，也是经耒阳方言一代又一代演讲下来，其故事韵味无穷，古韵风味浓厚。

耒阳方言的文化性质，最主要还是表现在语言中。几千年历史，历经沧桑，历经战乱，历经人口迁移，历经各种语言冲击，耒阳话仍能独立成语系，而且保留非常多的古韵元素，这是非常了不起的。

　　我们试着体现一下耒阳一些古韵风味，看其是不是古老而厚重。窗子，耒阳叫箭眼，古代射箭用的，多形象，至今仍这样喊。门槛，耒阳叫地棚，地上的一堵棚，多有古代风韵。赶集，耒阳叫赶闹子，一个闹字，把集市上一切热闹都概括了进来，多么形象。

　　姓名字号，耒阳喊奶名，就是呷奶时取的名，有别于读书时起的名。赴宴，耒阳话叫恰酒。请客，耒阳话叫抢客，一个抢字，把耒阳人热情好客一览无余。做坏事，耒阳话叫闯祸，一个祸字，寓意深远。仅举几例，就可看出耒阳方言的文化属性和大韵风味，这种语言特色，就是一种艺术，一种泛文化，影响着历史进程。

　　耒阳方言虽然整体是相通的，却又分成东南西北四个不同腔调，俗称东乡、西乡、南乡、北乡腔，以东乡腔为中心腔，西乡话又有些自成一体，和普通话音调更相近。所以说，耒阳方言历久而弥新，是对耒阳文化发展最大的助推力。

　　一位名人说过这样一句话，越是本土特色越具世界性。没错，中华文化就是由各种本土文化组成的，没有本土文化，就没有博大的中华文化。

　　这些年来，在开放大潮中，洋文化蜂拥而至，特别是英语席卷各个角落。一些人总觉得要想融入时代、融入世界，必须抛弃一些土的东西。如方言。于是，大人们只教孩子学普通话、英话，不允孩子学本地方言，认为太土。

　　没有谁统计过这方面的数据，即耒阳有多少孩子不会说耒阳话。在我看来，十岁以下的城里孩子，如今不会说耒阳话的远远不止一半，一些孩子普通话非常标准，甚至还能说几句纯正英语，却对几千年沿袭下来的耒阳话不会说一句。这是好事还是坏事？恐怕仁者见仁，智者见智。有人说耒阳话太土，讲耒阳话就说不好普通话，更学不好英语。其实这是一种偏执，没有任何根据。

　　耒阳电视台现有五位男女播音员，都是自小学耒阳话，至今他们也能讲耒阳话，而且都是执证的播音员，在全省县级播音员中普通话水准是较高的。耒阳土话并没影响他们的普通话水平。再说讲英语，粮商局副局长刘筠的女儿刘宛宛，自小学耒阳话，现在回耒阳也说耒阳话，但她从清华毕业后便到美国读研，一口纯英语连美国老师都夸奖，所以说，耒阳话不仅不会影响讲普通话和说英语，甚至因为耒阳话文化内涵的深远，还有好处。

　　讲这么多了，还是回到文章的开头。著名主持人汪涵斥资五百万保护本土方言，他这是抛砖引玉，不管他有没有耒阳方言调查，我们都应该以此事为契机，对耒阳方言文化进行挖掘和保护。

　　只有保护好本土文化，才能融入世界先进文化，而保护耒阳方言，就是保护耒阳文化的一部分。希望耒阳民间的有识之士，学习汪涵，以实际行动，来挖掘保护耒阳方言文化。

　　（此文被湖南广电采用）

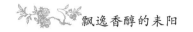
# 耒阳头菜碗，可融入世界的品牌

一个地方的文化，往往和悠久历史密不可分。在慢慢历史长河中，风土人情、生活民俗，又独领风骚，构成一个地方与众不同、熠熠生辉的地域文化。譬如饮食，就体现一个地方的特色文化，这种文化，潜移默化，见证着一个地方文化的博大精深。

我常常在琢磨，很多地方历史并不厚重，但他们却大张旗鼓在搞所谓的土菜文化，他们的开拓精神值得肯定，但其推介的土菜，是不是本地土生土长的，换句话说是不是外来品，还真很难说。我大胆臆测，某些地方的一些菜肴，可能就是从我们耒阳移花接木开发起来的。当然，如同文章一样，天下文章一大抄，天下菜肴同样也是一个大杂烩，真正具有本地风味又长盛不衰，又始终未外泄制作技术的土菜，少之又少。

当然我们耒阳就有。譬如清乐汤，你见过哪个地方的人会做？又譬如耒阳头菜碗，你又见过哪个地方有这种色香味俱佳的菜肴？肯定没有。这就是耒阳文化厚重性的体现，这种厚重，最终就上升为独特魅力。这种魅力，真正反映其内涵的深奥与博大。

耒阳清乐汤、立夏粥、头菜碗这些佳肴，是立足于耒阳本土文化而源远流长的，这些佳肴往往只可意会不可言传。换句话说，这些东西出了耒阳，就没有那么原汁原味，没有那么好吃了。这中间的原因，可能和制作手艺无关，而是和本土水质佐料等相辅相成。所以，饮食文化的特征与一个地方的山水民俗是相通相连的。

耒阳头菜碗是耒阳人的一种习惯叫法，从字面就可看出是酒席上的第一道菜。古人是很讲究"头"的，头人、头领、头碗中"头"都是开头、第一的意思。万事讲开头，头开好了，事情也就圆了一半。所以头菜碗在耒阳是相当讲究的，正因为讲究，也就产生了独树一帜的耒阳头菜碗。

耒阳头菜碗起始于何时？没有文字记载。我曾经采访过新市一位廖姓老厨师，他也说不出年代，但廖师傅说，耒阳自古以来就有做酒设宴习惯，哪时有宴席哪时就有了头菜碗。按照这个说法，耒阳头菜碗就有了千年历史，真可谓从远古走来，飘香了岁月长河。

在耒阳，东西南北，头菜碗大抵差别不大，有些地方也把头菜碗叫作头碗包圆。如南乡一带，有的叫头碗大菜；如西乡、东乡、北乡则只叫碗菜。制作手艺及料品，四乡也略有区别，但区别不大。一般用大海碗盛装，碗内分三层放料，下层：豆笋、云耳、香菇；中层：包圆；上层：猪小肠、春皮、猪肝、墨鱼片、西皮片、蛋片。

头菜碗属于蒸菜类，但有别于其他蒸菜。首先，将料品按照层次堆积在一起，上堆下扎，往往比碗沿要高出二三寸，再用另一个碗罩住，然后放蒸笼里蒸，不放水，只用火功蒸软，所以头菜碗无汤。如今有人揭碗吃时要蘸点酱油或醋，以前则没有这个习惯，蒸出后上桌，趁热便吃。

再细说一下头菜碗料品中的成分。包圆：由米粉或面粉搅拌剁碎了的瘦肉（有的掺去骨的鱼肉），油炸而成，包圆是头菜碗的主料；猪小肠又叫小带，斜切成筒，再染成红色，一般和猪肝放一起；春皮，用薯粉拌肉泥、香椿蒸熟，切成薄片；蛋片：用鸡鸭蛋搅拌蒸熟、切成片，或者煮熟后去壳去黄，将蛋白切成数片。特别值得一提的是，在刀法上，所有配料均切成滚刀片，不能切成丝或块，这是耒阳头菜碗式样别具一格的表现，非常精致漂亮，能够压阵出彩。

耒阳头菜碗，不仅样式精湛，且色香味极佳。先说香，揭开碗，一股浓香味扑面而来，香中带香，香气扑鼻，弥漫整个空间，所以头菜碗一出，三五里乡间都能随风闻着香味，这种香伴着乡间花香，将整个乡野，营造成香喷喷的天地。闻着香，吃着更香，这种经咬嚼的香，开胃透心，入口清爽，真是原汁原味的喷香。再说甜，耒阳头菜碗并不放糖，却异常甜清，这种甜当然有别于纯甜，而是食品佐料中泛出的香甜，是一种古香飘飘的甘甜，甜中透香，香中透甜，所以老女老少吃起来皆适胃爽口，非常好吃。

从古至今，耒阳人但凡办酒设宴，头菜碗就是一道风景线，无论贫富，席大席小，头菜碗总是一样的，它是耒阳饮食中的精品，真正意义上的乡间土菜。稍上了年纪或去乡下吃过酒的人都知道，耒阳人吃喜宴时，会分菜吃，所谓分菜，就是自己舍不得吃，把菜匀分带回家去吃，当然主要是带给没来喝酒的老人小孩吃，分一杯羹，大抵由此而来。而头菜碗是分菜中的主佳肴，也是最多的分配菜肴。从分菜中可以看出耒阳人的节俭、纯朴和孝顺，这也把耒阳饮食文化，上升了一个层次。小时候，我就吃过母亲吃酒宴时带过来的菜肴，南乡人也称"和菜"，吃这种"和菜"中的头菜碗中的包圆，那真是香味无穷，几十年过去了，仍记忆犹新，除了感恩母亲的慈爱，对耒阳头菜碗的风味，铭记于心，以至到外地吃什么东西，都觉得没小时候母亲手中头菜碗香甜。

其实，耒阳头菜碗最大的文化内涵，就是口味的世界性。耒阳人喜辣，而头菜碗却不放一丝辣椒，广东、江浙这些不吃辣的人也可适应，就算是外国人，也可以大碗大口吃，不必担心口味，这难道不是兼容世界吗？这难道不是耒阳饮食文化走上世界的硬件条件吗？

耒阳发展旅游大产业，完全可以推介耒阳深厚的饮食文化，可以推出耒阳的清乐汤、立夏粥、头菜碗，让五湖四海的游客都来品尝耒阳的土菜。令人自豪的是，耒阳这几个土菜，都不含辣，都可包容世界所有国度的人。我们要感谢耒阳的先人，他们传承的饮食文化，将给耒阳的旅游产业，插上腾飞翅膀。

# 耒阳西南乡，地名起源的深奥文化

　　不是耒阳人，你根本无法领悟耒阳博大精深的传统文化，即便是耒阳人，倘若不用心去品味，也难以知晓耒阳古韵文化的深奥和久远，更难以领略这些传统文化的诗情画意、内涵及其对中华文化的包容、传承和弘扬。

　　随着时代的发展，日新月异的变迁，特别是外来文化的影响，传统文化正在遭受前所未有的冲击，一些地方文化更是因为迁徙、民风民俗的改变，地理地貌的消失，变得愈发岌岌可危。譬如地名称谓文化，就因为一些湾村名称的更迭，屋舍的重建或搬迁，变得非常模糊，甚至消失。

　　耒阳地名文化，可以说极为古老，韵味无穷，内涵更是丰富多彩，几乎和耒阳历史相辅相成，交相辉映。而耒阳西南乡地名称谓，更是内容丰富，蕴含着非常博大精深的地方特色、地方文化和地方风俗。譬如南京地名，就和明朝都会南京同名，且存在的时间也只滞后南京不久，有人说是明末清初叛臣吴三桂占据衡阳称帝时，想在耒阳春陵江畔建都立国，进而把这片土地称为南京。真相如何，并无太多历史记载，这只是一种民间传说。但从这个地方的称呼及土著民俗来分析，这个传说恐怕难以简单加以否定，应留待今人论证考究。盛世修典，随着如今对传统文化的重视，更随着时代国力的强盛，对传统文化的保护和传承，已落在我们这一代人身上。

　　类似南京这种地名称谓所隐含的传统文化，耒阳西南乡还非常之多，非常之广。作为西南乡人氏，我肤浅粗略地了解了一些，并班门弄斧写出来，权当抛砖引玉，以吸引更多有识之士参与，将耒阳传统文化传承下来，并加以吸收，进而丰富耒阳地方文化，为弘扬中华文化，做些有益工作。

　　西南乡的地名，起名称谓大抵以地形地貌、风土人情为主，和中国传统文化极其融合，但有些地名，却富含着耒阳古韵特色，换句话说，是耒阳独有，且极富地方文化内涵。

　　先说起名用词，一般是这些，如湾、冲，如岭、山，如陂、坳，如槽、皂，如斗、坎，如仙、寺，如江、垌，如石、屋，如沟、路，如桥、水，如田、土，如头、尾，如风、火，如上、下，如圩、铺，如坪、场，如塘、岸，如泉、沙，等等。组成的地名譬如纸槽村，十里垌，桐树下，万兴头，石湾，曾家坡，皂田，里屋皂，太平圩，坳上，金宝仙，暮冲村，横塘，白公岸，太岭，小泉，长坪，小水等。

　　总体来讲，地名的称谓，都会有些讲究和来历，和风水也要契合起来。

　　譬如太平圩乡的皂田村，当初欧阳氏先祖从耒河清水铺跋山涉水，远赴高山岭上落脚，最后在一个偏远的山旮旯看中一方地，起名皂田。这里，皂即偏远、角落，和北方的旮旯意思相同。

　　又如公平圩镇的横岭村，当初李姓先祖在衡郴官道边择地建屋，看到这里古木参天，山岭成峰，其先人中有文化人便套用大诗人苏轼的诗"横看成岭侧成峰"，起名曰横岭村，真是诗情画意，妙趣横生。

再如公平圩，当初耒阳南乡人在耒阳永兴交界处准备建一个连接湘南岭南的大圩场，更想着要起一个震得住四方的圩名，最后向全县广征名称，后清水铺欧阳氏先人起名公平圩，公平交易，买卖公平，立即好评如潮，名震四方。

还如太平圩乡，这个名称寓意天下太平，正源学校校长罗湘云之父，一位教书先生题书为"永乐太平"，把名称上升了一层深意。从这个名称中推测，当时先人起这个名，要么是战乱年间，百姓祈祷太平，要么是盛世朝代，百姓欢呼太平。我倾向于后者，推测太平圩应是宋代中期所建并起名，那时中国虽军力衰弱，但经济繁华，属资本经济萌芽期，处处歌舞升平，一派太平盛世，所以太平圩之名应起源于这个年代。

当然，这只是我的一家之言，亦未考证，如贻笑大方，还请诸君谅解。至于太平圩的"永乐太平"是明"永乐"年间之"永乐"，还仅仅是词意之"永乐"？我没向罗校长和太平圩长辈熊云书老先生请教过，这里暂且搁置。但我从"永乐太平"这个词意去品读长坪乡，便生些疑惑来，长坪的坪究其是坪，还是平，就有些讲究了。坪，禾坪，如是长坪，证明长坪是因一块长坪而起名，如是长平，则寓意古人期望长期太平盛世或希冀长久平安。我们必须承认古人的文化内涵和高明智慧，他们对起地名，绝不会马马虎虎随心所欲。长坪作为西乡高山峻岭，地理上讲，有一块长坪，所以才称长坪，这并非不可能，但这个名称就很普通了，或曰根本没有文化含量。如本身起名就是长平，则不仅蕴存文化氛围，而且彰显了西乡人对地名称谓的讲究。我宁肯相信古人当时起名是长平，后来被写成长坪了。

仁义，这个名称又很好地印证了西乡人对地名称呼的讲究和地名的文化内涵。仁义，既有买卖仁义之意，更有仁爱正义之意。仁义二字出自论语，富含中国古代文化的包容和和谐氛围。

西乡人能够对地名取名为仁义、长平、太平，本身就是一种文化浓厚深奥的表现，也从一个侧面，印证这些地名称谓年代的变迁和风土民俗的演变和传承，可以说就是古人的一部活字典，让今人可以随意去翻阅、去破译。

譬如太平圩乡的寿洲村，从字面我们就可看出，这个村，或者从前是个出寿星或长寿的地方，又或猜测，当时起名寿洲村，是古人期待开村后人人长寿，寿比南山。洲，则是古人对水流环绕的山峦的泛称，这证明寿洲这个地方曾经水流潺潺，山水相偎，想必是一个山清水秀，环境极为舒适之地。难怪寿洲村建了那么多古色古香、具有湘南特色的房屋。

又譬如公平圩镇的洲泉村，从字义上分析，洲中之泉，一片洲围，一眼泉水。有意思的是，尽管时代变迁，环境变化，今天的洲泉村，仍有一股流水较大，四季喷涌的泉水。清澈的泉水，从远古走来，印证着洲泉这个名称的名副其实。

再譬如公平圩镇的白鹭村，只要有人称为白露，当地村民便会制止。白露是个季节名称，白露为霜，白露一到，意味天将变冷，如果起名为白露，肯定就是季节原因。但白鹭是一种鸟，而且古人起名就是白鹭村，就是来源于鸟。据说，古时候，这里是白鹭

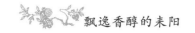

的栖息之地，成群结队的白鹭，飘飘而来，将整个山峦染成一片白色。选择这里建村的刘姓先人，为了与鸟类和平相处，将村名取为白鹭，村民和白鹭朝夕相处，互不侵犯。从这个名称中，我们不仅可以看出古人对鸟类的保护，更看到耒阳西南乡人在地名称谓中的文化特色和深奥内涵。

除了这些内涵，我们还能从地名中，了解到更多的历史记忆和早已消失的一些珍贵东西。

仁义纸槽村，曾经的造纸之地，窥一斑而见全豹，这个村庄因造纸和纸槽而得名。耒阳是造纸发明家蔡伦的故乡，但某些地方也因此不服气，才嚷嚷叫叫。可是，从千年来耒阳挖掘出来的一些历史文物及民风民俗上更加印证，蔡伦非耒阳人莫属，而且蔡伦在家乡传播了造纸技术。仁义纸槽村，又用一个地名进一步核实造纸术在耒阳的传播和历久而弥新的影响力。据说，纸槽村原来四面都是竹林，非常适合造纸，大概在晋唐年间，耒阳一些造纸工匠，云集纸槽大兴造纸术，漫山遍岭都是造纸抄纸的作坊，非常壮观。后来人们便称这里叫纸槽，一直沿袭至今，已有千年历史，真的令人叹为观止。

黄市清水铺，从名称中，可以领略耒水流域的远古和水质概况。清水依依，清澈透底，清纯可口，这都是清水铺名称中包含的内容。这证明，自古以来，耒水水质非常干净透亮，清水铺流域水质更是格外清澈，所有择水建铺的先人，也惊叹不已，干脆直接用清水取其地名。这也从一个方面，反映古人对自然的敬畏，对环境的呵护。试想一下，清水之名，如果变成了浊水，那不让后人背上骂名吗。我以为，这就是耒阳西南乡地名称谓的文化内涵和独特的寓意性和前瞻性。

总之，西南乡地名的起源和称谓，都极具耒阳特色，与北方地名，南方地名，及周边县市地名，都有许多不相同的地方。这就是耒阳文化自成一体，深奥，令外人难以琢磨的地方。

对我们今天的耒阳人来说，一定要将一些古老而又颇具特色的地名保留下来，至少要通过文字记录下来。近年来，耒阳乡镇小村合并为大村已告一段落，许多地方名称已自行消失，如公平圩镇的群丰村与暮冲村，合并后称之为群暮村，原来两个村名从此锁入历史的尘埃。类似的情况还有不少，因改名而消失的称谓，因迁徙而消失的称谓，这些年来是越来越多，这是时代的发展，似乎无法阻挡。我们需要做的，就是尽量将一些古风古韵的地名保留下来，再将这些地名的文化内涵整理传承下来，这也是一笔巨大的精神财富。

（此文在今日头条等多家网络平台发表）

# 耒阳南乡，芬香的年味

　　腊月一到，耒阳乡间的年味就浓烈起来。湾村的老人们在准备一些年货，譬如坛子菜，又譬如土特产品等，总之要慢慢地筹备起来，让年充满古香色彩。赶圩是这个时节的必需项目，不分男女老少，一遇逢圩日子，就会齐刷刷往圩场赶，买卖一些过年需要的东西，例如冬笋，又例如豆腐之类。如今经济很发达了，网上也可以购买不少东西，但乡下人却不兴这个，仍然要去圩场集市购买，包括为娃娃们买些新衣新鞋过年，老人们也坚持去圩场上选购。这也许是一种习惯，但更多的是一种传承，过年大家都不想马马虎虎，认为一年辛辛苦苦下来，年总是要热闹起来。

　　我故乡耒阳南乡一带，对过年尤为看重。许多沿袭了几百年的过年风俗，特别是一些特色食品，仍然充满着迷人色彩，令人叹为观止。就说米制品吧，我们南乡公平的烫皮就颇具韵味，可口、好吃，样式也靓。所谓烫皮，就是用大米磨成粉汤，再上火去蒸煮，然后在太阳下晾干，便变成一块一块的烫皮。这种烫皮薄薄的，夹着一些稻香味，大的有手掌般粗，小的也有几寸长度，妇女们一般都会用烧烫了的河沙去翻炒，然后烫皮就会膨胀起来，变成又宽又粗的烫皮，不仅脆得清爽，而且香味缭绕，极为可口好吃。大抵一块大的烫皮，几乎可以填饱半边肚子。而南乡人对烫皮的用途，主要集中在春节期间，不仅是桌子上的佳肴，也是送礼的佳品。譬如用烫皮擦点红彩，可以变为迎娶新娘的贺礼，又譬如祭拜祖宗，大块烫皮也是吉利的祭祀品。在南乡烫皮已经成为家家户户必备的主要食品，谁家招待拜年亲戚，都会自然而然将烫皮拿出来，老幼皆宜，极合口味。

　　芳香的年味，这是耒阳南乡营造得最浓的过年氛围。芳香缭绕，那可是十里八方都能闻到的味道，如饮甘霖，如嗅花卉，令人回味无边，感受真真切切别具一格的南乡年味。大抵农历廿四小年过后，几乎是所有村落，所有人家，突然弥漫着清香醇厚的油茶香味，香飘十里，随风萦绕，一派醉人的淡香风味，直灌每个人的五脏六腑，惬意至极，韵味无边。

　　芳香的年味来自家家户户的"煎圆子"、炸薯丝、烹肉食等食品，这些由茶油煎熬出来的食品，其香味特别香醇，将南乡的年味，上升了一个等级，仿佛是齐聚而来的芳香，挤压着湾村的每个角落。

　　用茶油炸出的各色年货，耒阳乡间人又称之为"唤茶"，关于这个称谓，我觉得这最能显现耒阳的古老历史和耒阳人独特的语言艺术，非常具有古韵色彩，如同"箭眼"，顾名思义，射箭的地方一样，"唤茶"则是耒阳古人休闲喝茶招待客人的一种专用词，唤是呼唤之意，茶不单纯指茶，还包括很多土特产品，整个词的大体概念是唤东西上桌之意，或曰换东西上桌之意。在春节期间，耒阳南乡的"唤茶"是极为丰富多彩的，有烫皮、有薯条、有油粑、有圆子、有油根、有花生瓜子，等等，这些唤茶大多是由茶油煎炸出来的，所以香气袭人，将年味营造得芬芳一片，极为热闹。

芳香的年味，在耒阳南乡还包含着餐桌上的佳肴，那才叫真正的年味儿。一般来说，很多人辛苦一年饲养的猪呀牛呀羊呀鸡呀鸭呀，都会在年前宰杀，杀猪过年是一种约定习俗，猪肉又通过茶油煎炸，变成香甜可口的上等佳肴。还有家家户户都要油炸的豆腐，变换着各种烹饪方式，变成如剥皮豆腐，油豆腐蒸鸡等菜品，又是香气缭绕，芳香一片。

别具风韵的芳香年味，才能营造出热闹的节日氛围。每到春节，香甜可口的佳肴，便成为家家户户招待亲戚朋友的必备物资，吃年饭，吃团圆饭，大口吃肉，大口喝酒，走亲访友，其乐融融。

中国传统的春节，只有把芳香的年味传承下来，才能让年味更浓，才能让优秀的中华文明源远流长！

# 煎圆子，最是耒阳春节味

    脆爽爽的糯米圆子，带着香喷喷的油茶味，样式圆圆，口感香醇，这就是耒阳南乡公平、太平、小水一带传承了上千年的过年佳肴——煎圆子。

    由于做工极为讲究，加上稻米的演变，如今过年，这一带人也极少兴师动众去煎圆子了，要煎也是经过简化的，要想煎出真正原汁原味的煎圆子，还真不是那么容易了。春节前夕，记者走进公平圩镇的熊新喜家，见证了这一古老佳肴的生产全过程，的确古韵悠悠，年味足足，彰显了耒阳饮食文化的博大精深，源远流长。

    为了让古老工艺的煎圆子重现原汁原味，老熊不仅夫妻双双上阵，而且把湾里几个心灵手巧的妇女喊来了，大家齐心协力，严格按照老一辈煎圆子的程序去操作。

    先是选择上好米料。为了将这次煎圆子做到最好，老熊找了好几个圩场，才购买到香糯，这种糯米由于产量低，已极少有人种了，老熊告诉记者，杂交糯米不行，黏性不足，只有土生土长的糯米才好。选好米料后，必须在煎圆子的前一天将米料用水浸泡。浸泡一样有讲究，要用山泉水，且只能用浅表水浸泡，确保第二天处于半干半湿状态，太湿不行，太干又不便于研磨，所以第一关就必须要懂工艺的老手才能完成。

    原料以糯米为主，适当掺点儿其他米料，不可掺太多，也不能不掺，老熊说这一样很讲究，一般人根本不知道，只有老手才懂得配料的多少成分，这也为煎圆子的最终成色口感提供了依据。

    第二道工序叫抖料筛料。将浸好的原料米，倒在石臼里用擂锤去捣，像捣糍粑一样。为什么不去石磨上磨而选择用石臼去捣，这也是南乡煎圆子最奇特之处。中国古人最早使用的舂米工具是石臼，之后才是石磨和推磨，如此看来，耒阳南乡的煎圆子，其古老程度真是令人叹为观止，当然，煎圆子为何选择石臼去捣，可能和米粉的黏性也有关系，捣出来的米料才最具拉力。

    在石臼中将米料捣细后，就该用特制的竹网去筛了，这种竹网由细丝组成，筛起米料来更细，细得像粉末，可以吹如尘灰。经过捣碎，筛选，米粉最后就变成如面粉一般了。

    接下来就是揉制圆子，将筛出来的米粉用水揉搓，搓得形成黏性，不软不硬，不沾不粘，然后捏成拇指般粗的米团，再将米团压在桌面上的布料上去挤压，古时候还有专用的挤压木块，现在则用锅铲去挤压了。经挤压的米团，便变成薄薄的圆子了。

    最后就是煎圆子了。用一口大铁锅，倒上纯正茶油，先用大火去熬，待茶油烧滚后，便将挤压好的圆子倒进油锅里，圆子经油翻腾煎炸后，由白变黄，由黄变淡金，最后就变成金灿灿的煎圆子了。煎圆子出锅后，先要在锅边晾干多余的油，再放入竹制品中，待冷却后，煎圆子便大功告成。

    南乡煎圆子，不仅具有地域性，耒阳其他地方是没有的，更具有季节性，只有到了

喜庆的春节，才会家家户户去煎圆子。而南乡的煎圆子，也和耒阳传统油茶产业密不可分，南乡煎圆子必须用纯正油茶去炸，其他油料不行，炸出来不仅成色差，而且口感也差。

经茶油煎出来的圆子，除了香气迷人，还非常爽脆，吃起来香甜可口，回味无边。这种煎圆子，老幼皆宜，是春节期间的上佳食品。南乡人每逢春节，家家户户都会摆出煎圆子来待客，走亲访友，也喜欢将煎圆子当作礼品，互相赠送。如今，南乡人在过年时，真正正经起来用烦琐工序去煎圆子的人也很少了，生活节奏的变化，让很多人没时间去摆弄传统佳肴，但这种古老的食品，由于口感太好，又是春节团团圆圆的象征，因此可以肯定，耒阳南乡人一定会传承下去。

# 照鱼与醉鱼

千年古县耒阳,历史厚重,人才辈出,民风民俗别具风韵,自古,便引领着潮流,譬如各种文化活动、民间祭祀、农业耕作、手艺创新,等等。

## 古耒阳人是怎么捕鱼的

耒阳人聪明而又勤劳,古人讲"舍肯讨得快活呷",就是对耒阳人勤奋的最好诠释。耒阳人"舍肯"也"霸蛮",这其实也是相辅相成的,证明耒阳人做事有毅力有恒心。耒阳人"霸蛮"后面还有个"巧",说直点就是并不蛮干,而是讲究智慧,讲究策略,讲究文明。

耒阳很多远古落下来的手艺、工具及操作手法,非常自然地印证了这一点。譬如捕鱼工具,耒阳古人留下许多令人仰慕的东西,如"杠笼",一种用竹篾制作的捕鱼工具,长条状,里面有倒装置,常常放在水口上堵鱼,鱼一旦进了笼,便再出不来,还有网、罩具等。

在我看来,耒阳古人最智慧、最文明、最与众不同的捕鱼手法和工具,乃是照鱼和醉鱼。

## 临水照鱼

先说照鱼。何为照鱼,顾名思义,就是用"光亮照鱼"。每逢春天晚上,春风拂拂,田野一片寂谧,只有青蛙唱着欢快的歌。这个时候,水田刚好犁了一遍,盈着满满的清水,当然还在没有插秧之前。大约在深夜时分,估计鱼也差不多休息了,这时候,照鱼人便光着脚悄悄走进了田野。他们背上背着一个装鱼的背篓,左手提着一盏灯笼,灯笼盛着松树明子,点了火,一片通亮,右手拿着一把抓鱼的铁叉。铁叉如扁担长短,一头是柄,另一头是梳子一般的铁叉。

捕鱼人悄无声下到田里,晃着明亮的灯光,贴着水面,仔细观察着静静没有游动的鱼,有黄鳝、有泥鳅、有鲫鱼、有鲤鱼,还有鲶鱼、"黄蜡古鱼"等。捕鱼人眼疾手快,右手铁叉一挥,稳稳地便叉住了鱼,然后将鱼放到背篓里,再寻找下一条鱼。那时候环境没有遭到破坏,一丘水田里至少也有几十斤鱼,所以照鱼人会选择大一些的鱼照。

这种传统而又文明的照鱼方式,今天耒阳乡间仍有人晓得。70岁的彭炳仁是公平圩镇暮群村人,他告诉我,前些年他还有这种照鱼工具,现在由于田里的鱼太少,加上一些人爱用电捕鱼,大鱼小鱼全捕,所以他也懒得去照鱼了。他告诉我,照鱼也有讲究,

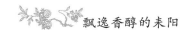

草率是照不到鱼的，除了选好下田时辰，还要会贴水瞧鱼，既不能惊动鱼，又不能乱叉乱捕一气。

耒阳乡间的照鱼，曾经非常风行。那真是一种文明捕鱼方式，对自然环境不会造成损害，对鱼也是一种保护，按照照鱼人的说法，一般对产卵的鱼，也会网开一面的，不会轻易下手下叉，这实际上也是为了自己，让鱼繁衍了，你才能不断有鱼照。据说，照鱼手艺好的，一夜可以照满一篓，足足有十多斤，但也有人一条也照不到，这亦是一种顺其自然，不能强求。

## 茶枯醉鱼

略述了照鱼，下面再来说一说"醉鱼"，这是耒阳人比照鱼更古远、更文明、更普遍的一种捕鱼方式。这种捕鱼方式，和耒阳油茶有千丝万缕的联系，据说耒阳油茶种植历史已达一千八百多年，我分析，耒阳的醉鱼历史，也应该有一千多年。这是多么厚重的捕鱼历史呀！

"醉鱼"是一种比想象中更文雅、更斯文的捕鱼方式。这才是耒阳人文明的见证，我敢肯定，其他地方的人不一定晓得，也不一定广为使用。而我们耒阳一千多年以来，捕鱼的第一选择，乃是醉鱼法。

什么叫醉鱼呢？今天的年轻人恐怕也是闻所未闻了。其实也非常简单，就是将榨油茶的饼，耒阳称枯，捣碎后，再撒到水里，然后等鱼"醉晕晕"了，再去捉，注意，不是捕，而是捉。后人称捉什么要捉活，大抵来自耒阳古人捉活鱼这一习俗。

当然，醉鱼是非常讲究方式方法的。譬如茶枯，要选一些刚榨不久，尚有一丝淡淡油茶味的新枯。先将新枯放在柴火里烤，待烤到软软的可以使用了，便用铁锤捣成一块一块的，再放到石臼里用木槌捣，一点一点去细揉，揉捣出来的枯是越细越好。茶枯捣碎后，将其放在石禾场上，用烧滚的热水，渗合起来制成粑粑样式，再倒入箩筐中，用脚使劲压实，越实越好。这一道工序就算完成了。

接下来便是醉鱼了。冬天，寒冷异常，在早已收割了水稻的冬水田里，醉鱼人先在田坎边用锄头弄一层薄薄的泥巴，大约有五六寸高，然后往田里注水，水要把泥巴淹没。待水放好，醉鱼人便将萝筐里装的茶枯，放在田中央地段，然后用粪勺，一勺一勺均匀地将枯水洒到田里去。醉鱼先期工作便算完成了。再经过一夜的茶枯水浸泡，田里的大鱼小鱼，主要是泥鳅和黄鳝，便晕头转向了，直往田坎边上的泥巴上钻，把泥巴钻得像蜂窝一般。第二天一大早，醉鱼人将田里的水放干，露出泥巴，然后用双手翻扒泥巴，只见一条条泥鳅黄鳝，都扒在泥巴里，吐着泡沫，醉意浓浓，醉鱼人不需花任何力气，就将鱼盛进放了新鲜水的水桶里，此时醉鱼一吸到新鲜水，仍活蹦乱跳，如醉人醒酒一般，恢复如初。醉鱼人一般会将小鱼选出来，倒入未撒茶枯的水田中。一场文明、不损生态的捕鱼行动，便大功告成。

茶枯不仅能醉黄鳝泥鳅，一样能醉草鱼鲤鱼。这种鱼一般藏在小江小河里，或深潭深水中。捕鱼人一样利用烧好的茶枯，放入箩筐，再挑到江河水上游，堵在堰坝上，用水冲浇，将茶枯注入江河水中。到江河醉鱼讲究茶枯使用量，做到既能捕捉到大鱼，又不能将小鱼醉死。撒了茶枯的江河水，大约在一个时辰内发挥功效，吸着茶枯水的各类鱼群，会从水底钻出来，浮到水面上张嘴呼吸，或醉得在江水上乱蹿乱跳。这时候，醉鱼人会拿着网，站在岸边，见到醉醺醺的大鱼便捕，常常满载而归。而那些被茶枯熏醉的鱼，只要躲过一段时间，待上游新鲜水注入，又活蹦乱跳，平安无事了。

## 失落的传统

耒阳用茶枯醉鱼，这种古老而又文明的捕鱼法，在上世纪六七十年代仍比较多见。但后来由于农药的使用，一些人昧着良心开始用药物毒鱼，用电去电鱼，甚至偷偷用炸药去炸鱼。这种急功近利，不顾环境的捕鱼法，使生态环境受到极大破坏，也让原来游弋于江河的鱼虾锐减。

近年来，随着国家对生态环境保护的重视，耒阳打击非法捕鱼力度也是越来越大，各种非法捕鱼行为也是越来越少。钓鱼、网鱼等文明捕鱼现象正在慢慢呈现，但古老的照鱼、醉鱼法却没有得到应有的重视和推广。

其实，越古老的东西越有文化内涵，也更具地域特色。耒阳的古老照鱼和醉鱼法，是立足于耒阳这片古老土地而衍生的，极具文明特性，在环境保护和全域旅游日益被重视的今天，推广耒阳古老的捕鱼法，对于传承文化，助推特色旅游，很有价值和意义。

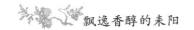

# 浓浓的年味，浓浓的乡谊，浓浓的亲情

一进入腊月，年味就渐渐浓起来。过了小年，便称为大年了，譬如大年二十八，大年二十九。气候此时还有些寒意，但到了立春，万物复苏，春意悄然而至，伴着春节的脚步，装扮乡村，点靓城市。

耒阳城市的人流开始井喷，五一路、体育路、南正街，人流熙攘、人头攒动、人挨着人、人挤着人。商家货物琳琅满目，应有尽有，购买年货的人群，川流不息，这个商场进，那个商场出，好生热闹。红红的春联，红红的灯笼，遍街都是，如一抹春风，吹拂而来，把春节前的年味，搅得分外香醇。

年味浓起来，遍及城乡。乡村的圩场，只有到了快过年的时候，才显得格外拥挤，男女老少，齐刷刷往圩场赶，倒不一定是买年货，也有凑热闹的，什么都不买，就是感受过年时节的氛围。譬如耒阳历史最悠久的公平圩，大年二十九是一年最后的一个圩日，也是一年最热闹的一天，四面八方的乡村的百姓，这一天都会来"上圩"。圩场人气旺盛，多时可达数万人，按老辈人的讲法，这一天上圩能挤进一个脚都困难。然而，越挤，人越多，氛围越浓。80多岁的邓冬莲老人，每逢大年二十九，都要雷打不动来公平圩上圩，买点儿手工豆腐，吃碗米粉，感受过年气氛，乐此不疲。她说，公平圩上的过年货物，是一年一个样，变得让人眼睛发花，但她只是看看，一般不买，今年孙子随她上圩，要帮她买袋旺旺米饼，她不肯，说还是煎的油豆腐最好吃，仍只买了些豆腐回家。

耒阳浓浓的年味，如今又搭上了现代化的交通工具 —— 小车。每逢快过年的日子，买小车的人特多，大家总想在春节凑个热闹和吉利，开着新买的车走亲访友，感受新时代的过年氛围。在外地工作的耒阳人，很多人也会趁着春节期间，开车回家过年，有些人是图方便，也有人想暗暗显摆显摆，在亲友面前显示一下自己有一台好车，显示在外打拼得可以。新车和外来车，再加上原有的车，一下子让耒阳境内变得车水马龙，蔚为壮观。特别是耒阳城，满街都是车，一辆接着一辆，不堵车都难。今年幸亏市里布置得好，交警全员出动，又有义务人员帮助，堵车现象比往年有所缓解。

春节，是中国人最上心、最看重的节日，哪怕在天涯海角，回家团圆，回家过年，这也是每个中华儿女的心愿。重情重义的耒阳人当然更看重春节，无论在任何地方工作，耒阳人回家过年都是争先恐后，不落后面的。回到家，看到熟悉的故乡，闻着家乡浓浓的泥土芬芳，见到自己的亲人、朋友，如饮甘霖，惬意爽心，快乐无比。家乡的点滴变化，故土的日新月异，让归来的游子，倍感高兴。

浓浓的乡谊情怀，是每一个回家耒阳人的感受。乡音，熟悉的耒阳话，再土，也讲起有味，再多，也像永远说不完，偶尔吐出一两个京腔粤调甚至英语单词，也不值得发笑。乡音难改，乡音拉近乡谊和乡情。面对难得一见的老同学、老战友，情谊如痴如醉，比蜜更甜，比酒更浓，一声招呼，一声喊叫，都如同春风吹来，温馨、温情。

当然，春节最让人兴奋的，是浓浓的亲情。游子归来，望着满头银发的父母，是一份愧疚，一份尽孝太少的内心歉意，但更多的，是兴奋，是亲情，是团圆的快意。

春节，浓浓的亲情，从送一份礼物开始，从孝敬长辈开始。万家灯火，万家团圆，只有春节，把亲情，上升到人生最高的境界。

春节，中国传统佳节，浓浓的年味，浓浓的乡谊，浓浓的亲情，把每个人的心，都顺着节日的浓情厚谊，写进热闹的氛围中。

革命前辈林伯渠有一首写春节的诗，其中有这样几句，"通宵灯火人如织，一派歌声喜欲狂，正是今年风景美，千红万紫报春光"。

值此2018年春节到来之际，恭祝耒阳人民，在万紫千红的春光中，留下浓浓的年味，挥洒浓浓的情谊，拥抱浓浓的亲情。

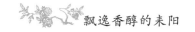

# 香韵浓浓几重甜——西南乡风味传统食品谷花糖

冬日的耒阳西南乡，高岭陡坡地带，早晨的草丛中，会挂一些冰屑和霜花，北风吹来，略显一些寒意。

而那些青石板土路中间，也会撒一层细碎冰霜，人踩上去，会发出吱吱呀呀的声音，得格外小心。但对于走惯这种山路的小商小贩来说，他们却没有这样娇贵，常常大步流星，挑着担子，沿着滑滑的山径，直往圩场上赶。对他们来说，逢圩这天，时间就是金钱，越早进圩场，越抢得好位置来做生意。

我记忆中，这些小商小贩，都是做传统食品卖给中老年人，有卖糍粑的，有卖豆腐脑的，有卖七层糕的，但最多的是卖谷花糖的。

谷花糖，儿时见过最多，也是尝得最多的食品。一块谷花糖，就是一串记忆，一块谷花糖，就是甜甜的往事。

记得在物资相当缺乏的年代，随母亲上圩场，看到熙熙攘攘的圩场上，摆着一篮篮白花花、香喷喷的谷花糖，就使劲咽口水，那时候，能吃一片谷花糖，就是一餐美食，香甜清脆，回味无穷。以至几十年后的今天想起来，仍充满余香，仿佛就在昨天，甜蜜无比。

我极为钦佩那些制作传统美食的人，这中间就包括我的母亲。母亲会酿糊酒，会烫红薯粉皮，会做豆腐，还会烹饪各种小吃，但却不会制造谷花糖，这大概是因为谷花糖制作更精细、更需要技术吧。

因为母亲不会做，所以我对谷花糖，更加有种奢望感，更加有种想吃感觉。但除了过年过节，平素是很难吃到的，偶尔上圩，母亲也只买半斤几两，一种塞牙缝的感觉。

随着年龄的增长，更随着物资的丰富，谷花糖，渐渐淡出了我的记忆。但是，走进乡村，走进乡村圩场，我们仍能领略沿袭久远的谷花糖，它仍是孩子们的最爱，仍是传统食品的坚守者，历久而弥新。

我在去西乡采访时，特意到位于永兴、太平圩交界的老圩上去品尝大碗米粉，也品尝过香气四溢的谷花糖。老圩，是耒阳传统食品的集散地，很多古韵古香的食品，都可以在这里买到。

谷花糖，作为西南乡传统食品的佼佼者，尽管短平快的各种外来食品蜂拥而至，却无法挤掉谷花糖的地位，无法取代谷花糖的用途和特殊功能。

据文献记载，谷花糖在耒阳的历史已逾千年，可以说，何时种植了稻谷，何时就有了谷花糖。谷花糖不仅是孩子们的最爱，也是大人宴席上的佳品，还是祭祀用品，更是婚庆抬杠上和三牲并驾齐驱的装饰品，可谓用途广泛。

耒阳西南乡，由于位置相对偏僻，自古以来对传统食品的推崇就远远高于其他地方，特别是谷花糖，其制作工艺非常精妙，代代相传，至今仍是古法制作，极少掺现代成分，所以仍是原汁原味，甜、香、松、脆，样样俱全。

西乡人喊谷花糖，又叫爆米花糖。它是用焖红薯、蒸红薯的汁液，合起来熬成的麦芽糖，再加以爆米花，炒匀，压成饼，切成条块，便成为香甜可口的谷花糖。

关于谷花糖的制作工艺及其过程，阿敏小姐，近日来到长坪乡和平村，现场拍摄贺洪环师傅的谷花糖制作流程。贺师傅的手艺纯熟精妙，让参观者大饱眼福，叹为观止。

首先是在铁锅里涂点茶油，然后把香糯米放进锅里，盖上盖子，待里面的糯米开始爆花了，就取出锅。出锅后，用筛子把香糯米皮去掉，再将皮待用，随后开始熬麦芽糖，待熬到一定浓度，再用冷水测试一下糖的浓度，待浓度适中后，便端出离火。接下来，用勺搅拌麦芽糖，再把爆米花倒入麦芽糖里，继续搅拌，直至把麦芽糖和爆米花搅拌均匀。最后放入特制的模具里，反复挤压，再用木头挤压，成型后反复敲打四周，使整块谷花糖更细密一些。

一个小时后，谷花糖渐渐冷却，用刀分块切割，香甜清脆的谷花糖就大功告成，成为佳肴美食。

贺洪环60多岁，制作谷花糖却有五十多年历史。他告诉参观者，他的家族从爷爷手上开始卖谷花糖，代代相传，至今他仍是长坪圩有名的谷花糖师傅。

每逢当圩的日子，特别是冬天的逢圩日子，贺师傅早早就挑着前一天制作好的谷花糖，沿着撒满冰霜的山间小路，紧赶慢赶往圩场走。他虽然不是依靠卖谷花糖养家糊口，但乡亲们喜欢他的谷花糖，孩子们巴望他的谷花糖，所以他乐此不疲，传承这一西南乡沿袭了很久的传统食品。

正因为有很多像贺洪环这样痴迷传统食品制作的师傅，耒阳西乡的传统食品，才得以经久不衰，传承下来。

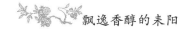

# 耒阳西乡，厚重的土著文化

耒阳西乡是一片神奇地域，境内以青石、岩洞、高山峻岭构成，辅以石缝中涌出的甘泉，洞穴中溢出的流水，把西乡独特的地理风貌凸显出来。

耒阳人喊西乡人是呷石浆水长大的，这和西乡的石山、石洞、石水是非常有关联的。许多人认为这样喊是对西乡人的轻蔑，其实错了，这并非一个藐视人的贬低词，而是包含多层含意的。

首先是讲呷石浆水的人性格直、讲义气；其次是说西乡人呷得苦、耐得烦，在那样恶劣的环境下生存确实不易；还有就是觉得西乡人与众不同，是耒阳人中的另类，这个另类亦是赞美之词，就是感到西乡人从饮食民俗，到生活习惯，到土著文化，都独辟蹊径，别具一格。

在今天人的印象中，高山峻岭似乎是不合适的居住地。其实古人的看法恰恰相反，选择居住湾村，一般以不涨洪水又有泉水的山洼高地为主，这是历史沿革，大抵古人眼中的所谓风水宝地，就是类似西乡这样的地方。弄清了这一点，我们就会发现，耒阳土著姓氏散落最多的地方是西乡，而外地迁移至耒阳最多的姓氏，开村首选之地亦是西乡。

譬如耒阳谢姓人士先祖，明朝从江西沿春陵江靠岸后，就选择在西乡罗渡临山的地方开村，繁衍后代。据在罗渡圩上做生意的老谢介绍，耒阳所有谢姓人氏，均和罗渡谢家有渊源。

又譬如我们耒阳欧阳先祖，明代中叶从江西迁移至耒阳，他们从耒水清水铺靠岸后，徒步数十公里，在西乡太平坳的皂田开村居住，繁衍后代，今天耒阳欧阳姓氏的二万多人，就是由清水铺到皂田繁衍而来的。

耒阳还有很多姓氏的先祖，都是由西乡繁衍出来的。所以说，西乡历史悠久，源远流长。

厚重的历史，诞生了极具本地特色的民风民俗、土著文化。土著文化不是外来品，是立足于本地土壤而传承的一种历久而弥新的地方文化。这种文化的属性属于大湘楚文化，融入了岭南文化和中原文化，既有兼容性，又有独特性。独特性就是地方特色，其他地方没有。譬如仁义的公祭大禹，沿袭了一千多年，至今在耒阳乃至湖南都是独领风骚的；又如西乡的拜幛活动，以祠堂或庙堂为一区域，其礼仪唱词都各不相同，正所谓十里不同音，五里不同俗，这同样显现了西乡文化的土著特点。

西乡土著文化几乎涵盖了方方面面。

西乡人喊皮影戏为影子戏。一般来说，其他地方唱皮影戏，需要三个人，一人负责耍皮影道具，一个负责吹喇叭，一个敲锣打鼓。而西乡人唱影子戏，有三人协调的，有一人独干的，类似今天的说单口相声，却比说单口相声更难。因为一个人唱皮影戏，既要耍影子又要唱，还要腾出手来敲锣打鼓，更要腾出嘴来吹喇叭，这得多难。可西乡这种唱影子戏的师傅大有人在，20世纪80年代中叶，我就亲眼看到过这类唱影子戏的师傅，这个人姓曾，是公平圩镇临近西乡太平坳上慕冲村人，这位老人当时七十来岁，唱腔洪亮，喇叭又吹得好，还会敲锣打鼓，关键他一个人要不停歇，将一台几小时的影子戏协调唱耍下去，这真不是一般人能干的。当时唱一晚影子戏是五块钱，如三人唱则平分，曾师傅一个人唱就一个人独拿，要想独拿，可不是那样容易的。

西乡人崇尚武术，练武之人多不胜数。西乡人喊练武行家为把式，只有称把式的人才可收徒。而西乡武术与舞龙灯、耍狮子融为一体，又彰显了西乡土著文化的别具一格。

每逢春节，各个湾村，各个族群，都要组成一支舞龙耍狮队，再去各地方交叉表演。这种表演可不是闹着玩的，没有本事是不敢去的。因为一旦舞龙耍狮队来到一个湾村，这个湾村就要试你的本事，在禾坪中央，竖几张大桌子，一般是三张，多的七张，高可达十几米，然后让舞龙耍狮的人从这里跃过去。没有一身功夫，没有扎实的本领，是不可能跃过十几米高的桌子的。

所以西乡人学武可不是花架子，花架子是无法派上用场的。一般舞龙耍狮队如果跃不过那些桌子，就会出"丑"，威风扫地。这种硬打硬的比拼，比擂台赛又上升了一个层次，凸显了文明程度，更凸显了西乡土著文化的文化内涵。

耒阳西乡的戏曲文化，沿袭久远，颇具土著特色，可以说它引领了耒阳乃至湘南地区的戏曲文化。耒阳人喊戏曲为唱大戏，区别于小皮影戏。耒阳西乡的大戏，以湘剧为主，兼以花鼓戏，还有渔鼓、唱禾戏、盯槛眼等。

唱大戏虽是兼容文化，却涵盖许多西乡特点。大抵十里八村，都会组成专门唱大戏的班子，这些唱戏人，平素各忙各的，休闲或下雪下雨的日子聚集，由专业唱戏师傅编排指点。每遇庙会和春节、元宵、中秋这样的节日，戏班子就会登台唱戏，一般庙会要唱三至五日，最多的甚至半个月。其他情况唱大戏的也有，如一些富户过生日、中秀才中举的人家。每逢唱戏，当地村民都要把三亲六眷请来观赏，常常如赶圩一般，热闹非凡。西乡花鼓戏唱的大多是老节目，如《春风亭》《小姑贤》《湘子度妻》等，唱的曲调则是《一字调》《三字调》等。关键西乡唱大戏的土著特点，是唱戏中间的插科打诨、正丑逗趣，类似今天的小品，演员极尽趣味，讲些"花边新闻"，配以逗、乐、打、笑，再加上适度穿插的笛箫、喇叭，把现场气氛调节得老幼皆乐，妙趣横生。

走马灯，又称地故事，是西乡又一种传统文艺节目。旧时，西乡人为庆贺新春，壮大村威，常常要用竹、木、皮、纸扎成各种麒麟、狮子、车、马、船等，由男男女女扮成各类角色，张灯结彩，走村串户去表演。走马灯内容丰富多彩，大抵根据道具装备、人员多少而定，装备多人员多，则选中长篇故事，如《三国演义》。走马灯扮演的故事通俗易懂，富有教育意义。演员动作优雅，用纯正的西乡腔，又说又讲又做动作，让围观者目不暇接，喝彩不断。

唱禾戏，是西乡土著文化服务本地而衍生的一个戏曲文艺。禾戏实为木偶戏，唱戏人躲在棚内，用竹竿高举着木偶，露出上半身及头部给观众看，木偶装扮成生、旦、净、丑各类角色，头戴冠，身穿衣，唱戏人用竹竿和绳线牵引着，手舞身摆，摇头晃脑，配合乐器和唱腔，表演得有声有色，乐趣横生。相传蝗虫灾害是妖魔作乱，只有请姜子牙等神仙才能捉妖镇灾，所以每年农历五、六月间，正当禾苗生长茂盛时，西乡却发生蝗虫灾害，当时没有农药，信迷信的老百姓就用唱禾戏，来震慑"妖魔"，以此灭蝗虫，保禾苗。随着时代的发展，禾戏在西乡渐渐消失，中华人民共和国成立后，翻身农民在党的领导下，利用科学方法消灭蝗虫灾害，西乡人再不用担心煌虫灾害了，禾戏自然没有了生存空间。但作为一种文化，西乡禾戏，仍值得挖掘和研究。

这种长期渲染的土著戏曲文化，潜移默化，影响着西乡人的文化走向、文化价值和文化人才。例如北伐军歌作词者邝庸、湘剧艺术大师谭保成，著名电影导演曾未之，就是在西南乡这片土壤中培养和造就的文化大师、艺术人才。

谭保成，仁义茶丰村人，出生于1887年，卒于1960年。他8岁随父学戏，后拜湘剧名家王玉祝、蒋寿钧为师，20岁即誉满湘南剧坛，国家一级演员，表演艺术家，1953年赴朝鲜慰问演出，受到志愿军热烈欢迎，回国后，谭保成受到毛主席、周总理接见。1956年参加全国戏剧会演，获演员一等奖，非常不简单，是首届中国戏剧家协会会员。

邝庸，仁义乡人，黄埔军校毕业生，著名共产党人，由他创作的《北伐军军歌》歌词，至今长盛不衰。

田华，仁义人，出生于1924年，1999年去世，是中国戏剧家协会理事，衡阳湘剧团团长，他为湘剧的发展，作出了卓越贡献。他表演的《醉打山门》，单腿金鸡独立40分钟，这个纪录至今无人能打破，被苏联艺术家称为"魔鬼艺术"，曾获全国艺术表演特等奖。

可以说，西乡土著文化的沿袭，为耒阳厚重的地域文化增光添彩。今天，随着网络时代的到来，传统文化所遭受的冲击是前所未有的。如何保护地域文化，如何挖掘土著文化内涵，如何抢救消失或即将消失的地方特色剧种、艺术等，是一篇大文章，需要政府部门的支持，更需要有识之士的参与。

# 四、时代变迁

# 耒阳一定会更好

一位伟人说过，在困难面前，要看到成绩，要看到光明。如今的耒阳，在经济转型过程中，出现一些阵痛，出现一些困难，这是很自然的事情。大可不必风声鹤唳，一片唱衰，更不要无限放大，唯恐不乱。

耒阳有极少数人有个很不好的习惯，喜欢把一些负面的东西，拿到网上去炒作，仿佛只有耒阳才让他"憎恨"，又仿佛耒阳和他毫不相关，管你好丑，管你颜面尽失。反正是以一种看热闹的心态，去让自己的家乡成为各种媒介的头条新闻，而且是影响不好的负面新闻。

俗话说，好事不出门，坏事传千里。大千世界，芸芸众生，一个地方，每天都会发生一些好事或不好的事，如果我们拣一些好事去宣扬，肯定会让人觉得正能量满满，也会让一个地方的形象愈来愈好，反之，如果将一些不好的事情肆意张扬，甚至放大，肯定会让一个地方的形象大打折扣，甚至对招商引资都是一种阻碍。这是一种很肤浅的道理，稍有故乡情结的人，都不可能让这种负面影响无限扩张。除非你是一个对家乡毫无感情的人。但耒阳人恰恰相反，几乎没有几个人不热爱自己的家乡，而且对家乡有一种炽热的深情，但有些人也许是爱之切切，才恨之切切，一旦看到一些"不养眼的事"，就群而起攻之，不图后果，无限放大，不仅在网上炒作，甚至"义愤填膺"，将事情闹得不可收拾。

我们并非不提倡"言论自由"和爱憎分明，也不是想堵谁的嘴，不准他抨击时弊，而是要大家掌握一个度，不要因自己的"急公好义"，或者"看热闹"的心态，去把事情搅"浑"，让小事变成大事，让普遍事变成"焦点"事，让其他地方也经常出的一些问题，变成好像只有耒阳才有的事。这就超出了一个耒阳人的起码准则，长期如此，则对耒阳形象有百害而无一利。

随着网络的发展，更随着人人都是"自媒体"时代的到来，"发言权"已经覆盖了各类人群。这是好事，家事国事天下事事事关心，这更是好事。惩恶扬善，爱憎分明，这亦是网民的基本操守。但是，家有家规，国有国法，网络并非法外之地，每个网民，都必须在宪法框架内说话，更不能传谣造谣。同理，作为一个耒阳网民，不仅要遵纪守法，还要懂得发言"分寸"，不能想说什么就说什么，想传什么就传什么，全然不顾后果。这是很不好的，触犯了法律会有法律制裁，如果损害了耒阳形象，于己也没什么好处，甚至会遭到唾骂。所以，当一个文明网民，不仅于国家有利，于故乡有利，也于自己有利。

回到前面话题。近年来，由于资源枯竭，经济下行，特别是工业后劲不足，招商引资乏力等方方面面的原因，耒阳出现了一些"发展中的困难"。当然让人焦虑。除了客观原因，主观反思也非常必要。

　　我们要反思耒阳为什么会出现这样的窘境？这与煤炭开采火爆时，没有未雨绸缪，只顾眼前利益，不顾后面发展有很大关系。试想，当时如用资金打造一批工业企业，做大做强农业产业，开发铸造一批产业园区，引进一批像富士康一类的企业，那么今天的耒阳，不一定比浏阳差。但是，既然当时没有做到这一点，我们也不必怨天尤人，也不要去指责谁，其实我们耒阳人自己一样有推脱不了的责任。例如当时一些煤老板，可以说富得流油，但又有几个人投资办企业，又有几个人投资助农业，更没人"筑巢引凤"，和外地老板合作在耒阳搞产业。众所周知，当时一些煤老板都是"鼠目寸光"，根本没有考虑耒阳发展，除了肆意挥霍抬高物价，就是去澳门赌博。

　　另外，耒阳早在2008年就成为资源枯竭型城市，当时就应开始经济转型，但由我们耒阳人自己担任负责人的相关职能部门中，又有多少人具有忧患意识，在转型中出谋划策，或者齐心协力去招商引资，去发展产业？这些都该扪心自问。在笔者看来，前些年耒阳经济转型没有大的起色，耒阳很多有职权的单位和个人都有推卸不可的责任。譬如"欢迎来耒阳，宰你没商量"，这句话背后是谁造成的？这些年我们耒阳招商引资没有起色，难道和市民素质，综合环境没有关联吗？

　　在发展中的困惑时期，作为一个耒阳人，作为一个网民，千万不能意气用事，去乱搅乱说，去一味谩骂，去一味指责，去肆意揭丑，去一味起哄。这样做耒阳就能发展吗？就能马上变样吗？谁人都知肯定不能，反而会变成网上负面的东西，造成对耒阳的二次伤害。

　　古人尚且有"卧薪尝胆"这一说，作为耒阳人，有不甘落后的精神，有不甘经济发展缓慢的心情，这都是好的一面，但必须冷静下来，痛定思痛，理性反思，着眼未来，才是一种对耒阳的负责，才是一个真正为耒阳发展鼓与呼的人，才是正能量的耒阳人。

　　每一个耒阳人，都要像爱护自己的眼睛一样爱护耒阳。我们要充分认识耒阳在转型中的困难，也要理性反思过去这些年耒阳发展中的缺点和不足，更要全力支持新一届市委、市政府作出的重大决策。只有团结一切可以团结的力量，凝聚全市百万群众的力量，才能让耒阳变得更好！

　　今年以来，市委提出"3131"工程，旨在全方位提升耒阳经济发展速度，从产业升级和招商引资上，用新举措和新布局，来一个大突破，进而走出困境。应该说，这是很接地气、又很切实可行的措施，只要全市上下齐心协力，埋头苦干，共图发展，相信会取得成功。当前，正是一年中承前启后的月份，也是很关键的时候。全市上下，应该凝聚一心，一心一意谋发展，一心一意抓工作，一心一意助推"3131"工作的实施，夯实基础，稳扎稳打，让时间过半任务过半，让一年的工作有个好的开端和起点，进而不折不扣完成全年目标任务。

　　在前进道路上，难免会遇上这样那样的难题，难免会碰上这样那样的困难，这很正常。在困难面前，首先要树立信心，凝聚斗志，万不可松懈，或消极，更不能看不到成绩，看不到目标。只有自加压力，在逆水中行舟，在困难中前行，负重奋进，才会逾越险境，步入坦途，迎来灿烂时光。耒阳人敢于拼搏，敢为人先，霸得蛮，也舍得吃苦，更有不甘落后的精神，只要有不甘落后的决心，只要有奋勇争先的精神，只要不泄气，只要不自暴自弃，只要不一味盯着负面的东西，只要不纠结于自己的过去，我们相信，耒阳的明天一定会更好。

其实，凭耒阳的地理位置，良好的区位优势，浓厚的文化氛围，还有不服输的耒阳人，解决耒阳经济的滞缓或困难，只是时间问题，破茧成蝶更是只争朝夕。有心发展，必会成功。耒阳一定会更好！

（此文点击量 10 万 +）

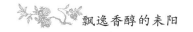 

# 耒阳发展大旅游产业之管见

在近日公布的全省县域经济竞争力排行榜中,我市跌出前20名。对此,有人心灰意冷,有人困惑失望。其实,对这类排名,我们不必太过迷信,毕竟这只是一种理论和数据的推测,但也不能太过放任,自暴自弃。至少这是官方公布的结果,可以说从一个侧面,反映了耒阳这几年经济和社会发展的现状,从而推测出未来发展的可能性。这个可能性具有极大不稳定性,你若发展得好,就打破了这个可能性,你若发展不好,就印证了这个可能性。所以我们耒阳大可不必拿这个竞争力来布局今后几年的工作,应该树立市委、市政府提出的重回全省第一方阵这一目的,卧薪尝胆,全面布局,用看得见摸得着的一些大举措、大改革、大发展来助推经济,让社会跨入新发展,迈向新征程。

在我看来,发展耒阳旅游大市、大产业,应该列入我市未来几年或更长远的布局上来。面对资源枯竭,面对工业后劲发展不足,面对其他产业难有大的突出这一现状,发展第三产业,特别是大旅游产业,应该是一条见效快而又切实可行的捷径。

要举全市之力,动用智慧和人力物力,打破原有框架,变更方案,用切实可行又立竿见影、少投入又见效快的举措,来打造耒阳旅游大产业,力争旅游综合收入超过资兴市,每年为财政增收 5 亿或 10 亿。这不是痴人说梦,而是切实可行的,关键是我们怎么做,如果畏畏缩缩,肯定不行,如果有的放矢,绝对可行!

先用理论分析。耒阳地理位置优越,交通极为发达,是粤港澳的后花园,是郴州、衡阳旅游线路的中间带,无论是旅游团队接待还是自驾游客接待,耒阳和衡阳、郴州都不相上下,郴州每年接待游客四千万人次左右,综合收入 300 亿之间。耒阳如果实现郴州的一半,就非常可观。其实,凭耒阳的地理位置,人文风光,悠久历史,只要认真去打造旅游景观,完全可以慢慢赶上郴州。关键是我们怎么去打造,怎么去吸引游客。说句不好听的话,如按现在耒阳的旅游布局和景观,不可能比肩资兴,更不用说郴州了。

那么,耒阳应该如何打造大旅游、大产业呢?我认为应该牢牢把握三个组词:人文独特、景观新奇、特色鲜明。

先说人文独特。耒阳古代名人骚客多不胜数。蔡伦造纸,影响世界,这个牌子是很吸引人的,但现在我们除了一个蔡伦纪念园,没什么和蔡伦有关联景点,蔡伦竹海也只是挂了个牌子,根本没有利用蔡伦做文章,更没想到旅客究竟想参观与蔡伦相关的什么景点。

要充分利用蔡伦纪念园,复制东汉宫廷风格,打造属于蔡伦品牌的古法造纸氛围,用故事、传说、实景、实物去点缀纪念园,如日本人盗墓、宣纸窃密等内容,就可布局在纪念园中间,打造围绕蔡伦及其造纸所延伸的传奇故事和实景,让游客身临其境,感受蔡伦和古代造纸术的伟大成就,将没有纸就没有现代文明的理念贯穿其中。

假如我们在蔡伦纪念园内建一座游客签名纸张馆，每人可签名并带走一张属于自己的古纸，是不是会让游客觉得很有新意？

古代纸品是蔡伦品牌最具魅力的项目。如果在灶市河边街建造古纸一条街，把从古至今的各种造纸作坊和纸品展示出来，把历朝历代的造纸工艺展示出来，辅以耒阳古代吃玩等文化项目，是不是可以迷住游人？灶市河边街连绵几里，古时就是一条商贾云集的街坊，只要投很少的钱打造，就能融入蔡伦品牌，吸引游客。

除了蔡伦，耒阳可打造的历史人物还有罗含、谷朗、杜甫、庞统、刘厚基等多人，其中尤以罗含最具特色。作为东晋哲学家、文学家和一代廉吏，罗含对中国的影响力可谓源远流长，和他相关的成语有多条，连杜甫这样的大诗人都赞赏过他。罗含如今在耒阳不仅有传说，还有遗址，只要打造他，就是耒阳旅游一大品牌。如果将顺湖公园打造成古名人公园，把罗含、杜甫这些历史人物的雕塑、遗墨、诗作、书法等镶嵌其中，那么就成了文化品牌，必吸引游客。如果再专门打造一个罗含公园，把罗含历史和遗址及其文墨摆列其中，更加会为耒阳旅游锦上添花。

人文景观不是每个地方都有的，它的影响力和吸引力远远超过一些自然景观，如洞穴、山水，多大同小异，但历史人物却各具风采，无法复制。所以说打造耒阳历史名人，是做大耒阳旅游产业的主要内容，只有耒阳具备这一条件，得天独厚。郴州、资兴没有，南岳、常宁也缺乏。

蔡伦竹海，地理位置优越，离高速公路只有十公里，是我市大旅游产业吸引自驾游客最理想的景点。但现在竹海还没有任何特色和文化氛围，很难广纳游客。因此对蔡伦竹海的打造是重中之重。

首先是在"竹"字上做文章，要将上堡黄泥街打造出竹器一条街，集中耒阳的工匠，开发竹制品，从古老竹品，到现代工艺，要囊括所有竹品，真正让游客看到亚洲第一竹海的竹品世界。这条竹街，还可把竹制佳肴融入其中，让游客逛竹街、买竹品、吃竹肴，真正成为竹的世界。其次是对竹海景区主体进行打造，要把与竹相关的文化显现出来，如将湘妃、竹林七贤、蔡伦与竹等联系起来，打造景点和相关故事，让竹海活起来，让茫茫竹海成为游客遐想的空间。

其次，要充分利用竹海中间的耒河，利用现代化声像，打造水上竹海实景剧，同时，以灯光为支撑点，营造竹海别具一格的夜景。一个景区，只有夜客住宿客增多，才会增加经济效益。这篇文章可以从小做大，先增强游玩氛围，再上升到娱乐和特色氛围。凭着蔡伦竹海得天独厚的自然风光，只要认真开发建设，5A景点指日可待，纷至沓来的游客数量绝不会亚于东江湖。

再说景观新奇。很多人说要打造耒阳红色旅游，这的确又是耒阳一大优势。但怎么打造，怎么去吸引人，则又是一篇大文章。

如今红色旅游方兴未艾，耒阳如果能够成为红色旅游目的地，那么耒阳大旅游品牌就增加了一大筹码。红色旅游要想吸引人，除了内容本身，景观新奇至关重要。

耒阳是湘南起义主战场，十万农军暴动，数量全国第一，耒阳农军组建的工农革命军第四师，是我军最早的红四师，耒阳发行的工农券，是全国苏区第一张钱币……要在耒阳水东江设立万名农军上井冈纪念广场，再辅以朱德、伍若兰结婚故事，朱德、陈毅、林彪、粟裕等在耒阳的战斗历程，再将耒阳三大红军军长伍中豪、李天柱、刘铁超及谢维俊、伍云甫、谢汉文等人的雕像立于广场，用声光效果，再现当时盛况，那么一定会独辟蹊径，吸引游人。

春江铺阻击战和敖山庙阻击战都赫赫有名，林彪视敖山庙为福地，如果还原这两个农军战场阵地，复制当时场景，再加入声光解读，又将让耒阳红色景点增加参观点。

作为解放初期就圈定为全国革命老区的地方，耒阳红色旅游，如果在坚持打造自己独特的景致的前提下，能够和井冈山红色旅游关联上，打造湘南起义主战场至井冈山会师旅游线路，并上升为全国红色景区，那么所吸引的游客，就将包含接受革命传统教育的公务人员，这个群体的潜力无限，将为耒阳大旅游产业插上腾飞翅膀。

最后说一下特色鲜明。大旅游产业除了人文和自然景观与众不同或吸引人外，特色打造也非常重要。在宣传上，要制作非常具有诗情画意的短片，在中央电视台播出，大家都看到现在所有旅游城市几乎都在央视做了广告，耒阳在资金短缺的情况下，可先尝试在央视十套播出广告，如每年能花上几千万宣传费在央视一套播出，那耒阳旅游产业应该比肩郴州了。此外，在广州、长沙，及至周边一些城市宣传耒阳旅游也会颇有效果。这种特色打造一定要大手笔，畏畏缩缩小打小闹绝对没有任何效果，只有大宣传大广告，才会衍生大旅游大产业。

特色打造还有一个环节很重要，就是如何融入全国各大旅行社的旅游线路，这中间就包括在网上推介耒阳旅游景观特色和线路。按耒阳大旅游的布局，至少可以打造三点一线游和三天、两天、一天游。三点，即城区、竹海、红色；一线，即城乡一线；一天游，即城区游；两天游，即城区、竹海游；三天游，即城区、红色、竹海游。也可打造单独的红色一日游，城区两天游，以及竹海三天游等。

总之，打造耒阳大旅游大产业，时机已经成熟，只待布局起飞。体制运作上，应该采取政府财政投入、吸纳民营资本、招商引资等多条腿走路的方式，对一些主要景点，可以实行股份制开发。只要多管齐下，全市上下一心，打造耒阳大旅游大产业这一梦想能够早日实现！

（此文获耒阳市委"喜迎党的十九大·献计耒阳新发展"一等奖）

# 云淡风轻山水情——耒阳市生态文明建设掠影

疫情过后，夏天的云彩飘逸起来，耒阳市山清水秀，绿满乡村，碧水绕城，风光绚丽。住在耒河边上的三架办事处大丰村村民刘洪江已近八十岁，他高兴地对记者说，这些年耒阳环境改造的成效可谓是立竿见影，他年轻时候经历的那种空气清新，水质清澈，蓝天白云的景象再次重现。

党的十八大以来，生态文明被纳入国家"五位一体"建设，耒阳市认真贯彻落实中央精神，强力推进"3131"工程和六大目标任务，全面实施生态文明建设工作。从江河全面整治到乡村环境卫生提质；从关闭污染企业到消灭光山秃岭；从治理城乡生活垃圾到油茶茶叶等原生态产业的发展；从美丽乡村创建到旅游产业的开发；一点一滴，一项一事，一分耕耘，一分收获。脚踏实地努力从老百姓最关注的问题入手，从民生方面切入，用坚韧的决心和行动打造生态耒阳、宜居耒阳。厚积薄发，千年古县重新焕发勃勃生机，城市与乡村一派绿水青山，一派秀丽风光。"生态耒阳，文明耒阳"带来诗情画意，无限风采。

清晨，晨曦微亮，记者驱车来到三架办事处与大市镇隔河相望的耒水河段。

雾霭飘飘，水流悠悠，宽敞的河面上，碧波荡漾，水倒映着两岸一片片葱郁的树木和一排排屋舍，如画一般。远方山岭连绵，朝霞染红天际，宁静的乡村，一派田园风光。远远望去，耒水如同一束白练，弯弯曲曲，一碧如洗。缓缓流动的河水，清澈亮丽，一望无垠。河水和村庄，田野和山岭，云彩与碧波有机相融，令人分不清山与水的距离。绚丽多彩的耒水风光在晨曦之中显得那样多姿多彩，谜一样的山水尽显妩媚和朝气。耒水在变幻中，体现着自然环境的返璞归真，见证着耒阳生态建设的真实风采。

雨后天晴，水洗般的耒阳城，明亮透彻，鳞次栉比的高楼大厦，直插云霄。记者站在哲桥石白仙山顶，眺望城区，浩渺一片，云与城连为一体，高耸的楼宇星星点点，与白云相偎，与蓝天相接。湛蓝的天空，美丽的城市，五彩缤纷的霞光，白絮飘飘的云彩令人目不暇接。云朵包裹的耒阳城市，山岭映衬着屋宇楼阁，一派绚丽风景，让耒阳城如镶画中任人翻阅欣赏。遥想曾经雾霾下灰蒙蒙的城市，如今的耒阳城令人浮想联翩，从内心赞叹生态环境改善后耒阳无处不在的变迁。

春陵江是耒阳两大河流之一，曾经这条河是"污染"的代名词，无序开采造成的河水浑浊，重金属超标等现象严重影响水质。如今通过全方位治理后的春陵江已重新恢复原生态。记者走进这里，不仅现场亲历绚丽山水，更感受着当地老百姓对环境变化的赞叹之情。在罗渡圩开了20多年饮食店的老谢对记者说，如今春陵江的水质要好过30年前。这个评价是非常妥切、非常高明的。漫步春陵江河畔，古湾和现代化房屋交相辉映，弯弯曲曲的河流，水流缓缓，碧波浩渺。两岸青山环绕，田野纵横，清新空气扑面而来，伴随着渐起的清风，河面上三三两两的舟船漂流而来。一种原始、久违的乡村风景令人惊叹不已，惬意万分。

生态环境的改变让耒阳乡村更加美丽。云淡风轻，山水有情。美丽乡村呈现出一幅幅多姿多彩的画卷。导子镇沙明坳是耒阳海拔最高的偏远山乡。记者走进这里感受山水的绚丽。一座座山岭层层叠叠，一片连着一片，刚刚插下秧苗的田野在阳光的照射下，一片流光溢彩。梯田、山路、高山、峡谷、森林、溪流，自然风光镶嵌于高山之中，将耒阳原生态环境提升一个层次。而利用高山种植的无污染水稻又是另一道风景。大自然的魅力承载着耒阳乡村旅游的大发展，更展示耒阳生态环境文明建设的丰硕成果！

山水耒阳、生态耒阳，助推着耒阳乡村农民朝着更舒适更美好的生活迈进。"夏日荷花别样红"，环境改善后的乡村道路整洁，房屋锃亮，水塘簇拥着荷花。芳香的田野，万物生长，开着花的禾场边，古老的泉水和现代化抽水管有机结合。正在井里挑水的仁义镇王屋村村民王光庭告诉记者，他们村大部分人安装了自来水，但挑水饮用的人也不少，大家享受改造好后的水井，看着无污染的水源，可以说放心又舒心，偶尔挑挑水对老年人还是一种身体锻炼呢！

居住环境的整治，改厕项目等工作的大力推进，让耒阳乡村群众的生活质量得到了根本改善。走进肥田镇肥美村，湛蓝的天空下，村舍错落有致，村前水塘边亭台楼阁在花草的衬托下，一派绚丽多彩。居住在这里的村民享受着比城市人更好的生活空间，花花草草、山山水水，天天与他们相伴。那种日出而作、日落而息的古老风俗，早已变成了与城市同步的居住习惯。百姓生活的幸福感，随着环境质量的变化日益增长。濒临耒河的新市镇渠道村是湖南省美丽乡村示范点。在这个美丽乡村，村庄房屋整洁有序，道路笔直干净，田野葱郁，一片片水塘泛着波澜，成群结队的鸭群游弋在水面上，组成了美丽乡村的无限风光。三三两两的村民徜徉在禾场上，或体育锻炼，或翩翩起舞。乡村之美在自然与人的叠加中相辅相成，和谐而又彰显活力。

江河治理，山水保护，让乡村小河、小沟、小溪的流水也变得清澈见底。一条条水流，潺潺汩汩，奔腾不息，瀑布、深潭等古老风光随处可见。水草依依，杨柳飘飘，树姿巍巍，山岭与村庄，小河与村庄紧紧相贴，一种无与伦比的自然风光在山水之中显得诗意浓浓。

在潜移默化中，耒阳环境质量不断变化，空气质量不断优化，山清水秀之间，那些多年不见的自然景观重现，令人惊叹。一个雨后的清晨，雾霭迷漫着耒水两岸，轻飘飘的迷雾飘逸而来，由淡变浓，又由浓变淡，迷迷离离，翻滚弥漫，从点点滴滴到浓墨重彩，城市楼宇在不经意间变成仙山琼阁，海市蜃楼。到了傍晚，霞光万丈，耒水披上一层金黄。一条条船只，将霞光带得一片流光溢彩，动感十足。站在高处鸟瞰耒河彩霞，海一般辽阔，海一般灿烂。晨曦、晨风、晨雾、朝霞、云海、彩虹，日出日落，云腾雾漫，这一个个罕见的自然风光在耒阳正变成"寻常故事"。住在南正街的伍晓林先生是一个游泳爱好者，他在耒水河中畅游了三十年，见惯了各种自然风光。他对记者说，这几年的环境变化都是看得见摸得着的，特别是今年，很多自然景观重现耒阳，如日晕、双彩虹、雾漫水面、彩霞满天等，这可以从一个侧面反映耒阳生态环境的改善。现在我们耒阳是自上而下重视环境，领导重视，市民参与，民众基本上达成了共识，所以成效才会如此显著。

的确，环境建设，生态耒阳，这是需要时间的，更需要持久发力才能事半功倍。只有形成社会的广泛共识，只有凝聚社会的广泛力量，形成人人去关心、去保护、去爱护环境的自觉意识和行动，才会持之以恒。

云淡风轻山水情，生态文明建设这项惠及民生的工程，从一定意义上来讲，现在还只是起点，任重而道远。千年古县耒阳必将在生态文明建设中交出一份满意答卷！

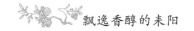

# 耒阳油茶产业大布局：为有活水源头来

酷夏季节，走进耒阳的乡村，走进山山水水，到处是葱翠的山林，蓝天白云下，就像一幅绚丽的图画，婀娜多姿，动感万分。苍山翠绿之间，那一片片错落有致，挂着果实的油茶树，显得分外迷人。那山那茶那油，如同香醇的甜蜜，营造着耒阳农村最具潜力的朝阳产业，也让农民看到未来绿色油茶变成金灿灿银行的美好前景。古老的油茶产业，从一蹶不振，近乎衰落，到华丽转身，成为耒阳乡村振兴的主要产业，农民的"香馍馍"，这是近年来市委、市政府具有前瞻性和正确性的决策布局，"3131"工程和"六大行动"的助力，与林业部门齐心协力，共同努力而换来的成果。为有活水源头来，耒阳油茶产业大布局，洐生了多个耒阳油茶"模式"，从集约化经营，到公司化运作，从一家一户参与，到抱团种植，从初加工到精细化生产，耒阳油茶产业，正蓄势待发，跻身全国"典型"，一幅中国油茶看湖南，湖南油茶看衡阳，衡阳油茶看耒阳的精彩画卷，正徐徐打开，在广袤的耒阳大地绘就。

具有悠久历史的耒阳，是神农创耒之地。神农播五谷，让耒阳成为中国农耕文明的发祥地之一，由此而沿溯，聪明勤劳的耒阳先祖，对农作物历来敢于率先利用。譬如油茶种植，据史料记载，耒阳是世界油茶发源地，种植时间已达一千八百多年。作为享誉世界的茶油，被称为东方的"橄榄油"，营养价值极高，盛产地也只有中国，而在中国能够种植的地方，则为长江以南地区，耒阳由于土壤适宜，加上先祖的重视，油茶历来为江南各省种植之最，没有之一。据林业专家考证，耒阳从汉代开始种植油茶，未间断过，旧时耒阳，山中最茂盛的是油茶，山中最珍贵的树木也是油茶，油茶成为耒阳人长久种植的一种传统作物。

新中国成立以后，党和政府对油茶产业非常重视，翻身得解放的耒阳农民，把油茶当作主要经济作物种植，鼎盛时期，耒阳最高种植面积达到125万亩，远远多于其他县区，每年仅向国家交纳的茶油，就占当时郴州地区的一半。种油茶，吃茶油，茶油飘香数百里，这是耒阳老百姓最津津乐道的话题。20世纪70年代，中央新闻电影制片厂，特意来到当时油茶种植最好的耒阳公平白鹭村，拍摄了一部在全国放映的新闻纪录片，当时的新闻纪录片，类似今天的新闻联播头条，影响非常大，耒阳油茶一时享誉全国。

农村实行家庭联产承包责任制以后，油茶林分配给了各家经营，20世纪80年代，油茶产业仍然是耒阳农村的主打产品之一，也是农民的主要经济来源之一，在部分村组，有的家庭一年油茶收入可达上千元，这在当时是一笔相当可观的收入。后来，随着打工潮的兴起，乡村青壮年大多外出打工，油茶林便疏于管理，加上沿袭很多年的油茶林老化程度严重，挂果也日趋减少，再加上分散式管理的滞后性，森林防火困难大，到20世纪末，耒阳油茶林面积锐减，很多成片油茶树被烧毁，曾经引以为豪的耒阳油茶产业，呈现衰落和萧条态势。

犹记当年油茶景，香飘乡村角落中。耒阳油茶的衰落，曾让很多年岁大的老农伤感不已。20 年前，记者曾在南京镇见到一位姓谢的农民，他望着自己十多亩光秃秃的油茶山，感慨地说，老祖宗留下来的东西，就这样荡然无存了，毁一片油茶林易呀，再种一片油茶林就难啰。老谢恐怕做梦也没想到，若干年后，他的那片被毁的油茶山，再次种上油茶树，硕果累累，绝不亚于从老祖宗手里传承下来的油茶树，而且，他听技术人员讲，丰产期后，新栽的油茶，产量比老油茶树要高几倍。

"忽如一夜春风来，千树万树梨花开"，耒阳油茶产业的再次振兴，让很多老一辈农民忘记了过去，面对未来，笑容写在了一个又一个乡村百姓的脸上。

古人云，"莫听穿林打叶声，何妨吟啸且徐行"。在耒阳油茶衰落之时，也曾有过几件颇有影响力的油茶振兴举措，一是 20 世纪 80 年代末到 90 年代初的油茶更新改造工程，由联合国相关部门提供贷款支持，另一个就是沿袭至今的煤矿产业转型，由煤矿转入油茶产业。应该看到，这两项举措，都给耒阳油茶业带来生机和希望。但是，由于诸多原因，这两项举措，并没达到理想中的目标，至少没有为全市油茶产业，带来根本性改变。

站到了新的起点，闻到了油茶香气，却无法让耒阳油茶产业"脱胎换骨"，换句话说，要想让曾经全国油茶种植面积第一的耒阳，再次重振雄风，成为全国第一，成为农民家庭经济的"聚宝盆"，似乎有诸多难点，用遥不可及来形容，并不为过。

东湖圩镇林业站工作人员刘先生告诉记者，耒阳油茶树衰落之后，面对荒山野岭，面对残存的油茶，曾尝试过种植松树等用材林来取代，而且全市各乡镇也确确实实种了不少，但能够成林的并不多，最关键这种树木几乎没有经济价值，只有绿化作用，和种植油茶树相比有天壤之别，今天回过头来看，这个措施虽然不是一无是处，但至少影响了油茶林的恢复，并未给农民带来经济实惠。

作为资源枯竭型城市的耒阳，煤炭行业转产已势在必行。十年前，一些有经济头脑的耒阳煤矿老板，开始涉足油茶产业，他们几乎也是从零起步，从荒山租赁到油茶栽植，再到精心管理，摸索了一套行之有效的油茶业经营办法。应该看到，这些转型的煤矿老板，为耒阳传统油茶产业，注入了新的活力，也为耒阳油茶林的振兴，带来了生机。当一片片荒废的山野种上久违的油茶林，当曾经成片被毁的油茶山再次栽上油茶树，耒阳油茶产业终于迎来了一线生机。

但单一依靠煤老板投资，要想让全国闻名的油茶种植大县蝶变起舞破茧腾飞，再次重震第一威名，似乎有一定难度。当然发展油茶产业，还有一个最关键因素，就是要惠及农民，要让所有农民，都从油茶产业中得到实惠。耒阳油茶产业任重而道远。

耒阳油茶产业真正的春天在近几年。新一届市委、市政府主要领导敏锐地看到，油茶产业的振兴，必须走多种发展模式，必须惠及千家万户，必须拥有强大后劲，必须要成为耒阳乡村振兴的主打产业。为了把耒阳油茶产业做大做强，成为耒阳经济发展的引擎，市委制订了"3131 工程"和"六大行动"计划，将油茶产业作为重中之重，大力扶持、奋力推进。2018 年，市委全会通过了中南林业科技大学编制的《耒阳油茶 2018—

2025 年发展规划》，市委、市政府同时制订出台了《耒阳市油茶产业发展基金管理办法》，在财政十分紧张的情况下，拿出 4500 万元作为油茶产业发展专项资金，并将油茶新造林补贴提高至 800 元每亩，油茶新造林木款提高至 200 元每亩。这种大布局大举措，让耒阳油茶产业一下呈井喷式发展。从这几年的油茶产业发展进程来看，正是因为市委、市政府的高瞻远瞩，让耒阳油茶产业，迎来了真正的发展春天。据统计，近三年来，耒阳新栽油茶 30 万亩，改造更新油茶林数十万亩。到目前为止，耒阳市油茶种植面积超过 115 万亩，接近鼎盛时期的种植面积，位列全国各县市第一名，比号称"中国油茶之乡"的常宁，多出 35 万亩。

发展油茶产业，只有充分调动农民的积极性，才会让这一产业长盛不衰。这是记者在小水镇采访时，一个基层干部说出的心里话。据小水镇林业站工作人员谭先生介绍，在小水镇，近年来冒出了很多种植油茶的农民，多的种植了上百亩，少的几亩、十几亩，他们主要是看到市委、市政府非常重视这一产业，补贴到位又及时，再加上种植油茶确实是千秋产业，有利可图。一个种植了 68 亩油茶林的小水农民龙师傅扳着手指和记者算了一笔账帐，如果天气好，他这 68 亩油茶，丰产年可收纯利 20 多万元，这比存钱在银行都好。他说，他儿子现在还在广东打工，以后就没必要外出打工了，坐收渔利，何乐而不为。

家门口的财富，而且可以源远流长，这就是耒阳的油茶产业的特点。东湖圩乡农民胡霞燕告诉记者，她家的山都转包给股份制公司种油茶了，现在她在这家公司做事，包午餐，一天工资 70 元，她一年可赚二万多元，加上转包山林的收入，一年收入基本可以保障生活开支了。

类似小水龙师傅和东湖圩镇胡女士这样依托油茶产业致富的农民，如今在耒阳农村已不在少数。家门口的财富，而且是传统产业，这让耒阳很多农民，看到了今后致富的前景，也让乡村干部看到，乡村振兴战略，耒阳油茶产业的大战略大布局。为有活水渠头来，活水永流，财富才能永远惠及农民。

依托油茶扶贫，也是耒阳油茶产业发展的重要环节，市委、市政府出台了《耒阳市油茶产业扶贫资金利益链接实施方案》，利用油茶产业专项扶贫资金，入股建设 10 个油茶产业扶贫基地，利益链接 3800 多户贫困户。

开启一个产业模式，没有高瞻远瞩的布局，没有全方位的战略眼光，没有一心为民的情怀，没有横下一条心干到底的毅力，是不可能达到的。市林业局局长刘凡告诉记者，这几年市委、市政府对油茶产业的打造，可谓砥砺前行，真抓实干，油茶产业，真正成了耒阳乡村振兴的希望产业，农民致富的金钥匙。同样，耒阳油茶产业的振兴，也离不开林业战线的林业工作者和林业技术人员。

一个雨后放晴的日子，挂着果实的油茶林，在阳光的照耀下，熠熠生辉。戴着一顶草帽的耒阳市林业局局长刘凡，站在一片茂盛的油茶林中，高兴地对记者说，近年来，耒阳油茶产业缤纷多彩，发展模式涵盖方方面面，既拉动了油茶树的种植，又推动了农村经济的健康发展，同时也助推了扶贫攻坚，乡村振兴战略，可以说，惠及的不仅仅是投资人的利益，更多的是惠及千千万万生活在乡村的农民，让他们看到未来美好的前景，让他们深谙财富就在身边这一简单而又深奥的道理。

从地域上讲，耒阳油茶种植有东湖模式、小水模式和哲桥模式，从经营上讲，有公司股份制企业，有农民合作社形式，有外商合资企业，有家庭经营型企业，更多的是农民一家一户的分散式经营，在规模上讲，有投资上亿的公司，有投资几万几十万的合作社。总之，耒阳油茶种植模式是立体型推进，让更多的人来参与经营，让更多的人得到实惠。

湖南陆轩然农业有限公司负责人告诉记者，他们公司种植的油茶树已达数千亩，每年可带动一百多位农民共同分红，最多的收入可达数万元。公司投资是以家族和乡村熟悉人士为主体，不限门槛，没有投资规定，可以投山地，也可以投资金，共同经营，打造一个优质油茶产业。

耒阳油茶产业模式的形成，让油茶种植有了后劲，也让这一传统产业，重新焕发活力。爱护油茶，管理油茶，让油茶不被火烧，让油茶成为最美的一道风景，这正成为耒阳乡村农民的一个共识。

如今，油茶种植在耒阳已生根开花，井喷式发展，有关专家对记者表示，按现在发展速度，不用三五年，耒阳油茶种植面积，将超过历史最高值。

油茶面积上去了，油茶产量上去了，油茶产值也应该得到长足发展，这是应有的规律。对此市委、市政府主要领导深刻认识到这一问题，近年来积极引导企业从产品的粗加工，到产品的精加工，致力打造油茶品牌，让油茶发挥最大潜能和效益。由神农公司打造的神农国油产品，将普通油茶，提炼加工，制成精品，产值比粗加工提高至少一倍。目前，像神农公司一样重视油茶产品开发的企业，已有多家，不少企业从油茶种植到产品开发，实现了一条龙发展，从粗加工到精加工，最后回归原始加工，让产品产值利益最大化。由于油茶产品是绿色食品，本身不愁销路，如今又进一步提升了产品效益，耒阳油茶产业发展呈现出更加广阔前景。相关部门负责人表示，按照目前发展水平，耒阳油茶产业向更大效益化的规模进军，建成真正的全国油茶第一县，并向年产值百亿元进军，让油茶产业成为耒阳经济的源泉产业之一、支撑产业之一。

为有活水源头来，我们有理由相信，大战略大布局下的耒阳油茶产业，必将为耒阳经济腾飞，重回全省第一方阵，作出巨大贡献。

（此文被新湖南采用）

# 春陵江支流象江河：春来江水绿如蓝

象江河是春陵江的一条支流，也是耒阳西乡流域面积最大的一条河。象江河从长坪发源，流经几十个村庄后，从南京镇注入春陵江，全长约80华里。

一条河就是一段历史，一条江就是一方文化。民俗与土著，风物与风雨，伴着源远流长的水流，从远古走来，渗杂现代文明进程，纪录河两岸民众的酸甜苦辣和时代变迁，春华秋实，风月无边。

在春天的一个晴朗日子，我走进象江河余庆街道办事处青陂村河段。往下就是南京镇，这里距城区只有17公里，交通便利，水流平缓，是象江河河道最宽，居住人口最密稠的地方之一。

这是一片山岭与田野之中的中间地带，耒阳人俗称其为洞里。洞，开宽地，相对范围较宽，有别于山岭重叠之间的小洞，那种小洞耒阳人又喊作冲。山冲、山洞、田垌，这都是耒阳丘陵地貌的固有称呼，和湘南其他地方称呼相近。大抵每个洞里，都会有水系流过，或小溪，或小河，或江流。小溪，耒阳西乡人又称作山涧水，小河，西乡人则叫作冈。江，冈同音，这是耒阳人的普遍叫法，江姓亦称冈姓，这里不再赘述。西乡人没有河的概念，连春陵江都叫作冈，更何况春陵江支流的象江河。很多人并不认同这个叫法，象江河在他们心里就是一条门口冈，历朝历代，祖祖辈辈一直这样叫的。你若说象江河，好多人都会有些不解。青陂村八组的王方方就不晓得象江河的称谓，我连问了他几遍，他总是斩钉截铁地说，就叫门前冈下，他听爷爷和父亲都这样喊。他五十多岁了，也一直这样喊。和王方方同住一个村的王大婶，也不晓得象江河的名字，她把距她门前不远的一座古桥，就叫冈下桥，并反复说没听过别的名称。西乡人说话做事都是质朴的，你再多问，他便会嘿嘿笑，再不做正面答复。

象江河距青陂村约3公里，拐了好几个弯，一弯弯过一丘山岭，一弯弯过一片田洞，再一弯从田洞中间弯过一个大湾村，然后直通南京方向。年过八旬的郭老是青陂村年岁较大且又有些文化的人，他和我站在河边聊天，说旧时这条冈水流还湍急一些，有很多漩涡，也有深潭，当然就更有故事。古时候西乡缺水，十年九旱，每当酷夏，冈里的一点水，便会积藏在潭洞里，老百姓要想用它灌溉稻田，要用车水车去车，而且轮流去车，一般不会干涸，如果吵架，水就不够了。所以西乡人讲和气，在洞里车水几乎不会红脸，当然，旧时人也分贵贱，大抵也是有权有势的富人先车水，穷人再后车，车到最后面了，再深的潭也有没水的时候。

新中国成立后，水利设施得到了极大改善，象江河也经数次修缮与改造，灌溉功能得到进一步加强。堰坝，就是象江河流域最具灌溉功能的水利设施。大抵几百米或几里路程，便会有一堵堰坝，用青石板垒砌而成，将上流水拦腰截断，形成小湖泊，然后水流从两边渠道口分流，再流入农田。堰坝一般宽于河流，宽的有十数米，形成壮观的人工瀑布。

瀑布，是象江河最靓丽的一道风景。站在堰坝前沿，一边是石板古道，青苔依依；一边是垂柳飘飘，倒影在清澈见底的河道中。一股清冽的水流，从堰坝上倾泻而下，注入下游河道之间，发出清脆的巨声。瀑布形成的水柱，在阳光的照耀下，波光粼粼，一派自然风光。三三两两的鸭子，飘浮在河道两边。远远望去，瀑布、垂柳、青石、青藤、鸭群，相映相衬，一片绚丽风光，一幅乡村图画，相辅相成，妙趣横生，和谐自然。

春天，象江河的水流仍然清澈透亮，水流缓缓，七弯八拐，越过一片片茅草丛生的河岸，两岸树影婆娑，花草丛生，黄鹂麻雀跳舞，鸟语阵阵，伴着水流，如一曲美妙的旋律，又似弹琴者弹奏的旋律，悠扬婉转，沁人心脾。住在河岸边上的老郭说，以前这条河流水很清澈，四季可以饮用，后来遭到垃圾污染，水质下降，不仅不能喝，洗衣都不行了。幸亏这些年又得到各方面重视，通过不懈努力，现在水质也在慢慢变好，如果按此发展下去，恢复原始风貌指日可待。

水流透亮，水质干净，一直是象江河两岸民众最大心愿，特别对上了年纪的人来说，那种鱼翔浅底的景况早已成为记忆。王方方就喜欢在春天涨水的时候，往象江河里下一网渔具，看是不是能网到鱼。他对我说，小时候，常常会到门前江下捉泥鳅或鲫鱼什么的，偶尔还会摸到团鱼，遇上涨洪水，大人往江里下大网，乡下人叫"扳鱼"，那是一种形如巨伞一般的大鱼网，用竹竿扎着四个角，用一根长木条做支撑，每隔十余分钟，起一次网，一般会网上几条大鱼，没大鱼也有不少虾米鲫鱼，总之不会空网，他们小孩就站在边上看。看大人起鱼，看大人把网上的鱼装进鱼篓里。后来，因为江里水质恶化，渐渐就没鱼可网了，而那些网具和网鱼的人，也自动消失。如今，随着环境整治和水质好转，象江河又重现鱼虾踪影，当然只有到涨大水的时候，至于以前那种四季清澈见底，鱼虾游荡的景况依然难以重现。王方方说，虽然这些年河道整治很有成效，但漂浮物仍无法彻底清除，特别是有些不自觉的人，仍时不时往江里倾倒垃圾，造成水质和环境无法彻底恢复远古时期的面貌。他呼吁两岸人从小事做起，抛弃不讲卫生的陋习。

有江有河便有桥。小桥流水人家，在西乡象江河流域随处可见。桥自然是青石板桥，这是盛产石头的西乡特色。青石板桥和堰坝一样，一般每隔一二里地就有一座，主要方便两岸民众出行。一座桥往往就是一个村通向另一个湾的必经之处，都是村民自发兴建的，大多有了一些年头。我在青陂村十组，就看到一条至今仍保留完好的古石桥。桥长十几米，用青石块垒砌着两个墩子，西乡人喊石墩，入水处是三角尖形，主要防止洪水冲击。桥面由四块巨大的青石搭建而成，这种青石块如今已很难寻觅，都是旧时石匠精心雕刻的，经久耐用，又大方美观。走进这座古石桥，水流潺潺，树影婆娑，桥两边爬满青苔和青藤，如作家古华笔下爬面青藤的木屋一般，一层一层的青藤，绕着桥梁桥墩，从河道底下漫延，一直漫延至整个桥身，远远望去，就像一尊雕塑一般，充满浓烈的古韵色彩。至今，这座桥仍然是青陂村和南京镇一些村民出行的主要通途。当然，这种桥不能行车，只用于步行，而连接这座桥的村路，仍是西乡最常见的青石板路，一溜溜青石板路，铺在河岸两边，一眼望不到边际。而旧时，这条石板桥和石板路，却是两岸民

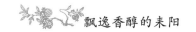 

众的主要道路。当然，随着公路的修通，这条古路的价值，已大打折扣，经常经过这里的人，也变得少而又少了。这也许是时代发展的必然，但是，我们必须佩服西乡人对古老石桥、路径的保护意识。村民老郭说，本来这里可以修建水泥路，但因为要把石桥改为水泥桥，很多人就建议改道绕行，毕竟古青石桥日渐减少，并不多见了。西乡人有怀旧情怀，这或许是西乡至今仍保留着很多古韵风貌的缘由之一，并非西乡人观念落后。

象江河，奔流不息，带着最原始的古韵，带着西乡人特有的民俗文化。据说，西乡与象江河有关的民俗，多达十数个。耄耋老人彭老熟知这些民俗。他说，主要活动有西乡禾戏、影子戏、舞龙灯、耍狮子，一般每逢喜庆之日，都要在桥头燃放鞭炮，至于元宵节、端午节、尝新节、立冬等节日节气，更是要沿着河道游行，敲锣打鼓，热闹非凡。当然，现在这些民俗大多数无人知晓了，但也保留下来了一些，如端午节包粽子祭河神，尝新节挑河水浸米、立冬抖糍粑丢河喂鱼等习俗，仍被一些老人沿袭。

古老的象江河，历经风雨，总是那样不卑不亢，生生不息，清澈流淌，四季如歌。特别是春天，嫩草葱葱，树木郁郁，花开朵朵，水流匆匆，千般风采，万般妩媚。春来江水绿如蓝，象江河，你用轻盈的脚步，紧跟时代发展步伐。而随着乡村环境整治工作的持续加强，相信水质方面，会越来越清澈，环境卫生方面，也会越来越干净。重归自然，返璞归真，只是时间问题。再加上我市乡村旅游产业的不断发展，类似象江河这样古老的河流，一定可以打造成适合旅游的最佳目的地。

# 耒阳：白鹭迁徙入城区

入夏以来，数以千计的白鹭，翩翩飞来，迁徙到耒阳市城区的大喇叭冲水库山头，栖息在一片绿枝茂密的山岭之间。悦耳的鸟声，伴随着火车声和汽车声，还有鼎沸的人声，共同构成一幅赏心悦目和谐的自然风景图。曾经尘土飞扬的"煤都"耒阳，通过环境改善，如今已变成山水宜居新城，不仅成为市民宜居之地，而且成为鸟类白鹭栖息之处。大美耒阳，华丽转身。

大喇叭冲水库位于耒阳市区的五里牌街道办事处火田居委会，一边是高铁耒阳西站，一边是耒阳火车站，中间横穿一条 107 国道。鳞次栉比的高楼大厦，一条条水泥大道，早将这里衬托成一片热闹地带。但绿水青山，环境舒适，仍是这里的主题。一座水库，碧波荡漾；一条渠道，流淌着清水。茂密的山林，郁郁葱葱的草地，还有荷花飘香的水塘，将这里渲染成城市中的绚丽风景，也成为市民休闲游玩的最佳目的地。良好的生态环境，加上得天独厚的水草丰盛之地，让习惯于栖息乡野的白鹭，也迁徙而来。先是几只，后来是几十只，再后来是几百只，最后达到了上千只。住在附近的居民资先生说，这么多白鹭飞来，非常壮观，这在以前是不敢想象的。而城边山头栖息这么多鸟类，也是不可多见。这证明我们的环境好吸引来了鸟类，当然还是人与鸟类共存，爱护鸟类的自觉意识增强的结果。

傍晚，夜幕降临之前，站在大喇叭冲水库附近，只见一只只白鹭，盘旋着，拍打着翅膀，欢快鸣叫着，从四面八方飞过来，落到灌木丛中，落到树梢枝头，密密麻麻集聚一起，准备栖息。上千只白鹭，一般要通过一小时左右的时间，才能各自栖息好。据相关专家介绍，白鹭并不筑巢，只是固定栖息在坐北朝南的山口，还必须在深可不测的树林中，其次附近必有水源，而且是清澈透明的大水面。只有满足这些条件的地方，才能吸引白鹭前来栖息。

到了早晨，晨曦初露，大约在五点半左右，早起的白鹭，便离开大喇叭冲水库山头，飞去远方觅食。这些白鹭都是陆陆续续起飞，一般是几只几只结队，先离开栖息的树木，盘旋起来，拍打翅膀，翩翩起舞，再飞去远方。白鹭早上飞离栖息地，比傍晚飞来时更费时间，一般要持续一个半小时，直到七点左右，才会所有鸟儿全部起飞，离开栖息地。

在城市边缘看成群结队的白鹭自由飞翔，看它们日出而飞日落而息，的确非常壮观。叽叽喳喳的鸣叫声，拍打翅膀的戏耍动作，成群结队蜂拥而来的聚集，都令人目不暇接，惬意万分。朝霞满天，夕阳火红，翩翩起舞的白鹭，让城市的喧嚣，多了一份宁静，让熙熙攘攘的人流，多了一份企盼。人与鸟的和谐，自然界动物界与人类的共存，都在这不经意之间，都在这城市飞翔的鸟鸣声中，得到充分印证。舒适宜居的大环境，不仅让鸟类有更加自由的生存空间，而且可以让它从乡村迁徙到城市。这何尝不是一个时代的

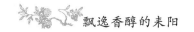
返璞归真，更是一个时代的进步。山与水，环境与质量，人与自然，动物与人类，就在这和谐的氛围中，共生共存，共同享受空间，共同享受生活。

耒阳城市边缘的大喇叭冲水库，观鸟最佳时间为傍晚和清晨。有关专家提醒，观赏白鹭，忌大声喧哗，更不能掷石块之类，也不能携带木棍，应轻松愉快，以休闲方式观赏。拍摄拍照，应远距离拉近镜头，切忌为了拍照而冒险接近白鹭偷拍。带小孩观赏时，应禁止在白鹭的栖息地投放食品之类。保护鸟类，让它们与人类共同生活，必须建立在自然和谐的情况下，切不可人为破坏。大规模的白鹭迁徙耒阳城区，这是耒阳环境变化的一个最好诠释，也让每一个市民，更加懂得环境保护的重要意义。我们相信，在这次创建省级文明城市过程中，白鹭的到来也会添一份亮点。

# 耒阳，舞动的彩虹

昨晚，一条绚丽多彩的彩虹美图刷爆耒阳朋友圈，七色阳光，彩虹飞扬，令人目不暇接。大美耒阳，在初夏时节，呈现优美而又令人惊奇的自然风光。人间仙境，山水有情，似乎在不经意间，却是环境变好的一个极好印证。

6月的耒阳，一直雨水不断。气温在变化中，冷热交迭，舒适宜人。雨后的天空，如水洗一般，清新脱俗。阳光与风雨，蓝天与白云，山与水，城中楼阁，都在灿烂中绽放。碧波荡漾的耒水，潺潺汩汩的乡间流水，层层叠叠的山岭，绿茵茵的山野，青秧一片的田垌，无不呈现婀娜多姿、五彩缤纷的自然美景。

6月2日傍晚，在湛蓝的天空中，在绚丽的晚霞中，云彩涌动，霞光万丈，天边一片又一片的彩云，拥压着若隐若现的雨云，交替变幻。一时清晰，一时朦胧，一时飘逸，一时静止。在云端深处，七色阳光，突然之间飞扬起来，红橙黄绿青蓝紫，仿佛在一瞬间，便一齐迸发。于是，云彩不断变幻，不断涌动，不断飘逸，不断扩大，一架彩虹桥，慢慢搭建而成。彩虹如桥，桥如彩虹，挂在天边，挂在山岭，挂在楼顶，挂在广场，挂在水中，挂在马路中间，挂在人与人之间遥远的距离之中，形成一道最靓丽的风景。彩虹满天，硕大无比。

舞动的彩虹，让耒阳瞬间灿烂多姿，五彩缤纷。

在发明家广场，彩虹如同一只巨大的彩球，环绕着天际，将广场包裹起来，自天而下，飞落而至，如一幅图画，唾手可得。彩虹静静地横挂在这片喧嚣的广场上，如诗如画，迟迟不肯离开。仿佛要让网民，拍一个痛快，晒一份留恋。又似乎要让这舞动的彩虹，托一片霞光，洒落在夜幕下的广场，直到星光点点，灯火阑珊时。

在新耒阳大桥，彩虹跨越长长的耒水，抖出一片光环，在灿烂的阳光下，明媚的彩虹，肆意绽放七彩阳光，飘洒自如。河水碧亮，彩虹飞舞，天空一片绚烂多彩。桥上桥下，河里水里，彩虹伴随着两岸的车水马龙，伴随熙熙攘攘的人流，形成天上人间，人间仙境之景。

舞动的彩虹，落在公园里，落在街头巷尾，镶嵌在鳞次栉比的楼宇之间，形成一片又一片灿烂的风景。彩虹妆点耒阳城，让变化中的耒阳，插上了腾飞翅膀，在霞光之中，愈发显得风姿绰约，楚楚动人。彩虹飞舞，舞动古老的耒阳，更舞动日新月异的耒阳。每一道风景，都是一道变迁，每一道变迁，都在潜移默化中慢慢形成。彩虹下的耒阳，何止是一道风景，更寓意着一座城市的朝气蓬勃，青春风采。

彩虹只是一种自然现象，但自然现象也不是随便可以形成的。这些年，在人们的印象中，类似昨晚这种长长圆圆亮丽的彩虹，似乎正在渐渐多起来。这也许就是环境不断变化的结果，只有环境不断改善，只有环境不断变化，类似彩虹桥、雾霭、海市蜃楼、云海日出等自然现象，才会越来越多，才会越来越绚丽。

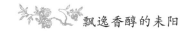

# 飞架耒河的大市倒虹吸管：书写水利奇迹

云淡风轻的初夏时节，走近耒河段飞架的大市倒虹吸管边，望着这至今仍通水无碍，庞大而又雄壮的人工灌渠工程，无不为新中国水利建设而赞叹！无不为耒阳先辈们敢于奋斗拼搏的精神而感慨！

站在倒虹吸管的桥面上，脚下是碧波荡漾的耒水，头上是蓝天白云，两岸山岭连绵，一片片流光溢彩的水田，正吸收着从水渠道分道出来的水流。田野、山岭、河道、倒虹吸渠，有机相融，将耒河渲染得别具一格，绚丽多姿。

77岁的三架办事处大丰村十六组农民刘洪江，是大市倒虹吸管建设的经历者和参与者。他说，当时大丰村就他一个人自始至终参与了整个倒虹吸管的修建，从选址到渠管倒模，从桥面架设到水泥浇灌，他是亲力亲为的见证者。说起大市倒虹吸管的建设过程，尽管时间已经过去了五十年，当年的年轻小伙也变成了垂垂老者，但刘洪江老人仍掩饰不住自豪感和激动之情。他放下锄头，站在大市倒虹吸管下的一片旱土里，极有耐心地向我讲述那段艰苦而又豪迈的水利工程建设过程。

"大市倒虹吸管动工修建于1966年，后来'文革'停过一年工，到1970年正式建成通水。"刘洪江老人回忆说。当时只有20岁出头的刘洪江，作为倒虹吸管修建地三架公社大丰大队的一名民兵，被组织上派到修建工地担任保卫人员兼管材料。这个任务是很重的，不仅要协调施工队和地方的关系，还要负责物资的管理。刘洪江老人告诉我，整个专业施工队来自长沙，工程师和技术人员都是正牌知识分子，他们既敬业又有对工程高度负责的精神，一点一滴都是严抠细做，一丝不苟，毫不含糊。除了专业技术人员，施工队的民工都是精挑细选过来的，人员来自郴州和衡阳两个地区。刘洪江老人介绍，参与倒虹吸管建设各方面大约有五百多人，全部驻扎在施工现场，除了租老百姓的民房还建了材料仓库和指挥部。整个施工现场可以说沸腾一片，都是分工合作，分块负责。建设工地几乎不分白天黑夜，除了下大雨或涨河水，一般不歇息。当时，各种先进的机械，如搅拌机、运料机、大型拖拉机都来到了现场。材料也是顶级的，水泥是东江水泥，沙石是耒阳小水铺运来的，河沙则来自耒阳沙石公司，还有木材、钢筋都是国家专门拨付，既质量好又不造成一点儿浪费。刘洪江老人回忆，他经常去施工现场，看到浇灌的涵管都是技术人员按照图纸，严格工序一分半点都不会疏忽。刘老认为那时候对施工的严要求，以及工作人员对工程质量的高标准建设，特别是不弄虚作假，以次充好等方面，都值得今天的人学习和借鉴的。

修建水利工程倒虹吸管，无论在五十年前还是在今天，都是较为严格的一项工程。而大市倒虹吸管由于跨度达到一千二百多米，加上又要从耒河上架设，所以当时几乎倾注了整个湖南省的力量。刘洪江老人记得，那时候一遇上施工难题，一个电话就可以调来全省乃至全国各地的工程技术人员。他记得涵管衔接的时候，工程师就来自岳阳，据说是建巴陵石化输油管道的工程师。还有架桥工程师是从四川那边请过来的。反正每一项不同的工程都会换上技术熟练的工程技术人员。正因为重视工程质量，严把质量关，在那个讲究速度的特殊年代，耒阳这个跨河倒虹吸管，仍用了四年多的建设时间。1970年10月，横跨长度达到1257米的耒阳大市倒虹吸管终于建成通水，从此欧阳海灌区的水流直接输送到了耒阳新市、马水和衡南县数十万亩农田，一项宏伟的水利工程终于胜利竣工。在通水仪式上，当时的湖南省委负责人都亲临现场剪彩，据说，大市倒虹吸管是湖南省最长距离的倒虹吸管之一，即使在今天依然是湖南省最壮观最长跨度的倒虹吸管之一。

修建大市倒虹吸管，耒阳人民作出了突出贡献，不仅在后勤保障方面是举全县之力，而且在拆迁和土地利用上几乎是免费相送。更重要的是为了兴建大市倒虹吸管，耒阳还义务在耒水岸修建筑了一条简易公路专门运送物资。这种无私奉献造就了这条倒虹吸管的顺利通水。刘洪江老人说，那时候耒阳围绕这条水管建设，派了一百多人来参与管理，都是自费帮助。例如刘洪江本人就没在工地拿过一分钱，都是由自己生产大队记工分拿口粮。毫无疑问，大市虹吸管的建设倾注了那一代耒阳人的辛苦和汗水，居功至伟！

高质量、高标准的大市倒虹吸管历经50年风雨沧桑，历经50年的水利输送，直到今天总体框架仍是一流的水利输送工程。

不得不说这是一个水利工程的奇迹，而创造这个奇迹的就包含那一辈耒阳人。他们用青春和汗水，他们用拼搏和奋斗精神为我们留下了大市倒虹吸管这一壮丽的诗篇。

由于历史原因，大市倒虹吸管可以在桥面上通过行人。大抵往来大市和三架大丰等地的一些村民，都会从倒虹吸管上步行跨越耒河到达彼岸。虽然大大方便了两岸民众，但对倒虹吸管桥梁却是一种隐形的压力。50年或许没有任何影响，但以后会不会造成影响真还不好说。我倒赞成关闭两岸民众往返跨越的通道，改为旅游专用观光步行平台，限时限人通过桥面，这不仅可以起到保护倒虹吸管的作用，还可助推乡村旅游。同时可以以收费形式接纳社会资金，用于大市倒虹吸管的修缮及美化靓化，只要打造这一宏大的水利工程，一定会吸引更多的游人前来观光休闲。

其实，站在大市倒虹吸管桥面上，还真的有一种别样的感觉。山与水，桥与河，辽阔的天空，一望无垠的耒水，飘逸的倒虹吸管，无不让你心旷神怡，惬意万分。漫步在倒虹吸管上，如同欣赏玻璃桥，桥下是深不可测的河水，桥上是狭窄的圆罐通道，仿佛飘浮在半空之中，又似腾云驾雾一般，无与伦比。而一眼望不到边际的倒虹吸管又是另一种风景，长长的管道拐着长长的弯道，从桥这边延绵到桥那边。水在脚下的管道中涌动，水又在桥下的河面上漂流，那种意境没有身临其境，很难感受其壮观和绚丽。

我相信，如果你来到大市倒虹吸管边，一定会被这一宏大的水利工程而震撼，也会为山水相偎美丽的耒阳大地而自豪！

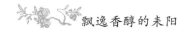

# 锁在记忆深处的五等小站——耒阳浪石坪车站

浪石坪并不浪漫，只是一个时代的印痕，是刻在那一代经历者心中永恒的记忆，也许，这份记忆会锁进很多人心灵深处，偶尔翻阅，便会回味无穷。这回味，或苦涩，或伤感，但更多的是那个时代普通人生活中留下来的酸甜苦辣，拼搏与奋斗。那是一段特殊的记忆，那是一段火热的生活。

浪石坪位于灶市零洲村境内，20世纪70年代至80年代，这里是京广铁路最低档的一座五等车站。五等车站，麻雀虽小五脏俱全，承担着必要的客运和货运任务。而且，繁忙的时候，这里车水马龙，热闹异常。譬如傍晚最后一趟客车，上车的乘客，会争先恐后，提着大包小包，蜂拥往车厢挤，那种画面，今天的年轻人恐怕很难见到，即使春运期间，也无法复制。住在浪石坪车站后面的谢先生对此颇有感触，他说，那时候火车拥挤，浪石坪是一个小站，一般只打开两三节车厢门，所以乘车人怕挤不上车，要一窝蜂去挤，甚至爬车窗。谢先生当时只是几岁小孩，他喜欢和同伴去看这种挤车场景，至今回忆起来仍清晰异常。和谢先生有同样记忆的，还有住在浪石坪附近一位姓欧阳的中年人，他那时候也是个小屁孩，为了随父亲去公平圩赶圩，经常参与挤车，也爬过窗户，替父亲占过位置。他说，那时候能坐火车很风光，他们零洲人因为拥有浪石坪车站，上下车都比其他地方方便，所以心中就有一种优越感，小孩子也感觉自己神气。

今天的浪石坪车站，已很难寻觅到几十年前那种场景了。好在那几间主客运室房屋仍在，虽有些陈旧，窗户生锈，但斑驳的油漆墙面仍在，低矮的站车仍留下一截。这让我这个孩童时代也有过浪石坪车站乘车历程的人来说，格外有一种熟悉感，一种对往事的回味。正是初夏时节的五月，阳光明媚，天空碧蓝，白云朵朵。我站在浪石坪这个曾经五等车站的站台旁边，望着奔驰而来的火车，望着泛着光泽的铁路轨道，看着似曾相识的几间旧房，思绪仿佛有一种跨越，那些难忘的记忆，那些浪石坪车站鼎盛时期的故事，似乎就在眼前，唾手可得。

浪石坪车站是耒阳境内9座火车站之一。哪9座？且从南往北数起：白露车站、公平圩车站、李家村车站、小水车站、浪石坪车站、灶市车站、瓦园车站、哲桥车站、段家庄车站。其中浪石坪车站距灶市火车站只有几里路程，为什么还要在这里建一个车站？除了当时浪石坪附近是军事重地，驻军多的原因外，还因为当时耒阳属于郴州地区，零洲是著名蔬菜基地，蔬菜要经常供应郴州，再一个灶市木材站的木材，要从浪石坪卸载运货，当然最关键这里曾经是耒阳至新生煤矿的铁路枢纽点。大体就是这些原因吧，让浪石坪成为五等车站。这中间客运因素并不多，但真正令人记忆犹新的，却是人来人往的客运经历。

当时停靠浪石坪车站的列车，一天南上北下也就五六趟，都是慢车。所谓慢车，就是每个车站都停，且停的时间要根据整个铁路系统运行车辆往返的密度来决定，有的慢，有的快。所以在小站乘车，乘客都害怕上不了车，蜂拥挤车爬窗便习以为常。记得小时我从公平圩车站乘车到浪石坪车站下车，都会提前站到车门口，一待车门打开，就尖着脑壳往车下挤，常常上车的人比下车的人更疯狂，也不管你下没下车，一阵风就拥挤上来，把下车人重新挤进车厢。而乘务人员也不管，只顾自己率先跳下车。上车人和下车人撞碰，当然就让车厢秩序更加混乱，此时此刻胆小的孩子就会哭喊起来，而先下车的大人，又会折返从窗户上爬进来，伸一个脖子，喊自己的孩子从窗户跳下去。当时的浪石坪车站站台边上没有台阶，车厢的跳板距离地面大约有一米高，我记得和我一样大、只有几岁的小孩，都是直接从跳板上一跃而下，偶尔还会被石块绊一下，甚至流出血来，但没见过谁哭哭啼啼，反正下了车，仿佛一身轻松。我父亲和我姐姐，当时都在浪石坪车站不远的灶市木材站上班，我下车后，也不管下雨天还是天黑时刻，都是自己走路去木材站。我清楚记得那时我也就七八岁，胆子不算很大，但从来都是一个人上下车。有一次，我在浪石坪车站没有挤下车，后来是在灶市车站下的车，幸亏姐姐知道后赶来接车了，要不我算逃票，就出不了站台门了。

说起逃票，故事就有些苦涩。那时候，很多从韶关、郴州、马田等车站上车的人，本来都是从灶市火车站下车，但一些人为了逃票，常常会提前从浪石坪车站下车。他们千方百计在列车上躲避查票，有的睡到车座位底下，有的躲在厕所里，有的和乘务员捉迷藏，还有的几个人互相打掩护，只买一张票，遇上乘务员查票就相互传递，反正要躲避过去。列车上好躲，下车却不好躲，没票出不了车站。所以很多人只好打浪石坪这种小车站疏于管理的主意，提前从窗户跳车，或者一窝蜂挤下去。当然，这种硬闯的下车方式，一般不会很灵，因为列车上的乘警和列车员都不是吃素的，如发现一些人硬闯下车，便会一起去抓人，往往都会有收效，很多人辛辛苦苦逃了许多站的票，结果下车被抓住要补通票，不补的甚至会被关到车站一间黑屋里。所以，即使在浪石坪这样的车站逃票下车，大多数人也是选择翻越车窗下车。也有很聪明的逃票者，我就见过很多次，据说这些人都是零洲卖菜的农民。由于浪石坪车站已属他们的地盘，他们的胆子更大，先让一个买好全票的人，挑着所有人卖完菜的空箩筐，挤到下车门口，一待车门打开，就故意磨磨蹭蹭，引起乘务人员注意，然后那些逃票的人，利索打开车窗，跳下列车，再从车底爬过来，帮忙拿空箩筐。乘务人员知道他们都是逃票者，但也不敢抓，一是没有现场逮到，二是这些人就是浪石坪车站零洲村的人，和站台值班人员都混了个熟脸，这些人也就睁只眼闭只眼，不会再配合乘务人员查票。所以零洲菜农逃票，那是经常性的，也是很有水平的。其实，逃一张票，虽然只有几毛钱，但却超过这些菜农卖菜所得的利润。

实际上，从浪石坪车站上下车的人，一般都是零洲、花石、白沙一带的村民，还有白沙矿务局、红卫矿区的一些工人或家属。列车方便了他们的出行，而他们的出行也大多带有地域性，例如零洲人挑蔬菜去各地卖，白沙人挑农产品去外地销售。其中零洲乘车卖菜最有特色，上至郴州，下至衡阳，中间公平圩、小水铺，都是他们的蔬菜销售点。零洲人种蔬菜，自然缺少粮食，所以在产粮时间，他们还会从外地弄一些粮食过来。因为浪石坪车站的关系，因为运输方便的关系，造就零洲、白沙的一些农民，从 20 世纪

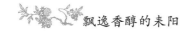 

70年代未至80年代初，便开始涉足商业，养成经商头脑。当时这些地方的农民，生活条件比其他地方要更好。后来的万元户，这些地域也出得更多。即使是今天，灶市办事处零洲、泗门洲村这一带的商人，仍比其他村庄所占比重要多，这都得益于浪石坪这个五等车站的"功劳"。

随着时代的发展，随着公路运输的发展，铁路运输出现了双轨道和车辆提速，为了集中客货运输力量，从20世纪80年代中期开始，铁路部门开始裁减五等车站。位于公平圩镇的白露车站最先被撤，然后是段家庄、瓦园、李家村、浪石坪这样的小站被撤销。于是，留下时代印痕的浪石坪车站，就此退出历史舞台。但留给那一代人的记忆，却无法抹去。居住在浪石坪车站附近零洲村的一些上了年岁的中老年人，在和我聊天时，仍非常清楚记得当时车站的景况。轰鸣的蒸汽机机车，震得房屋都在抖动，一节节绿皮车厢，停靠在长长的铁路边，车厢的车窗突然打开，伸出一张张来自外地乘客的脸，他们紧盯着那些在站台边沿卖茶叶蛋、粽子之类的游动商贩，大喊着需要什么东西。付费、拿东西一气呵成。当列车开动后，这些脸孔才随着关闭的车窗渐渐远去。后来，蒸汽机车头变成燃气机，那种轰鸣震耳、用人铲炭才能走动的机车，渐渐只能从电影中去感受了。

五等车站浪石坪车站，完成了它的历史使命，退出了火车站这一序列。但今天的浪石坪，仍然是京广铁路和耒永铁路的分叉路口，一边是源源不断的电气机车，列车、运输车匆匆而过，一边是运煤车从灶市车站驶出，进入珠机滩车站，进入大唐耒阳电厂。时代的脉搏，只是一种加速的跳动，而那些远去的车站、车辆，还有那些拥挤着上车的身影，也已触入今天那一辆辆飞驰的"和谐号"和"复兴号"上。这是时代进步和飞速发展的结果，也是耒阳百姓引以为豪的故事。

# 文明创建，城市深处的美丽

　　站在耒阳城市的高处眺望，鳞次栉比的楼宇，宽广的街道，熙熙攘攘的人流都彰显着这座千年古县的绚丽多彩。但这仅仅是一种外表的华丽，只有把城市每一条街巷角落变得绚烂，只有把城市每一个人的言谈举止变得礼貌谦逊，才会变为城市深处的美丽！

　　一座城市的发展必须建立在物质文明和精神文明两个层面上，这是不少沿海城市的经验，也是一个城市华丽转身面向未来的必由之路。这次市委、市政府高瞻远瞩提出创建省级文明城市，这是非常切合耒阳实际的重大举措，也是大幅提升耒阳形象，更进一步发展耒阳经济品牌效应的举措。从去年成功创建省级园林城市和省级卫生城市，再到今年创建省级文明城市，这都是耒阳作为全省最大县级城市的实力体现，也是耒阳迈上全国知名城市的一条捷径，只要持之以恒，不仅可以创建全省文明城市，更可以向全国文明城市这一宏伟目标迈进。更多的金字招牌，就可以将古老而又年轻的耒阳提升一个层次，更上一层台阶。"龙吟四泽，凤引九雏"，腾飞的耒阳必将点石成金，迎来广阔的发展机遇，迎接更灿烂辉煌的明天！

　　创建省文明城市，必须要用只争朝夕的姿态去奋战。一点一滴，一花一木，每一个细节、每一个环节都需要各级部门齐心协力共同完成。时不待人，创建工作尤为如此。当前全市正蓄势待发，在方方面面按照创建标准补短板、添火候，从各行各业、各个环节中去发现不足、去弥补缺陷，只要严抠细节、严把方向、矫正关口，相信创建工作一定会在火热氛围中一步一个脚印，"一招一式"不出纰漏，只要端正态度，只要敢于"亮剑"就没有迈不过的坎。"创建出成效，创建出靓点"！通过不懈努力，我们深信耒阳的街头巷尾、公园小区、河边路旁、道路交通、城市环境、公共卫生、美化亮化等都会有质的提升，都会有飞跃。只有让城市真正变得绚丽多姿、干净整洁、安全有序，市民居住舒适、开心才会让耒阳城市深处迎来美丽！

　　"耒阳是我家，文明靠大家"耒阳创建省级文明城市，关键还得依靠全市人民的共同努力。一百多万耒阳人，每一个人都是文明创建中的一员，要从生活中，从工作中，从衣食住行中，从一言一行中，从举手投足中都养成文明素养。细节决定成败，细节牵涉文明，要从细节中去养成文明，去发现遵守文明规则过程中的不足。要从不乱吐痰，不乱倒垃圾，爱护环境，爱护卫生等方面开始；要从遵守交通规则，自觉搀扶老幼及残障人过马路等入手；要从平时言语中不讲粗语，微笑待人等方面渗入文明礼貌内涵。要形成每个人都是耒阳形象代言人这一自觉，让出租车司机彰显出耒阳人的素质，从公共场所的工作人员待人接物中彰显出耒阳人的优良品质。即使是在网络上都要让人看到耒阳人热爱祖国、热爱耒阳的文明素养。只有全方位提高耒阳人的综合文明素养，才会让耒阳文明创建工作落到实处，才会更具意义。也只有把全体市民的文明素质提高到一个

新高度，才能让文明创建变成耒阳城市深处的美丽！

创建省级文明城市是耒阳今年在大疫后的一项重要工作，可以说非常有意义。全市人民唯有共同参与、共同努力才会事半功倍，才会创造成功。"文明创建，城市深处的美丽"！

# 耒阳：农民参观团，感受"科技"农业的魅力

大型犁田拖拉机、耕田机、插秧机、抛秧机、收割机，还有喷洒无人机，一样样新式的"高科技"农机产品，5月9日亮相耒阳市马水镇桃花村田野。这让前来观摩的一百多名农民参观团成员称赞不已，也让这些种粮大户感受到了"科技"农业的魅力。

这场由耒阳市长富农机专业合作社和耒阳市供销合作社共同打造的农机产品现场演示活动，邀请了一百多名来自马水镇、亮源乡等乡镇的种植大户，组成参观团前来现场观摩，近距离参观了解"高科技"农机产品的性能及其魅力。

在演示现场，一台最新式的水田抛秧机，正在作业，机上除了驾驶员，还有两名抛秧助手，随着抛秧机的有序运行，一兜兜秧苗从机器尾部抛出，稳稳地洒在水田中间，如人工插秧一般立于泥中，而且可以左右成行，既快捷又美观。据介绍，这种抛秧机每天可抛秧百余亩，可抵一百多个人工。参观团成员边看演示边啧啧称赞。一位姓刘的种粮大户告诉记者，有了这种抛秧机，不仅可以媲美人工插秧的行间距离，而且可以节约人工成本达十倍以上，这真是让人不敢想象，科技力量让农民真真切切地感受到了祖国的强大。

无人机喷洒农药，这是真正的新式高科技产品。在演示田野，六台大型无人机，托着20公斤重的水箱，原地起飞，用各种飞翔的姿势，进行空中演示喷洒。耒阳市供销社彭主任告诉记者，这种无人机，飞行高度为三十米，每次升空可持续30分钟，可喷洒水田两三亩，既节约人工成本，又喷洒均匀，防治病虫效果也更好。彭主任表示，耒阳任何有需要的种粮户，都可以预约租用，无人机喷洒既方便又实惠。参观团所有种粮户看到无人机表演后，都感受到了高科技力量，也由衷赞叹农业发展和农机运用的日新月异。

耒阳长富农机专业合作社理事长谭红兵在接受记者采访时，对科技农机运用的前景表示乐观。他说："虽然科技农机的投资成本较大，例如一台无人喷洒机要达到六万，但长远来看，这种高科技农机还是会带来良好的经济和社会效益。"谭红兵表示，作为耒阳的种粮大户，他除了带头在元明坳、沙明坳种植高山稻米，扶持贫困户外，还要带头投资高科技农机产品的购买和推广，也愿意分享自己的高科技农机产品。谭红兵表示，他的高科技农机产品，租赁费一定低于任何同类型产品。记者有感于长富农机有限公司和市供销社对高科技农机产品的前瞻性推广运用，破例在新闻后发一句广告。

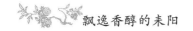

# 中国油茶第一市：湖南耒阳

蔡伦故里，湖南耒阳，被誉为中国油茶之乡，全市油茶种植面积达 115 万亩，位列全国各县市之首。

据文献记载，耒阳油茶栽培历史已达一千八百多年，油茶始终是耒阳传统优势产业，油茶林种植面积遍布全市每个乡村，每个角落。绿油油的油茶林，青翠如黛，连绵起伏，香飘百里。

## 飘香的记忆

这是亮源乡的良田村，山上山下，古老的油茶林依稀可见。一大早，茶农老张就扛着锄头，上山垦复自家的油茶林。

古老的油茶林，从远古走来，如今，虽然全市大部分油茶林是新栽植的，但对于上了年岁的茶农来说，他们对油茶的一串串记忆，仿佛就在眼前，留有余香，留有荣光。

每年的霜降节气以后，秋高气爽，随着统一开山摘茶的号令，全市各个乡镇村组，男男女女，挑着箩筐，背着背篓，兴高采烈来到山上，紧张而又忙碌地收摘油茶籽，丰收的喜悦写在每个人的脸上。

马水镇一位老年农民告诉记者："生产队那阵子，我们队里一般来摘几天茶籽，后来实行责任制，我家每年都要摘十多担茶籽，打百多斤油"。

将油茶籽采摘后，就是在禾场上晾晒、剥茶籽，然后送至油榨坊去榨油。整个冬天，耒阳乡村，满满的油茶氛围，满满的油茶飘香。

对耒阳人来说，油茶历史，油茶记忆，如数家珍，历久而弥新。20 世纪 70 年代，中央新闻纪录电影制片厂，曾到耒阳拍摄油茶采摘盛况，并在全国放映播出。耒阳油茶，享誉全国。

## 绿油油的印象

时间匆匆，岁月如歌。改革开放以来，耒阳的油茶产业，得到长足发展。如今的耒阳，油茶林经过更新改造，经过公司＋基地＋农户的模式转换，全市油茶产业焕发生机，呈现一派欣欣向荣景象。

从高空俯瞰，耒水弯延流淌，两岸青山迢迢，油茶林如海，风光绚丽，如诗如画。深秋时节，漫步耒阳油茶林区，连片的油茶林翠绿万顷，含苞欲放的油茶花朵，在阳光的照耀下，熠熠生辉，微风吹来，芳香扑鼻。

这是位于武广高铁沿线的神农油茶公司种植的油茶林，远远望去，山岭相连，绿色天然，一派生机盎然。

这是京珠高速沿线的油茶林，一片一片，错落有致。农业公司运作下的林业，正将曾经的分块分段经营，变成整体连作的集约化经营。

这是金鑫公司种植的油茶林，他们利于机械化和现代化种植技术，对原有的油茶山进行垦复，并新栽油茶。通过精心耕耘，如今，油茶苗长势喜人，一派生机盎然！

类似这种规模化油茶种植公司，耒阳全市已达35家，其中万亩以上的油茶企业4家，三千亩以上的油茶企业十多家。

百里油茶百里富，一方产业一方兴。多种模式的创新，促使全市油茶产业快速发展壮大，也将油茶产业红利，惠及千家万户。

精准扶贫，油茶先行。耒阳市充分利用油茶产业大发展的良好契机，积极扶持贫困户"摘帽"脱贫。

太平圩乡一位负责人告诉记者："2014年至今，我们乡种植油茶面积达到一万多亩，贫困户每年可增收四千元。"

耒阳油茶种植业的快速发展，也助推耒阳油茶产业向纵深转型升级。原来那种传统小作坊式的加工，已被现代化工艺所取代。

湖南金拓天油茶科技有限公司利用耒阳丰富的油茶资源，开发绿色茶油食品，产品供不应求，每年创产值数亿元。

中科生物有限公司，投资12亿元，在耒阳南京、哲桥等乡镇兴建集油茶种植、深加工、生态观光休闲于一体的大型油茶产业园，目前产业园正在有条不紊地运营。

## 展望，耒阳走上世界的名片

素有东方"橄榄油"之美誉的油茶，是我国特有的食物油，享誉世界。

作为全国最大的县级油茶种植基地，耒阳市充分利用科技创新、金融支持等手段，大力扶持油茶产业。

如今，油茶系列的新产品，正在源源不断涌入市场，茶油保健品、茶皂素、活性炭、植物蛋白、有机饲料等10多个系列产品，填补了国内空白。

茶油作为一种绿色食品，让耒阳油茶产品尽快融入"一带一路"倡议，使其成为走上世界餐桌的健康产品，是耒阳市今后追求的目标之一。

衡阳市委常委、我市市委书记罗琼提出，要将耒阳油茶产业打造成走上世界的绿色名品，要做成强大产业，可持续发展，帮助耒阳经济在转型中腾飞。

"沧海横流，方显英雄本色"。耒阳市正致力于经济转型，大力实施"生态耒阳，绿色崛起"战略。油茶产业作为耒阳经济转型的主要产业，已纳入全市十三五重点发展规划。

耒阳市林业局局长刘凡告诉记者："耒阳油茶产业的远景目标，就是要建成名副其实的中国油海，真正把油茶产业打造成绿色名片"。

习近平总书记号召我们，既要金山银山，又要绿水青山。将耒阳油茶产业做成生态产品，绿色名片，这是贯彻习近平新时代中国特色社会主义思想的最好体现。

绿油油的油茶林，香飘飘的油茶果。作为全国种植面积第一的油茶之乡，耒阳正蓄势待发，用实力和努力，力争实现油茶产业每年收入突破一百亿元，这不是梦想，而是美好的愿望！

"长风破浪会有时，直挂云帆济沧海"！耒阳油茶，必将成为耒阳重回全省第一方阵的助力器；耒阳油茶，必将漂洋过海，走上世界餐桌；耒阳油茶，必将创造更加辉煌的明天！

# 湖南耒阳，传统文化活动助推乡村振兴

2017年12月1日至2日，在湖南耒阳市仁义镇，一场传统的公祭大禹文化活动，正如火如荼展开，舞龙舞狮、搭台唱戏、武术表演，精彩纷呈的演出，不仅吸引了方圆数十公里的一千多名农民参加，而且吸引了来自城市的几百名游客观看。开着小车而来的城里人，既欣赏了古老的乡土文化，又游历了乡村风光，同时购置土特产，据粗略统计，当天仁义面条销售量比平时多了五倍。长期从事仁义面条制作的欧阳老人高兴地说，这种活动要多搞，既热闹了我们乡村，又给我们带来了经济效益。

近年来，类似仁义镇这种公祭大禹的传统文化活动，耒阳市每年都要举办四五十场，几乎涵盖了所有乡镇，这种精彩传统文化活动，不仅丰富了农民的精神生活，更助推了耒阳市乡村振兴战略，带动了乡村旅游业的快速发展，同时对乡村经济也是一种促进，不少滞销的农产品通过这种活动，成为畅销品，有的后来还供不应求。据耒阳市商务部门统计，今年以来，全市乡村土特产销售量，达到十多亿元，几乎是十年前的50倍。

耒阳市开展乡村传统文化活动，点多面广，时间跨度大，一年四季不断，有的还和农产品旺销季节挂钩。春节期间，是沿袭了上千年的敖山庙会游船活动，这种游船要走村串户，参与人数达到数万人，异常热闹，活动不仅吸引了本地城市人前来观看，还引来了广东、江西等外省的游客，这些游客除了感受别开生面的传统文化，还喜欢购买茶油、红薯粉皮等耒阳土特产。夏天，在国家4A级旅游景点蔡伦竹海附近举行的辖神庙会活动，吸引着省内外自驾游爱好者前来观光旅游，而此时正是耒阳奈李销售季节，慕名而来的游客无形中成为这种产品的购买人，以前滞销的产品，通过这种活动，成为俏销品。秋天，在千年古镇新市镇举行的传统唱大戏摘柚子活动，更是有的放矢，传统文化活动将乡村旅游和乡村产品推销有机结合，举办这一活动的天佑山庄蒋老板自豪地说，他家以前产柚子50万公斤，每年都要烂一半，现在不但销售一空，还要为附近乡村民销售不少产品。传统文化活动真是太神奇了。

作为千年古县，耒阳市非常重视对乡村传统文化的保护和运用，市委、市政府主要领导每年都要对这一工作进行调度，在安全保障、健康导向、资金扶持上进行有力支持，宣传、文化部门更是将传统文化活动当成亮点去抓，不仅每次活动都要派人到现场指导，而且对一些非遗项目进行重点打造，农业、旅游、商务等部门，也非常重视这项活动。正是在各方齐心协力下，耒阳传统文化活动，变得越来越火爆，效果也越来越好。耒阳市农村精神文明状况焕然一新，农村社会治安状态也得到根本改善，近三年来，全市农村刑事犯案率比以前下降百分之三十。

（此文被光明网采用）

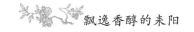

# 耒阳市元明坳上的高山稻田"认养"扶贫会

2019年6月2日，久雨初晴，耒阳市海拔最高的元明坳，蓝天白云，青翠欲滴，一大早，这里就聚集了一百多名来自城里的男男女女，他们大多是以家庭为主体，夫妻双双带着自己的孩子，来这里参加扶贫"认养"会。认养对象也很特别，就是在高山种植优质稻的贫困户和他们的责任田。

这次活动的组织者和发起人，就是耒阳市种粮大户，绿润农业有限公司董事长谭红兵。作为一个从广东办厂回耒阳的企业家，谭红兵近年来投入粮食生产的资金已经超过一千万元。今年他在布局自己的粮食种植时，决定向优质无污染富硒大米推进，向耒阳最偏远最高峰的沙明和元明坳推进，并主动对接这些地方的所有贫困户，希望借助他的优质大米项目，为这些地方的贫困户提供"财源"，让他们足不出户，只要参与种植优质稻这一工程，就可享受比以前种粮多两倍的收入。他的这个想法立即得到当地党组织的大力支持，更得到大多数贫困户的响应。年届八旬的贫困户梁忠远算了一笔账，谭老板开发他们这一带的高山梯田，大约一千亩，每亩至少垫资三千元给种植户，一千亩就是三百万元，而且可让所有贫困户都受益，这样的事，真是打着灯笼也难寻的好事，大家都为谭老板在担心，这样做值不值得，他可以长期做下去吗？

谭红兵却有自己深思熟虑的打算。他说，党中央的扶贫政策本身就是民生工程，作为一个率先富起来的农村人，积极投身这项工作理所应该，何况他还有更长远的打算，那就是要通过这个高山优质稻种植项目，打造出一个全新的优质米品牌，走向市场，再以品牌去促销，去吸引更多的人来关心贫困户。谭红兵也算了一笔账，目前来看，他租赁贫困户一亩高山田，马上会返给贫困户去种植，每亩付工资一千五百元，再加上原始方式的种耕管理和收割等，每亩成本大约三千元，贫困户只需种三亩，就可保障基本生活费，如果再在他公司打份工，每月固定工资是两千元至五千元，那么大多数贫困户可以基本脱贫。但是，谭红兵说，正如像有些贫困户所担心的那样，做不做得长久？自己亏不亏得起？这的确是个更深层问题，所以他也在思考这个问题。谭红兵说，首先还是要把这个优质稻种植好，做到真正的原始风味，接受市场检验，受益于广大消费者，再一个，他觉得还是要借助社会力量，让更多的人来关心贫困户，他希望通过自己的努力，让城里人走进他的高山种植现场，让大家现场观摩，现场了解种植过程，进而来购买这个产品，反哺贫困户。为了将这个理念付诸行动，他决定在高山优质稻插秧这天，邀请一些城里人来元明坳"认养"，让大家以"认养"形式，实行订单式购米，一对一和贫困户结对，从种植、管理、收割及稻米出产上实行全程跟踪，真正让这些城里人亲身经历帮贫扶困的过程，从而让更多的人来关注高山优质米，关注边远山区的贫困人家。

在当天的"认养"扶贫会现场，大家饶有兴趣地下到认领的田中，甩秧、插秧，向贫困户学习栽秧技术，观看原生态的黄牛耕田，了解高山优质米的管理程序等，大家都非常希望优质米能按质按量种植出来，将来由他们购买回家，来回报辛勤劳作的农民，同时也为自己能成为扶贫队伍的一员感到高兴。30多岁的黄先生在"认养"现场表示，这样的活动很有意义，他会发动更多的亲朋好友来参加。从没接触过扶贫工作的廖小姐感慨地说，这的确是一件好事，可以说，今后我们既可吃到高山优质大米，又可扶持高山地区的贫困人，真是一举两得。

在"认养"扶贫会现场，绿润农业有限公司也适时公布了高山稻田认养实施细节，其中最引人注目的就是邀请认养方，通过微信、视频及现场形式，全程参与监控原生态高山优质绿色米的全过程，包括农耕整地、手工插秧、农家肥施肥、人工除草、无污染水灌溉、纯手工收割，杜绝使用农药化肥等。同时，对认养的稻田和贫困户也实行一对一对接，让认养者真正感觉到参与认养即等于参与了扶贫，即等于吃到优质无污染大米。同时，在稻田命名，农耕节庆典活动等，也给予认养者权利和义务。

截至2019年6月3日，谭红兵的绿润农业有限公司，已在耒阳市导子镇的沙明村，亮源乡的关王塘（元明坳）村，种植高山优质稻300多亩，他们计划种植一千亩，可覆盖这两个村的所有贫困户。关王塘村党支部书记朱青春说，扶贫的路千万条，这种利用高山梯田种植优质稻的做法，可以说既新颖又实用，如果能够得到更多城市人的认可，那么，元明坳上的贫困户，就是真正的受益者。

应邀到现场参加此次活动的耒阳市农业农村局、市商务和粮食局的相关负责人和技术人员认为，利用沙明、元明坳这些高山梯田种植优质稻米，这是一个很有远见的做法，投资者因为参与了扶贫工作，在风险上肯定大了一些，但从长远来看，绿色无污染大米势必会成为消费者喜爱的食品，只要持之以恒坚持种植，相信潜力是巨大的。他们也希望社会上更多的有识之士来共同关注这个高山优质稻扶贫项目，让扶贫之稻开花结果，成为耒阳一个知名品牌，走上全省，走上全国！

据记者现场了解，元明坳上的梯田，成片连接，坐落在山坡狭谷之间，高低不一，错落有致，大的梯田面积不足半亩，小的不到一分。这些梯田原来由各家各户自行耕种，不仅造成荒芜，而且产量低。但元明坳上的梯田水源丰富，无任何污染，加上属高寒山区，气温非常适合种一季水稻。绿润农业有限公司在这样的地区栽种优质水稻，具有广阔的发展潜力。而种植水稻的贫困户，都有一种精耕细作的态度，像呵护自己的田地一样呵护着这些农作物，因为他们大多有感恩心态。记者相信，春华秋实，元明坳上的优质稻种植，一定会和这次"认养"扶贫会一样，不胫而走，吸引更多人的眼球。耒阳的扶贫工作，也一定会结出更丰硕的成果。

（此文被《农民日报》采用）

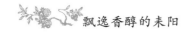

# 公平圩，依稀繁华的记忆

耒阳话是最具古韵风味的。譬如赶集，耒阳人喊赶闹子；逢集，耒阳人说成当圩。一个赶闹子一个当圩，把乡村集贸盛况极好地勾勒出来。

赶闹子，一个闹字，就包含了热闹、闹市等含义，从字面就能揣摩出集市圩场的繁华。当圩，和北方话的逢集相比，比喻更加恰当，当值当班，是今天仍在使用的词，却未见逢值逢班之说，这证明耒阳话可跨越时空，古为今用，生动形象，更加实用。

圩场，是耒阳沿袭了一千多年的商贾云集之地，大抵十里八乡，都会有一个集中建立的交易区，俗称圩上。圩场不仅是交通枢纽，更是人员相对集中的地方，一般建在河边、商道驿站边。

公平圩，这个曾经被誉为湘南第一圩的集贸圩场，就建在衡郴官道旁的耒阳最南端地域。这里南接永兴，西连桂阳、常宁，辐射整个湘南地区。

耒阳人性格执着霸蛮，建一个远近闻名的大圩场，是要靠实力的，这个实力其实就是要"震得住"，不担心骚扰等外界因素。试想一下，方圆几百里的人都云集到这里做生意，形形色色的角色都有，如果镇不住阵脚，圩场既会乱也难持久。

其实，在武方面，耒阳人是不惧怕任何人的。武，说白一点就是打架，遇上捣蛋的人，必须要靠拳头说话，这是古时生存的基本概念。耒阳南乡素来重习武，加之又有曾、刘、李等几大姓氏，在武方面，是有一定实力的。但单靠武是万万不行的，中国古人除了武，还讲究文，武只能打天下，文才能治天下。经营一个圩场，也是如此。

我极为佩服古代耒阳人的聪明才智，为了让南乡这个集贸市场兴盛起来，当时的官方和民间乡绅，决定为圩场起一个文雅且实在、又能震得住人的名字。

于是，全县读书人闻风而动，纷纷来为圩场起名。最后，清水铺一个姓"欧阳"的教书先生拔得头筹，为圩场起名"公平圩"。据说这个教书先生是大文豪欧阳修的嫡侄孙，真相如何不得而知。但公平圩这三个字的确光耀历史，为南乡这个圩场增添光彩。

公平，寓意深远，单凭公平这二字，就和气生财，令人信服。据说公平圩这个名字一起，当时湘南地区文人儒者一致夸赞，说耒阳人太聪明智慧了。

据上了年纪的人回忆，公平圩原来入口处还有一副对联，是当时的耒阳知县写的，联云："公平贸易达三江，自由往来通四海。"也颇有气势。

公平圩兴建于宋朝中期，距今已有数百年历史。宋朝是中国资本主义萌芽时期，也是中国商业最繁荣的一个朝代，这从《清明上河图》中可以领略得到。而公平圩的繁华，也可从离公平不远的马田板梁得到印证。

至今保留完好的板梁，始建于八百年前，和公平圩建圩历史大体相同。板梁当时出了很多商人，他们以公平圩做经营点，从巴陵、潭州、衡州等地进购布匹，再将湘南特产转至临安金陵销售。可以说，公平圩是板梁人做生意的支撑点，很多人依托公平圩发了大财。

公平圩被称作湘南第一圩可不是浪得虚名。这个圩场从建圩开始，就拥有几百亩面积，虽然现在一直在缩小，但依稀可以看到旧时的轮廓。

每遇当圩日子，来自耒阳、永兴等县的民众，挑箩担担，携老带幼，齐刷刷往这里涌。遇上晴好天气，有几万人，圩场挤得水泄不通，被人形容踏只脚都困难。

旧时交通不方便，除有钱人骑马，一般人都是走路。一些外乡人不远百里甚至几百里路来公平圩赶圩，往往要花上几天，不少人要提前一天在公平圩住伙铺，歇一晚再赶圩。于是公平圩四周的伙铺，也就是客栈，应运而生。最多时有几百个床位，可容纳近千人，真是壮观，远胜今天一间五星级酒店。公平圩伙铺的兴盛，衍生了至今仍令人捧腹的一些民间俚语歇后语。如公平圩伙铺的跳蚤 —— 专咬客人，又如，公平圩伙铺的豆腐 —— 贼嫩，等等。

人多交易就多。据说公平圩场的营生，大买大卖，小买小卖样样都有。更有许多圩场没有的买卖，如牛市、猪崽交易、布匹买卖等。其中公平圩的牛市更是远近闻名，辐射广东、坪石、韶关。

牛市就是交易耕牛的地方，当时的耕牛是农业生产的必需品，家家都需要牛犁田。牛市有专业的相牛大师，类似于古代相马的伯乐。他们专门相牛，谁的牛多少岁，还能犁多少年的田，他们摸一下就可说出，说出来后就估价，然后让买卖双方洽谈价格，洽谈好后就交易，买卖方都要付一定酬金给相牛大师。

相牛大师又似今天的中介人，但古人更讲信誉，一般在牛市交易牛，不会避开相牛大师，只有相牛大师发话后，才会互相买卖。相牛大师不是谁都可以当的，一个圩场只有二至三人，例如公平圩场就常年保持三个相牛大师。

再说猪崽交易。旧时耒阳乡下人，家家户户都要养一到两头猪，用于自家过年呷和卖点钱补贴家用。养猪就要买猪崽，所以就衍生了猪崽市场。公平圩猪崽市场和灶市街猪崽市场，是耒阳两大猪崽交易市场。公平圩每次开圩日，猪崽交易量都达到千只，数量很大。所以以前很多人去公平圩赶闹子，喜欢喊到公平圩捉猪崽去。

历史总在前进，时代总在发展。曾经生意火爆的公平圩，从远古走来，兴衰起伏，印证着一个时代的沧桑。

新中国成立以后，公平圩仍然是享誉四方的集贸市场。每逢农历的四、九，即是公平圩当圩日子。即使在经济匮乏年代，公平圩上圩的人流量仍在数千人以上，而且牛市猪崽交易非常火爆。这个时候，乡村年轻人见面相亲也选择了进圩场，这比旧时的父母之约，又上升了一个档次。

公平圩最火爆的市场交易在改革开放初期的20世纪80年代。说起当时的盛况，住在公平圩场的张秋平仍喜形于色。他说，当时每逢圩日，公平圩场人山人海，至少上万人，多时几万人，拥挤不堪，生意异常火爆。当时的圩场，物资丰富，应有尽有，呈现出前所未有的盛况。

但是，随着进城人员的增多，特别是上广东打工人员的增加，农村人口锐减，曾经

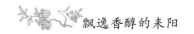

火热的农村圩场，渐渐开始衰退，不仅人流减少，物资供应量也在减少。

据张秋平介绍，公平圩衰退期出现在 20 世纪 90 年代，其后人流量逐年减少，现在更是出现雨天当圩日空空如也的情况。以前当圩日全天候人头攒动的盛况，今天变成了只有当圩日早晨才人流较多的状况。

发展的脚步总是匆匆的，曾经辉煌的公平圩，留下了许多美好的记忆，但是，农村圩场，作为历史的产物，作为曾经的商贾云集之地，虽然走向了萧条，但不可能退出历史舞台。

公平圩，作为曾经湘南第一圩，为耒阳历史画卷留下浓墨重彩的一笔，留下永恒记忆。如今公平圩虽然热闹繁华早已远去，但给人留下的不是惆怅，而是时代变迁之感，这是国家城市化和商业全球化的必然之路。

# 小水铺车站，无法抹去的记忆

小水铺车站，一个建站八十多年的老火车站，如今只剩下残砖断垣，只留下永远的记忆。

初夏，阳光明媚，站在小水铺火车站的旧址，看着飞速驶过的列车，看到两条轨道辅就的铁路，看着曾经红绿灯闪烁的地方，油然涌出一种莫名的感慨：时代的步伐太匆匆了，仿佛一瞬之间，一个熟悉的东西便不复存在，只有历历在目的回忆和若即若离的惆怅。

小水铺车站的整体撤离，让曾经人流熙攘，耒阳境内四大火车站之一的小水铺车站，一下变成一段京广铁路再普通不过的区间，一段只有双轨铁路的行车区域。

没有了喧哗，没有了哨响，没有了悸动的旗帜，更没有了红绿灯光，如果一个不熟悉历史的人走进这里，绝对不会想到，这里过去曾经是耒阳客流量排名前三的老火车站。

旧貌切割得是那么彻底，再熟悉的人，哪怕是住在附近的人，今天来到这里，也看不出老小水铺车站过去任何的一丝印痕。

随着高铁的发展，今天的京广铁路，除了货运，客运量已锐减一半，而曾经面向大众的慢速列车，早已不复存在，绿皮车厢更是难寻踪影。

曾经穿梭于公平圩、李家村、小水铺、浪石坪、灶市、田园、哲桥、瓦园这些耒阳境内的慢速列车，早在十多年前就已停开，没有了客运，李家村、浪石坪、田园、段家庄、瓦园这些耒阳境内的小站，便没有存在的必要，而小水站虽然没有了客运，但仍然承担了货运任务，因此一直存在到了前几年。如今，随着高速公路货运能力的增强，铁路货运也逐步减少，于是，类似小水铺这样的老车站，也完成了它的历史使命，退出舞台。

小水铺车站撤除后，今天的耒阳境内，只剩下公平圩、灶市和哲桥车站。

始建于 1935 年的小水铺车站，也成为耒阳境内京广铁路四大老车站唯一退出历史舞台的车站，八十多年的历史，浓缩成二条轨道，一条往南，一条往北，把时代的变迁，演变成一段故事，一段往事，当然，有些记忆是永远无法抹去的。

小水铺车站因建于小水铺而得名，最早为两股道，京广铁路复线修通后，变成三条，从民国开始到新中国成立后，小水铺和公平圩、灶市、哲桥站一样，均为四等小站。

客运方面，小水铺车站的列车由新中国成立前的一对，到新中国成立后的二对，再到 20 世纪 80 年代的四对，年均发送旅客一万多人次，最多二万多人次。货运方面，小水铺车站以发运煤炭为主，年均运送货物十多万吨，多时二十多万吨。上了年纪的人都知道，小水铺车站最辉煌的历史是 20 世纪 80 年代，随着改革开放和商品经济的发展，小水铺及周边乡镇个体商贩增多，客流量增大，四对列车过境停靠这里，人流熙攘，好生热闹。

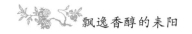

那时候的小水铺站，站长有近千米，建着主站台、售票大厅、乘客休息室、铁路货运仓库、铁路职工家属区、生活区，还有工棚、服务区、更有道钗、红绿灯设施。光车站工作人员就有几十个，他们穿着铁路制服，拿着信号旗或信号灯，吹着哨子，好不神气。

小水铺车站的繁华，也带来了小水铺的整体繁荣。上世纪七八十年代，小水铺是耒阳红薯粉皮集散地，是粮食交易主要区域，更是竹器、矿产品、农副产品集贸区。当时的小水供销社，虽然是一个乡社，但比一般区社货物销售量都多。

由于名声在外，当时小水铺车站外来人员也非常之多，主要是从事商贸交易的商贩，有的来自岳阳，有的来自衡阳，最远的来自武汉，他们乘列车来到这里，从小水铺圩场进购红薯粉皮，肩挑背扛，再挤上列车，那种盛况，如同电影画面，定格在久远的记忆中。可以说，小水铺的红薯粉皮，伴着小水铺车站的兴盛而走向外界，让耒阳这一传统产品，至今声名远扬。今天的小水铺谭鸣红薯粉皮仍是耒阳在全国叫得最响的品牌，这和以往的沉淀，肯定有一定关联，厚积才能薄发。

小水铺车站的客运高峰期，大抵是冬末季节，寒风凛冽，却有不少扛着大包小包的人，坐在候车室里，焦急等着列车的到来。当列车轰鸣着停在站台上，只见人头攒动，乘客蜂拥而上，有的从车门口，有的干脆从车窗爬，那种景况，对今天的人来讲，早已陌生，但在当时，却再正常不过。

住在小水铺车站附近的一谭姓中年人，至今仍记得这样一件往事，20世纪80年代，几个外地来小水铺做生意的人，由于没有乘到车，夜里就坐在车站候车室里，互相挤着取暖，度过漫长的冬夜，直到第二天才乘车离去。老谭说，那时候的人都很淳朴，舍不得花钱住旅社，宁肯在车站挨冻挨饿，当时没有空调，热天一身汗，冷天打哆嗦，在车站这类人到处都是。

随着时代的发展，特别是交通的飞速发展，公路，特别是高速公路的增多，小水铺车站这种人流拥挤的盛况，在20世纪90年代开始衰落，列车锐减，人流锐减。进入21世纪，高铁的开通，更是把小水铺站这种小车站，挤对成列车不停，没有任何客流的小站。

如今，小水铺车站结束了它过去的繁荣，撤除了所有设施，成为一段历史，成为京广线上成百上千压缩撤除的车站之一。时代在前进，小水铺车站记载着耒阳铁路的往事，当我们回眸这座车站的历史，骤然发现，武广耒阳车站，正以微笑的姿态，挥挥手，把新的故事写在耒阳人眼前。这将是更加恢宏的故事，更加令人自豪的耒阳明天！

# 新市水西，蜜柚飘香等你摘！

　　九月的阳光，洒下深秋的辉煌，田野金黄一片，漫山遍野，果园垂着沉甸甸的收获，果香四溢。在耒阳、在新市、在水西村，一片宽广的果树林里，琯溪蜜柚、红柚，红里透白，一行一行，一排一排，芬芳扑鼻，香气缭绕，令人目不暇接。

　　果园的主人，新市水西旺发生态种养合作社理事长、老实巴交的农民蔡松柏，他对记者说，今年风调雨顺，蜜柚大丰收，合作社可收获近百万公斤蜜柚。

　　春天盼收成，而秋天收成好了，又盼销路。眼下这一片随时可摘的蜜柚，就让他和他的合作社会员们发了愁，这么香甜的蜜柚，养在深闺人不识，谁来购买？老蔡苦笑着对记者说，你帮我写篇文章吧，推销推销！

　　记者从事新闻几十年，经常和农民打交道，知道类似蔡松柏这样的老农，不是万不得已的事，是不会厚着脸皮求人的。记者对他说，试试吧！这样香甜的蜜柚，鲜嫩清香，城里人如果知道了，肯定会买！

　　蔡松柏说，我这里提供采摘、吃喝、休闲一条龙服务，如来买柚子，任挑任选，自己去摘，管你吃够，价格便宜，中午山庄还可安排饭菜，我们自家种的菜，自家养的鸡，柴火烹炒，保证土色土香，餐饮健康。

　　记者笑着说，老蔡你为城里人考虑这么周到，城里人若来了，你只要信守承诺，大家一定会纷至沓来，享受乡村采摘柚子的乐趣，还可休闲游玩，吃土菜，这才是真正的美丽乡村休闲游。

　　蔡松柏的儿子蔡云桥，大学毕业，今年也来和父亲一起从事种养业。蔡云桥有文化，懂技术，会经营策划。他对记者说，他们专业合作社其实除了蜜柚，还有其他水果品种，说句老实话，农民辛辛苦苦把产品种出来，如果卖不出，那真是挫伤积极性。

　　蔡云桥说，他们专业合作社有社员108户，其中还有20多户贫困户，大家种了这么多柚子，都盼着赚点儿收入，如果无人买，就会凉了众人的心，所以他父亲请求我宣传宣传，尽快销出柚子，卖个好价钱，这是为了让所有合作社员，特别是贫困户，树立信心，明年放开手脚再去种植，如此良性循环，精准扶贫才会出实效。

　　蔡云桥这一说，我对蔡松柏的境界骤然钦佩不已。原来，他并不是为了自己一个人推销蜜柚，而是为了合作社所有会员和那些尚未脱贫的困难户。

　　通过进一步了解，记者得知，水西旺发生态种养专业合作社，是由蔡松柏发起并日日夜夜操心管理的一个种养合作社，在这里他们养猪、养鸡，种各种水果，其中柚子是主要收入之一。

　　他们合作社实行的种植方式是统一标准、统一管理、统一技术、统一品种。对于产品销售，则没有实行统一，对此，蔡松柏没少操心，他宁肯自己的水果不卖，也要帮着

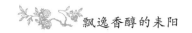

社员把产品卖出去。

记者感慨，耒阳农民的纯朴和善良，是非语言可以形容的。这从一个侧面反映当下农村合作社的发展潜力，因为只有拥有更多类似蔡松柏这样舍小家为大家的领头人，农村合作社才会发展壮大，进而带动精准扶贫和致富奔小康。没有了"私"心，记者觉得这样的宣传很有意义，也洗脱我当"吹鼓手"变相打广告的嫌疑。

记者绞尽脑汁想，该用什么语言，来为这些农民宣传，让他们飘香的柚子使更多城里人知道？

换句话说，通过什么效果，让想买柚子的市民来帮一帮这些质朴憨厚的农民？后来一想，就用亲眼看见的事实来告诉大家吧，好在有照片为证，证明水西蜜柚并非浪得虚名。

新市水西蔡松柏合作社的琯溪蜜柚是从福建引进，由于生长在肥沃的耒水河畔，这种蜜柚到耒阳后，反而比福建的产品更好。水分足，酸中带甜，甜中带香，香中带酥，酥中带味，味美至极，成为柚子中上品中的上品，这都是由耒阳老科协的专家验证的，记者是实话实说。

这种柚子富含多种健康元素，特别适合秋燥的老人、小孩、妇女吃。这种种植在耒阳土地上的蜜柚，历经几年的反复试验，的确是值得推广和发展的一种水果产品。

走进水西这片柚子园，满目苍翠，果树一行一行，错落有致，在秋天阳光的照耀下，熠熠生辉。又圆又光滑的琯溪蜜柚，悬挂在树梢上，一串一串，一团一团，一片一片，一排一排，将果园营造得丰满迷人。站在果园前，眺望远方，蓝天白云，青山隐隐，耒水依依，村落淡淡，一派乡村风光，一派田野盛景，一派诗情画意。

马上就是国庆佳节，据蔡松柏介绍，国庆时节是蜜柚的成熟期，这时候采摘，刚好成熟，非常好吃。

朋友，国庆佳节，你如果想去乡下休闲，想体验果园风光，想自采柚子吃，那么，水西旺发生态种养合作社种植园，的确是一个值得选择的旅游目的地。携老带幼去，你是履行孝心；携朋带友去，你是享受休闲生活！到那里可走高速公路，下高速一公里就到；也可从107国道往遥田方向去，不远，离城区也就20多公里。

国庆佳节，抽一天时间到这里采摘蜜柚，享受乡村生活，顺便吃顿土菜，你一定会身心放松。你的行动，可能还会温暖那些盼着自己的产品尽快销出去的农民之心。再上升一个境界，你可能在为精准扶贫献出一份爱心和热情！

# 杨柳江畔春意闹

三月，春风吹拂满地香，耒阳大地花红柳绿，莺飞草长，绿的山，黄的田，红的坡，碧的江。艳丽春光，百里芬芳。人流熙攘，有赏春的，有赶圩的，有背着行囊外出的，但更多的是下田下地干活的村民，他们趁着气候温暖，撸起袖子，扛着荷锄，赶着耕牛，开始融入春的气息，忙碌着，忙活着，耕耘着，期盼着，期盼着春种秋实，期盼着又一个丰收年的到来。

盛开的油茶花，飘着馨香，蜜蜂飞旋着，将田野点缀得生机盎然。桃花树下，红色绽放，鸡鸣鸭欢，一派乡村意境。田野上，一垄一垄的烟土，错落有致。人们或栽苗，或施肥，人头攒动，忙碌一片。趁着春光，趁着细雨，移栽烟苗，播种希望。

在坛下乡，烟农们蹲在田园中，用手一兜一兜地将烟苗移栽到田里。这真是个手工活，必须靠人工，而且讲究技术，要先用手指插一个穴口，再将烟苗放进去，然后合拢，烟苗才算栽好。我问栽烟村民："一天能栽多大面积？"回答是："几分地"。而且，他们是做帮工，算工钱，一天80元左右，不包吃。据说，在坛下乡种烟的，除了本地人，还有来自郴州桂阳县的老板，他们租地，然后请当地村民做事。村民向我介绍，桂阳烤烟技术好，所以把土地承包下来种烟，收入比本地强。当得知我是记者后，村民也有些微言，他们说，外地人有时候打道回府不做了，个别人也欠工钱，由于不知他们的具体地址，更无法去找。例如东升村五组一些村民，去年为桂阳一位老板种烟，今年这个老板却不来了，欠了几千元租屋钱和工资，虽然落到人头上每人只欠几百元，但这种辛苦钱欠得令人窝火，却无可奈何。

耒阳人是勤劳的。在小水镇毛坪村，耒水支流小水江静静从这里流过，两岸垂柳依依，远山如黛。在江岸边种菜的谭树瑞老人，就是一位非常勤快的人。他日出而作，日落而息，长期在这里种菜，每逢当圩日，就挑着菜去卖，虽收入微薄，但老人从未气馁，总是乐在其中。春天，正是他忙碌的时候，老人常常一整天待在江岸的菜地里，忙得不亦乐乎。

阳光普照，垂柳依依，我站在江岸上，只觉清风拂面，惬意非常。漫江水流碧透，清澈见底，如一面镜子，倒映着蓝天白云，衬托着飘芳的油茶花。碧波粼粼的江岸边，小草露着初芽，肆意生长，耸立在水中央的一株杨柳，飘飘洒洒，在春风的吹拂下，摇曳不定，垂柳吐着柳丝，贴着水面，把两岸的繁花绿草，衬托得艳丽无比，婀娜多姿。不远处，堰坝形成的瀑布，溅起一片水花，波光闪闪，给恬静的三月乡村，平添一份生气。

杨柳江畔春意浓，江水、瀑布、垂柳、碧波、油菜花，交相辉映，把耒阳乡村的春天之色，滋润得诗情画意。但是，春光再美，却比不过那些在春日里劳作的劳动者的身姿优美。一把把荷锄，一把把镰刀，在油菜花开的江岸边，闪闪烁烁，一半是辛苦，一半是收获。谭树瑞老人告诉我，他今年七十二岁，身体还勉勉强强，吃得饭，干得活，闲不住。他说，一年四季，他都会在江边忙活，春天，他收获冬天种的蔬菜，诸如白菜、菠菜、葱蒜等，但他马上就要撤离江边，到地势高的土坎种东西了，因为春天雨水多，一涨洪水，河床便会淹灭，所以不能再在江岸边种庄稼了。但是，老人笑着说，他离不开江，离不开江水，即使到高一点儿的土里去种蔬菜，也要依靠挑江水灌溉。他扳着手指算着，马铃薯已经栽下，马上就是移栽黄瓜苗，然后种茄子、辣椒，夏天一到，新鲜蔬菜如期上市。

杨柳江畔春意闹，正因为有谭树瑞这种不知疲惫的劳动者，才使寂静的春天，显得那么生机勃勃。春天，花开季节，风景优雅，但春天更是播种季节，只有在大好的春光下，忙碌、劳动，才会耕耘出秋的收获。

# 关键时刻，尚须百倍努力

　　眼下，抗击新冠肺炎疫情已到了关键时刻，在全国疫情尚未到达下降拐点的情况下，耒阳所有人都应该有一个清醒的认识，越是关键时刻，越要百倍努力，不能有任何松懈成分。不出门、不串门、不聚集，依然是防控的重中之重。

　　应该肯定，疫情发生以来，我市决策正确，防控力度扎实，全民参与意识空前。这中间，有医务人员的不畏生死，有各级党员干部的逆行防控，更多的是群众参与和市民的自觉防范意识。没有群众的广泛参与，就没有耒阳防控疫情的万众一心，没有群众的努力，就没有众志成城抗击疫情的有利局面。毛主席说过，群众是真正的英雄。这次重大疫情，耒阳老百姓所表现出来的自觉性和自我防控能力，都是非常令人称道的。很多人牺牲了自己的利益，不少人甚至抛弃了暂时的亲情，大家只有一个心愿：抗击疫情，战胜疫情，中国加油！

　　从年前到如今，耒阳人民和全国人民一样，已度过了几十个疫情防控的日日夜夜，一些人宅在家里也很长时间了，焦虑心态慢慢显现，甚至对疫情无所谓的心态也暴露出来。前两天天气晴朗，耒阳街头车辆行人多起来就是例证。再加上有些工厂经批准开工了，市区出租车等出行工具也恢复了，可以不像春节一样天天宅在家里了。其实，这种认识和心理，是对当前疫情防控工作的最大隐患，如果不加以重视，必将让耒阳疫情防控工作处于不利状况。所以，千万不可掉以轻心，千万不能有半点儿松懈。其实，无论是全国疫情还是耒阳疫情，都处在最关键时刻，按钟南山院士预测，2月中下旬应是疫情高峰期，拐点至今没有出现。所以说，在这个关键节点上，耒阳所有人都不可以松懈，出现麻痹大意思想，应该巩固前段时间的成效，继续努力，更进一步加强群防群控能力，只有群策群力，更加重视疫情防控，才会将前段工作夯实。一句话，疫情还很严峻，防控还须加强，我们必须落实好市委、市政府对疫情防控工作的决策部署，各级党员干部和公务人员，一定要用百分之百的努力，坚持下去，履行疫情防控职责，动员群众，发动群众，打好这场全民疫情防控攻坚战。广大市民朋友，一定要不信谣不传谣，关键时刻，继续努力，继续坚守，坚决做到：不出门、不串门、不聚会、不聚集。让我们谨守抗疫规则，战胜困难，夺取抗击新冠肺炎疫情最终胜利！

# 疫情下的乡村春日见闻｜耒阳，烟村南北黄鹂语

　　清晨，晨曦微亮，大疫下的耒阳乡村，没有了平常那般早起的人群，田野有些空空落落，但春意盎然的乡村大道，鸟声喳喳，此起彼伏。灿烂春天如期而至，疫情无法阻挡春的脚步。

　　我开车从城里出发，来到新市、马水一片的乡村采访。沿着竹马公路，一路奔驰，路两边树木飘移，青草葱葱，油菜花迎风飘来，到处鸟语花香，一派乡野春色。

　　盛开的油菜花遍布了乡村。一丘丘、一块块、一片片、一垄垄的油菜花，早已迫不及待，在二月渐起的春风中，肆意绽放。站在新市镇高炉村境内，油菜花如一片海洋，一望无垠，山岭相连，田野相连，道路相连，湾村相连。置身此处，黄色早已不是静止的花朵，而是飘动的一抹云彩，伴随着东方冉冉升起的太阳，伴随着蓝天白云，仿佛就是一幅画好的山水画，恬静、自然，风姿绰约，沁人心脾，令人心旷神怡。

　　沿着田埂，走进油菜花海，扑鼻而来的油菜花香，纯洁得没有一丝异味，淡雅、香醇，难怪吸引了那么多蜜蜂翩翩起舞。嗡嗡飞蹿于油菜花海之中的蜜蜂，在晨曦的照耀下，闪烁着春天特有的气息。花蕊吐芳，蜂拥花蕊，花香连绵，弥漫整个乡野，飘动着澜澜春情，千般妖媚，万般迷人。蝴蝶纷至沓来，盘旋在油菜花海中的每一片角落，盘旋在蜜蜂吮吸花香的每一个地方。五颜六色的蝴蝶，穿梭于花与蜂之间，穿梭于田野与花香之间，不知疲惫地奔忙着。一只又一只蝴蝶，戏耍在这迷离的花海之中，徜徉在这迷人的春日之下。小鸟也飞来了，我认识，那是一只只黄鹂，个头小巧，灵活轻巧，上下翻滚飞翔，盘旋在这蜜蜂、蝴蝶、油菜花绽放的春色之中，飞越在山水相连，田野飘香，春色迷人的二月春风里。这不禁让人想起了杜甫的诗句：两个黄鹂鸣翠柳，一行白鹭向青天。黄鹂姗姗而来，一如春风浩荡下山水之中那旋律里跳动的音符，舒缓、轻柔，令人痴迷沉醉。我在想，这个春天，如果没有疫情，面对翻滚的油菜花海，还有那戏耍于花海波浪中的蜜蜂、蝴蝶、黄鹂等，那该是一种多么令人惬意快乐的春天心情。

　　疫期虽尚未过去，却总会被征服，这一点谁都深信不疑。就像如期而至的春天，年年岁岁，终将会如期而至，升腾起那灿烂的春色。众志成城抗疫，最终必将战胜时艰，这是每个人的信念。乡村那些宅在家中已过一个春节的村民，他们仍然没有过多的走动，除了那些去外地打工的人，大多数人仍坚守着在家中不串门。偶尔，他们也会到油菜花田里去走走，去溢满春水的田野看看。一个戴口罩在锄草的村民告诉我：这个时令干的农活，大家也不会耽误的，该干嘛得干嘛了。

　　这的确是农村人勇敢面对疫情的一种心态。不误农时，不让农业受一点儿影响，这不仅是广大农民的心愿，也是乡镇干部的最大心愿。兴修水利，整修山塘水库，不误农时，烤烟育苗整地，翻耕冬水田……"该干的农活，一刻不能耽误，一手抓疫情防控，一手

抓春耕生产，两手都不能放松。"这是马水镇一位干部说的话。在马水垌，种烟春潮早已涌动。

放眼望去，一丘丘平整后的烟田，镶嵌在村庄和田垌之间，坚硬的土地，被整理得散软，一个个打好了的穴位，就是栽种烟苗的地方。从一家一户平整后的烟田，到一片一片打穴后的烟土，四处飘动着的是春的绿色。一垄垄笔挺的田坎，一块块平整好后的土地，一个个打好穴位的烟田，都留下了烟农们对丰收的渴望，对战胜疫情的决心。"没有垮不过的坎，没有不来的春天！"马水镇桃花村烟农老郑铿锵有力地对我说。他家每年种烟都在十亩以上，收入不比在广东打工差。他说，上次马水有个新冠肺炎确诊病人，大家都很紧张，一直响应党和政府的号召，宅在家里不敢出门、串门，后来一些人解除了隔离，我就相信这个疫情一定可以战胜。这段时间天气暖和了，我觉得在保护好自己的前提下，把烟苗培育好，把烟田平整好，把穴位打好，是我应该要做的，春种一粒粟，秋收万颗子。春天不能误农时，特别对烟农来说，没有选择，抓紧好时间做好该做的事，才会迎来烟叶丰产。

每到春天，在马水镇，烟田、桃花，流动的春水，三三两两在田野干活的农民，盘旋在田野上空的春燕，戏耍在桃花丛中的黄鹂，一直是马水一道亮丽的春日风景。今年由于疫情，下地干活的农民相对较少，但烟田仍在，春燕仍在盘旋，黄鹂仍是歌唱。此情此景，不禁让我吟起一句宋代王庭珪的诗："烟村南北黄鹂语，麦陇高低紫燕飞。"只不过诗人的烟村是冒着炊烟的乡村，而如今耒阳大地却有真正的种烟村庄，和黄鹂和谐相处相偎，麦陇则是烟陇，一垄垄、一丘丘，在春燕的飞旋下，和着春天的节拍，温暖、恬静，彰显疫情下耒阳乡村烟农抗击疫情、种好烤烟这两项目工作的两不误！

我一路走来，从新市、马水到亮源，再从哲桥到坛下，这几个种烟乡镇，虽然和往年相比人流上有差别，但在培育烟苗、平整烟田、打穴沤肥上，并不比以前差。与往年截然不同的是，现在下地干活的农民，都戴了口罩，也有因为耕田不方便没戴的，但没有出现较多人聚集一起干活且不戴口罩的现象。这证明耒阳乡村的疫情防控工作很到位，老百姓都能在恢复春耕的同时做好自身防护。

满园春色关不住，一枝红杏出墙来。田间地头生机勃勃的农耕生产场面，表现出耒阳乡村战疫情不忘忙春耕，不负农时不负春。田野里一幅生机盎然春景图，"人勤春早"的秀美画卷正徐徐舒展开。我们有理由相信，疫情终将过去，耒阳农业农村经济将焕发无穷的活力。

# 抗疫行动｜耒阳街面上闪亮的"红袖章"

2月13日，耒阳天气放晴，街道上出门办事的人和出行车辆也比前些天多了起来。记者步行到五一路、城北路等几条街道转了一圈，发现大部分人戴了口罩，极个别人没戴口罩。而没戴口罩的人，往往会被一群戴着"红袖章"的执勤人员发现。一番劝导，执勤人员甚至拿出口罩给未戴口罩素不相识的行人。这是耒阳街道上最让人称赞的抗疫行动。而无处不在的劝导站、巡逻队，各种戴红色袖章的人群，更是把耒阳城市抗击新冠肺炎病毒的氛围，提高到一个万众一心、众志成城的节点上来。

在蔡伦步行街，一个蔬菜小市场正在营业，记者发现，无论是买菜人还是卖菜人，都戴着口罩，有的还戴着手套，大家比平常都加快了买卖速度，也保持着行间距离。这证明耒阳人对疫情的自我防控能力在日益强化。一位在附近开摩的的司机，刚取下口罩想透透气，街道对面的一个执勤点，立即冲出二三个戴"红袖章"的执勤人员，劝导摩的司机马上戴好口罩。记者看到，这个执勤劝导点是市自然资源局设立的，一个红色帐篷，悬挂着横幅，帐篷里有宣传单，还有扩音喇叭。七八个执勤人员戴着"红袖章"，分立帐篷两旁，注视着街道行人和小蔬菜市场的买卖人。记者从这些执勤人员口中得知，他们除了在帐篷劝导点担负劝导任务，还要派出流动人员，佩戴袖章在步行街一带巡逻。每天从早上开始，一直持续到傍晚，中午也有人值班。一位带队工作人员告诉记者，他们从正月初开始在这里设立劝导站，已经有十多天了，平时除了发放宣传单，还用扩音器口头宣传。一开始，这里的居民大多不屑一顾，个别人甚至反感，但通过反复劝导和大力宣传，现在自觉的人渐渐多起来。

城北路和五一路是耒阳两条最主要的街道，公交车一般也是在这两条路行驶。记者看到，这两条路的各个交叉路口，都有劝导站，都有戴袖章的执勤人员。市委宣传部和市文联的劝导站设在城北中路，几个执勤人员站立在两旁，坚守着自己的工作岗位。记者了解到，晴天有太阳时执勤方便一点儿，但前几天天气冷，还下雨，大家一样在严守岗位，没有半点儿松懈。人民利益高于一切，疫情防控高于一切。这是我和参与执勤工作人员的共同心声。很多执勤人员已是连续工作多天，但谁也没有怨言。记者在和谐花园附近的市审计局劝导点看到，几名工作人员连续执勤了几天，这里流动人员又不多，但执勤人员仍站立在帐篷劝导点，注视着街道和行人。

在城区主要街面上，不时会听到开着喇叭在宣传的车辆，更多的是戴着"红袖章"的执勤劝导人员，他们行走在大街小巷，战斗在抗疫一线，履行着一个公务人员对疫情防控工作的责任和担当。无处不在的红袖章，是耒阳街道上最靓丽的一道风景，也筑起了耒阳抗击疫情的坚强防线。有他们在，就能让老百姓安心生活，就能严防死守耒阳的疫情。耒阳街面上闪亮的"红袖章"，让耒阳人会树立起坚强的信心和决心，最终必将战胜疫情，夺取胜利！

# 提振消费信心，助推经济发展

疫情过后，很多人预测市面上会出现报复性消费，但在耒阳没有。依旧不温不火的餐饮，尚处于开门状态的旅馆，线下经营的服装店，各种正常营运的超市零售店等，几乎都处于恢复阶段，距以前正常状况，尚有一定差距，更不要说火爆型购买消费了。

有人说，因为疫情影响，很多人赚钱比不上从前了，加上有些人长期宅家养成的生活习惯，宁在家中，不去外面，最关键有各种网络线上购物的便利，对于突然释放出的实体消费空间，一些人还是不适应，让他们一下拿出较多钱去肆意消费，似乎有些强人所难。

当前，拉动消费的重心，还是要增强大家的信心，没有信心，何谈消费？如果消费者都是一种观望的态度，或者根本不想、不敢消费，那么，促进消费市场的经济增长，就会是一句空话。

那么，如何树立消费信心呢？依笔者愚见，不外乎以下几点：一是消费者应树立大局观念，要认清前段时间疫情对经济的影响，作为一个普通市民，有义务去支援地方经济复苏，有责任去协同政府刺激消费，消费是为了拉动内需，拉动内需则是为了让国家经济走上正轨；二是耒阳已处于疫情低风险区，市民正常出行已是常态化，只要在特定聚集点注重防范，戴好口罩，完全可以像以前一样出行和购物消费，没必要再过分谨慎，更没必要害怕什么，只有大家都处于正常化状态了，才可能让人进行正常必要的消费；三是要有超前意识，认清当前形势，主动去对接消费。消费不仅是一种日常生活需要，更是促进耒阳稳增长保民生的需要。只有各行各业走上正轨了，才会让耒阳经济走上正轨。复工复产才会产生经济效益，同样，促进消费增长，才能拉动内需，促进经济发展。只有经济发展了，才可确保大疫之后国家的经济秩序正常，才可确保人民群众的切身利益。所以，提倡消费，不仅是为国家，也是为了自己。如果各个地方总走不出大疫后的阴影，再如果放任消费停滞，那么，就会辜负中国抗疫成功的一片大好形势。因此，无论从大方向还是小角度去讲，拉动消费都是势在必行，所有人皆为局内人，而非局外人。天下兴旺，匹夫有责，现在拉动消费，也是人人有责了。希望我们耒阳人，也明白这个道理，大力去营造消费氛围，只有消费氛围上去了，才可提振全市经济发展。

其实，耒阳推动消费市场快速回暖，可以参照外地经验。例如浙江温州，向市民发放18亿元消费券，其发行方式是有关部门补贴一点儿，商家让利一点儿，平台支持一点儿。总之是要让消费券尽快惠及民众，尽快带动消费市场向良性循环。发惠民消费券未尝不是一个好办法，耒阳也应该动员商家，进行让利大酬宾，将消费市场带动起来。只有让更多的市民参与消费，才能让耒阳各种消费行业回归正常，进而达到耒阳消费市场的回暖，助推耒阳经济有序增长。

　　树立消费意识，是继复工复产后，当前经济发展工作中，一项较为迫切和紧要的任务。促消费保增长，关键点就是消费市场必须快速升温，而让消费市场升温，信心才是至关重要的。耒阳人必须树立消费信心，要让消费市场尽快火爆起来。耒阳人爱国爱家乡，耒阳人也一定会在这场疫情后的消费大考中，交上一份满意答卷。

# 龙塘江头贡茶，并手摘芳烟

  一过谷雨，便是乡村的采茶旺季。走进龙塘镇江头茶园，满山遍野的茶叶青翠欲滴，飘着淡淡清香，一群接一群的采茶工，正分布在茶园中间采摘茶叶，慕名而来的游人，或品着茶，或徜徉在茶园里，感受浓浓茶香氛围，感受浓浓的茶园风光。

  我对江头茶园是熟悉的，每年都要来这里几趟，除了采访，有时也会和朋友到这里休闲一下，主要是领略这里的绚丽风光，还有湘南风味的采摘茶叶活动，几乎年年如此。实际上耒阳也有不少人喜欢江头茶园风光，耒阳乡村游真正叫得响的地方，江头茶园应属其一。好的风景总会让人流连忘返，从这个意义上讲，耒阳的乡村游，开发前景还是相当美好的。春天，是江头茶园最美的时节，如波浪一般的茶园，绿油油一片，青翠欲滴，在蓝天白云的映衬下，分外绚丽。春天也是江头茶园游人如织的时候，每逢双休日，大大小小的车辆便会停满山头，穿着各色服饰的大人小孩，穿梭在茶园和小路上，洋溢着灿烂笑容，把江头茶园渲染得如节日一般热闹。

  江头茶园的风光是别致的，有茶香，有绿水青山，有一望无垠的层层山峦。站在茶园的最高处，放眼望去，那山、那水、那茶、那人、那景，历历在目。脚下是波浪般的茶园，一丘连着一丘，如绿色草原一般，起起伏伏，春风吹来，掀起一层涟漪，飘飘忽忽。山下是碧波荡漾的茶园水库，泛着青翠欲滴的光芒，水质清澈，倒映着蓝天白云，倒映着片片茶园，垂钓的人们，挥洒着钓竿，一边喝着热腾腾的香茶，一边拉着跳跃的鱼儿，笑声和喊声将茶园喧染成一片快乐的海洋。远处，是重重叠叠的丘陵山岭，高高低低，起起伏伏，望不到边际，一望无边的蓝天白云，衬着山岭，更加多姿多彩。置身这里，既有江南水乡的韵味，又有湘南山水的独特，更有中国南方茶园的风采。

  耒阳的乡村游，江头茶园是最具诗情画意，最具遐想和文化氛围的。坐在茶园山顶的楼阁亭台品茶论道。会忽然想起清代郑板桥的《七言诗》："不风不雨正晴和，翠竹亭亭好节柯。最爱晚凉佳客至，一壶新茗泡松萝"。此情此景，回味开来，就像郑板桥曾经光顾此处而留下的名诗名句。倘若在一个和风细雨的早晨，或者在谷雨时节的江头茶园，看着那漫山遍岭的采茶人，更会让我们想到唐代诗人齐己的《谢中上人寄茶》："春山谷雨前，并手摘芳烟。绿嫩难盈笼，清和易晚天。且招邻院客，试煮落花泉。地远劳相寄，无来又隔年"。这样的诗句，这样的情景，对江头茶园而言，似乎很妥帖，似乎似曾相识。而说到古人寄茶，又让人想起江头茶园的辉煌历史。

  中国有四大名茶，无论是西湖龙井还是君山毛尖，都和古代皇帝有千丝万缕的关系。而江头贡茶，无疑也和皇帝有关联。贡茶，朝贡的茶，上皇家御园的茶，被皇帝品茗的茶，想想都有些震撼，既印证耒阳历史的古老，也彰显江头贡茶的显赫历史。贡茶是精品中的精品，名茶中的名茶。据说江头贡茶寄至宫廷的历史已有八百多年，江头贡茶在宋朝已被送入京城，按时间推算应是宋末，当时南宋偏安临安，也就是今天的杭州。杭州西湖龙井茶早已享誉华夏，而江头贡茶能在这个时候打入皇城，其产品当然是相当好的。后来，无论是明代还是清代，江头贡茶都是当仁不让的贡品，不仅是皇帝御杯中的香茶，而且是京师茶庄茶商们手中最抢手的珍品。想想都让人惊叹，江头贡茶能够在强手如云的中国茶业中抢得一席之位成为贡品，这是多么了不起的事情。只是后来由于诸多原因，江头贡茶走向了衰落，但凭着贡茶二字，就可以让游人浮想联翩，敬畏有余了。

如今的江头贡茶，在有关企业家的经营下，正重振雄风，不仅远销省外，而且荣获了多项金奖。从远古走来的江头贡茶，如今焕发青春魅力，再次成为市场的抢手货。茶园、茶香、茶的魅力，把江头茶园的乡村旅游，提升了一个又一个新的高度。凭着江头茶园的自然风光，凭着江头贡茶的影响力，江头茶园这个耒阳乡村游的重要景点，一定会吸引更多游人，更多外地游客，从而带动耒阳乡村旅游向更好更辉煌的目标进发！

# 耒阳应打造在全国有影响力的影视剧

近日，在影院观看了红色大片《八子》，这部由著名导演高希希执导，著名演员邵兵等主演的战争片，由江西赣州投资拍摄。这是一部献礼新中国成立70周年的红色电影，具有非常重大的教育意义，作为革命老区的赣州，能够出品这样的电影，也是对这片红色土地的一个强大宣传，不仅告慰了革命先烈，也提高了知名度和影响力。联想到今年年初，衡阳着手拍摄抗战电视片《衡阳保卫战》，邀请著名编剧刘和平担任该剧编剧，这同样是为了扩大衡阳知名度和影响力。其实，近年来，一些地方为了增加旅游亮点，在文化宣传上充分利用本地名人或历史事件，打造有看点收视率高的影视剧，均取得了意想不到的效果。那么，作为千年古县、文化底蕴深厚的耒阳，该打造什么样的影视作品呢？换句话说，耒阳该如何利用自己丰富的人文资源，依托影视作品去提高知名度和影响力呢？

一座城市，拥有一个享誉世界的名人，已经很了不起，如果还出过或接纳过几位在历史长河中赫赫有名的人物，那就更加了不起了。再设若在这片土地又发生过一次或几次影响全国的大事件，那就令人叹为观止了。实话实说，这类城市在全国并不多见，在县级城市更是非常鲜见。而我们耒阳就是这样一座城市。放眼湖南，可以和耒阳比拟的非常罕见。浏阳是一个历史悠久、文化底蕴丰厚的地方，近代也出过志士谭嗣同、王震这样的显赫人物，但浏阳人说，你们耒阳造纸发明家蔡伦，就让其他地方的人无法逾越了。这还真不是外人谦恭之言，而是耒阳的名人效应的确如同星辰，让人仰望。

笔者作为一个耒阳人，无意贬低任何周边城市，只是一种平淡的对比而已，进而凸显耒阳的别具风采罢了。蔡伦作为影响世界文明进程的历史巨人，早已被美国学者麦克哈特列为世界百位名人第七位，第一位是大科学家牛顿。中国只有大圣人孔子排在蔡伦前面，这样的地位，可以想象蔡伦是多么令耒阳人骄傲。如果耒阳只出了蔡伦这样一位名人，有人会觉得这未免有些单调，或曰鹤立鸡群，作用无法持久。然而，耒阳却是"江山代有人才出，各领风骚数百年"。蔡伦之后的哲学家兼山水散文家罗含，就是耒阳历史名人的又一座高山，他风采绰绰，在湖南历史一样"鹤立鸡群"。

被称之为"江左之秀"的罗含，在东晋时期可以说是家喻户晓，其影响力应该和近代的大文豪鲁迅先生相媲美，在整个晋代文人之中，也只有陶渊明可以和他一比高下，这样一位著名人物，后来由于他著述文章的散落，后人已无法原原本本拜读他的山水散文，但历史的风烟却无法掩饰他的"鹤立鸡群"，试想一下，一个可以留下多条成语和典故的古代文人，历朝历代又有几人？罗含宅里香，罗含吞鸟等成语典故，就出自耒阳人罗含，它不仅影响了耒阳历史，同样也影响了中国历史。连诗圣杜工部都不惜笔墨吟诗赞美他，放眼整个中国历史，又有几个人能享受如此待遇？罗含用他的才气和影响力，

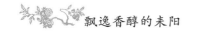

为湖湘文化启蒙，谱写了绚丽篇章。纵观耒阳周边县市，唯有衡阳县王夫之先生可以和他相提并论，但王夫之却比罗含晚生了近千年。

当很多地方为了一个历史名人之籍贯"面红耳赤"相争之际，耒阳却放着那么多名人不顾，譬如写进三国演义的耒阳县令庞统，魂归耒河的诗圣杜甫，还有清代建威将军刘厚基等。当很多地方牵强附会将一些名人故事搬上银屏一炮而红之际，耒阳却显得异常平静。并不是相关部门不重视，而是大多数人事不关己高高挂起。试想，在市场经济大潮中，有哪部叫得响的影视作品不是商业运作，例如《战狼》，都是市场化投资，更何况各种其他题材的东西呢？耒阳曾经煤炭业火红的时候，如果筹集民间资金拍部影视剧应该不成问题，或者某位有眼光的煤老板投资几千万完成一部影视剧也应是小菜一碟，但却没有人愿意这样做。

话题回到前面的电影《八子》，八个儿子参加红军全部壮烈牺牲这样的故事，的确让人感叹新中国的来之不易，也更加让人敬佩老区人民的无私奉献。赣州是革命老区，值此新中国成立70周年之际，赣州市相关方面毅然投资拍摄了这样一部根据真实故事改编的电影，并且有大牌演员和导演参与，这样可以上院线观看的电影，无疑也是市场化运作，但却非常值得。一方面政治意义非常重大，另一方面宣传了老区和老区人民的牺牲精神，同时也扩大了赣州市知名度，可以说这样的投资很值。

耒阳也是革命老区，耒阳革命先辈不怕牺牲前仆后继英勇献身的精神同样可歌可泣，且湘南起义早于赣南苏区建立。类似八子参加革命先后牺牲的事迹在耒阳也有，例如春江铺阻击战中灶市有一家父子四口全部牺牲，大义曹成娘一家数口人惨遭敌人杀害，还有开国少将郑效峰，举家一起投身革命，最后只有父亲背着上井冈山的郑效峰没有牺牲……这样的个体红色故事不胜枚举，群体红色故事更是惊天动地，例如八千农军上井冈，二千多耒阳人献身中央苏区，三百耒阳人长征中英勇牺牲等。耒阳还产生了我军早期三大红军军长，在全国独一无二，而且，进军赣南开辟中央苏区的建议也是耒阳人伍中豪提出来的，具有深远的战略眼光，以至毛泽东说，苏区有如此发展，伍中豪应记第一功。这么多群体耒阳人，可以说为新中国的成立，立下了卓越功勋，后人不应该忘记他们，宣传和弘扬他们的精神更是义不容辞。但是，在影视作品中，却罕有这些耒阳人的身影。当电视剧《井冈山》播出时，笔者从头至尾看了一遍，居然没有被称作井冈山毛泽东麾下三骁将之一的伍中豪一个镜头，这的确有些说不过去，但仔细想，编剧导演不是耒阳人，投资方也没耒阳影子，别人干嘛要写你耒阳人？

于是，笔者多次臆想，什么时候也能看到一部歌颂耒阳革命先辈的影视剧？耒阳那么多成功的经商人士，耒阳那么多的热爱故土的有识之士，为什么不可以尝试投资这种文化产业呢？当然，有人会说，投资人总是想得到回报的，而电影的回报就是要有上座率和影响力。那么，耒阳厚重历史中的人物和红色故事的人和事，究竟有没有市场价值，有没有"大片"潜力，笔者认为是完全有的。例如，发明家蔡伦就可拍成励志故事，哲学家罗含就可拍成穿越剧，伍中豪这样的先烈可以拍成传奇大片，还有湘南起义主战场这样的电视连续剧，精彩内容不会亚于任何战争片，假如把八千农军上井冈山这样的壮举拍成电影，只要有大牌导演和著名演员参加，上座率绝没有问题。

　　现在是市场经济，市场是首要的，大牌导演首先看重的是市场，但只要有投资方，大牌导演也是可以打造出大片的。所以说，一个地方，有那么多深厚的文化底蕴，只要有眼光的投资人，就可以打磨出又叫好又叫座的影视剧。耒阳人有不甘落后的精神，也有很多有魄力的企业家，相信只要精心选材，有目的性投资，就可以达到既宣传了耒阳，又能收回投资成本甚至赢利的目的。另外，我们耒阳人也应该加大对自己历史和人文故事的宣传力度，让外面的影视投资公司多关注耒阳。记得曾经我们耒阳相关领导和部门就到深圳推介过耒阳的影视剧本，取得了很好效果。今后耒阳还应多走出去，参加北京、上海等地的一些影视文化活动，只有多推介自己，多学外地经验，才有可能厚积薄发，打造出在全国有影响力的影视剧。也希望有更多的耒阳人来关注耒阳影视剧的拍摄，相信在不久的将来，耒阳一定会打造出一部或多部在全国有影响力的影视剧。

# 让耒阳世界油茶发源地之名片靓起来

　　秋风送爽，油茶飘香。2018年10月16日，全国油茶产业创新发展大会将在耒阳召开，这是提升耒阳油茶产业知名度的最佳时机，也是对中国油茶种植面积最多县——耒阳市的一次充分证明，更是对世界油茶发源地耒阳的一次名片宣传。"有朋自远方来，不亦乐乎！"耒阳人民应该以东道主的姿态，热烈欢迎来自全国各地的专家学者和嘉宾，让他们感受到千年古县耒阳人的好客，让他们看到中国油茶第一县的恢宏气势，更应该让他们了解到作为世界油茶发源地耒阳的悠久文化和厚重历史。可以相信，通过这次会议和系列活动，耒阳世界油茶发源地之名片一定会靓起来。

　　耒阳历史悠久，油茶种植已两千三百年历史，无论从规模种植还是茶油食用普遍性来看，耒阳都是世界最早发现、最早种植、最早推广、最早食用油茶的地方。耒阳油茶从远古走来，生生不息，引领中国油茶文化，衍生耒阳灿烂辉煌的文明历史。

　　不言而喻，耒阳世界油茶发源地这一显赫称谓，如同神农创耒、蔡伦造纸一样，必将成为耒阳又一张走向全国，走向世界的烫金名片，将让所有耒阳人拿起这张名片就感到自豪，也会让所有外地人一提起耒阳，就会想到这是世界油茶林发源地。

　　"和风传万里，大鹏展翅飞。"在这个快速发展的社会，一个名人、一段历史、一个品牌就会让一个地方众所周知，声名远扬，耒阳虽然拥有世界造纸发明家蔡伦这个招牌，也有神农创耒这段悠远而古老的历史，但显然远远不够。近年来，市委、市政府依托湘南起义主战场，积极打造红色文化品牌，依托东晋哲学家罗含打造传统文化产业，这些举措都是立竿见影，非常有远见的行为。为耒阳今后的发展，打下更坚实的基础。而打造世界油茶发源地这张名片更是一盘好棋，一盘妙棋，一盘影响耒阳未来发展的大棋局。

　　习近平总书记指出，"绿水青山，就是金山银山。"从耒阳这些年的发展规律来看，摒弃传统煤炭产业，以"3131"工程和六大行动计划为支撑点，着力发展旅游产业和绿色产业，这都是认真贯彻落实习近平新时代中国特色社会主义思想的具体行动，也是让耒阳经济走上良性循环，朝更高更远更新目标奋进的大布局、大步骤。

　　作为耒阳家喻户晓的油茶产业，以前的发展曲折，有波澜，有亮点，亦有难点。只有近些年，油茶产业才上升为耒阳农业主打产业，成为耒阳经济新引擎，才将这一产业推上更高点，从而焕发出勃勃生机，成为耒阳百姓最期待的朝阳产业，也为耒阳精准扶贫，为千千万万贫困户，提供了脱贫致富的大舞台。可以说，世界油茶发源地这张名片，不仅具有时代魅力，而且具有无与伦比的实用价值。无论对耒阳形象，还是对耒阳发展，都具有不可代替的重大作用。

　　"好风凭借力，送我上青云。"耒阳世界油茶发源地这张名片，应该成为全体耒阳人引以为豪的名片，应该让每个人心中都挂上这张名牌，就像熟知蔡伦是耒阳人一样，要让世界油茶发源地这一名称成为耒阳人口头禅，成为不可替代的一句经典广告语。

只要我们耒阳人形成一种共识，相信通过类似全国油茶产业创新大会，通过专家学者的认可，还有各种媒介的广泛宣传，耒阳世界油茶发源地这张名片，一定会靓丽起来，成为耒阳又一张引以为豪的烫金名片。

笔者作为一个从事新闻宣传工作多年的耒阳人，在新媒体平台也发过不少文章，从没写过煽情语言，但这次也想借网络语言说一句，耒阳人，请为世界油茶发源地耒阳这张名片打 call！

# 五、人物风采

# 人物传记：92 岁的民间草药"怪手"郑朝信

耒阳西乡，土地僻壤之地也。有石山陡岭，有高山流水，亦有奇人怪手矣。郑朝信，即乃其一员也。盖因该公急公好义，又有祖传医术，况医者仁心，受益无数人也！更因其性格怪异，治病不闻患者其声必见患者其人，方再采药捣药发药治人矣。故当地人称其为"怪手"，取"奇怪"而又有"奇迹"之意也。名响则奇，奇之则有"异术"，便必有故事记之也。愚近晌拜访，惊愕其人，发人物传记，告知众者，皆无广告之嫌也。信之，则记之；不信之，则莞尔。文人之常情，不善吹牛拍马矣，唯记小人物，心安理得，兴致高亢也！

郑氏朝信公，耒阳西乡长坪乡交界处三合圩人，属永兴、桂阳、耒阳三县交界处耒阳籍贯之人矣。年九十有二，身材瘦弱、矮小，然精神抖擞，初窥不似九旬之人，细瞧之双目炯炯有神。众曰长寿之人，大抵如此神态也！郑老言之木讷，问之答之，简而爽洁，似深藏不露之人矣。愚细问郑老旁系之人，俱竖指赞曰："怪人怪手高明草药医者也。"又言："凡求其医治者，不拒，然患者又必上门，必面见，方诊病。"除此，皆不接待，更不善待问药求治者。郑老耳略背，亦可分辨话语，于患者之交流，不存障碍也。街坊邻居，俱向愚介绍郑老医术，有曰厉害者，有曰好人矣。愚大体了解，郑老乃三合圩最年长之草药医者，祖传之秘方，恕不传人。近郑老年岁已衰，方传授一徒弟，乃街上理发师也，年岁见长，七十有余矣。街邻又曰，尚只教徒弟皮毛。其徒弟告愚，先学易懂之东西，再往深处学，诚心，必学得真传，又曰，学草药术，靠日积月累，故古人言："冰冻三尺非一日之寒。"

愚街头采记之后，邀郑老入门观之，郑应允且带路，脚步健捷似小跑，穿巷越路，见一麻石径，再走，郑之屋宅到也。乃简陋之宅，环顾其屋，除几兜干细草药，果然无存货也。郑老告愚，非不存货，乃其诊病方式与众不同也。其方式大体是，病人乃至，先看病症，再诉病因，便定救治乎矣。若双方应允，郑便让病人小歇，他则带刀具锄头篮子，匆匆上山，采药去矣。其命名曰现场看病现场去采药也。须臾，郑老采药归来，先抽烟一袋，喝水一杯，再当求医者之面，用刀切药根，用石臼，细细捣制草药，再配制，揉成一团团面团，用袋装之，付于来人也。其制药过程，亦不回避人也。当然，一般人亦不识得其药也。郑老曰："呷他草药之人，远者粤闽之人也；中者，耒阳城或永兴桂阳城之人也；近者，西乡方圆几十里地人也。"慕名者皆从别人口中得之，用药后痊愈者甚众，便让人趋之若鹜。郑老来者不拒。至于付银两，乃由来求医者之意也，多之，乃拒收，少之，笑纳也。据说，郑老心善良，数次救人于危难之中，又悄然不图回报也。然对不屑于他医术者，开价再高，婉言谢绝，决无情面。故知其人也，皆称之"怪手"也。

郑老擅长何种治疗？让许多人纷至沓来？愚多方获悉，实则两大类也，乃是：无名肿毒，各类结石也。郑老曰："一般无名肿毒，一次性涂药，便可断根。重之，三次涂药必可愈，其药只含山间草药，无副作用也。至于结石，一般为尿结石和肾结石。"郑老斩钉截铁对愚曰："只须一剂草药，确保结石排出，且难复发也。"郑老掰着手指细数他治疗之结石病例，如数家珍，记忆犹新。

"怪手"草药医者郑朝信，实乃小人物也，然其祖传之秘方，与众不同的诊病手段，更兼其善良之心矣，平淡之为人也，确又让人赞叹不已！是为记！

# 残障人邓志良："荷梦"一场是故乡

对残障人邓志良来说，将湘潭荷花移至家乡耒阳种植，让荷花不仅创造经济效益，而且发挥美化乡村的作用，这一直是他最大的心愿和梦想。而今，他成功了，不仅创建了耒阳最早最美的荷塘风景点，而且开发出荷花系列产品，带领当地村民共同致富。"荷梦"一场是故乡，残障人邓志良用行动践行了他的心愿。

近日，记者慕名来到五里牌街道办事处上岭村九组，采访了正在忙碌的邓志良。从他的创业过程中，记者了解到了一个残障人的拼搏精神，也感受到了一个普通农民别具一格的创业历程，同时，更钦佩他勤劳肯干，超前的眼光，无私地带领村民共同致富的宽广胸襟。

荷塘花开，蜂蝶自来。走进邓志良创建的上岭荷花塘风景点，只见古色古香，荷叶飘曳，荷花绽放。一条"栈道"连通荷塘四方，或蜿蜒幽深，或浮出水面。荷塘之中，有亭阁，有水车，有瞭望台。置身这里，仿佛就是一个世外桃源，又似朱自清笔下的荷塘秀色，沁人心脾，赏心悦目。邓志良告诉记者，他的荷塘都是他一手设计的，其中荷塘观光"栈道"独树一帜，受到相关专家赞赏，并被广东韶关等地引进，声名鹊起。说起自己的荷塘之梦，邓志良仿佛有很多话要说，记者从他的述说中，真切了解到了一个残障人愈挫愈勇，顽强拼搏，不懈追求，敢于创业，热爱故乡的雄心壮志。

邓志良的出生地，就在他如今创建的上岭荷塘边上，他从小在这里长大，对一草一木都非常熟悉。原先这里就是一个小型水库，也可以叫大面积的山塘。出生于 1968 年的邓志良，20 世纪 90 年代中期，便萌发创业念头，承包这座水库开始养鱼。可是事与愿违，在几年没日没夜的操劳中，邓志良不仅没有赚到钱，而且欠了一屁股债。特别是在一次涨洪水过程中，他为了抢救走散的鱼群，差点儿丢了性命，饶是如此，他仍失去了一只左手，成为残障人。那时候他真是欲哭无泪，面对失去的一只手，他甚至产生了轻生念头。好在自小青梅竹马的妻子没有嫌弃他，而是给他以鼓励和关怀。当时他妻子谢香花刚刚和他结婚两年，正在湘潭电缆厂随父工作，算得上是正宗的工人阶级。于是创业受挫且失掉一只手成为残障人的邓志良，只能去湘潭投靠妻子。邓志良记得，那是 1997 年，他背着四万多元债务，神情沮丧来到妻子身边。妻子不仅没嫌弃他，还根据他只剩一只手的现实，想办法为他谋划生存道路。他先是学会用一只手骑单车，然后开始从最脏最累的活干起，每天早上三四点钟就起床，去屠宰场贩猪肠子卖。略赚了点儿本钱，他就开了一个饮食店，同样起早摸黑，勤劳苦干。再后来，他又从湘潭收购槟榔到耒阳来卖。逆境之中，他一刻也没忘记故乡耒阳，想在哪里跌倒就在哪里站起来。但想起来容易做起来难，在耒阳辗转一年多，基本没赚到钱。他后来只好沉下心，在湘潭继续干，先做干货生意，骑着自行车没日没夜去推销。最后，邓志良用辛苦赚来的二十多万元，和从家乡信用社贷款的八万元，在湘潭办了一个冷库，专做速冻食品，以猪产品为主体。由于他开办得较早，加上又摸索了一套冷冻技术，他的冷库生意兴隆，每年都可以赚几十万元，他一下成为一个自强不息的残障人老板。不仅在湘潭闹市区买了两套房，还积蓄了现金一百多万元。按理，他只要坚持把冷库开下去，完全可以过上无忧无虑的生活。

然而邓志良却时时刻刻在想着重回故乡，想着重回那熟悉的水塘边，再做一番事业，圆故乡梦，为村民做一点儿事。颇有经济头脑的邓志良，早就发现湘潭号称"莲城"，莲花种植历史悠久，且莲子经济价值不菲，莲花又是一种欣赏植物。所以邓志良一直在琢磨着利用家乡那熟悉的水塘，从湘潭移植荷花来故乡种植的想法，后来这个想法几乎成为他的心愿。2014年，怀揣"荷梦"，邓志良拿着近两百万辛辛苦苦在湘潭赚的钱，只身回到故乡耒阳。

当时的耒阳，荷花早已没有地方种植，更没人想到利用荷花的衍生产品莲子、莲藕等去赚钱，连市场超市的莲子产品，都是来自外地。邓志良看到了解这一现象后，更坚定了在故乡耒阳推广种植荷花的信心和决心。2014年，邓志良就从湘潭进购种子，开始试种荷花。他先是在水塘边沿种，再推广至荒芜的田地里去种。为了将试种的荷花培植好，邓志良三天两头就往湘潭跑，请教当地师傅，不耻下问，还高价将湘潭师傅请到耒阳，手把手传授一些栽培技术。同时，邓志良还购买书籍，实施科学种植。通过一年的试种，邓志良不仅学会了全套栽培技术，还根据耒阳土质有的放矢，从推广上下功夫，希望在他种植的同时，让耒阳更多人也参与其中来种植，实现共同致富。试种成功后，2015年邓志良就开始规模种植，他不仅在水塘种植，还将村里30多亩荒废的稻田承包下来，形成一定的种植面积。为了让荷花发挥美化乡村进而形成观赏价值，邓志良在种植之初就做好布局，将荷花种植和旅游观光有机结合。为了达到经济效益最大化，他甚至去深圳请设计师来设计整个荷塘布局，后因对方要价过高，他不得不放弃。但也因此激发了他自己的设计思路。那些天，邓志良把自己关在房里苦苦思索，设计了一个又一个方案。最后独辟蹊径，设计出荷塘"栈道"的观光休闲点，把原始方法和现代方法融为一体，既突出乡村风味，也方便游客观赏。邓志良向记者介绍，他的这个荷塘"栈道"，分明道和暗道，明道就是浮在水面的楼阁，由高低数个楼阁组成，站在楼阁上，可以眺望到各个方向的荷花，还适宜网友拍照。暗道则铺在水面之下，可以近距离接触荷花，不仅方便观赏，还可以让游客体验水上摘莲藕，可以说妙不可言。邓志良设计的这个荷塘"栈道"，自成一体，自成一派，让很多游客惊愕不已，都说没见过这样有创意的荷花观赏点。

大面积种植，再加上精心打造的荷花观赏点，到2016年，邓志良的荷花景区一炮而红。当年仅游客每人十元的门票费收入就达到二十多万元，加上餐饮、养鱼、养鸡鸭及莲子、藕片等收入，居然盈利近五十万元。邓志良当即将这笔盈利投入再生产，对荷塘进行再修缮。与此同时，广泛吸纳贫困村民来他的企业打工，最多时招收了三十多人，这些人每人年工资收入均在三万元以上。除了扶持贫困户，邓志良还在全市大力推广荷花种植，而且免费为种植户提供技术支持。永济镇的荷花风景区，就是从邓志良荷塘里学的经验，还有泗门镇成片的荷花种植，则由邓志良亲自担任技术顾问，经常去现场指导。目前，耒阳不少乡镇都开始推广种植荷花，从一定意义上讲，这都是受邓志良潜移默化的影响。

邓志良对记者说，看到家乡耒阳这么多人开始种荷花了，他很高兴。邓志良说："其实荷花一身是宝，荷花可以观赏，荷叶是药材，藕尖是一道美食，莲子则清热解毒，可以熬汤清炒，美味可口，藕片藕粉也都是好食品。"邓志良说："下一步，在资金允许的情况下，我准备开发莲子精品，可以走干货销售渠道。这样的话，荷花经济效益就会更高。"邓志良向记者介绍，回故乡快7年了，他一直在追求更高目标，那就是把耒阳打造成除莲城湘潭外第二个荷花之乡，造福更多的人，创造更大的经济效益。为此，邓志良不仅把在湘潭赚的钱和这些年赚的钱统统投入到了荷花发展，而且还落下了30多万的债务。

邓志良说，耒阳发展荷花产业有得天独厚的优势，水面丰富，土质适宜，乡村不少荒芜的土地，只要稍加改善，就可成为荷花的种植地。假如耒阳能够种植几十万亩，甚至上百万亩荷花，既可以靓化乡村，又可形成一个大产业，这是非常有潜力的。

作为一个残障人，邓志良的创业也得到了市残联的大力支持，这些年他先后被评为全省全市先进个人，并成为残障人创业的典范。但邓志良一直不把自己当成残障人看待，而且拥有比普通人更高更远的目标追求。"梦想总是要有的，万一实现了呢？"马云这句话一直是邓志良的座右铭。邓志良最大的梦想，就是把自己的"荷梦"产业做得更大更强，成为全市乃至全省样板工程，带动更多的困难群众，特别是残障人就业。他最缺的当然是资金，到目前为止，他已倾其所有投资了三百多万元用于荷塘项目，但仍远远不够。例如道路硬化、水利设施、乡村旅游等方面，仍亟待得到政府相关部门的大力支持。邓志良表示，他的"荷梦"一直要追求下去，不达成功，决不罢休！

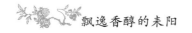

# 朱师傅的山区情结

　　春暖花开时节，走进乡村，闻油菜花香，看嫩草茵茵，嗅泥土芬芳，望蓝天白云，听小鸟鸣歌，别有一番风味和情调。

　　岁月匆匆，季节如期而至。过了寒冬，就是春天，春天的脚步似乎放缓了一些。春天是播种季节，万物复苏，万木争荣。一年之计在于春，春天对于乡下人来说，是最忙碌，最重要的时节。

　　在元明坳，春天要来得稍晚一些。这里是湘南海拔较高的地域，当杜鹃花完全绽放时，这里的农民才开展播种。而此时，山下往往已经开始插秧。按照季节说法，这个时候，已经是暮春时节了。

　　元明坳的梯田，都悬挂在半山腰上，错落有致，远远望去，就像一幅图画。梯田面积很小，按当地农民的话叫巴掌大一丘的田。田虽小，却是农民的命根子，一年的口粮，就从这些田里长出来。年轻一代人都打工去了，而上了年纪的人，依然劳作在这片土地上，他们仍依靠这些田来种些稻谷，接济一年的生活。

　　大概从20世纪末开始，每年的春夏季节，我都要到元明坳走上几回，看看风景，赏自然花卉，呼吸新鲜空气，了解些民情世故。最主要是能到农户家里吃吃土菜，享受真正的乡野生活。

　　我经常去的一户人家，主人姓朱，是个中年人。这个人身体特别健壮，时不时叼着一根长烟筒，吞云吐雾。他家建在山顶一片岩石边上，青砖瓦屋。屋四周都是翠色竹林，还有成片的荆棘，荆棘丛中开着各色的花卉，淡淡清香，极为诱人。每逢春天，朱师傅家都会孵些小鸡、小鸭，放在这片花香扑鼻的荆棘里，自由觅食，吃虫子，刨蚯蚓，更有一些小鸟飞来飞去，和着小鸡小鸭的声音，将这片空间渲染得热闹非凡。

　　和我同来的一些摄影爱好者，面对这如诗如画的风景，咔嚓咔嚓地照着相，将自然、风光、人物、动物、家禽、花草、鸟类一一摄入镜头。每逢这个时候，朱师傅就双手挡着，大喊莫照我莫照我。我们就说没关系没关系，朱师傅说有关系有关系，就自顾到灶屋做饭去了。

　　他家的灶屋有些昏暗，放了许多柴火。朱师傅从不烧煤，煮饭炒菜，一律用的是他自己从山上打下来的干柴。一捆一捆，摆在屋角落里，他的灶很大，上面放着一口固定的大铁锅，无论是烧菜还是蒸饭，都是用这个锅子。

　　我们有时候想帮着朱师傅烧火，但都被烟熏得双眼流泪，用手纸抹了一遍又一遍眼睛，也止不住眼泪，且呛得喉咙发痒，一遍又一遍咳嗽，最后只好退出。而朱师傅却仿佛没事一般，坐在火旁，淡定地吸着烟，慢慢烧着火，有条不紊做着饭菜，一两个小时下来，不见他流泪，更不见他咳嗽。

柴火饭真是好吃，香喷喷的，菜肴自然是绿色无污染，有竹笋、蕨根，有野葱，有刚挖出的土豆，还有散发着浓烈泥土味的野蘑菇。我们大口大口夹着蔬菜吃，朱师傅就喊："呷鸡肉呷鸡肉。"鸡是朱师傅自养的，用柴火清蒸，贼甜，我们当然会吃。不一会儿，满桌菜一扫而光，连汤汤水水也进了我们的肚子。

看看我们吃完饭，朱师傅就说："你们先耍，我要到田里干活去了。"边说，边拿着犁田工具，从牛栏牵出一头浅黄的黄牛，吆喝一声，径往梯田走去。

看朱师傅犁田也是一种享受。这是一片狭窄而又陡峭的梯田，每丘田大约在几米至十几米长度之间，田埂也小，似乎容不下牛的脚。但朱师傅却赶着黄牛，悠闲地走在这样的田埂上，从一丘走向另一丘，再下到一块田里去，这是朱师傅家的田。朱师傅扶着犁，甩下牛鞭，就开始犁田。田太小，转弯抹角，都要靠朱师傅一手掌握，时不时还要将犁转出来，然后再插下去。十多斤重的犁，轻轻巧巧，运用自如。我们一个二十多岁的小伙子想试一下犁田的滋味，结果使尽吃奶的力气，也移不动犁耙，只能涨红着脸求助于朱师傅。

元明坳每家每户都养着黄牛，几乎也是每家每户都用原始的犁耙耕田。我问朱师傅，为什么不买耕田机犁田？他说，不习惯，也不好使。据说有人买过耕田机，但要二人抬，抬到田里再安装，颇费功夫，而且比不上手工犁田的质量。

养黄牛也算是元明坳村民增收的渠道，每家每户一年都要养上三五头黄牛，除了犁田，闲冬时节可以上市场卖。这种纯山区野草喂的牛，味道鲜美，市场销路极好，城里有人想买一般都买不到，经常要提前订购。我有一年就从朱师傅家预购了一头牛，快过年时候才宰杀，然后喊亲朋好友购买，大家都说好吃好吃，比市场上买的划算多了。

朱师傅真是一个勤劳肯干的人，他家每年都要喂三头黄牛，养几只鸡鸭，还要养一头肥猪。这种圈养的猪在乡村已极为罕见，而朱师傅仍然采取着最原始最古老的喂养法，用镰刀锄草，用柴火煮潲，用草糠剩菜剩饭喂养，不喂一点儿市场买来的饲料。朱师傅说那种一天长一斤肉的猪饲料，听着都怕。他家一年只喂一头猪，十二个月后杀猪过年。和黄牛不同，他家的猪从不卖。杀猪那天，请邻居和亲戚来吃一顿，然后油炸几十斤肉过春节，剩下的全部俺成腊肉，用于春夏食用。我们暮春时节去朱师傅家，还看到他灶屋里挂着一串串熏得黑乎乎的腊肉，散发着香味，极吊胃口。朱师傅宁肯卖只鸡给我们吃，也不愿卖腊肉给我们吃，他把腊肉当成了至爱。

在这样一个偏僻的山乡，在年轻人几乎倾巢进城以后，能耐得住寂寞，十几年不进城，这样的人不会太多。朱师傅家有电视，有书籍。他的空闲时间应该打发在看书看报上面。我问朱师傅进过学堂吗，他说托新社会的福，他进过几次夜校，早脱盲了。据村支书介绍，朱师傅时不时还会到他家找报纸看，戴着老花镜，看得很认真。村支书说，这老头有个怪习惯，喜欢一个人静坐，像尊佛一样，一动不动，一坐就是半天，只顾吸着烟，好像有心事一样。

我于是问朱师傅，您有时候是不是很忧闷烦躁，会一个人坐着理清头绪？他笑了笑，我没有什么烦恼，我有时候是在聆听季节的声音。

聆听季节的声音？这种在书本上读到的词语，怎么会由朱师傅这样的乡野中年人说

了出来呢？

朱师傅淡然地说："你们住在城里的人，是无法知道季节声音的，更无法聆听。"

我好奇地问："您是怎样聆听季节的？季节的声音又是什么？"

朱师傅认真地说："每个季节都有不同的声音，是由风带来的。春天，风中带来的是花开的声音，小鸟叽叽喳喳的声音；夏天，风中带来的是知了和荷叶绽放的声音；秋天，风中带来的是落叶和稻穗摇曳的声音；冬天，风中带来的是细细的雪粒和化冰的声音……"

见我有些一知半解，朱师傅进一步说："我不要看日历上的节气，我只要静静地坐着，就能聆听出，哪天已经入春，哪天已经立秋了。"他入神地说："季节的声音都夹杂在季节飘来的风中，很分明，例如春天来了，原来冬天的雪粒声就消失了，随之而来的是类似于小鸟的欢叫声和花朵窸窣的开放声。"

我虔诚地问："所有人都能听出来吧？"

朱师傅说："应该都可以，你只要坐在我家门口，闭着眼，静心听着从山谷口吹过来的风，就能感觉到季节的声音。"

我们几个人如法炮制，但怎么闭眼怎么用心也分辨不出花开的声音和小鸟叽叽喳喳的声音，只听见山风呼啸着，似乎有什么声音，也只能是风。

朱师傅说你们没有认真听，一下子是听不出的。我们无言。但我知道，也许，只有像朱师傅这样对这片土地熟悉到了某种炽热程度的人，或者异常迷爱这片土地的人，才能聆听到季节的声音。

# 大和圩最后的"捡屋匠"朱玉刚

人间四月芳菲尽，山色空蒙雨亦奇。四月上旬，难得几日的晴天，天空云彩飞扬，大地温暖是春。对于大和圩的朱玉刚来说，这种雨间转晴的日子，是他最忙活的时候。谁叫他是大和圩如今唯一的一位专事捡瓦修屋的师傅，俗称"捡屋匠"呢！

记者采访朱玉刚师傅，是在大和圩雅江村毛家湾。他正在为该村村民刘秋生一栋百年老宅翻瓦锯梁，忙得不亦乐乎。其手法轻飘飘的，一招一式，一动一静，一瓦一梁，一钉一木，一块一片，都是层次分明，连贯作业，令人眼花缭乱。朱玉刚边翻瓦捡屋边告诉记者，眼下在整个大和圩，几万人口，只有他一个专事捡屋堵漏的手艺人。他说他当初学的就是捡屋，这种工艺一般很少有人学，更甭说能够坚持下来。

朱玉刚今年六十出头年纪，二十世纪七八十年代和他同时学艺的几个师兄师弟，早洗手不干。他也多次萌发不想干的念头，但四乡八邻的村民都晓得他是捡屋师傅，遇上房屋漏雨，总有人来喊他，他推也不是，不推也不是，最后只能带着家什去干活，来来往往，折折腾腾，至今仍放不下这行将消匿的行当。

对今天很多年轻人来讲，捡屋匠是什么？可能根本没听说过。没错，随着钢筋水泥结构房屋的风起云涌，谁还会建旧式瓦屋呢？但是，对稍上了年纪的人来讲，青砖瓦屋，可是他们非常有感情的农村建筑物，祖祖辈辈，上下千年，乡村湾里，除了茅草屋，青砖瓦屋伴随古人和上辈人风雨兼程，起居安身，多少往事，多少酸甜苦辣，都写在青砖瓦屋记忆中。自然，专事修补青砖瓦屋的工匠师傅也应运而生。相比于木匠、砌匠，捡屋匠数量要少得多，但他们却是过去农村必不可少的角色。由于青砖瓦屋建筑本身防雨防腐功能差，一些房子建成不久，就因瓦片或木梁腐烂，出现漏雨现象。此时必须请捡屋师傅修补，如果不管不问，随之而来的就是整个房子的腐烂，甚至塌倒。所以补屋师傅就是及时雨，为大家修修补补，排忧解难。

但是，随着时代的变迁，今天的乡村，旧貌换新颜，大多数村民都建了新房，新房都是钢筋水泥结构，剩下一些瓦屋，也极少有人居住。但是，极少也是数量，例如朱玉刚师傅正在检修的刘秋生家。四十多岁的刘秋生一家就住在祖辈留下的一栋老式青砖瓦屋里，他家上有八十岁老母，下有读书的孩子，妻子又多病，所以没有积蓄起新房，只能蜗居在老旧瓦房里。今年三月以来连续春雨，造成瓦片漏雨。"幸亏还有朱师傅会捡瓦修漏，要不我一家真没地方住"，刘秋生的妻子说。

朱玉刚师傅每修补一天房子，工钱也就一百来块，他说就这价钱，长年养成的习惯，不好意思涨，况且现在住青砖瓦房老屋的人家庭都有些困难，不能让他们雪上加霜。朱师傅讲出的话非常妥帖，看来绝非等闲之辈。他笑着告诉记者，他读过高中，恢复高考时也考过大学，但名落孙山。这都是过去的事了，眼下他身体也不是很好了，爬楼梯揭

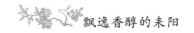

瓦已力不从心，但想放也放不下，因为乡亲们还需要他。

作为大和圩最后一位捡屋匠，朱玉刚师傅已坚守下来。但是，自他以后，已再无人会捡瓦修漏，也再没人会从事这个又脏又苦又累又没有多少工钱的营生。乡村在日新月异，住青砖瓦屋的人会日渐稀少，直至绝迹，这是历史的必然。但是，旧式瓦房，作为历史的见证，不可能退出乡村，该保留的还得保留。要保留，就必须要有懂维护的工匠，像朱师傅这种手艺人，如果有传承者，将会非常有益社会的发展和进步。但是，令人遗憾的是，如今类似于捡屋匠这种稀罕人物，的确在逐渐消匿消失，尚没有很好的补救办法，这的确令人忧虑。例如补锅匠、铁匠、烧瓦匠、篾匠等曾经辉煌的工匠种类，如今正在销声匿迹。也许，后人只能从史书中去领略这些行业的风采了。这恐怕是一种发展的阵痛，前行的无奈。行将老朽的朱玉刚师傅，他仍在忙碌，仍在将大和圩最后一位捡屋匠的手艺发挥得淋漓尽致。但是，朱师傅还能坚守多久，或者耒阳其他一些捡屋师傅还能坚守多久，恐怕谁也不知道。但是，我们每个人都可以做的是，给朱师傅这种传统的工匠一个掌声，一片点赞，或者我们的基层干部也能给他们一份问候和一份关怀，相信类似朱师傅这种民间艺人，一定会坚守下去，更可能传承未来。

# 烤烟种植户江昌平刘秀娥夫妇

4月22日，晴空万里，在马水乡积岭村，几千亩烤烟在阳光的照耀下，青葱翠绿，一派生机盎然。烤烟地里，烟农们正在忙碌着，或浇肥、或除草、或刹药，来来往往，将田野渲染得一片繁忙。

年青的江昌平刘秀娥夫妇正背着喷雾器，为烟田洒药。他们手脚麻利，一边压着喷雾器，一边喷洒，一下子功夫，就将几亩烟田喷洒了一遍。趁他们洒药的空隙，记者采访了这对种烟夫妇。

他们告诉记者，以前他们也在广东打工，但打工总归不是长久之路，于是十年前他们毅然回到家乡，投身烤烟种植。在农技人员的帮助下，他们从几亩种起，到如今种植三四十亩，成为种烟大户。

谈起种烟，江昌平刘秀娥夫妇将酸甜苦辣和经济收入一一说了出来。他们说，种烤烟关键要勤劳，烟在土里要经常培土，施肥，洒药，这样才能让烟叶长出色泽，但有好烟叶还不行，还要会焙烤烤烟，这属于技术活了，要靠长期摸索才能烤出上等的烟。夫妻俩介绍，烤烟种植虽然只有几个关键时间点，但必须操一百倍的心，不能有任何松懈。江昌平告诉记者，有一年他因为麻痹大意，在烤烟时没有注意火候，结果将烟叶烤焦了，一下子损失了几千元，夫妻俩非常懊恼。但从此以后，他事事小心，事事操心，按技术标准做事，再也没有出现经济损失。

对于每年的经济收入，这对夫妻一样很诚实地告诉记者，多则六七万，少则四五万，比在外打工强多了。

在马水镇，类似江昌平刘秀娥这样夫妻双双种植烤烟的大户还有不少。马水农民从种烟中尝到了甜头，这些年，在外打工回乡种烟的农民正在增多。记者感叹，只有在马水镇，才会看到一些年轻人或中年人在田里忙碌，比那些只剩老年人在家种田的乡镇，多了一些朝气。

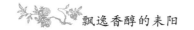

# 八十二岁的犁田老把式贺洪仁

3月27日，天一放晴，尽管水还有些冰冷，八十二岁的贺洪仁却早早牵着牛扛着犁耙下了田。一招一式，尽显一位犁田老把式的架势，熟悉而又利索。

贺洪仁是大和圩乡云华村人，身材瘦小，但背不驼眼不花，牛鞭一挥，吆喝声不亚于年轻人。贺老是当地闻名的犁田老把式，他向记者介绍，从20世纪50年代，他就开始犁田，掐指一算，他满打满算犁田六十年了，而且从未间断过。

这头牛也是他家养的，平素没犁田，老人就牵着牛喂，一到春天，就下田干活。一般是替邻里乡亲耕地，每天从早到晚，工钱也就一百元，不包呷饭，这收入的确不算多，但贺老却不计较，主家给他多少他就收多少。

犁田是按天算工钱，并未规定要犁多少份额。贺老却有自己的底线，一天至少犁田一亩以上。水温还有些冷，对一般人来说，在这种气温下要穿长靴下地，贺老却是赤脚下水，挽着袖子，扶着犁，大声吆喝，干得挺欢。记者问老人打赤脚下水冷不冷，老人笑着说，春天是皮冷骨不冷，冬天犁田那才叫冷呢！记者有些疑惑，冬天怎么也犁田呢？贺老说，冬天犁田叫犁冬水田，就是秋收后水田闲了，要犁一遍过冬，犁冬水田很讲究，要犁得不深不浅  ，恰到好处，这样才能为入春犁田打下好基础，换句话说就是冬水田犁得好，为来年丰收创造了条件。

看着八十多岁的贺老还在牵牛犁田，记者问当地群众，老人图什么呢？74岁的村民刘洪富说，图生活呀！原来，老人三个儿子，一个有精神病，一个患病去世，老人一家生活非常困难，只能靠他的劳作来补贴。而老人唯一的赚钱方式，就是为邻里乡亲犁田。由于老人耕田耕得仔细，又有丰富经验，村民都愿意喊他犁田。

据了解，老人大约帮村民犁田二十多亩，赚工资两三千元，年年如此，从未中断过。他用自己的辛劳，树立了农村老人勤劳生活的典范。

# 蔬菜专业户吴县平的坚守

算起来，南京镇吴县平回乡办蔬菜基地已经整整十一年了。十一年，多少酸甜苦辣，多少创业故事，仿佛在吴县平眼前只是一晃而过。但是，个中艰辛和曲折，却让这个汉子念念不忘。以至3月下旬在接受耒阳手机台记者的采访时，他仍显得情绪非常激动。

也难怪，当初吴县平以满腔热情，从广东携几百万元资金回乡创办蔬菜基地，是想有一番大作为的，也可谓雄心勃勃。然而，十一年过去，除了这片几百亩的蔬菜基地仍属于他承包，别的几乎一无所有，几百万元没了，眼看今年就要盈利一百多万元，却不料一场持续不断的春雨，将他蔬菜基地的萝卜、白菜、芹菜一鼓捣全弄烂了，根本无法去市场销售，白白损失近百万元，真是可惜。

记者随着吴县平和他的帮工吴平信，来到充满菜叶烂味的土地里，看到满是倒斜的白菜，表面看还新鲜，一剥开菜叶，尽显腐烂之态，还有仍立在土里的萝卜叶，萝卜早长得空心抽蕊，无法食用，至于一片片芹菜，也叶芽老化，失去了售卖价值。吴县平介绍，白菜、萝卜都是季节性蔬菜，本来三月份要卖完的，并且可卖上好价钱，没想到持续的大雨浇灭了他的希望。望着这一茬茬烂在地里的蔬菜，老吴心在滴血，却无可奈何。

吴县平说，搞农业，要讲究天时地利人和，其中天时尤为重要，没有好的天气，再好的技术，再好的市场，也会白搭进去。特别是种植蔬菜，更要依靠天气，可以说要靠天吃饭。这些年老吴反反复复探索种植技术，坚持不搞大棚蔬菜，不搞反季节蔬菜，就是想闯出一条耒阳人种植本土蔬菜的好路子。

通过十年的摸索，吴县平种植技术已经过关，平时他要请二三十个帮工做事，春夏秋冬，时时种植各种蔬菜。他坚持无公害种植，不施农药，不施生长剂，宁愿将菜烂在地里，也不搞有害于人体的保鲜东西。他的蔬菜主要供应耒阳各大学校、蔬菜批发市场，也有少量运往广东。

吴县平说，种蔬菜很辛苦，卖蔬菜更辛苦，有时候他拖一车菜到城里卖，既没地方摆，也没地方卖。常常只能低价卖给菜贩子。他希望政府和相关部门，能为本地菜农开辟专门的蔬菜销售市场，让老百姓吃上放心菜，吃上不反季节的本地菜。

当初吴县平种植蔬菜时，记者就采访过他，当时他就说过，一定要坚持在家乡种蔬菜。如今，十年过去了，吴县平仍然记得这句承诺，他说，不管如何，他的蔬菜基地一定要办下去，他非常感谢农业部门对他的支持，也有信心把他的蔬菜基地办好，办出特色，让它赢利。

# 纯朴勤劳的山里老汉张贤洪

初夏是一年中最美的季节，翠绿的山野，蓝天白云，花香扑鼻。

对山里人来讲，初夏却是最繁忙的时期，田里土里、山上山下，人们都要忙着耕作，或犁田插秧、或播种蔬菜、或打理竹林、或锄草烟田、或孵鸡育苗，总之是忙里忙外，没有空闲时间。山里人把这种日子称作转昏脑壳忙酸腿，极度紧张。

耒阳人称山里人家为冲里人家。冲——山冲，纵深的山谷，七弯八拐，爬坡走坎，一眼望不到边际。山冲里大抵几里之处才会有一个小湾村，湾村建在山坡，门口有一眼山泉，架一座竹桥，溪流从山里飘来，夹着山野的树叶落花，潺潺流向山外。

张贤洪老汉的湾村就建在山冲里，不过如今的山冲人家都起了新屋，旧房早已弃用。例如张贤洪建在山冲的老屋就几年没踏过脚了，破旧不堪，饱经沧桑，基本弃用。老张一家花了近二十万在山冲的开阔地建了一栋新房，虽谈不上富丽堂皇，但比起那几间老屋，已有"山中方一日，世上已千年"之变迁感觉。老张对此非常满意，总觉得自己不像老山里人家了，变成和集镇人相媲美的新农村人了。

67岁的张贤洪，是耒阳市马水镇坪田村四组人。坪田原来是耒阳一个乡，后来撤区并乡，才隶属马水镇。坪田离耒阳城有四五十公里，属于典型的边远山区。这里山清水秀，民风淳朴，百姓既善良又勤劳，按耒阳的土话讲叫舍肯又苦干的人。譬如张贤洪，这么大年纪了，却没有一天不在忙活，特别是初夏季节，几乎是天蒙蒙亮起床，傍晚要忙到伸手不见五指才回家歇息。

记者采访老张的时候他也是边犁田边回答话题。老张挥舞着牛鞭，赶着牛低头忙活着，记者只好在田坎上跟着他采访。

和大多数乡村人一样，张贤洪家里也只有老伴和他带孙子在家，儿女、儿媳都到广东打工去了。按常理，老张这把年纪了，应该带带孙子在家做点儿轻活，顶多种一两亩田，保自己呷就可以了。但记者问他一年种了多少亩田？他回答是12亩。而且，从犁田、插秧，到种耕、施肥、洒农药，再到收割、晒谷，都是他一个人，老伴顶多帮衬他晒晒谷。

这一问真让人吃惊！老张这一把年纪了，居然可以一个人种12亩稻谷，又不请帮工，凭自己一双手，这要多么勤劳和苦干呀！这在常人看来几乎不可能。但老张却轻描淡写，他说他年年都要种十多亩田。

苦，谈不上，只是种田成本的确高。他一年满打满算，种十多亩稻田卖给粮站，只能纯赚一万多块钱，每亩就千元左右，这还是因为他没请帮工，没租机械耕田，如果换作其他人，纯利润便更低。

张贤洪说，现在一般人不肯种田，主要是觉得划不来，但他却没有这样想过。老张觉得凭自己一双手，又是种自己家里的责任田，一年能赚上万把块钱，也可以了。

平常，张贤洪还要喂养家里这两头耕牛。一头老牛已经养五六年了，新犊今年刚买来，还没学犁田。

他养牛主要是为了犁自家这十多亩田，不用再花钱租耕田机了，每年可以节约二千多元，算算挺值。

老张说，他家里那栋新建的房，一般人都以为是他儿女在外打工赚的钱，其实他自己就出了十多万块，都是水稻和养殖的收入积攒下来的。老张笑着说，现在年轻人在外打工，不节俭的几乎就是保自己穿呷，面子上说在外赚钱，实际上还比不上他种水稻赚的钱多。

当然，老张说这只是他晓得的，例如他的儿女儿媳，其他人他也不懂，也无意说人家。

除了种水稻喂牛，张贤洪还在山冲里种了十几亩楠竹，经常要上山除草、洒药。另外，他家每年还要养些鸡鸭。偶尔，还在门口水池里也养点儿鱼。鸡鸭鱼都没卖过，除了平时给孙子们吃，主要是留到春节过年时，一家人团聚再吃。

张贤洪对记者说，现在年轻人都不肯也不会做苦力了，例如种水稻。在他看来，水稻是祖祖辈辈代代相传下来的，可如今却只有像他这样年纪大的人在种植了。当然，老张也知道，现在也有很多种粮大户在用机械种田，但像他这样的冲里人家，山冲水田，并不适合机械化种植。所以说，还需要手工耕作。

记者感叹，如今，像张贤洪这样勤劳苦干的农村人，已经属极少数，而且，以年纪大的人居多。时代在发展，但不管如何发展，像张贤洪这样的勤劳典型，都应该弘扬。

# 乡村人物故事，大市镇的夫妻"羊倌"

晴空万里，青山绿水，悠悠白云。天低云飘絮，山野飞白羊。一只只嗷嗷叫嚷的山羊，排成一行行，争先恐后，从一山越到另一山，来到一片开阔地，然后散落开来，开始啃食新鲜嫩草。

这是大市镇紫风村境内，牧羊人是一对夫妻，男的叫陆芽，女的叫李桂秀，俩人都四十多岁，正是身强力壮的年纪。他们从2008年开始养羊，屈指算来，已近十年。这十年，他们苦苦学习和刻苦钻研，从一个默默无闻之辈，变成耒阳远近闻名的养羊大户，夫妻"羊倌"，名声响亮。

谈起当初的选择，陆芽感觉自豪。他对记者说，那时在广东打工，车间上班，苦累不算，关键是看不到自己的前途，总觉得这样耗下去会枉费青春年华，不是自己的最终追求。按陆芽的想法，就是自己要闯一条路，哪怕当不了老板，也要寻找一个发展方向。在这种信念的支配下，夫妻二人双双从广东辞工，回到家乡耒阳。当时，左攒右筹，身上也只有几万块钱，几万元能干什么？通过考察，陆芽毅然决定养羊，走一条与众不同之路。

倾其所能，陆芽购买了三十多只土山羊。为了学好养羊，他从防疫学起，包括羊的生活习性，苦苦摸索，终于掌握了全套养殖技术。如今，陆芽夫妻对山羊养殖技术已经纯熟，耒阳远近乡镇都有人来向他们取经。对于这些人，夫妻俩总是热情接待，耐心传经送宝，从不收取一分钱。

这些年，陆芽家里养殖的土山羊，常年保持在二百头左右，每年销售一百多头，再哺养一百多头小羊，反复循环，不多不少，既利于管理，又能赚取收入。陆芽告诉记者，每年他家的养羊收入在十万元左右，虽然不算太多，但他很满足。

陆芽说，这才是他的追求。他说，传统养殖业在耒阳已经渐渐衰退，例如以前家家户户养猪，现在谁养？至于鸡鸭等养殖，也在向养殖大户靠拢，传统养殖已无法形成气候，这是发展的必然。但是，耒阳很多养殖业，还是具有广阔发展空间的。例如养羊，耒阳每年需要吃山羊至少几万头，但现在耒阳产羊只有区区几千头，零头都不够，都要去外地调。陆芽说，如果全市有一百个像他这样的养羊户，耒阳就不必去外地买羊吃了。

对于自己养的羊，陆芽说，他的羊以吃野外嫩草为主，是真正意义的土山羊，因此从不愁卖，都是有人找上门来买。所以陆芽说只要货正统，保管销路畅。

记者在采访中，颇感到陆芽这对夫妻"羊倌"不简单，是真正有头脑、有眼光、有技术的新型农民。如果多些这样的养殖人，耒阳农村的发展一定会更上一层楼。

一朵白云，一片蓝天，一群山羊，夫妻双双，挥舞鞭子，一路吆喝，一路欢歌，这是陆芽夫妻牧羊的真实写照。

如今的乡村，山水之美，赏心悦目，采访拍摄这对夫妻"羊倌"，看着他们在蓝天下忙碌，仿佛就是写一行诗，描一幅画。

# 耒阳壕塘武术传奇，一代武术宗师罗守三

罗守三，名纪禄，字惟仁，少从师习武，拳脚功夫上乘，尤精"五指抓"功夫，单手能抓起 150 公斤重石头，抓人能掷数丈远，武功名噪全县，为一代武术宗师。长年设馆授徒，先教武德，再习武技。刻碑教场：习武强身，卫国保民。

耒阳盐沙壕塘武术，源于隋唐，兴于宋代，盛于清朝，具有耒阳民间体育色彩。它是伴随着生产生活、战争经历、宗族械斗、舞龙耍狮、设擂比武等多种社会活动产生和发展的，具有鲜明的耒阳地域文化和地方特色。

"南罗"武术，由壕塘罗家代代相传，其基本源派是南少林寺功夫，到清朝末期，经一代武术宗师罗守三的不断演绎创新，最后形成独树一帜的罗氏功夫，其"十八般武艺"样样精通，内外功兼修，更有神奇的壕塘药功，颇具传奇色彩。沿袭至今的壕塘武术，以罗守三开创的基本功夫为教案，秉承除暴安良、强身健体之宗旨，一脉相传，历久而弥新。

关于武术宗师罗守三的故事，更是充满传奇色彩，令人惊叹。

罗守三，又名三蠢子，长得憨厚老实，五短身材，天生一副练武样子。他自小随父亲习武，练就一身过硬本领，但他仍不满足，经常游历各地拜师学艺，由于他天资聪慧，又不耻下问，且到处装蠢卖傻，所以谁也看不清他武功到底有多高，几乎是深不可测，闹出不少传奇事例。

有一年，罗守三假扮成蠢子，去永兴老虎冲拜著名武术大师廖毓厚为师。廖毓厚是载入永兴县志的武林名家，其功夫已臻化境，据说廖喊一声地动山摇，跺一脚塘里水可蹿几米高。他还会神功，两只草鞋可变幻成两只鲤鱼。所以廖毓厚在永兴名声响亮，拜他为师的多不胜数，他一般都要择优选取。罗守三一副蠢呆相，又是耒阳人，自然入不了他的眼，尽管罗守三软磨硬泡，也无法打动他，后来见罗守三总是赖着不走，就安排他担水扫厕所，而且规定至少要干满三年再说。面对这样苛刻的条件，罗守三二话没讲就答应了。

罗守三表面担水，却暗地里留意廖毓厚传授徒弟的一招一式，往往廖很多徒弟都没学会，他已熟记于心，但他从不流露半点儿痕迹。有一次，罗守三在上厕所，蹲了一个马步，嘴里呼呼作响，惹得同在解手的师兄师弟哈哈大笑，都说他太蠢了，不是学武的料。其实这些人哪里知道，罗守三即使在上厕所，也在吐纳气脉，修炼武功。

当然，罗守三装得再蠢，也有露破绽的时候。一次，山洪暴发，一块五六百斤的大石头，从山上滚到廖毓厚的武馆大门口，几位徒弟费了好大劲，也没将石头挪开。恰好罗守三出去担水，他见状直接用脚踹，三五下就将石头移出门口，让那几个徒弟目瞪口呆。后来就传开了，说耒阳那个蠢子蠢是蠢点儿，但有一股蛮力，不可小觑。

罗守三在老虎冲装蠢卖傻三年，以挑水和扫厕所为业，从未正统学过一天廖氏功夫，但他凭着自身扎实的功底和天资悟性，却将廖氏武功熟记于心并加以衍化，成为自己独到的东西。

那廖毓厚见罗守三这个耒牯子给他帮了三年工，人虽蠢傻些，但其心诚，就准备破例收他为徒。当他把这一想法告诉罗守三时，罗却提出，先要和廖切磋武艺。那廖毓厚以为罗守三是卖傻，就说可以呀，边说边伸手来扯罗守三。罗守三见招拆招，一个沾衣十八滚，闪到廖身后，还没待他明白过来，反手一掌，直击廖的背脊，饶是廖武功再高，也吓了一跳，连忙躲闪，并用独创的飞腿直捣罗的腰部，没想到，罗守三并不躲避，硬生生用一双肉掌，接住廖的飞腿，顺势一推，将廖推出了两三丈，幸亏廖武功精湛，才没有跌倒。高手过招只要几招几式，那廖毓厚立刻判定罗守三是顶尖高手，立即拱手，口喊罗师傅手下留情。

罗守三见自己目的已经达到，赶忙说廖师傅见笑，罗某人在此别过。边说，边迈开大步往耒阳方向走。据说罗守三还是有些害怕廖毓厚的神功的，岂不知，神功只是一个传说而已。后来，廖毓厚居然不再收徒，把自己的子弟都送到壕塘来学武，他逢人便说，罗守三才是武术大师，他自叹不如。

作为一代武术宗师，罗守三大智若愚，他告诫弟子，习武的目的是强身健体、惩强扶弱，要有正义感，要有侠义心肠。他在盐沙铺开了一家染铺，专门接济贫困人家和一些乞讨人士，但也惩处欺霸一方的地痞无赖。

有一次，一个地痞无赖，为了逞强独霸盐沙铺，花重金从外地请了两个武林高手，故意将一担箩筐摆在罗守三染铺门口，并口出狂言。起初罗守三并不理会，后来那无赖以为罗守三害怕，就唆使那两个武师直接向罗守三挑战，罗守三被迫应允。

那两个武师使出铁头功，想将罗守三挤到墙壁上，罗守三也不避让，用两只手捏住两个武师的头，往下一按，那两个武师只觉眼冒金花，疼痛难忍，还没待他们明白过来，就见罗守三气沉丹田，两手一合力，硬生生将这两个武师一把抓起，一甩，便将他们扔到那两只摆在他门口的空箩筐里，然后挑起来，径直挑到那无赖的家门口，吓得无赖直打哆嗦，不敢再乱说一句话。

罗守三自创了罗氏矮桩拳，专攻下三路，又创立了罗氏轻功、硬气功，还将十八般兵器演练得滚瓜烂熟，他内外功兼修，外功一拳可以打死一头公牛，他还通过钻研，自创了沿袭至今的壕塘药功，为当地群众防病治病，特别是治疗跌打损伤，非常见效，后来经发展还可治高血压、风寒等多种病症，深受群众欢迎。

罗守三究竟武功有多高，盐沙一带上了年纪的人至今讲起仍津津乐道。传说罗守三手指头可以当刀用，能削生红薯皮，能削青砖，能削生树皮。又传说罗守三轻功可以在秧田里走路，几丈高的樟树，他可一蹿而上，夏天经常用一只脚挂在树梢上，安然睡大觉。

还传说他有一次在耒河边，看到一个船夫脸色不对，问他是不是和人打架了，船夫如实相告，说在码头上因口角和人发生争执，打了一架，但并未受伤，罗守三当即告诉船夫，你已伤了内脏，要立即到壕塘他家接受疗伤吃药，否则三日内必暴亡。那船夫不信，结果三天后倒毙在船上。

作为一代武术大师，罗守三不仅让壕塘罗氏武术名扬四方，而且教育弟子要有正义感，要除暴安良，要信守武德，要为当地百姓服务。在他的带领下，壕塘武术始终兴盛，其子弟口碑良好，不少人成为有用之才，甚至栋梁之材，为家乡为国家作出了贡献。

# 清水铺豆腐"西施"欧阳忠兰，传承古老酿制手艺

　　耒河从大河滩一泻而下，在黄泥冈拐了一个弯，眼前便是一片开阔地，水流湍急。清水铺，一个有着一千多年历史的沿河古村，便坐落在这里。据考证，600 年前，耒阳欧阳族群的先祖，来自江西吉安的欧阳修后代，就是在这里泊船靠岸，然后向西乡迁移繁衍。当然，欧阳先祖也在清水铺留下了后代，至今清水铺附近姓欧阳的仍大有人在。62 岁的欧阳忠兰就是欧阳氏的后裔，她说她家在清水铺已经有几十代了，而她家祖传的酿制豆腐手艺，也有几百年历史了。如今，清水铺最正统最香醇的豆腐技艺，就是由豆腐"西施"欧阳忠兰传承下来的。只是她有些担心，现在的年轻人，都不屑做这种利润极少的手艺了，包括她的儿女，没有一人肯传承她的衣钵。欧阳忠兰在坚守，而香飘几百年的清水铺正宗豆腐还能够再坚守多久，谁也不知道。

　　沿着清水铺依稀可见的青石街，我们来到欧阳忠兰的豆腐作坊。这是一间古旧的街铺，想必有了些年头，屋里摆设着各种酿制豆腐的工具，有铁锅、压榨木、筛渣布等，当然也有现代化工具，例如辗浆机，这也是时代的进步，欧阳忠兰说石磨磨豆浆固然很好，但缺少人工，成本也大，所以由机械磨浆已势在必行，好在其他工序仍是纯手工，因此她酿制的清水铺豆腐，仍保持古韵色彩，口感和纯洁度始终和过去差不多。

　　我们去的时候是早上，欧阳忠兰正架着锅在预备酿制豆腐，她每天酿一至两锅豆腐，一般尚未挑到街上，就被人抢空了，特别是冬天，早晨站在她家门口等豆腐的街邻村坊不下数十人，多时有一百多人，很多人排到后头只能空手而归，但谁也没有怨言，第二天早上继续来买。欧阳忠兰酿的豆腐早已名声在外，除了清水铺这块招牌，更多是因为她的精湛手艺，当然最主要是她祖传的酿制工序。吃过她酿制豆腐的人都说，没有哪个地方的豆腐有欧阳忠兰的那么好呷，香不用说，关键是色泽好，经得起刀切，耐得住火煮，且藏得久，不易馊，哪怕生炒，吃起来也爽爽的，味道超好，如用油炸，发起膨胀，清清黄黄，吃起来又香又脆，爽口至极。

　　我们和欧阳忠兰交谈时，问她酿制的豆腐为何如此招人喜欢，她说，是祖传秘方和清水铺水质的功劳，别看豆腐这东西很多人都会做，但每个地方的豆腐都各具特色，清水铺豆腐好吃，和清水铺街后那口水井的水有很大关系。欧阳忠兰告诉我们，她随父亲学酿豆腐，父亲告诉她，必须用清水铺街后那口水井的生水，何为生水？就是早晨井口里那些尚未被人挑过和用过的水，所以酿制豆腐的人，必抢早晨那口经历了一夜星月或雨露的水，这是最起码的工序。欧阳忠兰说她每天天不亮就要从井里挑一担没被人搅动的水回家，然后用井水浸泡黄豆，待黄豆软发后，用磨浆机磨出豆浆，然后再上柴火烧煮，经反复烧煮后，再过滤，过好滤后，便将豆浆倒至水缸中，此时才放她祖传的秘方。所谓秘方，就是往豆浆里倒石膏粉，耒阳人叫"点水"，这是需要技术的，往往放多少

石膏粉，怎么放，怎么和豆浆结合，这是有祖传秘方的。欧阳忠兰当着我们的面往豆浆里掺石膏粉，但她的石膏粉成分是秘而不宣的，不会随意告诉人，但她也说，谁愿意学，谁愿意把清水铺豆腐传承下去，她愿意教，前提是要诚心诚意。石膏粉搅拌以后，豆浆一下便变成热腾腾的豆腐脑了。欧阳忠兰用石碗盛了几碗给我们喝，的确口感上佳，香气扑鼻，非常好吃。接下来，欧阳忠兰开始过滤豆腐，用木制工具压榨豆腐了。大约半小时左右，一厢厢香喷喷的清水铺豆腐便呈现在我们眼前了。

据清水铺的老街坊向我们介绍，鼎盛时期，清水铺有几十家豆腐作坊，但如今只剩下欧阳忠兰一家。欧阳忠兰不仅手艺好，而且甘于屈居在清水铺这方土地坚守豆腐酿制工艺，尽管她并不赚钱，她却始终舍不得丢弃这门祖传的技艺。由于她的坚守，清水铺豆腐这个老品牌，仍能坚挺下来，成为耒阳人向往的一大佳肴，心灵手巧的欧阳忠兰，因此又被称作豆腐"西施"，这是对她最好的赞扬。而随着耒阳乡村旅游的持续升温，类似清水铺豆腐这种传统手艺，不仅可以助力乡村旅游，更多的是向世人展示耒阳古老文化的博大精深，从这个意义上讲，欧阳忠兰和她的清水铺豆腐，是具有强大魅力的。

# 耒阳乡村人物传记，马水"烟王"郑洪古

　　郑洪古，马水湖德人氏，年五十有八，当地人称之为"烟王"。老郑自云，种烟十几载，乃湾中老烟匠也，又云，称王不敢当，小人物是也！虽自谦，老郑却乃马水赫赫有名之种烟大户，且技术纯熟，闭着眼亦可从土中摘烟，望烟之叶便可辩出等级也，另，老郑技术不保守，喜创新，玩烤烟炉讲究火候，田间种烤烟讲究精度。故，年年老郑种烟皆是单产最高者，亦是等级平均达标最高人也。据云，郑洪古一亩烟可卖钱近万，纯利数千元，所以当地人又称他为"烟精"。种烟成"精"，便如同城中某行业专家教授，乃乡间至臻一荣誉也！

　　炎夏某天，余于烟地中采访郑洪古，是时刚下完一场雨，烤烟青翠直立，叶中含晶莹雨水。老郑偕妻，于烟地摘烟，面有愁云，曰：今年雨水过多，烟叶泛青，非好事矣，自难烤出好黄叶。余观之阵势，几担箩筐，俱盛满烟叶，却放在土中，似未挑去家中之意，老郑云，如不出日头，这类底层角叶，再多亦无多大用途，烤也是白搭炭火。余惊愕，老郑也不多作解释，继续穿梭于烟地。恰好太阳冉冉升起，远方白云朵朵，山清水秀，看来老郑巴望的晴天来临也。余便问，这气候可否好了？郑答，至少晴十天以上方好，中间下不得大雨，种烟还得靠天吃饭，又云，再好的手艺，斗不过天上风雨。余一眼望他的烟地，虽烟均未曾叶黄，但长势非常茂盛，比之邻近一些烤烟，至少上一个档次，便夸，郑师傅名不虚传，种烤烟真比他人厉害，郑摇手，嘿嘿笑几声，又弯腰摘一片烟叶，放于箩筐中，然后掏烟，吸一口，开始和余聊天。

　　郑洪古曰，他家种烤烟十八亩，皆种于水田之中，乃良田是也，除种一季烤烟，尚可插水稻一季，轮流播种，对土壤有极大好处，故马水粮食亦年年丰收。据云，郑洪古除烤烟收入，粮食产量亦给他家带来不少利润，然农业收入再高，和外出打工却无法相提并论，概因种烟种粮纯手工活矣，极苦，于乡下人便有宁去广东（打工），不在马水种田一说。郑洪古叹曰，他深知个中滋味，加上年岁渐大，再不和妻吃"独"活，即不请人工干活也。郑对余云，近些年摘烟外请工资，不下数万，自扯薄了利润，然总体收入仍不错，所以他舍不得丢下这一行业。况村里村外都视他为"烟精"，许多人有不懂技术乃求助于他，他亦感乡里乡亲，不帮衬过意不去。如此一来，十八年种烟历史，便系于他一身。从壮实汉子，变为花甲老人。时间匆匆也，却也将他种烟经历，烙上更深印痕。

　　据云，马水之烤烟约占耒三分之二种植面积，而类似郑洪古十几亩栽种之家庭，亦非常之多。马水种烟，实乃夯实到了乡间，不像某些地，由外人承包，仅请当地人做事也。郑洪古云，马水似他之烟农，不下数百，都自己动手种植也，除摘烟喊人，平素皆家庭伺弄也，所以马水烟乃货真价实耒阳货。

　　余探究郑洪古家底殷实与否，郑答，一般。细问，其建了两次新房，一次 20 世纪 80 年代，一次近年。近年之房，钢筋水泥构建，宽敞明亮，外观漂亮，屋中家具，应有尽有。郑洪古曰，虽有以前外赚之钱和儿子外赚之钱，然主要资金，乃种烤烟收获也。郑洪古笑曰，只在马水，舍肯种烟，日积月累，起屋造舍顺其自然。又曰，他湾中十之八九人家，皆建了新屋。再曰，如今乡间，旧屋难剩几间，新屋处处矗立，错落有致，多不胜数也。郑洪古感叹，如今变化真是太大，乡村人赚钱之路也是愈来愈广。种烤烟赚钱，种粮赚钱，只要不偷懒，只要不因病返贫，个个可以过上极好生活。

　　余最后和郑聊烤烟种植如何更进一步发展，郑面有不悦，曰，如今年轻人喜赚"活路钱"，即耒阳土话不干农活的钱，对种烟亦如此，各湾村几乎无年轻人参与种植，这乃是大隐患也。郑曰，一窝蜂去外打工，不一定是长久之路，只有扎根当地，做些种烟种粮之事，乡村振兴才会有后劲也。余细嚼郑之话语，似乃肺腑之言也，于乡村发展亦有参考价值也。便感言，农村真乃卧虎藏龙之地，如郑洪古之普通农人，皆有眼光，看来，邻里称他为"烟精"，非言过其实也。余观郑洪古，实乃种烟高人也，亦可称之为乡村有头脑之技术能手。是为记。

# 耒阳乡村人物传记，作菜"里手"李昌文

耒阳话"里手"，乃普通话能手是也。"扯里手"，虽为中性词，亦有夸张赞美之意也。城郊农人李昌文，实种菜"里手"，当地无出其右者。仲夏，余于菜地见他，烈日炎炎，汗流满脸，其仍笑曰："尚未三伏，日头不毒，正作菜旺季也。"余环顾周端，皆菜地也，绿油油，或条状丝瓜，或嫩嫩青椒，或青青茄子，或长长豆角，大都生机勃勃，青翠欲滴。李边锄草边聊曰："每晨担一些，去五里牌蓝天市场兜售，换钱三五，快哉！"

李昌文者，年七十，和共和国同龄，余庆办事处西园村人也，世代为农，湾中有著名红军军长李天柱烈士，乃李昌文长辈也。李极健谈，面余采访，滔滔不绝，侃侃而谈，极尽心中话语。时正清晨，田野葱绿，荷花吐艳，一桥飞架，高铁驰骋。李于菜地扯一篮豆角，面对铁路对余曰："好时代也，交通便捷，即去卖菜，亦乘摩托，来去短暂，又省脚力。"又叹曰："旧社会方圆尽荒芜山野，百姓出行只有脚力，真好苦也；新中国成立，百姓翻身做主人也，日子一天比一天好，最是如今，变化让人眼花缭乱也。"即便他此等年岁老农，亦可作菜上市，生活绰绰有余矣。

余观李昌文，中等身材，满脸黝黑，手脚利索，初窥之不似古稀之人。李曰："现乡间长寿者多，类似他之龄者多如牛毛，八九旬老人仍生活自理者亦多，闲不住便种些菜地，一则自给，二则换些钞票，增加生活质量也。余问他，年销菜可达多少人民币？答曰："五六千之间也，可供平素砍肉买生活用品也。"又曰："足矣！"余又问其家人状况，李曰："妻在桂省帮女儿做事，偶尔亦要接济下晚辈。"然总体上他自立，生活充裕也。

再聊种菜方面，李昌文曰："以前只种粮食，菜只是自留地种点，后责任制田土到户，他见离城极近，便伺弄蔬菜去卖，久之便变为种菜里手。"李又笑曰："他之种菜'里手'只能在五里牌一边，若讲灶市零洲等地，甘拜下风，人家才是种菜'里手'也。"

细问李昌文种菜，李一一作答。大致为，冬种大蒜白菜萝卜等，夏栽南瓜辣椒茄子等，皆一些时鲜菜矣。李昌文曰，他种菜仅用老土办法，猪粪牛粪之类浇灌，杀虫亦用火灰喷洒，纯绿色无污染之菜也，挑至蓝天市场，皆成抢手货。李昌文曰，"做人实在些好，如今城里人养生，想呷乡下土菜，不喜菜贩子之菜，但真正土菜亦少，类似我一样卖菜老农，不多也。"

虽七十，李昌文颇有思路曰："当下耒阳种菜已非从前，上世纪七八十年代，灶市乃郴州蔬菜中转站，耒阳蔬菜名气远扬，金南、聂州、零洲皆为蔬菜基地，斗转星移，如今金南、聂州皆高楼林立，只剩零洲仍为蔬菜基地。但明显不能满足市场。"李昌文曰，"其实如今余庆、哲桥、南京一带，完全可建大型蔬菜基地，只要有恒心，就能重振耒

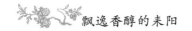

阳蔬菜种植雄风。"

老农李昌文，种菜"里手"李昌文，乃耒阳乡间普普通通一员也，然从他们身上，可看出耒阳人朴实面目也，亦可领略到耒阳人对新中国成立之欣喜心情，更感受到耒阳人对美好生活的向往之情也！是为记！

# 耒阳壕塘武术传奇，武林豪杰罗茂腾

罗茂腾是一代武术宗师罗守三的嫡传弟子，又是罗守三的亲侄子，他自小习武，博取众长，成为壕塘罗氏武术传人的又一代表性人物。他除暴安良，远赴汉口打擂，更使他成为侠义之士、武林豪杰，其优良口碑代代相传，其传奇故事妇幼皆知，是耒阳乃至湘南地区的武林泰斗级人物。至今，他的事迹不仅收录入《耒阳罗氏通谱》，更收录入官方的《耒阳市志》。

罗茂腾长相威武，身材健硕，不苟言笑。他几岁开始习武，先练排打功，后修内功，又擅长轻功，所以在罗守三嫡传弟子中，他武功最高，武学最精，药功也非常深厚。罗守三去世后，壕塘罗家由罗茂腾当家，执掌开在盐沙铺上的染铺，所以罗茂腾又有罗老板之称。他秉承叔父的教导，坚持罗氏武术的宗旨，除暴安良，惩恶扬善，并乐善好施，救济穷人。他开的染铺，学徒全部是穷人，他开的武馆，也坚持只收品质好、讲武德的贫困人家子弟。

罗茂腾出生在清朝末期，真正行走江湖和名声远扬是在民国初期，当时军阀混战，民不聊生，地方土匪猖狂，恶人恶霸多如牛毛。

面对如此恶劣社会环境，作为一个武林人士，罗茂腾不可能置身事外，必须面对现实，面对复杂的生存环境。他经常告诫自己的弟子，学武是为了惩恶扬善，保家卫国，这宗旨绝不能丢，丢了，这武就等于白学了。

为了践行自己的诺言，罗茂腾经常利用自己的威望，化解一些社会矛盾，也利用自己高深的武学功底，勇敢站出来，除暴安良。

大约在民国初年，一股从北方窜入耒阳的恶匪，出入耒阳东南乡，奸淫妇女、抢劫钱财、杀人越货，无恶不作。这中间又有两个武功非常高的土匪气焰最嚣张，他们时常出入山村，劫财劫色，且杀人手段恶劣，一般是用排插功，将受害人肠子挖出来，还有就是用戒刀砍脑壳，以杀人取乐。这两个北方来的土匪，长相凶恶，人高马大，又仗着武功了得，几乎不把耒阳人放在眼里，最后官府派兵剿杀，也是屡屡受挫。一时间，耒阳四乡处于一种恐怖氛围之中，妇女不敢出门，青壮年不敢走山路，连有枪支护院的豪绅，也吓得不敢出远门，有些地方的圩场，甚至关门大吉，一派萧条景象。

这个消息被罗茂腾知道后，他立即站了出来，准备出面除恶。众乡亲都担心他，要他不要去，因为官府都缉拿不了，这帮土匪肯定很厉害，劝他不要冒这个险，以免自己受损，伤了壕塘罗家声誉。罗茂腾却坚定认为，我们学武的目的是什么，不就是除暴安良吗？如果面对暴匪，都不站出来，那罗氏家族的武功就白学了。

他毅然决定，和堂弟罗茂学一起去捉拿这伙土匪中最气焰嚣张武功最高的那两个。

有道是艺高人胆大，那两个土匪虽然被传得神乎其神，但在罗茂腾看来，也无非是一个人而已，没什么可怕的。所以，罗茂腾、罗茂学兄弟两人装扮成商人，就朝土匪时常出没的陶洲方向走去。果然，在一个叫坳上岭的地方，那两个北方恶匪拦住了一身商人气息的罗氏兄弟。其中一个土匪二话不说，伸手就往罗茂腾胸脯上直插下去，罗茂腾立即侧转身，饶是如此，恶匪手爪仍在罗身上抓出一些印痕，看来土匪真是功夫了得，下手凶残，换作别人，肠子早被掏出来了。恶匪见排插功没有击毙来人，知道遇上了高人，立即亮出插在腰间的两柄刀叉，狠劲朝罗茂腾刺来。罗茂腾用扁担挡了下刀叉，双手运气，飞起一脚，将土匪刀叉踢落在地，说时迟那时快，罗茂腾伸出右手，抓住恶匪的衣衫，一个大回环，将恶匪活生生罩住，再使出家传的五指爪神功，抓住恶匪头颅，略一用力，便将土匪打晕过去。

另一个用戒刀的恶匪，也在和罗茂学交手，罗茂学以扁担为武器，和那土匪斗得难解难分，但明显处于上风。已撂倒一个土匪的罗茂田，腾出手来，抓起几块石头，不扁不倚，打中持戒刀土匪的双腿，那土匪一个狗吃屎，跪倒在地，罗茂学一个飞腿，击中土匪脸庞，然后一个反手，将这个土匪擒拿住。

只花了几分钟时间，罗茂腾、罗茂学兄弟就将祸害耒阳的两个北方悍匪活捉，当他们将土匪押解至官府后，官府特意在盐沙圩召开公审大会，将两个土匪枪决，头颅悬挂示众。

那伙从北方窜至耒阳的土匪，见武功最高最彪悍的两个同伙已被擒获枪决，立即如鸟兽散，退出了耒阳，耒阳百姓欢呼雀跃。一时罗茂腾兄弟成为耒阳人的英雄，也成为武林界的楷模。

民国二十二年，时任国民党军军长的耒阳人罗树甲，在武汉看到一场河南人摆的擂台赛，其擂主口出狂言，称打遍湖广无敌手，惹湖广武林界出重金悬赏攻擂者。但攻擂者非伤即败，河南人在武汉摆擂半月有余，竟未遇到敌手。罗树甲见状，便派人火速赶往耒阳，邀请盐沙壕塘罗氏武术人士派人前往武汉攻擂，为湖广人长脸长志气。罗茂腾本不是好张扬之人，但听说擂主目中无人，便决定去会一会此人。只带了两个徒弟，从耒河乘船赶往武汉。

来到武汉，刚好是擂台赛最后三天，擂主尚无人打败，此人得意忘形，胸脯拍得呱呱响，狂喊有本事的请上台交手。罗茂腾细看此人，人高马大，至少比他要高一个人头，从拳路来看，应是正宗北少林功夫。徒弟见擂主威风凛凛，恐师傅不是对手，连罗树甲都劝罗茂腾，没把握就不要上了。罗茂腾却胸有成竹，一下跃上几丈高的擂台。双方签下生死状，裁判搜了双方的身体，见无暗器，然后鸣哨开打。

当时的擂台赛不像今天，有什么条条框框，而是自由打，打下擂台，或打趴在擂台，或一方主动认输才算结束。

两人一交手，由于罗茂腾不知虚实，便以守势为主，擂主以为罗茂腾没啥本事，就使出连环拳，想将罗茂腾一下打下擂台，见不奏效，又使出飞腿功夫，直捣罗的脑门。罗茂腾以守功探出了擂主的套路，自感此人功夫的确上乘，不是那么轻易能击败的，就继续躲闪，寻找对手破绽。擂主和罗茂腾相持了一阵，也感到对手功夫了得，很难一下击败。俩人就这样耗着，你来我往，拳脚相交，让观众大饱眼福。那擂主有些急了，使出最上乘的少林达摩拳，步步紧逼，妄图将罗茂腾打下擂台。此时罗茂腾已看清擂主的所有功夫，立即变守为攻，只见他伸出大手，活生生接住对方挥来的拳，就势一扭，便将擂手右手反转身后，那擂主也不是吃素的，抬起一腿，就往罗茂腾下身踢来，罗茂腾并不慌张，用另一只手，接住其飞腿，顺势一推，擂主跌跌撞撞往后退去，趁着这一瞬间，罗茂腾飞身而起，连环腿如下雨一般，直捣擂主，擂主一个扑腾，栽倒在地。但此人武功非同寻常，居然一跃而起，想抱住罗茂腾。但见罗茂腾侧身一躲，擂主扑了个空，罗茂腾故意往擂台边沿一退，擂主不知是计，贴身追赶过来，此时，罗茂腾使出平生气力，用家传的五指抓，抓住擂主衣襟，顺势一甩，擂主如一截大树，轰然倒在擂台，还没待他回过神来，罗茂腾腿功骤起，几脚便将擂主蹬下擂台，擂主跌落擂台，晕了几分钟，才爬起来，抱拳向罗茂腾认输。

罗茂腾武汉打擂，震惊中原武林界，不少人纷纷打探罗茂腾是何方神圣。军方有关人士对罗茂腾也是赞赏有加，愿出高薪聘他为武术教官。罗茂腾本身看淡名利，又对国民党军祸国殃民的行径不满，便以家务事推托，打擂后的第二天便不辞而别，回到耒阳。

但罗茂腾在武汉打擂的壮举不胫而走。称雄一方的汉口船帮帮主，亲自赶往耒阳，要拜师学艺。后来武汉船帮成为抗日力量，为新四军运送物资，招至日军剿杀，引发另一段传奇故事。

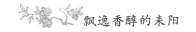

# 耒阳壕塘武术传奇，为民族舍生取义的罗懋硕

耒阳武术，历史悠久，源远流长，素有"南罗北资"两大流派，称雄城乡。"南罗"即盐沙壕塘罗家之武术，"北资"乃哲桥火田资家之武术。两派武功，各有所长，各领风骚，这当中壕塘罗家武术影响更加深远，充满传奇故事。为弘扬耒阳传统文化，挖掘武林逸事，近日，耒阳手机台资深记者欧阳正平，深入城乡，采访多方人士，整理写出了系列故事：耒阳壕塘武术传奇。

罗懋硕是武术大师罗守三的儿子，也是罗家颇具传奇色彩的英雄人物。关于他的故事，至今在南阳、盐沙、大义一带，仍流传甚广，特别是他为民族舍生取义的英勇壮举，始终是老百姓口口相传的话题，历久而弥新，激励后人，鞭策练武人。

## 洗牛无意显身手

话说罗茂腾在武汉打擂获胜后，一时声名鹊起，也让耒阳盐沙成为武林人士向往的地方。春天的一个上午，盐沙壕塘村的一片田野上，罗懋硕牵着一头牛，正在忙碌着犁田，就见从耒河方向，走来一位打扮爽净的外地人。

外地人恭恭敬敬向罗懋硕打听："请问这里有个叫罗茂腾的师傅吗？我想见见他。"罗懋硕说："我哥哥上圩去了，不在家，请您先去家里坐坐，呷杯茶。"边说，他边一只手托住牛的肚皮，另一只手捏住牛的后腿，用水清洗淤泥。

来人虽然没见到罗茂腾，但见到了自称弟弟的罗懋硕，且从他为牛洗脚的身手来看，其武功已非常人可比，来人立即叩谢，转身离去。原来，来人是武汉船帮帮主，慕名来壕塘查看罗茂腾武功，目的是想送帮里人来学武。

后来，武汉船帮派了十几个青年前来拜罗茂腾、罗懋硕为师，出师后，成为帮中中坚力量。他们牢记师傅的教导，以民族为重，多次为新四军运送物资，后被日军发觉，围剿武汉船帮，几乎未留下一人。据说，罗茂腾兄弟后派人去武汉打探弟子下落，得知他们全部为国献身，唏嘘不已，更为弟子自豪不已。

## 日军搜粮，威胁百姓

1944 年，日军侵占耒阳，烧杀抢掠，无恶不作。当时太平洋战争正进入相持阶段，日本战线拉长，军需供应紧张，侵占耒阳这个湘南粮仓后，日军加紧对物资的搜刮，妄图从耒阳搜刮粮食，运送到其他战场救急。日军四处派兵，深入耒阳四乡搜抢粮食，几乎是一湾一村，一地一乡，不放过任何死角。

却说八月的一天，一队日本兵在田心村一个汉奸的带领下，来到了盐沙壕塘村。

由于没有任何准备，全村几百男女老少被日军合围，一个不漏全被集中到村前禾场上。日军架着机枪，逼迫村民说出壕塘罗家隐藏的粮仓，汉奸喊话说，如果不说出来，每十分钟杀一人，直到说出地址为止。

围困在中间的罗懋硕环顾四周，都是熟悉的面孔，大家都知道罗家粮仓的地址，也知道那里隐藏着一万担稻谷，但面对阴森森的枪口，在这生死关头，谁也没有开口说出，眼看敌人就要计时杀人。关键时候，罗懋硕站了出来，他表明了自己身份，要求日军先放掉全村人，然后由他带队去粮仓所在地。日军通过汉奸，知道罗懋硕是村中长辈，又是武术大师，且熟知粮仓地址，不禁大喜。在村民疑惑的注视下，罗懋硕带着日军队伍，直往耒河边上走。此时的村民才明白，罗懋硕是为了救大家，故意带日军往粮仓相反方向走，大家都敬佩罗懋硕的壮举，也马上散开，往山中隐藏，以免日军杀回马枪再来抓人。

## 为救乡亲，舍生取义

罗懋硕带着大队日军人马，沿着泟江河，径往耒河方向赶。汉奸很快识破了罗懋硕的真实意图，当他转告日军头目时，敌人恼羞成怒，就要诛杀罗懋硕，罗懋硕大义凛然，置生死于度外，任敌人威胁，总是说粮仓在耒河边沿。敌人无计可施，当来到资家湾时，突然将附近几个村庄的七八百百姓围困抓捕起来，要大家指认罗懋硕，追问罗家粮仓究竟在哪里？如果不说出来，日军将用机枪扫射。

日军头目边通过汉奸传话，边指挥士兵架设机枪。被围困的近千资家湾等村民众，不少人都认识大名鼎鼎的武术大师罗懋硕，但无一人落井下石，说出罗懋硕带错了粮仓方向。而此时田心村的那个带路汉奸，已经识破罗懋硕及所有人都在蒙蔽"皇军"，此人一心要做民族败类，当即对日军头目耳语，说出真相。日军大怒，挥舞着指挥刀，就要下令开枪射杀。说时迟那时快，罗懋硕突然使出罗家连环腿，一招毙命，将日军指挥官杀死，顺势夺过日军的东洋刀，一个旋转，将附近几个架机枪的日军横扫在地。罗懋硕边击杀日军，边喊大家快走。听到罗懋硕的喊话，被围的乡亲们立即往两边山林奔跑，而回过神来的日军已经疯狂开枪，对手无寸铁的中国人肆意屠杀。

罗懋硕一声长啸，用脚踢飞一片尘土迷惑日军，趁机对日军进行打击，几个没反应过来的日军成了他手下的厉鬼。但田心村那个汉奸突然向罗懋硕开枪，击中他的腿，一心都在击杀日军的罗懋硕，根本没有注意汉奸。中枪后，罗懋硕双膝跪下，用手捡起一块石头，直掷汉奸，将汉奸杀死。众多日军这时集中向罗懋硕开枪，他身中数十弹，倒地身亡。后来罗家人在找到罗懋硕时，发现他身中几十弹，一身模糊，已无法辨别身份。

由于罗懋硕的英勇壮举，被困的乡亲，只有约二百人被杀，大部分人逃进山林，安全脱身。

一代武术大师罗懋硕，在民族大义面前，舍生取义的，用自己的牺牲，彰显耒阳人英勇顽强的献身精神。罗懋硕因其在抗日战争中所表现出的中华民族气节，敢于牺牲，奋勇杀敌的精神，成为后人永远学习的榜样。

# 耒阳乡村寿星，看他们是怎样生活的

　　古人讲人生七十古来稀，而今，随着时代的发展，中国人均寿命早已超过七十岁。现在，在我们耒阳农村，七八十岁的老人还称不上寿星，只有活过九十岁的老人才可称作寿星。而且，九十多岁的老人在乡下湾村随处可见，女寿星更多，男寿星略少。一个男人活过九十岁，且身体健康，耳不聋眼不花，思维清晰的，并不多见，说直一点，这样的"老男人"才叫真正的老寿星。近日，记者就分别采访了居住在我市乡村的三位年届九旬的男寿星，从他们的生活环境，生活习俗，人生态度上，了解他们的长寿原因。让我们来认识他们吧！

## 乐观开朗的匡传授老人

　　在山清水秀的太平圩乡群建村，生活着一群长寿的老人，1928 年出生的匡传授，就是他们中的一员。匡老身高有 1 米 8，算得上是耒阳人中的高个子，他身高臂长，身材偏瘦，有一定的文化素养。他本身读书不多，但新中国成立后一直当农会干部，后又当乡干部，20 世纪 60 年初期响应号召，回乡当农民，担任村党支部书记，一干就是二十年，直到 20 世纪 80 年代才卸任。老人喜欢学习，喜欢看书写字，这已成为一种习惯。至今，他不戴眼镜，书上多小的字都看得清楚，且记忆力惊人，过目不忘。他还喜欢书法，每天都要挥毫写字，从不间断。老人会写诗，会唱民歌，会讲故事，满满的热情，关心青少年一代，经常向晚辈宣传中国传统文化，背诵诗词。

　　匡传授老人的老伴已经过世十多年，他一人生活，饮食起居，从不要晚辈操心。走进匡老家里，只见屋里整整洁洁、干干净净，没有任何异味。匡老告诉记者，他吃东西从不讲究，该吃啥吃啥，肥肉几乎天天吃，还爱吃咸萝卜下粥，从未进过医院，也没头昏脑热什么的，反正一天三餐，都是自己弄着吃。儿孙对他都很孝顺，经常关心他，但他从不麻烦晚辈，整天乐呵呵自己生活着。

　　匡老不仅可以自己照顾自己，还能下地干活，蔬菜瓜果，他都是自己栽植的。老人会唱许多歌，时不时边干活边唱歌，他还会当地一些民歌，唱得字正腔圆，声音洪亮。

　　记者问匡老的长寿秘诀，老人说没有，要说有，就是该吃该吃，该喝该喝，该唱该唱，千万莫有烦恼，和自己过不去。

　　记者认为，匡老说的这些话，实际就是他长寿的原因。还有，匡老生活的山村，环境优美，水质清澈，村里人大多长寿。所以，环境加乐观心态，是长寿的基本要素。

## 锻炼不离身的民间武术家欧阳祖龙

已经 90 岁的欧阳祖龙老人，是仁义镇茶丰村人。从外表看，眼神炯炯有神、面部红润的欧阳老人，看起来顶多 70 多岁，而且，老人手劲惊人，年轻人根本不是他的对手，他一声断喝，声音洪亮，更不像老人发出来的嗓音。这位长寿老人，可以说是靠一生锻炼磨砺出来的，令人相当赞叹。

欧阳祖龙十几岁便流落上海，拜气功大师张东海为师，从事民间卖艺，新中国成立后回乡，又先后拜多位武林前辈为师，学了一身本领。他十八般武艺样样精通，至今耍起来仍呼呼作响，十分精彩。他后来开堂设馆，教授徒弟，是耒阳西乡赫赫有名的武术大师。

从少年开始，欧阳祖龙就开始锻炼，一般是在每天早晚，落雨下雪，气候变化，他都会坚持不懈，锻炼不止，几乎从未间断过。他不单单练武，还练基本的养生功，一招一式，都是自己摸索出来的。欧阳老人告诉记者，他锻炼的目的，除了不让武功生疏外，主要是为了防病治病，防患未然。老人说，锻炼贵在持之以恒，断断续续效果肯定差，他认为，一个人只要长期坚持锻炼，便一定会有效果。譬如老年人，只要坚持早起早睡，哪怕是甩甩手，走走路，也会有好处。欧阳老人告诉记者，他 80 岁以后，早晨锻炼主要以炼腿脚为主，或压压腿，或跳跳步，时间半小时便可，或稍稍出点儿汗便行。这种轻微运动，可以不受气候和场所影响，在家里便可完成。

由于长期坚持锻炼，欧阳祖龙不仅耳聪目秀，而且力量不减当年，最关键，他几乎从没生过病，大病一生和他无缘，医院他更是从未进过，打针吃西药，他记忆中都没有过。欧阳老人说，他偶尔伤风感冒了，也是自己熬点儿土方子吃，顶多上山挖点儿草药吃，一般几天便好了。

记者问欧阳祖龙老人，除了锻炼，一个人要想长寿，在生活饮食上还要注意什么？老人笑着说，这个他不知道，反正他家也没条件吃得太好，粗茶淡饭平常事，饮食店、餐馆未沾过边。不过，欧阳老人告诉记者，他家吃什么从不忌口，他老伴也 80 多了，平常土里长什么吃什么，有钱就买肉吃，鸡肉鸡蛋舍不得吃，要卖钱。另外，欧阳老人天天都要吸烟喝酒，从未间断。烟，以前自己种旱烟抽，现在买几块一包的烟，一天至少一包。酒，是他自己酿的红薯酒，再掺杂他亲手挖的草药，两天三大碗，早中晚各一次。说上酒，欧阳老人搬出一个酒缸，硬要倒一杯给记者喝，他说他的酒是祖传秘方，多少钱一斤都不会卖。欧阳老人还调侃说："你们城里人买几百上千的酒去呷，不一定比得过我自己酿的酒，当然，我也是买不起那种酒，买不起我也敢吃。"

朴实的欧阳祖龙作为民间武术师，他用自己独特的锻炼方式，与众不同的生活饮食习俗，印证着我市乡村老人长寿的秘诀，坚持锻炼，顺其自然，该吃该吃，该喝该喝，保持平稳的心态，让健康生活成为常态化，让平民更加长寿。

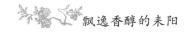
## 不居功自傲的彭易涤老人

按照常理，今年90岁的彭易涤老人，作为参加过抗美援朝战争，荣立过四次战功的老军人，应该"居功自傲"，到处张扬自己的历史。但是，彭易涤老人没有，他默默地生活在仁义镇纸槽，一般人都不知道他是一个曾在朝鲜战场为国争光的人。

彭易涤老人身板结实，身体健康，除了耳朵在战争中受了创伤，有些背外，其他都比同龄人更健康。他记忆好，谈吐自如，生活不仅能自理，老两口还能下地干活，为晚辈分担负担。

虽然彭易涤老人在朝鲜战场待了三、四年，在部队待了八年，但自打复员回乡后，彭老就融入了社会，和普通农民一样，出工出力，为生产队贡献力量。在村里，他从不说他过去的辉煌历史，也不和晚辈讲立了多少战功，只是默默地生活，不显山不露水，过着和平常人一样的生活。直到20世纪80年代，他才被地方认定，享受一般抗美援朝参战人员的待遇，他毫无怨言。他至今仍住在一间陈旧的老房子里，非常简陋，他也习以为常。要不是他至今仍保留着抗美援朝的军功章、奖状和证书，谁也不会把他和老功臣、老英雄联系起来。

他心态好，不居功自傲，不争强好胜，不纠结自己的过去，只是用一种平和的心态过好自己的生活。

彭易涤老人告诉记者，一想起战火纷飞的朝鲜战场，一想起牺牲的战友，他就觉得自己能够活着，已是万幸，至于名利，他想都没有想过。老人说，一个人，能够生活平静，能够有饭吃，能够安度晚年，就是一种幸福，没必要去争三争四，想更多奢侈的东西。

如今，彭易涤身体健康，每天散散步，打打牌，或者下地做些轻松活，日子过得很惬意。他不吸烟，酒也不常喝，老两口天天过着粗茶淡饭的日子，和村里其他老人一样，在力所能及的情况下，照看孙辈。彭老告诉记者，如今乡下人长寿的多，这和晚年劳动适度、生活无忧有很大关系，一个人，要想有健康的身体，首先要有健康的心态，如果老是想着自己比不过别人，就会徒增烦恼。所以这些年，他拿着政府的补贴，没有再去想拿战功邀功请赏，拿更多的补贴，有当然好，没有也没必要刻意强求。这就是一个参战老兵，一个长寿农村老人的心态。

从上述三个农村长寿老人的经历来看，长寿没有定律，饮食、生活习惯，虽然能够影响寿命，但关键要乐观豁达，不争强好胜，还要适度参加劳动，锻炼量力，当然环境因素也很重要。

# 农民伍育艾试种火龙果，填补耒阳空白

近日，风和日丽，春风拂面，记者在濒临耒河的水东江境内，看到一片薄膜大棚里，种植着一些从未见过的植物，植物呈豆瓣型，长得不高不低，簇拥在大棚中央的一垄垄土坎上。一打听，原来这种植物叫火龙果，耒阳以前还没有人种植过。继续打听，得知种植者叫伍育艾。

伍育艾是水东江街道办事处新河二组农民，他原本是葡萄种植大户，每年种植葡萄十余亩，收入可观。但他认为，葡萄在耒阳不仅种植的人多，而且种植技术已经成熟，发展空间不大了。为了寻找水果种植品种，给耒阳创造更多的水果种植经验，促进耒阳水果种植多样化，2019年初，伍育艾通过反复考察，决定试种火龙果，填补耒阳空白。

说干就干，伍育艾不仅查阅了各种书籍资料，还花费资金，从外地请来了火龙果种植技师，让技师手把手教他。从土壤选择，到土质施肥，从火龙果育苗，到火龙果栽培，伍育艾都是边做边学，慢慢摸索，遇上难题，就和外请的师傅共同攻关。通过不懈努力，去年伍育艾试种的几百株火龙果基本成功，并开始挂果。虽然没有任何收入，而且自己还要付出，但伍育艾看到火龙果在耒阳这样的土壤中试种成功了，仍感到非常高兴。他觉得不仅自己又增加了一项水果种植项目，最关键还填补了耒阳空白，将来可以在耒阳各地推广种植火龙果，给耒阳农民创造财富。

试种成功后，今年伍育艾及早动手，在春节后，就开始在耒水河畔的一片土地上，布置了薄膜大棚，平整了土地，并育苗栽培，种植了二亩多火龙果。目前火龙果长势良好，一溜溜挂满大棚。伍育艾告诉记者，除了外请的技术员，他还请了三个帮工，主要管理大棚和为火龙果苗培土，偶尔还要施肥、杀虫。他说，种植火龙果比种植葡萄更难一些，但大同小异，所以对他这个长期种植葡萄的专业户来说，反倒容易掌握一些。现在，外请技术员只是每个月来指导一次，平时对火龙果苗的培植，一般由伍育艾和他请的帮工完成。伍育艾告诉记者，他种植的火龙果是红心火龙果，原产地在外国及我国广西、云南一带，主要适应亚热带气候，湖南气候偏寒冷，所以要在大棚中种植，要不很难达到气温标准。这种红心火龙果，产果期在农历七月左右。伍育艾很高兴地说，届时，耒阳本土种植出来的火龙果，就将面世。他算了一笔账，火龙果种植收入，每亩略高于葡萄，大约在一万五千元左右，超过葡萄每亩万元收入，最关键，火龙果种植，比葡萄种植还要节约一半成本开支，所以具有很广阔的推广空间，他希望通过自己的努力，成功后将火龙果推广到全市其他地方种植。

48岁的伍育艾，人忠厚老实，他说，他就是一个农民，之所以试种火龙果，只是一种探索，目的也是为了增加经济收入。他说，耒阳邻近的永兴县马田镇，火龙果种植已成一定规模，面积较大，据说收入可观。耒阳土质和永兴县差不多，应该可以种植成功。

　　针对火龙果在耒阳试种这件事，记者采访了相关部门负责人。据他们介绍，红心火龙果原产地为中北美洲哥斯达黎加、危地马拉等国，含有一般植物少有的植物性白蛋白以及花青素，丰富的维生素和水溶性膳食纤维，具有减肥、降低胆固醇，预防便秘、大肠癌等功效，因此在中国是一种很受欢迎的水果。据分析，耒阳每年进购火龙果数量在百吨以上，价值在数百万元之间，而且年年在递增，如果耒阳能够大面积种植这种水果，那将是一种既满足市场需要又增加经济收入的双好事。所以说，伍育艾的"吃螃蟹"试种火龙果，一旦成功且大面积推广，对耒阳种植业是一件好事。

# 乡村人物故事，刘功云廖月英一家的幸福生活

刘功云有一句很实在的话，却颇能讲出如今乡下人的内心世界。他说，祖祖辈辈生活在乡下，能过上今天不愁穿不愁呷的日子，就是虎笼上烧开水 —— 热乎乎哒！

先解释一下这句耒阳土话，虎笼是什么？就是灶台，以前家家户户都要在进门口这个屋里建一个灶台，用于煮饭炒菜顺带冬天烤火，灶台边是一张古旧的墙棚、几张凳子。墙棚也是特有产物，既可当凳子用，又能挡风，还能装东西，真是多栖用具，如今乡下仍有。虎笼墙棚，这是耒阳沿袭已久的乡间用词，更是历史变迁的见证之词。如今农村建的房屋早和城里差不多了，沙发代替了凳子、液化气灶替代了虎笼。

虽然没有了虎笼墙棚，但耒阳乡下人如今讲话还喜欢用过去的名词比喻。刘功云所讲的虎笼上烧开水 —— 热乎乎，其意思就是他家过上了幸福生活。

刘功云廖月英夫妇是大和圩乡雅江村毛岭湾人。他家只是毛岭湾上百户人家，四百多口人中的普通家庭，没有特别，按刘功云妻子廖月英的说法，还比不上人家。但是，记者走进他们家，再对比这个湾里的其他村民，发现他们说得诚恳，比上，湾里还有房子比他们家建得更好的，比邻居，也不见得更出色。但记者发现，刘功云一家的普通生活，正折射着当下耒阳农村千千万万农民家庭的真实生活，可以说是一种代表，一种祥和和谐的农村生活写照。

66 岁的刘功云，早几年还在广东打工，现在回到家乡，也没闲着，不像有的人喜欢打字牌搓麻将，他非常勤劳，乡下人叫下肯。记者在花飞蝶舞的四月天来到他家采访，见到的是他扶着犁在犁田，上岸后又拿着锄头锄草，非常忙碌。

他说他还要种几亩水稻、作些土、种些菜、不会卖，只给自家吃。其实他家除了他和妻子，只有几个正在读书的孙子辈。他有两个儿子，都在广东打工，包括两个儿媳妇也在外面做事，一年除了春节回一趟家，其他时间只有打电话，现在又搞视频聊天，但主要是和孩子们聊，他老两口插不上话。刘功云大儿子和儿媳妇很时尚，只生一个孩子就不肯生了，如今孩子已经十多岁，肯定不可能再生了，对此刘功云也看得开，他说，不管他们，反正生出来的孙子他和妻子会带好，尽一个长辈的责任。

刘功云两个儿子在外混得都不错，都在湾里建了新房，他们夫妻目前住在二儿子家。记者问他俩儿子每月寄多少钱给他，刘功云笑而不答。他妻子说反正顶用，不缺钱花，孙子们该吃的都买给他们吃，该穿的都买给他们穿。

刘功云又补充，虽然他家谈不上吃山珍海味，但养的鸡、鸭、鸡蛋从不会卖一个，都会自己吃掉，这在以前是不敢想象的。文化生活上刘功云一家也不落后，对刘功云来说，白天不落雨时就出去做农活，晚上回家看电视，妻子则以做家务为主，特别是要弄有益孩子们健康的菜肴吃，不能怠慢，如果达不到要求，儿媳们知道后一定会有意见。家里

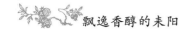 

装了电脑，当然以孙辈们用为主，还装了卫星电视，还有能视频聊天的手机。

刘功云笑着说，现在孩子们有吃了还要讲什么营养，哪像以前，管饱都成问题。当然，刘功云也说到了他和妻子，儿子们总希望他们买好的穿，买好的吃，虽然他们没有按儿子们的要求做，但吃穿方面，也绝不会亏待自己。因为吃穿早已不是问题，关键是如何穿好吃好？

刘功云廖月英夫妻的生活，的确很普通，但他们是幸福的。透过他们夫妻的生活，我们真真切切感受到了今天农民生活的巨大变化！

# 中南军政委颁证的中医师：耒阳一个中医世家的传承

近日，记者在黄市镇清水铺村见到了中医传承人曹子章先生。曹老今年73岁，他家祖祖辈辈都是学中医的。其中他的父亲曹桂兰是新中国颁证的著名老中医师，可以公开座堂问诊。关于他家的中医历史还有他父亲利用中医技术治病救人的传奇故事，曹老打开记忆闸门，慢慢向记者讲述起来。

曹子章祖籍江西樟树，樟树被誉为"中国中医之乡"，学中医的人格外多，而且这里历史以来就有中医传承渊源。曹子章祖父出生于樟树，后为了谋生从江西辗转来到耒阳一直以行医为业。曹子章父亲曹桂兰老先生出生于清水铺，打小跟父亲学医，得到了真传。老先生从旧社会开始行医救人，一直是名震耒阳南乡的中医名家。曹桂兰老先生擅长中医儿科和疑难杂症治疗，而且乐善好施，口碑极佳。新中国成立后，曹桂兰老先生又投身社会主义建设，积极为百姓看病治病。1953年，根据曹桂兰老先生的中医技术，经当时的郴州专家推荐，由湖南省卫生厅申报，中南军政委员会卫生部特授予他"中国中医师"荣誉证书。这个证书的含金量是非常高的！当时全省也只是几十个人获此殊荣。能获此证书的人不仅可以座堂问诊，而且会被国家卫生部门安排工作。曹桂兰老先生就被安排在当时的上堡黄泥冈卫生院当医生。由于他名气大，找他看病的人涵盖耒阳、永兴，甚至涉及了郴州。每日应接不暇，非常繁忙。

曹子章介绍，他父亲曹桂兰老先生看病，一不问钱，二不问病轻病重，首先就是"望""闻""问""切"，俗称"拿脉"。病人不需要说任何一句话，只是伸出一只手，顶多再伸出舌头，曹桂兰老先生就能准确诊出病人患的是什么病，然后对症开药，基本是药到病除，颇为神奇。

有一次，曹桂兰老先生的一个熟人阳本和，40多岁的年纪，患了一种怪病，水米不进，西医宣布治不好，只能靠输液维持生命。曹桂兰老先生得知消息，主动来到阳本和家中，拿脉问切后居然说人不会死，中医可以医治好。病人家属听后都有些不敢相信，后来抱着试一试的心态吃了曹桂兰老先生开的中药。几副中药入口居然渐渐稳住了病情，后来又服了几副竟奇迹般好转了。后来阳本和多活了30多年，直到70多人才去世。曹子章介绍，阳本和一家为了感谢他父亲的救命之恩，后来砍了肉拿了钱到他家"谢情"，曹桂兰老先生当即拒绝了。此事在上堡即今天的黄市镇传得很广，几乎上了年纪的人都知道。类似这种依靠中医起死回生或治愈大病的病例，曹桂兰老先生还经历过多次。据说当时熟悉曹桂兰老先生的人，都尊称他为"神医"。但曹桂兰老先生却非常低调总说是碰运气。其实，这纯粹是老先生谦虚。曹桂兰老先生既有祖传中医技术，后来又慢慢摸索了很多经验，他擅于将中医发扬光大也敢于和西医一决高下。

曹子章向记者介绍，他父亲曹桂兰老先生真正成名的医技是儿科。新中国刚成立时，由于医疗技术整体落后，儿科更是依靠中医诊病。其中儿童麻疹一直是疑难病。西医主要是接种疫苗预防，但对未接种而发麻疹的儿童却有些束手无策。曹桂兰老先生充分利用中医诊治这种病，治好了很多患这种病的儿童。老先生的儿科名气后来越传越响，当时交通不便，许多外地的人抱着孩子走几十里山路都要找到曹桂兰老先生，老先生总是有求必应加班加点诊治。曹子章说，他小时候记得父亲从没休过星期天，偶尔回家一趟，有时半夜还要接待慕名而来的病人。医德医技对曹桂兰老先生来说就如同一个人的人品，老先生始终坚持着。以至现在在耒阳南乡那一带，曹桂兰老先生的中医名号还没人能够超越。

20 世纪 80 年代，曹子章先生传承父亲衣钵，被分配到公平区医院从事中药药剂师工作。他虽然不是中医坐诊医师，但仍是从事中医行业，而且祖传的中医秘方也由他传承了下来。

曹子章老先生说，今年新冠肺炎疫情中国中医技术就发挥了很大作用，他认为中医是个"宝库"值得传承和发扬。现在学中医的人少，但随着中医在这次疫情中发挥作用，他相信这项中国传统医疗技术一定会引起更多人关注。曹子章老先生也希望耒阳有更多的人来学习中医、传承中医。中医充满传奇，中医更是造福人类的医疗技术！

# 后 记

　　为了让传统媒体跟上时代发展步伐，2016 年，我负责为耒阳广播电视台开办新媒体平台——耒阳手机台。并于 2017 年元月 1 日正式上线运行，到 2020 年 3 月停止运行，这个掌上平台共运行了三年多时间。其间，为了将这个网络媒体的功能发挥到最大，产生影响更大，我提出了原创文章至上的原则，并整合平台力量，致力推广原创作品，也取得了成功。我们的新媒体平台影响力日益增长。用户下载量达一万以上，好的原创作品点击量经常上万，直至十万多。为了把原创作品打造成耒阳手机台的一个品牌，我带头下乡采访，并撰写了不少文章，及时发出，产生了较大影响力。多篇作品不仅被省、中央级媒体采用，而且获得省市级奖多次。这些文章，为了迎合受众口味，我都是采用散文手法撰写，虽然文学色彩较浓，但由于来自一线现场见闻和感受，所以阅读量仍十分不错。三年多时间，我和手下几个小伙伴，几乎走遍了全市山山水水，用优美的文字和现场图片，生动展示了耒阳的巨大变化，也诠释了千年古县耒阳的文化内涵。下基层，到一线采访，自然比较辛苦，但对于我这个长期从事新闻工作的人来说算不上什么，虽然临近退休年龄了，但我觉得能为耒阳人奉献点儿精神食粮，也是高兴的事。这些作品，因为要发布到网上，一般都精雕细琢了，错别字也较少。这得感谢手机台的几位年轻编辑，她们付出了辛勤劳动，在此表示谢意！

　　这次结集出版，是为了将这些年发表在新媒体平台的各类文章作一个小结，也是集中起来留作一个保存形式。文人大多有些酸味，总觉自己的作品好，我从事新闻宣传工作几十年，却并没这种感觉。但对自己作品常常被一些自媒体平台捏头去尾的转载有些微言，因此，结集出版这个散文集，也是对我近年来笔耕不辍撰写一些作品的一个集中展示。宣传耒阳，宣传家乡，一直是我不懈的追求。不管这些作品读者喜不喜欢，我都尽了自己的努力。以前一些零碎作品发表在报刊，没有及时整理，基本就难找到了，现在发表在网络的作品虽然可以去百度搜索，但总归也是零星的，比不上出书。由此看来，这个散文集出版还是物有所值的。

2020 年 9 月 1 日